LE VERTIGE DE LA PEUR

DU MÊME AUTEUR

Cette nuit-là, Belfond, 2009 ; J'ai Lu, 2011
Les Voisins d'à côté, Belfond, 2010 ; J'ai Lu, 2012
Ne la quitte pas des yeux, Belfond, 2011 ; J'ai Lu, 2012
Crains le pire, Belfond, 2012 ; J'ai Lu, 2013
Mauvais pas, Belfond, 2012 ; J'ai Lu, 2013
Contre toute attente, Belfond, 2013 ; J'ai Lu, 2014
Mauvais garçons, Belfond, 2013 ; J'ai Lu, 2014
Fenêtre sur crime, Belfond, 2014 ; J'ai Lu, 2015
Mauvaise compagnie, Belfond, 2014 ; J'ai Lu, 2015
Celle qui en savait trop, Belfond, 2015 ; J'ai Lu, 2016
Mauvaise influence, Belfond, 2015 ; J'ai Lu, 2016
La Fille dans le rétroviseur, Belfond, 2016 ; J'ai Lu, 2017
En lieux sûrs, Belfond, 2017 ; J'ai Lu, 2018
Faux amis, Belfond, 2018 ; J'ai Lu, 2020
Vraie folie, Belfond, 2019 ; J'ai Lu, 2020
Champ de tir, Belfond, 2020 ; J'ai Lu, 2021
Du bruit dans la nuit, Belfond, 2021

Vous pouvez consulter le site de l'auteur à l'adresse suivante :
www.linwoodbarclay.com

LINWOOD BARCLAY

LE VERTIGE DE LA PEUR

Traduit de l'anglais (Canada)
par Renaud Morin

belfond

Titre original :
ELEVATOR PITCH
publié par HQ, une marque de HarperCollins
Publishers Ltd, Londres

Ce livre est une œuvre de fiction. Les personnages, les faits et les dialogues sont le fruit de l'imagination de l'auteur et ne doivent pas être interprétés comme réels. Toute ressemblance avec des événements ou des personnes réelles, vivantes ou mortes, serait purement fortuite.

Retrouvez-nous sur www.belfond.fr
ou www.facebook.com/belfond

Éditions Belfond,
92, avenue de France, 75013 Paris.
Pour le Canada,
Interforum Canada, Inc.,
1055, bd René-Lévesque-Est,
Bureau 1100,
Montréal, Québec, H2L 4S5

ISBN : 978-2-7144-9404-7
Dépôt légal : février 2022

Belfond | un département **place des éditeurs**

place
des
éditeurs

LUNDI

Prologue

Stuart Bland supposa qu'en se postant près des ascenseurs, il ne pourrait pas manquer Mlle Sherry D'Agostino.

Il savait qu'elle arrivait dans les bureaux de Cromwell Entertainment, au trente-troisième étage de la Lansing Tower, sur la Troisième Avenue, entre la 59e et la 60e Rue, tous les matins entre 8 h 30 et 8 h 45. Une voiture venait la chercher à son domicile de Brooklyn Heights et la déposait ici. Pas de taxi ni de métro pour Sherry D'Agostino, vice-présidente du département création de Cromwell.

Stuart jeta des regards nerveux autour de lui. Un badge FedEx qu'il avait fauché deux ans auparavant quand il bossait dans un pressing lui avait permis de passer la sécurité. Ça, et le pli FedEx en carton qu'il serrait contre lui, ainsi que la chemisette et la casquette FedEx achetées sur Internet. Il gardait la visière rabattue sur son front. Il avait tout lieu de croire qu'on avait transmis sa trombine au poste de sécurité avec pour consigne d'ouvrir l'œil. D'Agostino – aucun rapport avec la chaîne de supermarchés new-yorkais – connaissait son nom et il était relativement facile de trouver une photo de lui sur sa page Facebook.

Or, il était vraiment là pour livrer quelque chose. Glissé dans l'enveloppe, il y avait son scénario, *Clock Man*.

Il n'en serait pas arrivé à ces extrémités s'il ne s'était pas déjà grillé en se rendant au domicile de Sherry D'Agostino, en frappant à sa porte, puis en sonnant avec insistance jusqu'à ce qu'une petite fille, qui ne devait pas avoir plus de cinq ans, vienne lui ouvrir et qu'il en profite pour s'introduire dans la maison. À ce moment-là, Sherry était apparue et lui avait crié de s'éloigner de sa fille et de sortir de chez elle ou elle appellerait la police.

Harceleur, c'était le mot qu'elle avait employé. Ouch ! ça piquait.

Bon, d'accord, il aurait pu mieux gérer son affaire. Débarquer chez D'Agostino avait été une erreur. Mais elle ne devait s'en prendre qu'à elle-même. Si elle avait accepté ne serait-ce qu'un seul de ses coups de fil, juste *un*, pour qu'il puisse lui vendre son histoire, lui parler de son scénario, il n'aurait pas été obligé d'aller chez elle. Elle n'avait aucune idée du travail que ça lui avait demandé. Elle ne savait pas que, dix mois auparavant, il avait quitté son boulot de pizzaïolo – à la différence du job au pressing, il avait quitté la pizzeria de son plein gré – pour travailler à temps plein sur son scénario, le peaufiner. Il se disait que le temps lui était compté. Il avait trente-huit ans et s'il voulait percer en tant que scénariste, il fallait qu'il s'y mette maintenant.

Mais tout le système était terriblement injuste. Pour quelle raison quelqu'un comme lui n'aurait-il pas droit à cinq minutes avec elle pour exposer son projet ? Pourquoi seuls les écrivains installés, ces connards de Hollywood avec leurs bagnoles de luxe, leurs grosses piscines et leurs agents domiciliés à Beverly Hills pourraient-ils s'entretenir avec elle ? Qui décrétait que leurs idées étaient meilleures que les siennes ?

Il avait donc surveillé D'Agostino pendant deux jours afin de connaître ses habitudes. Il savait ainsi qu'elle allait prendre un de ces quatre ascenseurs dans les minutes qui allaient suivre. En fait, ce serait même l'un des deux sur la droite, ceux qui desservaient les niveaux 21 à 40, puisque les deux de gauche n'allaient pas au-delà du vingtième.

Il s'adossa contre le mur en marbre en face des ascenseurs, tête baissée, l'œil toujours aux aguets, mais en tâchant de se faire le plus discret possible. Les gens défilaient en continu et Sherry pouvait facilement se fondre dans la foule. Par chance, elle aimait les couleurs vives. Jaune, rose, turquoise. Jamais de noir ni de bleu foncé. Elle ne passait pas inaperçue. D'autant qu'elle était blonde, la coiffure volumineuse, à croire qu'elle gonflait ses cheveux à la pompe à vélo tous les matins. Elle aurait pu affronter un ouragan sans qu'un seul de ses cheveux bouge. S'il restait attentif, il était pratiquement certain de ne pas la manquer. Dès qu'elle monterait dans l'ascenseur, il lui emboîterait le pas.

Merde, la voilà qui arrivait.

Elle traversait le hall à grandes enjambées sur des talons qui la grandissaient de sept bons centimètres. Stuart pensait qu'elle ne devait pas faire plus d'un mètre soixante en chaussettes, mais, en dépit de sa petite taille, elle avait de la prestance. La tête haute, le regard droit. En consultant son profil sur l'Internet Movie Data Base, il avait appris qu'elle approchait de la quarantaine. Une belle femme. À peine un ou deux ans de plus que lui. Il s'imagina entrer à la Gramercy Tavern à son bras.

Ouais, dans tes rêves.

D'après ce qu'il avait lu, sur Internet également, elle avait fait ses débuts à la télévision en tant que scripte quand elle avait une vingtaine d'années et avait rapidement gravi les échelons. Elle avait travaillé pendant une courte période pour HBO, puis pour Showtime, avant d'être débauchée par Cromwell pour développer de nouveaux projets. Dans l'esprit de Stuart, c'est Sherry qui ferait de lui un scénariste incontournable, reconnu par toute la profession.

Sherry D'Agostino se tenait entre les deux cabines de droite. Deux autres personnes attendaient. Un homme, la soixantaine, vêtu d'un costume gris foncé, le cadre sup typique, et une jeune femme, entre vingt et vingt-cinq ans, chaussée de baskets qu'elle changerait sans doute une fois arrivée à son bureau. Une secrétaire, supposa Stuart. La fille aux baskets avait quelque chose d'impersonnel, un côté abeille ouvrière. Il se pressa derrière eux, attendant de monter dans la première cabine qui se présenterait. Il jeta un coup d'œil aux numéros. Un minuscule cadran placé au-dessus de chaque ascenseur indiquait sa position. La cabine de droite était au quarante-huitième, celle de gauche, au trente et unième, trentième...

Elle descendait.

Sherry et les deux autres se déportèrent légèrement sur la gauche pour faire place à ceux qui sortiraient de l'ascenseur.

Les portes s'ouvrirent, cinq personnes débarquèrent. Puis Sherry, Cadre Sup, la Fille aux baskets et Stuart montèrent. Stuart parvint à se placer juste derrière Sherry avant que tout le monde ne se retourne pour faire face aux portes.

Qui se refermèrent.

Sherry appuya sur « 33 », la Fille aux baskets sur « 34 » et Cadre Sup sur « 37 ».

Comme Stuart ne tendait pas le bras pour presser un des nombreux boutons, l'homme, qui était tout près du panneau de commande, jeta un coup d'œil dans sa direction, lui offrant silencieusement de sélectionner un étage pour lui.

— Pas besoin. C'est bon pour moi, dit-il.

L'ascenseur commença à s'élever doucement. Sherry et l'autre femme levèrent les yeux pour prendre connaissance des dernières infos. La cabine était équipée d'un petit écran vidéo qui donnait les gros titres sur un bandeau défilant.

Prévisions météo pour New York. Maximales 18 °C, minimales 11 °C. Plutôt ensoleillé.

Stuart fit un petit pas en avant de façon à se retrouver tout près de l'épaule de Sherry.

— Comment allez-vous aujourd'hui, madame D'Agostino ?

Elle détourna la tête de l'écran et répondit machinalement :

— Très bien, merci...

C'est alors qu'elle vit à qui elle avait affaire. Un tressaillement de peur parcourut ses paupières. Le haut de son corps sembla reculer légèrement, tandis que ses pieds restaient cloués sur place.

Stuart lui tendit le paquet FedEx.

— Je tenais à vous remettre ceci en main propre. C'est tout.

— Je vous avais défendu de m'approcher, dit-elle en refusant le pli.

L'homme et la femme tournèrent la tête.

— C'est bon, dit Stuart en souriant. Tout va bien.

Il tendait toujours le paquet à Sherry.

— Vous allez adorer.

— Je regrette, il faut que...

— D'accord, d'accord, attendez. Laissez-moi juste vous dire de quoi ça parle, alors. Après ça, je vous assure que vous aurez envie de le lire.

L'ascenseur engloutit les vingt premiers niveaux dans un ronronnement feutré.

Sherry jeta un coup d'œil aux numéros qui clignotaient sur le cadran au-dessus de la porte, puis au fil d'informations. *Les derniers chiffres du chômage montrent un recul de 0,2 % au cours du mois écoulé.* Elle soupira, sa résistance faiblissait.

— OK, vous avez quinze secondes, dit-elle. Après, si vous continuez à me suivre, j'appelle la sécurité.

— Super ! s'exclama Stuart, aux anges. Bon, il y a ce type, il a la trentaine et il travaille...

— Dix secondes. Résumez-moi ça en une phrase.

Stuart s'affola. Il cligna des yeux, le cerveau en ébullition pour parvenir à extraire la quintessence de son brillant scénario en une formule.

— Euh, bafouilla-t-il.

— Cinq secondes, dit Sherry alors que l'ascenseur avait presque atteint le trente-troisième étage.

— Le type travaille dans une usine qui fabrique des horloges, mais l'une d'elles est une machine à explorer le temps, lâcha-t-il d'un seul souffle.

— C'est tout ?

— Non ! Il n'y a pas que ça ! Mais vous expliquer ça en...

— Qu'est-ce que... ?! s'exclama Sherry, mais elle ne s'adressait pas à lui.

L'ascenseur n'avait pas marqué l'arrêt au trente-troisième et venait déjà de dépasser le trente-quatrième.

— Et merde ! dit la Fille aux baskets. C'est mon étage.

Les deux femmes tendirent le bras vers le panneau en même temps pour rappeler leurs étages respectifs, leurs index se livrant à un bref duel d'escrime.

— Désolée, dit Sherry qui, après avoir réussi à appuyer sur le bouton la première, s'écarta légèrement.

Le groupe militant américain des Flyovers principal suspect dans l'attentat à la bombe visant un café de Seattle qui a fait deux morts.

Alors que l'ascenseur poursuivait son ascension, Cadre Sup fit la grimace et déclara :

— Je suppose que je vais me joindre au club.

De l'index, il pressa le bouton du « 37 ».

— Quelqu'un a dû l'appeler au dernier étage, dit la Fille aux baskets. Il va d'abord monter.

En effet, l'ascenseur ne s'arrêta qu'au quarantième étage.

Mais les portes ne s'ouvrirent pas.

— Bordel, je déteste ces putains d'ascenseurs, dit-elle.

Stuart ne partageait pas son désarroi. Il arborait un grand sourire. Ce dysfonctionnement lui avait offert quelques secondes supplémentaires pour vendre son idée à Sherry.

— Je sais que les histoires de voyage dans le temps, ça a beaucoup été fait, mais ce scénario est différent. Mon héros ne peut pas aller très loin dans le passé ou dans le futur. Il ne peut remonter ou avancer dans le temps que de cinq minutes.

— Je vais descendre à pied, annonça Cadre Sup.

Il pressa le bouton d'ouverture des portes, sans résultat.

— Bon sang, marmonna-t-il.

— On devrait appeler quelqu'un, proposa Sherry.

Elle pointa du doigt le bouton marqué d'un téléphone.

— Ça ne fait que quelques secondes, dit Stuart. Ça va probablement s'arranger tout seul dans une minute et...

Avec une légère secousse, la cabine se remit en branle.

— C'est pas trop tôt, soupira la Fille aux baskets.

La tempête qui frappe actuellement le Royaume-Uni évolue en ouragan.

— La perspective intéressante, insista Stuart, c'est : que va-t-il faire de ces sauts de cinq minutes dans le passé ou dans le futur ? Est-ce une sorte de super-pouvoir ? Quel genre d'avantages peut-on en tirer ?

Sherry lui lança un regard dédaigneux.

— Je serais montée dans cet ascenseur cinq minutes avant que vous arriviez.

— Vous n'êtes pas obligée de m'insulter, rétorqua Stuart, piqué au vif.

— Punaise, dit l'homme.

L'ascenseur venait de repasser devant son étage. Il redonna un petit coup rageur sur le « 37 ».

La cabine repassa aussi devant les étages des deux femmes, avant de stopper au vingt-neuvième.

— Oh, allez ! C'est ridicule, déclara Cadre Sup. (Il appuya sur le bouton du téléphone, attendit un moment, espérant une réponse.) Allô ? Il y a quelqu'un ? Allô ?!

— Ça me fait flipper, dit la Fille aux baskets en sortant un portable de son sac à main. (Elle tapota l'écran, colla le téléphone à son oreille.) Salut, c'est toi, Steve ? C'est Paula. Je vais être en retard. Je suis coincée dans ce putain d'ascen...

Un grand bruit se fit entendre au-dessus, comme si un élastique géant venait de casser net. La cabine trembla une seconde et tout le monde leva des yeux stupéfaits. Même Stuart, qui avait subitement renoncé à convaincre Sherry D'Agostino.

— Putain ! s'écria la Fille aux baskets.

— C'était quoi, ça ? demanda Sherry.

De manière instinctive, tout le monde recula vers les parois de la cabine. Ils s'agrippèrent à la main courante en laiton.

— Ce n'est probablement rien, dit Stuart. Un petit bug, c'est tout.

— Allô ? répéta Cadre Sup. Il y a quelqu'un ou quoi ? Cet ascenseur devient dingue !

Sherry repéra le bouton d'alarme et appuya dessus. Mais seul le silence lui répondit.

— On ne devrait pas entendre quelque chose ? demanda-t-elle.

— Peut-être que ça sonne ailleurs, vous savez, pour que quelqu'un vienne, dit l'homme. Au poste sécurité, probablement.

Pendant plusieurs secondes, personne ne dit rien. Dans ce silence de mort, chacun s'efforça de se calmer en prenant de longues respirations.

L'espérance de vie moyenne aux États-Unis avoisine aujourd'hui les 80 ans.

Stuart fut le premier à parler :

— Quelqu'un va arriver. (Il hocha la tête avec une assurance feinte et adressa à Sherry un sourire nerveux.) C'est peut-être là-dessus que je devrais écri...

L'ascenseur se mit à plonger à une allure dépassant allègrement celle pour laquelle il avait été conçu.

Stuart, Sherry et les deux autres sentirent leurs pieds décoller du plancher.

La cabine tombait en chute libre.

Jusqu'à toucher le fond.

- 1 -

Barbara Matheson était impressionnée par le nombre de personnes présentes. Toujours les mêmes têtes, plus ou moins, mais qu'ils aient fait le déplacement signifiait que son article avait produit son petit effet.

C'était surtout la télé qui s'était massivement mobilisée. Pour surprendre le maire à la sortie de City Hall, lui balancer quelques questions, le filmer tandis qu'il nierait tout en bloc. Le *Times*, le *Daily News*, le *Post* n'avaient pas à être sur place pour écrire leurs articles. Mais NY1 et les antennes locales d'ABC, de CBS et de NBC avaient dépêché leurs équipes pour guetter l'apparition de Richard Wilson Headley. Il allait peut-être essayer de filer discrètement par l'arrière, ou dans une limousine aux vitres tellement foncées qu'on ne saurait pas s'il était à l'intérieur ou non. Les journaux télévisés du soir diraient alors qu'il avait cherché à fuir les médias, insinueraient que c'était un lâche. Or, jamais Headley n'avait voulu passer pour un lâche.

Même s'il pouvait en être un à l'occasion.

Barbara était venue à tout hasard, au cas où il se passerait quelque chose. Et, oui, elle s'amusait du remue-ménage qu'elle avait provoqué. Cette démonstration de force médiatique était son œuvre. Elle avait révélé le pot aux roses. Headley allait peut-être mettre son poing dans la figure de celui qui lui fourrerait une caméra sous le nez, encore que cela paraisse peu probable. Il était trop intelligent pour ça. Les chaînes de télé étaient venues chercher une petite phrase, mais Barbara en avait déjà obtenu une, qu'elle avait glissée dans sa rubrique.

« C'est un ramassis de conneries », avait déclaré Headley lorsqu'elle lui avait fait part des allégations qui le visaient. Les correcteurs de *Manhattan Today* avaient publié sa réaction sans les astérisques censés atténuer la grossièreté du propos, bien que cela n'ait rien de particulièrement audacieux de nos jours. Le *Times* évitait encore les gros mots sauf dans les cas extrêmes, mais même *The New Yorker*, cette sage institution, acceptait sans sourciller, et ce, depuis des années, les jurons les plus salés.

— Tu lui as vraiment mis la bite dans le mixer cette fois.

Elle se retourna. C'était Matt Timmins, immédiatement reconnaissable à ses cheveux noirs multidirectionnels et ses lunettes aux verres en cul-de-bouteille, assez épais pour observer des formes de vie sur Mars. Il travaillait pour un site en ligne qui couvrait les questions municipales, mais elle l'avait rencontré quand NBC l'employait, avant qu'il soit licencié. Son téléphone à la main, Matt était prêt à prendre une vidéo pour le blog politique qu'il tenait.

— Salut, Matt.

— Tu as mis ton gilet en kevlar ?

Barbara haussa les épaules. Elle l'aimait bien, se rappelait vaguement avoir couché avec lui dix ans plus tôt, quand ils étaient de jeunes trentenaires. La presse locale faisait alors le siège de la maison d'un membre du Congrès plongé dans un scandale de corruption.

Barbara et Matt avaient partagé une voiture pour rester au chaud en attendant que les agents fédéraux viennent exfiltrer le politicien. Après quoi ils étaient allés dans un bar, avaient trop bu et avaient fini la soirée chez lui. Le souvenir qu'elle en gardait était un peu nébuleux. Barbara était quasi certaine que Matt était aujourd'hui marié et qu'il avait un gamin, peut-être deux.

— Headley ne va pas me tirer dessus, dit-elle. Il serait capable d'engager quelqu'un pour me descendre, mais il ne ferait pas le boulot lui-même.

Un micro dans une main, une femme leva le nez du téléphone qu'elle tenait dans l'autre. Elle venait de recevoir un SMS.

— Tête de nœud est en route, dit-elle au cameraman qui se tenait à côté d'elle, suffisamment fort pour susciter un léger émoi parmi les journalistes présents. Le maire allait se montrer.

Bien entendu, Richard Wilson Headley se faisait toujours appeler Richard, parfois Rich, mais jamais Dick[1]. Ce qui n'empêchait pas ses détracteurs de l'affubler de ce sobriquet. Un des tabloïds, qui l'avait presque autant dans le collimateur que *Manhattan Today*, aimait superposer « DICK » et « HEADLEY » en couverture dès que l'occasion se présentait, le tout accompagné d'une photo peu flatteuse. Ils prenaient un malin plaisir à composer des gros titres permettant des jeux de mots plus ou moins graveleux.

— C'est parti, dit quelqu'un.

Le maire, accompagné de Glover Headley, son fils et conseiller âgé de vingt-cinq ans, de sa conseillère

---

1. *Dick* est le diminutif de Richard, mais c'est aussi une insulte équivalente à « connard » ou une manière vulgaire de désigner le sexe masculin. Associé à *head*, il donne *dickhead*, littéralement « tête de nœud ». *(Toutes les notes sont du traducteur.)*

en communication, Valerie Langdon, et d'un grand chauve que Barbara n'avait pas le souvenir d'avoir déjà vu, avait franchi les portes de City Hall et descendait le perron en direction d'une limousine qui les attendait. La foule des journalistes se porta vers le maire, puis tout le monde s'arrêta au milieu de l'escalier, ménageant à Headley une chaire improvisée, deux marches au-dessus de tous les autres.

Mais ce fut Glover qui prit la parole :

— Bonjour à tous, nous sommes en route pour la résidence, pas le temps de répondre aux questions pour le...

Headley jeta à son fils un regard désapprobateur et leva la main.

— Non, non. Je serais ravi d'en prendre quelques-unes.

Barbara, qui se tenait à l'arrière de la meute, sourit intérieurement. C'était le mode opératoire habituel de Headley. Passer outre l'avis des conseillers ; ne pas se cacher derrière eux. Donner l'impression de vouloir parler à la presse. La petite scène avait dû être répétée plus tôt. Valerie posa la main sur le bras du maire, comme pour lui demander d'y réfléchir à deux fois. Il se dégagea brusquement.

La grande classe, songea Barbara.

Elle examina très attentivement le chauve qui, posté derrière le maire, essayait de se faire invisible. Mince, un bon mètre quatre-vingts, une peau couleur caramel. Des trois hommes qui se tenaient devant le parterre de médias, c'était lui qui avait le plus de style. Long manteau élégant sur son costume, gants en cuir malgré la température plutôt clémente. On l'aurait dit échappé d'une couverture de *GQ*.

Un canon.

Elle pensa aux gens qu'elle connaissait à City Hall et qui lui fournissaient régulièrement des infos. Peut-être que l'un de ses contacts pourrait lui dire qui était ce type et pour quelle raison le maire l'avait engagé.

Encore qu'elle aurait pu simplement aller se présenter et lui poser la question. Mais ça allait devoir attendre. Le correspondant de NY1, un homme que Barbara savait âgé de plus de cinquante ans mais qui en faisait trente-cinq, donna le coup d'envoi.

— On vous reproche d'avoir exercé des pressions sur la direction des travaux publics pour que d'importants travaux de modernisation du métro soient effectués par une entreprise de BTP appartenant à l'un de vos généreux donateurs. Que répondez-vous à ces allégations ?

Headley secoua la tête d'un air navré, un petit sourire au coin des lèvres, comme s'il avait déjà entendu cela des centaines de fois.

— Ce sont des calomnies, déclara-t-il. De la pure fiction. Les contrats sont attribués sur la base d'une longue liste de critères. Réalisations antérieures, capacité à mener à bien le chantier, prise en compte des coûts et...

Le journaliste de NY1 n'en avait pas terminé.

— Hier pourtant, *Manhattan Today* a publié un mail dans lequel vous demandiez à ce service de faire appel à Steelways, dont le propriétaire n'est autre qu'Arnett Steel, l'homme qui a organisé d'importantes collectes de fonds pour votre...

Headley lui intima le silence d'un geste de la main.

— Je vous arrête tout de suite. Pour commencer, l'authenticité de ce mail n'a pas été établie.

Barbara réprima une envie de lever les yeux au ciel.

— *Manhattan Today* me semble tout à fait capable de fabriquer ce genre de document. Et quand bien même l'authenticité de ce message serait avérée, on pourrait difficilement qualifier son contenu de directive. Cela s'apparente davantage à une suggestion.

Dans sa tête, Barbara était déjà en train de composer son prochain article.

« Headley prétend que le mail découvert par Manhattan Today *pourrait être un faux, mais qu'il ne poserait pas vraiment problème s'il s'avérait authentique. »*

En d'autres termes, le maire jouait sur les deux tableaux.

— Tout le monde connaît l'obsession de *Manhattan Today* à mon égard, dit Headley en brandissant un doigt accusateur en direction de Barbara.

Il m'a repérée, se dit-elle. *Ou bien un de ses assistants lui a signalé ma présence.*

La voix de Headley monta en puissance :

— Dès le tout premier jour, ce journal s'est lancé dans une campagne de diffamation implacable. Une campagne orchestrée par une personne bien précise, dont je tairai le nom pour ne pas lui faire de publicité devant les caméras.

— Vous voulez parler de Barbara Matheson ? demanda le journaliste de la filiale de CBS.

Headley fit la grimace. Il l'avait bien cherché, pensa Barbara.

— Vous savez très bien à qui je fais référence ici, répondit-il sur un ton égal. Mais j'imagine que cette vendetta menée à mon encontre par cette pseudo-journaliste a été validée par sa hiérarchie.

Barbara bâilla.

— C'est pourquoi j'annonce aujourd'hui que je compte engager des poursuites en diffamation à l'encontre de *Manhattan Today*.

Oh, voilà autre chose.

C'était du Headley tout craché. Agiter la menace d'un procès pour finalement ne jamais porter plainte. Jouer l'indignation pour faire les gros titres. Headley avait fait de même avec tous les organes de presse de la ville à un moment ou à un autre. Une tactique dont il usait déjà à l'époque où il était dans les affaires, avant de s'embarquer dans une carrière politique.

— De plus, continua-t-il, je...

Headley remarqua que Valerie agitait son téléphone sous le nez de Glover. Ce dernier grimaça en découvrant ce qu'il y avait sur l'écran. Le maire se pencha vers elle pour regarder à son tour. Au même moment, un frémissement parcourut la foule tandis que certains journalistes recevaient des SMS sur leur portable. Le reporter de NY1 et son cameraman s'étaient déjà mis en route.

— Désolé, dit Headley. Nous allons devoir écourter. Vous recevez sans doute les mêmes nouvelles que moi.

Sur quoi il descendit les marches, Valerie, Glover et le chauve à sa suite. Ils s'engouffrèrent tous les quatre à l'arrière de la limousine, stationnée à quelques pas seulement de Barbara. Celle-ci avait les yeux rivés sur son téléphone, cherchant à obtenir l'info que tout le monde semblait déjà connaître. Elle eut vaguement conscience du ronronnement d'une vitre électrique qui s'ouvrait près d'elle.

— Barbara.

Elle leva les yeux de son portable, vit Glover à la fenêtre de la limousine.

— Monsieur le maire aimerait vous emmener faire un tour en ville.

La journaliste eut soudain la bouche très sèche. Elle jeta un coup d'œil des deux côtés, se demandant si quelqu'un d'autre avait été témoin de cette proposition. Matt, sur sa gauche, souriait.

— Je ne t'oublierai jamais, dit-il.

Barbara, qui avait pris sa décision, soupira.

— C'est bien aimable, dit-elle à Glover.

Elle fit mine d'éteindre son téléphone, mais le mit en mode enregistrement avant de le laisser tomber dans son sac à main.

Glover ouvrit la portière, descendit et laissa Barbara monter avant de se rasseoir à côté d'elle. Il n'avait pas claqué la portière que la limousine s'éloignait déjà.

- 2 -

La cage d'escalier de la 22e Rue Ouest qui conduisait à la High Line, juste à l'ouest de la Dixième Avenue, était barrée par du ruban jaune et gardée par un agent du NYPD en tenue.

L'enquêteur Jerry Bourque gara son véhicule banalisé juste sous cette promenade plantée, aménagée sur une portion de voie désaffectée du métro de New York. Il descendit de voiture et leva les yeux. Le viaduc faisait moins de deux kilomètres et demi de long, mais il attirait des millions de personnes chaque année, des locaux comme des touristes. Bordée de jardins, de bancs et d'éléments architecturaux intéressants, la High Line était rapidement devenue un des coins préférés de Bourque. Ce ruban de verdure, qui traversait le cœur du Lower West Side, offrait une oasis loin du bruit et du chaos. À son ouverture, Bourque venait y faire son jogging.

Ça n'arrivait plus trop ces derniers temps.

Une demi-douzaine de véhicules de patrouille du NYPD, certains avec leurs gyrophares allumés, encombraient la rue. En s'approchant de l'escalier, Bourque reconnut l'agent de la circulation en faction.

— Salut.

— Ils vous attendent, dit l'agent, qui souleva le ruban jaune.

Bourque dut se baisser pour passer, le ruban effleurant ses cheveux courts et hérissés, blanchis prématurément. C'était un homme aux épaules voûtées, qui mesurait près d'un mètre quatre-vingt-dix et pouvait friser les deux mètres quand les circonstances exigeaient qu'il se tienne bien droit. Il commença à monter les marches. À mi-chemin, il s'arrêta quelques secondes, pris d'une légère angoisse. Ce sentiment de malaise qui s'emparait de lui chaque fois qu'il arrivait sur une scène d'homicide. Pourtant, il n'en avait pas toujours été ainsi. Il fourra la main dans sa poche pour y chercher un objet familier, un objet rassurant, et, quand il l'eut trouvé, il gravit le reste des marches.

Parvenu sur la promenade de la High Line, il regarda sur sa gauche, côté nord. L'allée s'incurvait vers l'ouest, là où la High Line croisait la 29e Rue Ouest. Un banc épousait la courbe de la promenade côté gauche, une étroite bande végétalisée séparant le dossier du bord du viaduc.

C'était à cet endroit que tout le monde – police, coroner et représentants de la High Line – s'était rassemblé.

Bourque s'approcha d'un pas régulier, la tête vers l'avant, comme s'il flairait une odeur. Inutile de courir. La victime serait toujours morte à son arrivée. Bourque avait passé la quarantaine trois mois plus tôt seulement, mais, avec son visage ridé et buriné, on lui aurait donné de cinq à dix ans de plus. Une femme lui avait dit un jour qu'il était comme ces arbres qui poussent dans le roc à Terre-Neuve. Les vents incessants en provenance de l'océan les couchaient sur le côté, leurs branches s'élevant toutes dans la même direction. Bourque ressemblait à un homme usé par le vent.

Comme il s'approchait, une autre policière, Lois Delgado, l'aperçut et se porta à sa rencontre. En la voyant, son angoisse diminua d'un cran. Ils n'étaient pas seulement équipiers. Ils étaient amis, et s'il y avait quelqu'un en qui il pouvait avoir confiance, c'était bien elle.

Pourtant, il ne lui disait pas tout.

Elle avait un visage ovale et une mèche de ses cheveux bruns coupés court couvrait le haut de sa joue gauche pour masquer une tache de vin grande comme une pièce de vingt-cinq *cents*. Bien qu'il comprenne son choix de la dissimuler, Bourque considérait cette marque comme l'un de ses plus grands charmes. Lois ramenait ses cheveux sur le côté droit, en les coinçant généralement derrière son oreille, ce qui donnait à son visage une sorte d'asymétrie. Elle avait un an de plus que Bourque, mais, contrairement à lui, elle paraissait plus jeune.

— Alors ?

— Un homme. Pas de papiers sur le corps. À première vue, je dirais entre quarante-cinq et cinquante-cinq ans. Un joggeur est passé par là ce matin et a remarqué au coin de ce banc quelque chose qui s'est avéré être un pied.

Bourque regarda autour de lui. La High Line serpentait parmi d'innombrables immeubles d'habitation.

— Quelqu'un a forcément dû voir quelque chose, dit-il.

— Sauf que cette portion du banc fait face à un mur quasi aveugle sur la gauche, et à une trouée sur la droite. Et puis il y a la patinoire un peu plus loin, alors...

Delgado haussa les épaules avant de poursuivre :

— Ça a dû arriver au milieu de la nuit, quand il n'y a aucun passage. Dans la journée, ça n'arrête pas. Des milliers de personnes se promènent ici.

— La High Line ferme à quoi, 10, 11 heures du soir ?

— Ouais, confirma Delgado. Ils baissent le rideau de tous les accès et rouvrent à 7 heures du matin. C'est peu de temps après que le corps a été découvert. Impossible de faire ça à quelqu'un pendant les heures d'ouverture.

Bourque lui lança un regard.

— Faire quoi ?

— Viens voir, ce sera plus simple.

Bourque prit une inspiration.

Tout va bien.

Alors qu'ils se rapprochaient du banc, il aperçut une semelle en caoutchouc blanc souillée, celle de la chaussure repérée par le joggeur.

— Nous pensons que le corps a été traîné dans les hautes herbes. C'est sûrement là que ça s'est passé, dit Delgado en pointant du doigt la végétation qui bordait l'allée. J'imagine que quelqu'un pourrait facilement se cacher dans les herbes, juste avant la fermeture de la High Line et la ronde de la sécurité.

Des agents s'écartèrent pour permettre aux deux enquêteurs de rejoindre le parterre de végétation. Bourque s'agenouilla près du corps.

— Bon sang.

— Tu l'as dit.

— Il a été salement défiguré.

— Du steak haché.

— Ouais, fit Bourque qui sentait sa poitrine se contracter.

— Regarde les doigts. Enfin, ce qu'il en reste.

Bourque baissa les yeux.

— Putain !

L'extrémité des doigts manquait aux deux mains.

— Tous sectionnés. On utilise quoi pour faire ça ? Un sécateur de jardin ? Qui se balade avec ce genre d'outil dans la poche à part les jardiniers de la High Line ?

— Je ne pense pas que le meurtrier se soit servi d'un sécateur, dit Delgado.

Elle écarta des herbes pour découvrir un ruban d'acier rouillé, un des rails d'origine, à l'époque où la High Line servait à acheminer des wagons jusqu'au cœur de la ville.

— Tu vois le sang ?

Bourque hocha lentement la tête.

— Il s'est servi du rail comme d'une planche à découper. Il a pu faire ça avec un simple couteau de poche, encore qu'il faille exercer une forte pression pour venir à bout de l'os.

— Notre homme devait déjà être mort, Jer.

— Ce qui rendait l'opération un poil plus facile. (Bourque marqua une pause pour prendre une inspiration.) Un homme vivant ne se laisse pas couper dix doigts sans protester.

Leur regard passa du rail ensanglanté au cadavre.

— Pourquoi ? demanda Delgado.

— Hmm ?

— D'habitude, quand on sectionne un doigt, c'est pour avoir l'attention de quelqu'un, le faire parler ou le punir, mais pourquoi les couper tous post mortem ?

— Identi…

— T'as raison ! Pour qu'on ne puisse pas relever les empreintes. Et le visage en bouillie nous empêche de savoir qui c'est.

— Peut-être que notre tueur n'a jamais entendu parler de l'ADN, dit Bourque, qui s'interrompit pour prendre une autre inspiration.

— Ça ne va pas ? s'enquit Lois. Tu couves quelque chose ?

Le policier secoua la tête.

— Les analyses ADN prennent du temps. Peut-être que celui qui a fait ça veut nous ralentir. Ou que notre victime n'est pas fichée.

— Possible.

— Pourquoi ne pas lui couper simplement les mains ? Pourquoi *tous* les doigts ? Pourquoi dix opérations plutôt que deux ?

Bourque réfléchit.

— S'il n'avait qu'un couteau, il lui était plus facile de trancher des doigts que de scier des poignets.

— Ouais.

Bourque leva la tête et examina l'allée piétonnière.

— Si tu pars avec dix bouts de doigt, tu laisses peut-être quelques gouttes de sang.

— Il a plu vers 5 heures ce matin.

Il soupira, observa de nouveau la victime. Il sortit son téléphone et commença à prendre des photos. Son regard s'égara plus bas sur le corps. Sur une jambe, le pantalon en toile beige était légèrement remonté sur la chaussette.

— Regarde-moi ça, dit Bourque plus bas.

L'homme portait des chaussettes *Dents de la mer*, avec un motif de requin.

— *Ta-da, ta-da*, chantonna Delgado, reprenant le thème du film.

Bourque prit quelques clichés en gros plan.

— J'ai vu les mêmes en solde quelque part, dit-il.

— Maintenant, on en trouve un peu partout.

Ils se relevèrent tous les deux. Bourque parcourut la High Line du regard.

— Si ça s'est passé en dehors des heures d'ouverture et que tout est verrouillé, comment notre tueur a-t-il pu s'échapper ?

— Avant que tu arrives, j'ai marché sur quelques centaines de mètres dans les deux sens et j'ai repéré un ou deux endroits d'où on peut sauter, à condition de ne vraiment pas avoir froid aux yeux. Il y a un parking couvert là-bas. Tu sautes du toit, ou tu trouves un escalier de secours, et t'es dans la rue.

— Comme Bruce Willis dans *Die Hard*, souffla Bourque.

— Quoi ?

Bourque se répéta, plus fort.

— Ouais, c'est faisable, dit Delgado. À condition d'être en bonne forme.

Bourque toussa, s'éclaircit la voix.

— Je n'ai même pas le souvenir qu'il y ait eu des meurtres sur la High Line. Il ne se passe jamais rien de grave ici.

— Eh bien, il faut croire qu'il y a un début à tout.

Bourque porta la main à sa poitrine, son téléphone venait de s'animer.

— Donne-moi une seconde, dit-il.

Il sortit le portable de sa poche, jeta un coup d'œil à l'écran, le colla contre son oreille et fit quelques pas pour se mettre à l'écart de la police et des autres représentants de la municipalité.

Aux yeux de tous, il semblait réagir à ce que lui racontait son interlocuteur. Mais il n'y avait eu ni appel ni SMS.

En réalité, Bourque n'était pas en train de parler, il s'étouffait à moitié. Sa trachée avait commencé à se resserrer à la vue de ces phalanges manquantes.

Une fois assuré qu'il était suffisamment loin de la scène de crime pour ne pas être vu, il chercha au fond de sa poche l'objet familier.

Il inséra l'inhalateur dans sa bouche et inspira profondément. Une bouffée médicamenteuse à peine détectable pénétra ses poumons. Il bloqua sa respiration près de quinze secondes, expira et répéta le processus.

Bourque remit l’inhalateur dans sa poche. Il inspira à plusieurs reprises par le nez, attendant que ses voies respiratoires soient à nouveau dégagées.

Puis il se retourna et revint jeter un coup d’œil à l’homme aux doigts coupés.

- 3 -

Barbara s'affala sur la banquette en cuir en face du maire et de Valerie. Glover et le chauve séduisant lui avaient fait de la place au milieu et, même si la voiture était plus spacieuse que la plupart, elle se retrouva les pieds de part et d'autre de la colonne de direction et les épaules pressées par les deux hommes. Elle détectait une odeur d'after-shave bon marché émanant de Glover, tandis que le chauve dégageait des effluves plus subtils, presque une odeur de café. Barbara se demanda s'il s'agissait d'une véritable eau de Cologne ou s'il était resté trop longtemps dans la queue du Starbucks. Dans un cas comme dans l'autre, ce parfum n'était pas pour lui déplaire.

Elle tourna la tête pour s'adresser à lui.

— Vous êtes nouveau ?

Il sourit.

— Je suis Barbara Matheson, mais j'imagine que vous le savez.

Comme il ne répondait pas, elle regarda Headley.

— Est-ce qu'il cause ? Il tape du pied une fois pour oui, deux fois pour non ?

— C'est Chris Vallins, répondit Valerie. Dites bonjour, Chris.

— Bonjour, dit Chris.

Une voix profonde. Si le velours brun pouvait produire un son, se dit Barbara, ce serait celui-ci.

— Enchanté, dit-il en se contorsionnant dans l'espace exigu pour lui offrir une main gantée.

— Tout le plaisir est pour moi, dit Barbara en la serrant. Et que faites-vous pour Sa Sainteté ?

— Je fais partie de l'équipe. Je suis là quand le maire a besoin de moi.

Barbara, devinant que son nouvel ami Chris n'était pas un grand bavard, reporta son attention sur ceux qui étaient assis en face d'elle. Elle se demanda s'il fallait déduire quoi que ce soit du fait que Valerie était assise à côté du maire. Il y avait une trentaine de centimètres entre eux, mais Barbara tenta de décrypter leur langage corporel. Si Valerie trouvait son patron aussi peu attirant qu'elle le devait, elle serait collée à la portière. Or, son épaule penchait légèrement vers Headley.

Peut-être qu'elle surinterprétait. Et de toute façon, si Headley voulait se taper la conseillère et si la conseillère y consentait, en quoi cela la regardait-il ? Valerie était une femme adulte capable de faire ses choix en connaissance de cause. Elle devait certainement connaître le passif du maire, qui s'était comporté comme un salaud avec sa femme décédée, Felicia. Tout le monde savait que, dix ans auparavant, la nuit où elle était morte dans leur *brownstone* des beaux quartiers, après un long combat contre le cancer, Headley était en train de s'envoyer en l'air avec une de ses aides à domicile dans une chambre du Plaza. C'était Glover, alors tout jeune, qui avait appelé le 911 pour signaler que sa mère avait cessé de respirer.

Headley était déjà un des hommes d'affaires les plus tristement célèbres de la ville, si bien que, lorsque les médias avaient intercepté un appel d'urgence à son domicile, on avait dépêché deux camionnettes de régie sur place. Ce que l'on finit par voir aux infos fut un Glover en larmes, pendant que son père était aux abonnés absents. Headley avait prétendu plus tard que son téléphone était alors sur silencieux, parce qu'il s'entretenait avec un investisseur potentiel dont il n'était pas autorisé à divulguer le nom. Personne ne l'avait cru une seule seconde.

Barbara s'était demandé si c'était à ce moment-là que la relation de Headley avec son fils avait tourné à l'aigre. Le garçon l'avait humilié. Sans le faire exprès, bien entendu, mais il l'avait fait. Headley était alors sur le point de briguer la mairie, il avait dû mettre ses ambitions entre parenthèses en espérant que le temps redorerait sa réputation. Quand il finit par annoncer sa candidature, il avait créé autour de sa personne le mythe du veuf éploré qui avait élevé seul son fils adolescent.

Dans sa jeunesse, Felicia avait été une vraie bombe. Ancien mannequin, elle avait gravi les échelons jusqu'à devenir éditrice chez Condé Nast. Valerie possédait certains de ses attributs, parmi les plus prisés du maire. Elle n'avait pas encore la quarantaine, soit quasiment dix ans de moins que lui. De longues jambes, une poitrine assez plantureuse dont elle ne faisait pas trop étalage, des cheveux châtains mi-longs. Elle achetait probablement tous ses vêtements chez Saks et se faisait coiffer dans un salon à la mode comme Fringe ou Pickthorn. Pour Barbara, c'était la vasque de la salle de bains qui tenait lieu de salon de coiffure, elle réussissait à se constituer une garde-robe chez Target, et son budget maquillage représentait une misère en comparaison de ce qu'elle dépensait en pinot gris.

Plus d'une fois, lors d'événements politiques, quand Valerie regardait ailleurs, Barbara avait surpris le maire en train de reluquer les fesses de sa conseillère en com' comme si celles-ci recelaient un secret mystique. Encore qu'elles ne fussent pas les seules à intéresser Headley.

À présent, à l'arrière de la limousine, celui-ci jaugeait Barbara en arborant une expression toute différente. Il lui faisait les gros yeux comme à une adolescente qui n'a pas respecté la permission de minuit cinq soirs d'affilée.

— Alors, qu'est-ce qui s'est passé dans les beaux quartiers ? demanda Barbara en regardant par la fenêtre.

Le chauffeur avait réussi à rejoindre la FDR[1] depuis l'hôtel de ville et filait bon train vers le nord.

À côté d'elle, Glover répondit :

— Un accident d'ascenseur.

Barbara était déçue. Accident d'ascenseur, effondrement de grue, incendie dans le métro. N'importe. Il y avait toujours quelque chose dans une ville aussi grande. C'était s'il ne se passait *rien* qu'on en parlerait aux infos. Si Headley éprouvait le besoin de se déplacer, ça devait être plus grave que d'habitude, mais bon, Headley aimait bien être vu sur les lieux des catastrophes. Dire quelques mots pour le journal du soir, donner l'impression qu'il savait de quoi il parlait, montrer sa sollicitude.

Sur ce chapitre, Barbara voulait bien être indulgente. Tous les maires faisaient cela, s'ils étaient malins. Un maire qui n'aurait pas pris la peine de se manifester quand les New-Yorkais subissaient un événement

1. Franklin D. Roosevelt Drive est une voie rapide de quinze kilomètres qui longe l'East River.

particulièrement tragique serait cloué au pilori. Rudy Giuliani avait fixé la norme, le 11 septembre 2001, quand on l'avait vu marcher au milieu des décombres, un mouchoir sur la bouche. On pouvait dire ce qu'on voulait de ses magouilles depuis, son attitude de l'époque avait été remarquable.

Barbara doutait que Headley eût les épaules pour être ce genre de maire. Elle espérait simplement que ni lui ni la Ville n'aient plus jamais à connaître ce genre d'épreuve.

— On parle de quatre morts, dit Valerie.

Barbara eut un nouveau hochement de tête. Ce n'était pas de l'indifférence. Mais les accidents industriels, les accidents de la route, les fusillades en voiture, les incendies d'appartement, ce n'était pas son truc. Elle couvrait la vie politique locale. Que les petits jeunes courent après les ambulances. Elle s'était fait les dents sur ce genre de reportage et cette expérience avait été précieuse, mais elle était passée à autre chose.

— C'est gentil à vous de me raccompagner en voiture, mais ce n'est pas la bonne route, dit-elle à Headley, qui continuait à la dévisager en plissant les yeux. Alors quoi ? je suis punie ? on m'envoie au lit sans dîner ?

— Barbara, Barbara, Barbara, dit Headley qui paraissait à la fois fatigué et déçu. Quand est-ce que ça va s'arrêter ?

— Quoi donc ? Votre goût pour les petites combines ou mon goût pour écrire des articles dessus ?

— Vous croyez pouvoir continuer à taquiner le lion sans jamais prendre un coup de griffe. Vous n'êtes pas intouchable.

Intouchable. Intéressant choix de mot.

— Eh bien, vous avez dit à tout le monde que vous nous attaquiez en justice, moi et *Manhattan Today*. Donc, j'imagine que je ne suis pas intouchable. Puisqu'on en parle, où en est le procès contre le *Times* qui avait affirmé que vous étiez inscrit pour voter aux élections fédérales dans trois circonscriptions différentes ? Et combien de temps s'est écoulé depuis que vous avez menacé de poursuivre cette actrice qui a dit que vous souffriez d'anxiété de performance ?

Valerie décocha un regard à Barbara mais ne fit aucun commentaire.

Headley eut un sourire forcé.

— Eh bien, je pense que nous savons laquelle de ces accusations était la plus ridicule. (Le sourire s'effaça.) Quoi qu'il en soit, il faut un certain temps pour que ces procédures judiciaires aboutissent.

Barbara se coula dans la banquette en cuir, profitant de l'appui-tête. *Ne te laisse pas démonter*, se dit-elle. Bien sûr, ils étaient quatre, sans compter le chauffeur, qui prenait la sortie de la 42e vers le centre. Celui sur lequel Barbara voulait vraiment en savoir davantage, c'était ce Chris assis à côté d'elle, qui avait un physique à jouer un garde du corps de méchant dans un film de James Bond s'il perdait son boulot à City Hall. Ce n'était pas nécessairement une critique. C'était un séduisant spécimen. Le fait d'être entourée de la sorte était-il censé la rendre nerveuse ? Est-ce qu'ils savaient à quel point elle *adorait* ça, en fait ? Si Headley et sa bande l'avaient ignorée, n'avaient pas laissé entendre qu'elle les agaçait prodigieusement, c'est ça qui aurait été insupportable.

— Franchement, je ne vois pas pourquoi vous semblez m'avoir dans le nez, dit Headley. Pourquoi cette colère ?

— Je ne suis pas en colère, répondit Barbara. C'est juste que je ne supporte pas l'hypocrisie.

— Oh, je vous en prie. L'hypocrisie, c'est le carburant qui fait tourner le monde. Laissez-moi vous poser une question. Soyez franche avec moi. Ne vous est-il jamais arrivé d'avoir affaire à une source qui a fait quelque chose de répréhensible, quelque chose qui mériterait un article, qui mériterait d'être dévoilé, mais que vous avez préféré zapper parce qu'une autre information vous promettait une histoire meilleure encore ? Une promesse de scoop. Allez-vous me dire que vous n'avez jamais fait ça ?

— Il y a beaucoup d'éléments à prendre en considération quand on travaille sur un article.

— Votre réponse est tellement évasive que j'aurais pu la faire moi-même, dit Headley avec un grand sourire. Nous ne sommes pas si différents, vous et moi. Ce n'est qu'un jeu, n'est-ce pas ? La politique et les médias. Un jeu qui peut être très amusant, je ne le nie pas. Mais parfois (son visage prit une expression sévère), tout cela devient un peu agaçant.

— Je vous agace ? demanda Barbara, presque avec espoir.

Il tint son pouce et son index espacés de quelques millimètres.

— Un poil seulement. Mais, ajouta-t-il lentement, nous aimerions vous donner l'occasion de vous racheter.

Barbara le dévisagea avec méfiance.

— Qu'est-ce que c'est censé vouloir dire ?

Headley lança un regard, assorti d'un discret hochement de tête, à Glover.

— Le maire a certes des différends avec vous, mais il reconnaît également vos compétences de journaliste, vos talents de plume. Il vous respecte pour cela.

Headley regarda la ville qui défilait par la fenêtre, alors qu'ils remontaient vers le nord sur la Troisième.

— Il va sans dire, poursuivit Glover, que le maire et le reste de l'équipe ici présente aimeraient que vous vous concentriez, de temps en temps au moins, sur les choses qui se font. Cette histoire de métro à laquelle vous vous accrochez représente une avancée positive. Au lieu de cela, vous la montrez sous un jour négatif. Le système de signalisation actuel repose sur une technologie des années 1930 et a cruellement besoin d'être révisé. Et puis, il y a le passage aux véhicules électriques. Le maire veut que tout le parc municipal soit converti à l'énergie électrique avant la fin de son premier mandat. Bientôt, vous verrez ces petits autocollants verts à l'arrière de toutes les voitures et camions qui...

— Glover, abrège, dit Headley en regardant toujours par la fenêtre, un soupçon d'irritation gagnant sa voix.

— Nous ne faisons aucune annonce pour l'instant mais, le moment venu, il sera peut-être dans l'intérêt du maire de raconter son histoire à un public plus large, de manière à ce que les électeurs le connaissent mieux. Qu'ils comprennent qu'on ne peut pas le réduire à des scandales à la noix et des gros titres graveleux. Qu'ils voient que c'est un homme qui veut changer les choses, mais à plus grande échelle.

— Ah, dit Barbara en regardant Headley. Vous voulez grimper dans la chaîne alimentaire politique. Après maire de New York, il n'y a guère que le poste de gouverneur ou celui de président. Ou celui de quelqu'un qui passe son temps sur les plateaux de télé pour défendre un président corrompu. Comment on sait que quelqu'un a envie de devenir leader du monde libre ? Il sort un livre de son chapeau, comme si le monde entier mourait d'impatience de connaître l'histoire de sa vie. Le livre paraît, il s'en vend quelques exemplaires, puis les primaires arrivent, un autre est désigné et le bouquin se retrouve sur la table des soldes à 75 % chez Barnes & Noble, et même là, ils n'arrivent pas à fourguer leur stock. À la fin, son autobiographie finit au pilon.

Glover attendit de voir si elle en avait fini. Comme Barbara n'ajoutait rien, il reprit la parole.

— Comme je le disais, nous cherchons quelqu'un qui pourrait aider le maire à raconter son histoire.

— Un prête-plume, quoi.

Glover sourit.

— D'après mes sources, vous ne seriez pas étrangère à ce genre de travail.

C'était vrai. Au fil des années, Barbara avait écrit trois autobiographies. Pour une actrice de Broadway, une vedette sportive qui avait perdu ses deux jambes dans un accident de voiture, et une pop star qui avait connu le sommet des charts et qui pouvait s'estimer heureuse aujourd'hui de pousser la chansonnette dans un night-club de SoHo. Aucun de ces travaux ne lui aurait valu une chance de décrocher le Pulitzer, mais ils l'avaient sans conteste aidée à payer les factures.

Comme Barbara ne confirmait ni n'infirmait ce qu'il venait de dire, Glover poursuivit :

— Nous avons commencé à approcher des éditeurs. Nous avons un rendez-vous dans quelque temps chez Simon & Schuster. Ils sont à la recherche d'auteurs susceptibles de travailler avec pa... avec le maire, mais c'est à nous que revient l'approbation finale et nous pouvons faire nos propres suggestions. Nous pensons que vous feriez une candidate de choix.

— Sérieusement ?

Headley s'éclaircit la voix, se détourna du paysage qui défilait et la regarda droit dans les yeux.

— Nous avons le sentiment que choisir quelqu'un qui a eu des rapports hostiles avec moi apporterait au projet une crédibilité considérable. Ce ne serait pas qu'une opération de com'.

— Ce serait particulièrement crédible si je travaillais pour vous en même temps que vous me faites un procès.

Headley fit la grimace.

— On pourrait laisser ça de côté. Il resterait de toute façon suffisamment d'animosité entre nous.

— Bien entendu, dit Barbara en hochant lentement la tête, vous auriez malgré tout le dernier mot sur la validation du manuscrit.

— Eh bien, dit Valerie, qui n'était intervenue qu'une seule fois depuis le début, cela va de soi, mais nous visons un portrait juste et équilibré, sans complaisance aucune. Le maire veut jouer cartes sur table. L'Amérique est en train de s'habituer à des candidats qui sont loin d'être parfaits. Un candidat auquel les gens peuvent s'identifier, de nos jours, c'est un atout.

— Sans complaisance aucune, répéta posément Barbara. Vous êtes certain de vouloir aller sur ce terrain ?

— Je n'ai peut-être pas mentionné le plus important, dit Glover. Nous envisagerions une avance qui avoisinerait les cinq cent mille dollars. Avec un bonus potentiel dans l'éventualité où le livre resterait longtemps dans la liste des meilleures ventes (il sourit) ou si quelqu'un voulait un jour en faire un film. Vous savez. Un biopic. Malgré votre petit discours, cela pourrait arriver.

Headley eut la décence de rougir. Barbara supposa que même lui devait savoir que c'était *too much*. Elle se mordilla les lèvres.

— Fichtre. C'est quelque chose.

Headley se pencha vers elle et baissa la voix, comme s'ils n'étaient que tous les deux dans la voiture, pour déclarer :

— J'ai la conviction, malgré nos divergences, que nous pourrions travailler ensemble.

Barbara sembla réfléchir à la proposition tandis que le maire se carrait de nouveau dans son siège.

— J'arriverais sans doute à trouver un peu de temps en dehors de mes obligations à *Manhattan Today*. (Elle haussa un sourcil en regardant le maire.) Peut-être les week-ends ?

— Oh, fit Glover, qui avait baissé les yeux deux secondes pour lire un SMS sur son portable. Il s'agit d'une proposition de travail à plein temps. Du moins pour la durée du projet qui, je pense, prendra presque un an. Vous ne croyez pas, Valerie ?

— Absolument.

— Bon sang.

C'était le chauffeur. Ils regardèrent tous à travers le pare-brise, Barbara, Glover et Chris se retournant sur leurs sièges. La circulation sur la Troisième Avenue était complètement bloquée au niveau de la 58e. Des véhicules de police barraient le passage vers le nord. Le chauffeur de la limousine se faufila entre plusieurs taxis pour accéder à la barricade improvisée par les véhicules d'urgence. Il baissa la vitre à l'approche d'un agent de police.

— Vous ne pouvez...

— J'ai le maire avec moi, dit-il.

Le flic s'en assura en se penchant pour jeter un coup d'œil à l'arrière, puis il hocha la tête et leur fit signe de passer. Mais il était impossible d'aller beaucoup plus loin. Des véhicules d'urgence bouchaient la rue.

— Aux dernières nouvelles, il y a trois morts, pas quatre, dit Glover en agitant son téléphone. L'ascenseur a fait une chute d'au moins vingt étages. Rien pour l'instant sur l'état de santé du survivant.

Headley hocha la tête avec gravité.

— On va finir à pied, David, dit Valerie à l'homme au volant.

La limousine s'arrêta complètement. Le chauffeur bondit hors de la voiture et ouvrit la portière du côté du maire.

Chris Vallins ouvrit la sienne et, une fois descendu, tendit la main à Barbara pour l'aider à sortir. Son premier mouvement l'aurait portée à refuser. *Je peux me débrouiller toute seule, merci bien.* Mais un autre instinct, plus primitif peut-être, l'emporta, et elle accepta la main tendue. Il avait de la poigne et le bras ferme.

— Merci, dit-elle.

Vallins fit un petit mouvement de tête.

Glover, descendu de l'autre côté, fit le tour en courant pour la rejoindre.

— C'était mon idée, lui souffla-t-il.

— Pardon ?

— De vous demander si vous seriez intéressée par le livre. Il a fallu un peu batailler pour convaincre mon père. Je pense que vous seriez parfaite.

— Soyez proche de vos amis et plus encore de vos ennemis.

— Non, vous n'y êtes pas du tout. Vous feriez du bon travail. Jamais je ne l'admettrai devant mon père, ajouta-t-il encore plus bas, mais cela fait longtemps que j'admire votre travail.

Barbara ne sut pas trop quoi penser de cette déclaration.

Ils rattrapèrent le reste du petit groupe qui se dirigeait vers la tour de bureaux où, semblait-il, l'accident s'était produit.

— Merde ! jura Headley, sans s'adresser à personne en particulier.

— Qu'est-ce qu'il y a ? demanda Valerie.

— C'est l'immeuble de Morris Lansing.

Valerie regarda son patron d'un air ahuri. Ce nom ne lui disait manifestement rien.

— Sérieusement ? dit Headley.

Une équipe de CBS le repéra et fondit sur lui.

— Monsieur le maire ! cria quelqu'un. Savez-vous à quand remontait la dernière inspection de cet ascenseur ?

Il avait une caméra braquée sur lui. Headley prit un air de circonstance.

— Écoutez, je viens d'arriver et on ne m'a pas encore mis au courant, mais je puis vous assurer que je m'entretiendrai avec toutes les parties concernées et que j'exercerai tous les pouvoirs qui me sont conférés pour...

À travers la foule, Barbara se dirigea vers les portes principales au moment où les secouristes évacuaient une femme couverte de sang sanglée sur un brancard.

— Laissez passer ! cria l'un d'eux, et tout le monde s'écarta pour libérer l'accès vers les portières ouvertes de l'ambulance en attente.

Le brancard passa tout près de Barbara. Elle vit d'abord les baskets de la jeune femme, puis son visage.

Cela avait duré deux secondes au maximum, mais c'était suffisant.

— Paula, murmura-t-elle.

- 4 -

Les enquêteurs Jerry Bourque et Lois Delgado décidèrent de se répartir les tâches.

Delgado allait s'occuper des vidéos de surveillance. Il y avait des caméras sur la High Line et, sans doute, sur les immeubles voisins. Elle allait aussi retrouver les employés municipaux chargés de fermer l'accès à la High Line en fin de journée pour leur demander s'ils avaient vu quoi que ce soit qui, rétrospectivement, pourrait avoir son importance.

Quant à Bourque, il vérifierait les signalements des personnes disparues dont la description pourrait correspondre à leur victime. Il avait aussi une petite idée de l'endroit où trouver une piste sur ces chaussettes à motifs de requin.

Après l'arrivée du médecin légiste en chef, le corps serait transféré au centre de médecine légale de Manhattan, où un prélèvement ADN serait effectué. Si le profil génétique du défunt était dans le fichier, ils sauraient avec certitude à qui ils avaient affaire. Le seul problème, bien entendu, c'était qu'il pouvait s'écouler des semaines, voire des mois, avant d'obtenir les résultats. L'identification par empreintes digitales aurait été plus rapide, mais ce n'était évidemment pas une option envisageable.

L'autopsie leur en apprendrait davantage sur la manière dont ses phalanges avaient été amputées et leur dirait comment, exactement, l'homme était mort. À la suite des coups portés à la tête, supposait Bourque. Quand le labo aurait fini d'examiner le corps à la recherche d'indices, ses vêtements seraient fouillés et passés au crible.

La High Line devait rester fermée pour la journée sur plusieurs centaines de mètres, le temps que les experts de la police scientifique en examinent chaque centimètre carré. Ils trouveraient peut-être une empreinte de chaussure avec une trace de sang dessus. La pluie n'avait peut-être pas tout lessivé. Le tueur avait peut-être fait tomber quelque chose. On devait chercher des traces de sang et procéder à des relevés d'empreintes sur les rampes d'escalier des points d'accès au nord et au sud de la scène, même si on ne s'attendait pas à en tirer grand-chose, étant donné que chaque jour des milliers de mains se posaient sur ces rampes.

On envoya des agents taper aux portes de tous les appartements de la High Line qui donnaient sur ce banc courbe. Tous les appartements inoccupés dans la journée seraient revisités dans la soirée. Bourque voulait aussi que quelqu'un y passe après minuit pour noter les appartements qui restaient éclairés jusqu'au matin. Un couche-tard avait peut-être regardé par sa fenêtre pile au bon moment.

Tout va bien, se dit-il. *Je m'en sors très bien. Du moment que je n'y pense pas, je...*

Ce qui, bien entendu, fit qu'il y pensa.

Ces gouttes. Ces gouttes de sang. Qui tombaient comme une pluie rouge sur les lèvres de cette...

— Jerry ? fit Delgado.

— Ouais.

— Tu t'en vas ?

— Ouais, on se retrouve plus tard, dit Bourque, qui commençait à sentir sa gorge se serrer.

Il se dirigea vers sa voiture. Une fois assis au volant, il prit une autre bouffée de médicament. Il bloqua sa respiration dix secondes en rempochant l'inhalateur, puis consulta sa montre.

Il avait un rendez-vous en milieu de matinée dont il n'avait pas fait part à son équipière, mais il avait encore le temps de vérifier une piste avant de s'y rendre. Il démarra le moteur, fit demi-tour et mit le cap à l'est. Il avait vu ces chaussettes à la librairie Strand. Cela ne voulait pas dire que leur victime les avait achetées là, mais il apprendrait peut-être qui les distribuait, et dans quel rayon.

À dire vrai, il voulait juste un prétexte pour aller à la librairie.

Il prit la direction de l'intersection de Broadway et de la 12e et gara sa voiture banalisée à cheval sur le trottoir. C'était un des rares privilèges qu'il y avait à être flic, on n'avait jamais à chercher une place de stationnement. Il entra dans le magasin, passa devant le comptoir d'accueil et les tables où s'empilaient les nouveautés, puis tourna à gauche, dans le rayon vêtements. On n'aurait pas pu s'y habiller de pied en cap, mais le magasin proposait des tee-shirts et des casquettes fantaisie et tout un assortiment de chaussettes originales.

Il y avait traîné un rencard, un soir, deux mois auparavant. Elle s'appelait Wendy. Elle était serveuse dans un *diner* sur Lexington Avenue, au nord de la 70e. Elle avait acheté une paire de chaussettes dont le motif imitait une fiche de bibliothèque, joliment quadrillée avec même le tampon « À rendre avant le... ». Elles étaient présentées juste à côté de celles avec le requin. Bourque n'avait guère prêté attention aux chaussettes, s'étant éloigné vers la section consacrée aux livres sur l'architecture. À la caisse, il avait offert de payer les chaussettes, dont le prix s'élevait à dix dollars, et Wendy avait accepté.

— Rien que pour ça, lui glissa-t-elle à l'oreille alors qu'ils ressortaient sur Broadway, je te ferai un petit défilé de mode (petit sourire espiègle) en chaussettes et rien d'autre.

Elle avait tenu parole.

Bourque n'avait pas passé la nuit chez elle. Il devait se lever de bonne heure et elle aussi. Le lendemain matin, il était allé dans un autre *diner* et il ne l'avait pas revue.

Ce matin-là, lors de sa visite à la librairie, il inspecta le présentoir à chaussettes et trouva rapidement celles dont le motif était inspiré des *Dents de la mer*. Il décrocha une paire et la compara avec la photo qu'il avait prise des chevilles du mort. Les chaussettes étaient identiques. Il les emporta au comptoir, où un jeune homme aux cheveux crépus lui demanda en souriant :

— Oui ?

— J'ai reçu un e-mail me disant que vous aviez le livre que j'ai commandé.

— C'est à quel nom ?

— Bourque.

— Et le livre ?

— *Changing New York*, de Berenice Abbott.

— Je vous demande un instant. Et vous prenez ces chaussettes ?

— Pouvez-vous d'abord vérifier pour le livre ?

L'employé s'éclipsa. Bourque s'appuya sur le comptoir, passa le temps en consultant son portable.

Le jeune homme revint, posa le livre sur le comptoir afin que Bourque puisse l'examiner. Format beau livre, vingt-trois centimètres sur trente et un, trois centimètres d'épaisseur, avec une photo en noir et blanc extrêmement nette des tours de Manhattan.

— Il est d'occasion, mais en bon état. Quelques pages sont légèrement froissées.

— Ça ne fait rien, dit Bourque en feuilletant rapidement l'ouvrage, balayant du regard les centaines de clichés du New York des années 1930. C'est parfait. Je le prends.

— Vous avez vu le livre sur Top of the Park ? Il est paru la semaine dernière. Il pourrait vous intéresser.

Il pointa du doigt une des tables consacrées aux nouveautés. Bourque s'approcha, trouva l'ouvrage que le jeune homme désignait. Un autre livre grand format, avec en couverture une vue d'artiste montrant un gratte-ciel étincelant qui s'élançait au-dessus d'un parc.

— Je ne savais pas qu'ils faisaient un livre sur le sujet, dit-il en feuilletant les pages, regardant d'autres dessins d'architecture, des plans de niveau, des comparaisons avec d'autres immeubles, partout dans le monde, de hauteur similaire.

Il n'y en avait pas beaucoup.

Il l'apporta au comptoir.

— Joli livre. Tout est documenté. Les premières ébauches, les plans définitifs, la bio de l'architecte. Vraiment magnifique, dit Bourque, qui retourna l'ouvrage pour y chercher le prix. Bon sang.

— Oui, mais vous avez l'autre pour seulement quinze dollars. Et on peut vous faire celui-ci à trente-cinq au lieu de quarante.

Pendant que Bourque réfléchissait à la proposition, l'employé pianota sur la couverture du livre le plus cher.

— Je crois que l'inauguration officielle a lieu cette semaine. C'est censé être la plus haute tour résidentielle au monde, ou juste des États-Unis, je ne sais plus trop. La seule chose que je sais, c'est que je n'y monterai pas. J'ai le vertige. Je n'ai jamais pu aller en haut de l'Empire State.

Bourque avait pris sa décision.

— Je vais prendre les deux.

— Et les chaussettes ?

— Non, juste une question. À part ici, dans combien de points de vente peut-on les trouver ?

Le jeune homme haussa les épaules.

— Des tas, j'imagine. Pourquoi ? Vous voulez qu'on s'aligne sur un prix ?

Bourque fit non de la tête et exhiba rapidement sa plaque.

— Vous ne vous souviendriez pas d'un type qui serait venu vous acheter ce modèle-là ?

— Vous voulez rire ? On en vend énormément. Et il y a beaucoup d'autres employés qui tiennent la caisse.

Bourque ne se laissa pas décourager.

— Chaque article que vous avez en magasin a bien un code-barres différent, non ?

— Oui, bien sûr.

— Donc, si vous saisissez ce code, tous les achats de ce modèle de chaussettes vont apparaître. Et si elles ont été payées par carte de crédit, vous saurez qui a effectué la transaction.

— C'est possible, oui.

— C'est ce que j'aimerais que vous fassiez pour moi.

— Je voudrais être sûr de bien comprendre, dit l'employé avec un grand sourire. Vous voulez retrouver un type qui a acheté la même paire de chaussettes que celles-là.

— Exactement.

— Si c'est moi qui la lui ai vendue, je le reconnaîtrai peut-être. Vous avez une photo ?

— Non.

— Bon, alors il va falloir qu'un des gérants donne son accord pour qu'on fouille dans nos fichiers, mais j'ai déjà votre mail.

Bourque lui tendit une carte.

— Il y a aussi mon numéro de téléphone, là-dessus.

— Je n'ai pas beaucoup de temps, dit le policier en se laissant tomber sur la chaise en plastique de la petite salle d'examen. Il me faut une nouvelle ordonnance.

Le médecin, un sexagénaire petit et rond, une paire de lunettes perchée sur le crâne, était assis à son bureau, un ordinateur posé devant lui. Il chaussa brièvement ses lunettes pour lire quelque chose à l'écran, puis pianota sur le clavier, lentement, avec deux doigts.

— Je hais ces foutus ordinateurs, dit-il. Je regrette l'époque où on n'en avait pas.

— Alors fais-moi une ordonnance à l'ancienne, suggéra Jerry Bourque. Sur un morceau de papier, Bert. Avec ton écriture illisible.

— Ce n'est plus comme ça que ça marche, objecta Bert, qui regardait l'écran en plissant les yeux. Hum, dit-il ensuite.

— Quoi, *hum* ?

— Tu consommes ces inhalateurs à la vitesse grand V.

— Allons, Bert.

Bert remonta ses lunettes sur son front et pivota sur son tabouret pour faire face à son patient.

— Les inhalateurs ne sont pas la solution.

— Ils marchent.

— À court terme, dit le médecin en hochant la tête avec lassitude. Ce dont tu as besoin, c'est de parler...

— Je connais ton opinion sur ce dont j'ai besoin.

— Il n'y a aucune raison physiologique à tes crises d'essoufflement. Dieu merci, tu n'as ni cancer du poumon ni emphysème. Je ne vois rien qui montrerait qu'on a affaire à une réaction allergique quelconque. Ce n'est pas une bronchite. Tu as clairement identifié ce qui provoquait les crises.

— S'il n'y a rien de physiologique, alors pourquoi les inhalateurs fonctionnent-ils ?

— Ils dilatent les bronches, peu importe ce qui provoque les symptômes, expliqua Bert. Les crises sont plus, ou moins fréquentes ?

Bourque ne répondit pas tout de suite.

— C'est à peu près la même chose. (Un autre silence.) J'en ai fait une ce matin. J'ai été appelé sur une scène de crime, tout allait bien, et puis j'ai eu ce... *flash*... je suppose qu'on peut appeler ça comme ça. Et j'ai commencé à suffoquer.

— C'est presque toujours le même souvenir qui provoque la crise ? Les gouttes...

Bourque leva la main pour signaler qu'il n'avait pas besoin qu'on lui rafraîchisse la mémoire.

— Oui, ça, c'est sûr. Mais ça se déclenche parfois dans d'autres moments de stress. Ou une situation tendue qui fait remonter le souvenir, et ça arrive... Il n'y a pas toujours besoin d'une raison particulière.

Bert hocha la tête avec compassion.

— Il n'y a personne dans les services de police à qui tu pourrais parler ?

— Je n'ai besoin de parler à personne au travail. Je t'ai, toi.

— Je ne suis pas psy.

— Je n'ai pas besoin d'un psy.

— Peut-être que si. De deux choses l'une, soit tu as besoin de parler à quelqu'un, soit…

— Soit quoi ?

— Je ne sais pas, dit le médecin en agitant les mains pour exprimer sa frustration. Tu es peut-être comme Jimmy Stewart dans ce film de Hitchcock. Il devient sujet au vertige après avoir vécu un traumatisme. Et il faut un autre traumatisme pour l'en guérir.

Bourque promena son regard sur les divers diplômes de médecine encadrés sur les murs.

— Qu'est-ce que tu cherches ? demanda Bert.

— Un parchemin de la New York Film Academy. J'imagine que c'est là que tu as dégoté ton diplôme de toubib.

Bert ignora la pique.

— Cela fait huit mois. Tu as besoin de voir quelqu'un de plus qualifié que moi.

— Pas question de m'épancher devant quelqu'un de la maison.

Bert poussa un autre soupir.

— C'est peut-être ton boulot, le problème.

Bourque le regarda, attendant une explication.

— Tu t'es peut-être trompé de voie. Tu aimes vraiment ce que tu fais ?

Le policier prit plusieurs secondes pour répondre.

— Bien sûr.

— C'était convaincant.

Bourque détourna le regard.

— Je me débrouille pas mal dans ce travail. Ce n'est pas un mauvais boulot.

— Je te suis depuis le temps où tu étais en culotte courte, dit Bert. Je sais que ça n'a jamais été ta vocation.

— D'accord, je n'ai pas été admis en école d'archi. Je m'en suis remis. Papa était flic. Ses deux frères étaient flics. Alors j'ai rejoint le business familial. C'était ce qu'ils attendaient de moi, de toute façon.

Bert se tourna vers l'ordinateur, les doigts suspendus au-dessus du clavier. Mais il se ravisa et pivota de nouveau face à son patient.

— Tu as essayé cet exercice que je t'ai donné, quand ça commence à se resserrer, que tu as du mal à inspirer ?

— Redis-moi ça.

— Quand ça commence, essaye de ne pas te focaliser dessus. Concentre-toi sur autre chose. Énumère cinq choses qui se trouvent devant toi. Cinq sons que tu entends. Les dates d'anniversaire des membres de ta famille. La liste des joueurs des Mets dans l'ordre alphabétique. Les dix criminels les plus recherchés. Ou, tiens, un truc qui va te plaire : les dix édifices les plus anciens de New York. Ou les plus visités par les touristes. Les plus hauts, je ne sais pas. Ça me semble être pile ton rayon.

Bourque le dévisagea d'un air dubitatif.

— Tu es sérieux ?

— Ça ne coûte rien d'essayer.

Ce fut au tour du policier de soupirer.

— Si tout ça, c'est dans ma tête, ça ne peut pas me tuer ? Si je perds mon inhalateur, ça ne va pas devenir critique au point de m'empêcher de respirer. Ce n'est pas comme si j'allais mourir.

Bert secoua lentement la tête, puis retourna à son clavier.

— Je vais te faire une dernière ordonnance.

- 5 -

Pour ce que Barbara en savait, Paula Chatsworth n'avait aucune famille en ville. Elle était originaire de Montpelier, était venue étudier le journalisme à l'université de New York et n'était jamais repartie. Barbara avait fait sa connaissance trois ans auparavant, quand elle était venue faire un stage d'été à *Manhattan Today*. Barbara s'était largement reconnue dans la jeune femme. Un désir d'apprendre qui n'avait d'égal qu'un sain mépris pour l'autorité. Et elle jurait beaucoup. Bizarrement, Barbara ne s'attendait pas à cela de la part d'une fille du Vermont, mais cela la réjouissait. Paula lui avait assuré que, question jurons, les filles du Vermont ne craignaient personne.

Paula n'avait pas été embauchée à *Manhattan Today* et Barbara l'avait perdue de vue. Elle l'avait croisée par hasard un jour au Grand Central Market, alors qu'elle commandait un taco chez Ana Maria. Trois minutes de bavardage lui avaient suffi pour apprendre que Paula n'avait pas trouvé de poste dans son domaine, mais travaillait comme rédactrice publicitaire pour une société qui gérait un certain nombre de sites internet. « Je suis juste à côté de Bloomingdale's. Du coup, je n'ai pas besoin d'aller loin pour me débarrasser de ma paye. »

La jeune femme n'avait rien dit d'une éventuelle relation amoureuse, mais leur rencontre avait été brève, et elle n'avait alors aucune raison de le faire. Elle ne semblait pas consciente quand on l'avait transportée sur ce brancard jusqu'à l'ambulance, mais la police chercherait sans doute un contact dans son téléphone, si celui-ci n'était pas protégé par un mot de passe, ou bien interrogerait ses collègues de travail pour retrouver des proches.

Barbara pensait pouvoir se rendre utile.

Après avoir appris dans quel hôpital Paula avait été emmenée, Barbara s'y rendit. Pendant qu'elle attendait des nouvelles aux urgences, elle appela les parents de la jeune femme à Montpelier. Elle espérait que quelqu'un, peut-être un collègue – après tout, Paula avait été blessée sur son lieu de travail –, les avait déjà contactés, mais il se trouva qu'elle était la première à le faire.

— Je ne comprends pas, dit sa mère, Sandy, d'une voix qui se brisait. Comment un ascenseur peut tomber comme ça ?

— Il y aura une enquête, répondit Barbara. Un coup de malchance extraordinaire, je suppose.

— Nous étions toujours tellement inquiets de la savoir à New York. Avec tout ce qui peut arriver. Les vols, les fusillades… Je lui avais dit : « Je te défends bien d'avoir un vélo, n'essaye pas de rouler à vélo en ville parce que tout le monde conduit n'importe comment et tu te ferais renverser. » Mais un *ascenseur* ?

— Je sais.

Barbara ne savait pas trop quoi dire d'autre. Elle n'avait jamais été très douée pour réconforter les gens. *C'est la vie* était sa philosophie de base. N'empêche, elle avait le cœur serré. Elle demanda s'il y avait un ou une proche à prévenir en ville. Sandy répondit que si Paula fréquentait quelqu'un, elle et son mari ne savaient rien à ce sujet.

— Cela faisait des semaines que nous n'avions pas de nouvelles, dit Sandy, et Barbara l'entendit pleurer. Elle a peut-être... nous avions eu des mots...

Barbara attendit.

— Paula a découvert qui elle était, continua Sandy à voix basse. Si vous voyez ce que je veux dire. Ça a été dur à accepter pour moi et Ken.

Barbara se rappela que Paula avait parlé un jour, pendant son stage, d'aller un week-end au Cubbyhole, un bar lesbien bien connu. Elle n'avait fait aucun effort pour cacher ses préférences sexuelles, si bien que Barbara avait une idée de ce à quoi Sandy faisait allusion. C'était peut-être les parents de Paula qui avait découvert qui elle était, plus que Paula elle-même.

— Bien sûr, dit-elle. Je comprends.

Le père de Paula, Ken, prit l'appareil.

— Je ne suis jamais allé à Manhattan en voiture, dit-il. Quel est le meilleur itinéraire ?

Il dit cela avec le plus grand sérieux, comme si se concentrer sur des préparatifs de voyage pouvait chasser de son esprit l'image de sa fille blessée.

— Je ne suis vraiment pas la mieux placée pour vous répondre. Je n'ai pas de voiture. Je n'ai même pas mon permis.

— Il y a des péages ? Je vais avoir besoin de beaucoup de monnaie ? Il y a un parking à l'hôpital ?

Il annonça qu'ils allaient partir dans l'heure.

Barbara leur suggéra de prendre le train. Ou, mieux encore, il y avait probablement un vol au départ de Burlington.

Ken lui répondit que cette option lui paraissait sensée et qu'il se renseignerait sitôt qu'il aurait raccroché. Barbara promit de rappeler si elle apprenait quoi que ce soit et leur donna les coordonnées de l'hôpital, ainsi que son propre numéro de portable. Elle enregistra leurs numéros à son tour, pour les tenir informés pendant qu'ils seraient en route.

Une fois l'appel terminé, Barbara se sentit épuisée nerveusement. La mère de Paula avait touché une corde sensible quand elle avait dit que la dernière chose que l'on redoutait lorsque son enfant partait pour la grande ville, c'était un accident d'ascenseur. Un million d'autres dangers venaient à l'esprit avant ce genre de drame. Accident avec délit de fuite, botulisme, enlèvement par des extraterrestres seraient tous mieux placés sur la liste. Combien de dysfonctionnements de ce type connaissait la ville de New York chaque année ? Un ? Deux, peut-être ?

Elle alla se chercher un café, même si elle aurait eu besoin d'un remontant bien plus corsé. Elle revint aux urgences, demanda à la secrétaire des admissions des nouvelles de Paula et si elle avait été transférée dans une chambre.

La femme, les yeux rivés sur son écran d'ordinateur, lui répondit qu'elle regarderait quand elle aurait le temps.

— J'ai le numéro de ses parents, proposa Barbara.

La femme continua à fixer son écran et à pianoter sur son clavier.

Et puis merde.

Barbara s'aventura dans le dédale du service des urgences, jetant un coup d'œil derrière les rideaux des différentes salles d'examen pour tenter de trouver la jeune femme.

Il ne lui fallut pas longtemps.

Paula était allongée dans un lit, reliée à tout un tas de câbles, de tubes et de machines, dont un moniteur de fréquence cardiaque qui bipait. Son visage était marbré d'ecchymoses violacées et son corps avait été immobilisé. Barbara supposa qu'elle souffrait de fractures multiples. Si elle s'était tenue debout quand l'ascenseur avait touché le sol, l'onde de choc avait dû remonter dans tout son corps, fracassant des os, particulièrement ceux des jambes, compressant ses organes internes. Ce devait être comme de sauter d'un immeuble.

Mon Dieu, que doit-on ressentir dans un ascenseur en chute libre ? se demanda Barbara. *Savoir ce qui va arriver et ne rien pouvoir y faire...*

Barbara espérait qu'un médecin ou une infirmière allait apparaître pour faire un point sur son état de santé. Si on lui demandait si elle était de la famille, elle leur raconterait qu'elle était la tante de Paula ou une sœur bien plus âgée.

Alors qu'elle faisait un pas de plus en direction du lit, elle réalisa que Paula avait presque le même âge que sa propre fille. Paula avait une vingtaine d'années, Arla allait fêter ses vingt-cinq ans.

Je devrais l'appeler.

La jeune femme s'agita un peu, sa tête dodelinant sur l'oreiller.

— Salut, dit Barbara tout bas.

Paula n'ouvrit pas les yeux.

— Je ne sais pas si tu m'entends, mais c'est moi, Barbara. Barbara Matheson, de *Manhattan Today*. Où tu as fait ton stage.

Rien.

L'œil droit de Paula s'entrouvrit imperceptiblement, puis se referma.

— J'ai appelé tes parents. À Montpelier. J'espère que j'ai bien fait. J'ai pensé que tu voudrais qu'ils soient prévenus. Ils sont en route.

Les lèvres de Paula s'entrouvrirent, se refermèrent, s'entrouvrirent encore.

— Tu veux dire quelque chose ?

Ses lèvres s'ouvrirent de nouveau, sa langue remua légèrement.

— Ne te fatigue pas. Ce n'est pas grave. Garde tes forces.

Mais à cet instant, un mot, aussi léger et doux qu'une plume, s'échappa de la bouche de Paula.

— Qu'est-ce que tu as dit ? demanda Barbara, qui tourna la tête de côté pour approcher son oreille à quelques centimètres des lèvres de Paula.

Celle-ci murmura le même mot, juste assez fort pour que Barbara l'entende.

— Flotter.

— Flotter ? reprit Barbara.

— L'impression de flotter.

Barbara s'écarta en hochant la tête.

— J'imagine. Tu étais en chute libre, en fait. Tu as dû te sentir en état d'apesanteur et…

Le moniteur cardiaque passa d'un bip à une inquiétante sonnerie ininterrompue.

— Qu'est-ce que…

Barbara regarda la machine, vit la ligne continue traverser l'écran.

— Oh, merde !

Elle tira le rideau et appela :

— Hé, il y a quelqu'un ! J'ai besoin d'aide !

Une infirmière accourut de l'autre bout du service.

Plus tard, quand tout fut fini, et après avoir appelé les parents de Paula pour leur annoncer le décès de leur fille, Barbara échoua dans un bar de la Troisième Avenue, au nord de la 50e, et commanda un scotch, sec.

Elle en était à son quatrième verre quand l'idée lui traversa l'esprit que « flotter » ne faisait peut-être pas référence à sa chute dans l'ascenseur. Barbara se demandait à présent si Paula n'avait pas été légèrement plus métaphorique au moment de partir. Pendant la brève période où elle avait travaillé à *Manhattan Today*, elle avait démontré un talent certain pour les mots.

- 6 -

Avant la fin d'après-midi, à peu près tout ce qu'on pouvait vouloir savoir au sujet de l'accident d'ascenseur à la Lansing Tower était disponible. Tout, sauf ce qui l'avait provoqué.

Différentes sources médiatiques avaient publié de brefs portraits des victimes. Qui étaient :

Paula Chatsworth, vingt-deux ans, célibataire. Domiciliée dans le quartier de Tribeca, originaire du Vermont, elle travaillait pour Webrite, une agence qui produisait du contenu pour des sociétés souhaitant améliorer leur présence en ligne. Paula avait survécu à la chute de l'ascenseur avant de décéder plus tard à l'hôpital.

Stuart Bland, trente-huit ans. Habitait avec sa mère à Bushwick. Il avait occupé divers petits boulots, jamais bien longtemps, notamment dans un pressing. C'est dans cet emploi, supposait la police, qu'il aurait pu se procurer un badge d'identification FedEx. L'entreprise de messagerie avait rapporté qu'il n'était pas, et n'avait jamais été, salarié chez eux, ce qui conduisait la police à s'interroger sur ses intentions. Un scénario à son nom avait été retrouvé sur le plancher de l'ascenseur.

On avait d'abord envisagé que Bland espérait rencontrer quelqu'un dans l'immeuble pour discuter de ce projet, bien qu'on n'ait retrouvé aucune trace d'un quelconque rendez-vous.

Sherry D'Agostino, trente-neuf ans. Vice-présidente du département création chez Cromwell Entertainment. Mariée à Elliott Milne, agent de change à Wall Street. Mère de deux enfants : une fille âgée de cinq ans et un fils, de huit ans. Elle habitait Brooklyn Heights. « Une perte immense, avait déclaré le président de Cromwell, Jason Cromwell, à la fois personnellement et professionnellement. Sherry avait un œil infaillible pour dénicher des talents dans tous les domaines et, en plus d'être un membre indispensable de notre équipe, c'était une amie proche. Nous sommes anéantis. »

Barton Fieldgate, soixante-quatre ans. Avocat spécialisé en droit des successions chez Templeton Flynn and Fieldgate. Marié depuis quarante ans, père de cinq enfants. Il habitait une *brownstone* de huit millions de dollars sur la 95e Ouest. Pour Michael Templeton : « Qu'une chose pareille puisse se produire, dans notre propre immeuble, est inimaginable. Barton était un ami et un collègue précieux. Il nous manquera. » On rapportait également que le cabinet avait déjà engagé des poursuites à l'encontre des propriétaires de la Lansing Tower pour défaut de maintenance des ascenseurs.

De multiples agences enquêtaient sur la cause de l'accident, y compris les pompiers et le service municipal qui supervisait l'octroi des licences d'exploitation des ascenseurs et escaliers mécaniques. On fit remarquer à cette occasion qu'il y avait à New York trente-neuf inspecteurs chargés de surveiller près de soixante-dix mille installations.

Richard Headley était affalé sur le canapé du bureau à Gracie Mansion, la résidence officielle du maire de New York, en bras de chemise, les chaussures sur la table basse, la cravate desserrée et la télécommande à la main. Il regardait le grand écran fixé au mur, zappant sur les différents JT de 18 heures. Il choisit de s'attarder un moment sur NY1.

Ils diffusèrent quelques secondes de son arrivée à la Lansing Tower, puis un extrait où on le voyait s'entretenir brièvement avec Morris Lansing, le grand promoteur immobilier new-yorkais et ami de longue date du maire, qui possédait le gratte-ciel.

La porte s'ouvrit sur Valerie Langdon. Elle traversa rapidement la pièce de manière à ne pas boucher la vue du maire.

— Appelez-moi Morris, dit-il en coupant le son de la télévision et en lui tendant son portable. Je veux prendre de ses nouvelles. (Il jeta un coup d'œil à son assistante.) Vous savez qui c'est *maintenant* ?

— Je sais qu'il a donné un demi-million pour votre campagne. Ça m'était sorti de la tête. C'est que vous avez beaucoup de donateurs.

Valerie tapota l'écran et mit le téléphone à son oreille. Elle parla à quelqu'un, lui dit qu'elle avait le maire en ligne pour Lansing, puis le regarda.

— Ils vont le chercher, annonça-t-elle.

En attendant, Headley continua à regarder les informations. Ils étaient passés à un autre reportage, en direct de Boston. Un journaliste se tenait devant un bâtiment que Headley identifia comme étant le Faneuil Hall. Quand il lut le mot « bombe » dans le bandeau qui défilait au bas de l'écran, il monta le son.

« ... quatre blessés quand ce que la police décrit comme un engin explosif s'est déclenché dans l'enceinte du marché. L'un des blessés serait dans un état grave.

D'après la police, l'engin aurait été abandonné, dans un sac à dos, à l'intérieur d'une poubelle d'un des espaces de restauration. L'incident rappelle l'horrible attentat du marathon de Boston en 2013, qui avait fait trois morts et des centaines de blessés. Si ce dernier attentat avait eu lieu à l'heure du déjeuner, plus animée, il est très vraisemblable qu'il aurait fait davantage de blessés, voire des morts. Les terroristes du marathon, deux frères, étaient motivés par l'extrémisme islamiste, mais la source de cet événement pourrait se trouver bien plus proche de nous. Il est similaire à d'autres actions imputées au groupe extrémiste connu sous le nom de Flyovers, bien que les autorités n'aient pas encore confirmé leur implication, et ce, en dépit de vagues revendications sur Twitter qui... »

— Richard, dit Valerie.

Il coupa de nouveau le son tandis qu'elle lui rendait son portable.

— Morris ?

— Bonsoir, Richard, dit Lansing.

— On n'a pas beaucoup eu le temps de se parler aujourd'hui. Je voulais prendre des nouvelles, voir comment tu allais, voir ce qu'ils avaient appris d'autre.

— C'est horrible. Plus qu'horrible. Sherry était une amie. On était chez elle à Long Island il y a trois semaines. Et Barton était un type bien. Les deux autres, je ne les connaissais absolument pas. Le type, là, celui qui s'est fait passer pour un coursier, ça m'a l'air louche. Quelqu'un à la sécurité va se faire virer, je peux te l'assurer.

— Si on entre dans ton immeuble comme dans un moulin, c'est sûr, tu vas devoir mettre ton nez là-dedans. Y a-t-il un lien entre ce type et la défaillance de l'ascenseur ?

— Eh bien, non, pas pour le moment, répondit Morris Lansing. Ils n'ont aucune idée de ce qui s'est passé. Malgré tous les dispositifs de sécurité intégrés dans ces foutues machines, une fois de temps en temps, elles vous laissent quand même tomber...

Bon sang, mauvais jeu de mots.

— Je voulais juste te faire savoir que si tu as besoin de quoi que ce soit, tu n'as qu'à appeler. Mes services sont là pour t'apporter toute l'aide possible.

Il y eut un long silence à l'autre bout de la ligne.

— Morris ?

— Puisqu'on en parle, dit Lansing. Je vais avoir des tas de procès au cul. Le cabinet de Fieldgate s'agite déjà. Mais nous aussi, on a des intérêts à défendre et on va se retourner contre la Ville.

— Bon sang, Morris.

— Ça n'a rien de personnel mais, merde, je n'ai pas l'intention de porter le chapeau pour ça. Nous considérons en l'occurrence que la Ville porte une très lourde responsabilité. Vos inspecteurs auraient dû détecter ce qui n'allait pas avec cet ascenseur.

Ce fut au tour de Headley de se taire.

— Tu ne vois pas que ce genre d'attitude est à double tranchant ? finit-il par dire entre ses dents. Si tu crois que les inspecteurs n'ont pas fait le nécessaire dans ton immeuble, je devrais peut-être t'envoyer *tous* les inspecteurs - alimentation, qualité de l'air, infestation de rongeurs - pour tout examiner du toit au sous-sol. Et pas seulement dans cet immeuble, mais dans tous ceux que tu possèdes en ville. C'est ce que tu cherches, on dirait.

— Richard, enfin...

— Pour toi, ce sera « monsieur le maire », enfoiré.

— Pas étonnant que tant de gens t'appellent Dick.

Headley raccrocha et balança le téléphone sur la table basse. Valerie le regarda, dans l'expectative, mais il ne lui dit rien.

Un coup discret fut frappé à la porte et Valerie alla ouvrir. Chris Vallins entra à grands pas, une tablette tactile dans la main gauche, la droite enfoncée négligemment dans sa poche.

Headley leva les yeux sans mot dire.

— Monsieur le maire, il y a là quelque chose qui vous intéressera peut-être, dit Chris en lui tendant la tablette. Le dernier papier de Matheson vient de sortir.

Headley attrapa ses lunettes de lecture posées sur la table basse et les chaussa. Le gros titre « Headley m'emmène faire un tour » suffit à le faire grimacer.

— Bon Dieu !

Il balança la tablette en direction de la table, mais rata sa cible. Chris n'attendit pas que le maire la ramasse. Il se pencha et la récupéra.

— Faites-moi un résumé, dit Headley.

— Elle parle de votre proposition d'écrire votre biographie. Elle dit qu'elle toucherait une somme à six chiffres pour le faire et qu'il faudrait qu'elle se mette en disponibilité de *Manhattan Today*. Sous-entendant que c'est le moyen que vous avez trouvé pour qu'elle cesse d'écrire des articles à charge sur votre administration. Vous l'achetez. Vous la soudoyez, en fait.

— Nous nions en bloc, rétorqua Headley. C'est pure invention.

Chris secoua lentement la tête.

— Elle cite tout ce qui s'est dit dans la voiture avec tellement d'exactitude que je parie qu'elle a enregistré la conversation.

— Merde, dit Valerie. Je me souviens qu'elle a fait un truc avec son portable juste avant de monter dans la voiture. J'ai cru qu'elle l'éteignait.

Headley s'avachit encore plus dans le canapé.

— Glover, grommela-t-il.

Ni Chris ni Valerie ne réagirent.

Headley, sur un ton faussement enjoué, dit :

— « Mets-la dans la boucle, qu'il disait. Fais-la basculer de notre côté. Si tu lui proposes assez d'argent, elle sautera sur l'occasion. » J'en déduis qu'elle ne prend pas le boulot, conclut-il avec un petit sourire en coin.

— Je n'ai rien contre Glover, dit Valerie, mais vous savez que je vous ai déconseillé cette idée dès le départ.

— Je sais, dit Headley avec une grimace.

— L'article de Matheson soulève aussi la question de savoir *pourquoi* vous voulez écrire un livre. Cela donne du grain à moudre à ceux qui pensent que vous envisagez sérieusement d'être candidat à autre chose qu'à votre réélection à la mairie, avant que vous soyez prêt à abattre votre jeu. C'était l'autre raison pour laquelle je ne souhaitais pas faire appel à Matheson.

— Je n'aurais pas dû l'écouter, dit Headley. J'aurais dû me méfier.

— Au risque de passer les bornes, monsieur, reprit Valerie avec hésitation, je ne suis pas sûre que Glover ait suffisamment d'expérience pour vous conseiller sur ce genre de sujets. Il vous comprend mieux que n'importe lequel d'entre nous, c'est certain, mais là où il est le plus précieux, c'est dans l'exploitation des données. L'analyse des tendances, les enquêtes d'opinion. Dans tous les services, je ne trouverais personne de plus qualifié que lui pour m'aider à résoudre un problème informatique. Mais quand il s'agit de vous conseiller sur des sujets tels que...

Headley la fit taire d'un geste de la main.

— Il y a un passage à la fin de l'article, dit Chris.

Headley lui adressa un regard douloureux, s'attendant à un supplément de mauvaises nouvelles.

— Non, il ne s'agit pas de vous. Une connaissance de Matheson a été tuée dans cet accident d'ascenseur.

Le maire ravala son soulagement pour adopter une expression modérément intéressée.

— Sherry D'Agostino, je parie. Tout le monde connaissait Sherry, dit-il avec un petit sourire en coin. Je suis même sorti plusieurs fois avec elle, dans le temps.

Valerie prit un air légèrement attristé, comme si seul Headley était capable de se vanter d'avoir couché avec une femme qui venait de mourir.

— Non, rectifia Chris. Paula quelque chose. Elle avait fait un stage à *Manhattan Today*.

— Ah, lâcha Headley.

Il ne semblait pas y avoir grand-chose à ajouter. Il regarda Valerie, puis Chris, et de nouveau Valerie.

— Vous pouvez nous laisser le bureau ? lui demanda-t-il.

Elle parut un instant déconcertée, mais se dirigea vers la porte et la referma derrière elle sans un mot.

— Chris, asseyez-vous.

L'homme s'assit.

— Chris, depuis que vous nous avez rejoints, vous avez été d'une aide très précieuse. À la fois garde du corps, détective privé et conseiller politique (il ricana), et vous savez quoi faire chaque fois que Glover n'est pas là pour réparer mon imprimante.

— Merci, monsieur, dit Chris avec un sourire.

— Vous êtes doué pour dénicher des infos. Tous les grands hackers ne sont pas des adolescents vivant dans le sous-sol de leurs parents, finalement. Vous êtes très utile pour quelqu'un dans ma situation.

— Je vous en prie.

— Sans vous, je ne serais peut-être pas dans ce bureau aujourd'hui.

— Ça, je ne sais pas trop, monsieur le maire.

— Ne soyez pas modeste. C'est vous qui avez retrouvé cette femme, l'avez persuadée de se faire connaître et de raconter son histoire au *Daily News*. Je ne serais pas dans ce fauteuil aujourd'hui si elle n'avait pas raconté à la terre entière que mon adversaire avait abusé d'elle quand elle avait quatorze ans et lui quarante. Vous avez même déniché les mails qu'il avait écrits à son avocat dans lesquels il reconnaissait plus ou moins les faits.

Chris se contenta de sourire.

— Heureusement que vous ne fouillez pas dans *mon* passé, dit Headley avec un large sourire.

Chris secoua la tête.

— Je suppose qu'en cherchant bien, on peut trouver quelques squelettes dans le placard de n'importe qui.

— C'est peut-être un dressing complet qu'il me faudrait pour cacher tous les miens. Mais je crois que vous connaissez mon parcours et ma volonté de changer les choses. Je me suis comporté comme un salaud la plus grande partie de ma vie, Chris, mais j'espère faire tout ce que je peux pour me racheter.

Chris hocha la tête, attendant la suite.

— Il y a deux choses qui m'inquiètent, poursuivit Headley, la mine sombre.

— Lesquelles, monsieur ?

— La première concerne... Glover.

— Il ne demande qu'à vous faire plaisir. Il cherche à bien faire. Il veut votre approbation, monsieur.

— C'est bien possible. Mais ses réflexes... Enfin, prévenez-moi s'il fait quoi que ce soit de particulièrement stupide, vous voulez bien ?

— Naturellement. Et l'autre chose ?

— Barbara.

Chris hocha lentement la tête.

— Soyons réalistes. Elle est douée dans ce qu'elle fait. Les gens lui refilent des infos. Elle a de bonnes sources, certaines travaillant ici même, à l'hôtel de ville – des gens qui n'ont pas été loyaux avec moi. C'est un pitbull. Une fois qu'elle vous a mordu le mollet, vous pouvez dire adieu à votre jambe.

— Je comprends votre frustration.

— Si je pouvais ne plus l'avoir sur le dos, s'il y avait un moyen de la neutraliser...

Chris observa un moment de silence avant de réagir :

— Je ne suis pas certain de comprendre où vous voulez en venir, monsieur.

Headley le regarda, d'abord interloqué, puis horrifié.

— Bon sang, vous n'avez tout de même pas cru que je...

Chris lui lança un regard sans expression.

— Bien sûr que non.

— Quelle idée ! Non, je pensais plus à ces... squelettes dans le placard. S'il y avait un moyen de la discréditer d'une manière ou d'une autre...

Le maire se massa la nuque avec la main, comme s'il essorait une éponge.

— Laissez-moi fouiner.

— Bien, c'est bien. Vous m'avez inquiété pendant une minute.

Chris Vallins pencha la tête de côté, comme pour dire : « Comment ça ? »

— Que vous ayez pu croire, ne serait-ce qu'un instant, que je vous suggérais de balancer cette femme par la fenêtre ou je ne sais quoi.

— Pardonnez-moi. Je sais que vous ne feriez jamais de mal à personne.

- 7 -

La première halte de Jerry Bourque sur le trajet qui le ramenait chez lui avait été pour une boutique de fournitures pour artistes sur Canal Street. Après quoi il avait fait un saut dans une supérette offrant un service traiteur et rempli une barquette avec quelques légumes vapeur, des lasagnes, une grosse cuillerée de purée, deux bâtonnets de poulet pané et un peu de chow mein aux crevettes. Ces associations bizarres ne le dérangeaient pas. Comme on payait au poids, on pouvait garnir sa barquette avec un peu de tout ce qu'on aimait.

En passant la porte de son trois-pièces, au quatrième étage d'un immeuble du Lower East Side, il jeta ses clés dans le vide-poches qui se trouvait sur la console du couloir, puis il alla dans la cuisine. Il sortit son téléphone de la poche de son veston et le posa avec son repas sur le plan de travail. La table de la cuisine, déjà encombrée, accueillit le sac de fournitures dont il sortit dix feuilles de carton plume au format 50 × 75, qu'il empila soigneusement au bout de la table, à côté de plusieurs pots de peinture à couvercle à vis, un assortiment de cutters, une règle en métal, quelques pinceaux et crayons, plusieurs bandes de balsa de près d'un mètre, un pistolet à colle et un massicot suffisamment puissant pour couper le carton. Ou ses doigts, s'il ne faisait pas attention.

Doigts.

Il jeta son veston et le livre de photos du vieux New York sur son lit dans la chambre. Et posa l'autre livre, celui consacré au gratte-ciel de Manhattan pratiquement achevé, sur le plan de travail de la cuisine. Il sortit son dîner du sac, prit une fourchette et appuya sur la télécommande pour allumer le petit poste de télévision fixé sous les placards.

Il fit défiler les chaînes jusqu'à tomber sur un bulletin d'informations locales, puis sortit une bouteille de bière du frigo et mangea debout, adossé au plan de travail. Un camion avait versé sur l'autoroute Van Wyck, répandant son chargement de bananes sur deux voies. Un accident d'ascenseur avait fait quatre morts. Le maire rejetait les allégations l'accusant d'avoir confié un gros contrat municipal à un ami.

— Sinon, quoi de neuf ? dit Bourque, la bouche pleine de chow mein.

Un dingue avait fait sauter une bombe à Boston. L'Angleterre continuait d'être battue par de violentes tempêtes.

Bourque termina son repas, mit la barquette souillée dans la poubelle sous l'évier et sa fourchette au lave-vaisselle, qui ne contenait que trois autres fourchettes. Il prit cinq minutes pour regarder les photos du livre sur le gratte-ciel, impressionné à plusieurs reprises.

Après quoi il alla se déshabiller dans sa chambre. Il fourra sa chemise dans un sac qu'il déposerait au pressing en fin de semaine, étala le pantalon avec précaution sur le lit, puis alla prendre un cintre à pinces dans la penderie, pinça les revers du pantalon et le suspendit. Il retira ses chaussettes et les jeta dans un panier à linge. Dimanche matin, il remplirait sa poche de quarters et descendrait faire une lessive à la laverie du sous-sol.

Vêtu seulement d'un boxer et d'un tee-shirt, il retourna dans la cuisine et s'attabla. À côté des pots de peinture, il y avait un triple décimètre en métal dont Bourque se servit pour tracer plusieurs lignes droites sur les feuilles de carton jusqu'à former un damier.

Il se leva pour découper quelques feuilles de carton au massicot, puis, avec le cutter, il entailla légèrement leur surface en suivant certaines lignes faites au crayon, ce qui lui permit de plier le carton à angle droit sans que les éléments se détachent. Il découpa ensuite des bandes de balsa à la longueur des entailles et y déposa quelques gouttes de colle au pistolet qu'il utilisa pour renforcer les angles.

— Merde ! jura-t-il lorsque le bout de son index toucha la colle brûlante.

Il décolla la pellicule de colle séchée et se suça brièvement le doigt.

Il passa l'heure suivante à confectionner des boîtes rectangulaires de différentes tailles, à les peindre dans diverses nuances de gris, puis peaufina les petites cases parfaitement alignées sur les côtés afin qu'elles ressemblent à des fenêtres. En bas, il dessina de façon détaillée des entrées et de très grandes baies vitrées. Tout cela sans dessins, ni plans ni bleus d'architecte d'aucune sorte. Il transformait en trois dimensions ce qu'il visualisait dans sa tête.

Un des objectifs de cet exercice, au-delà du plaisir qu'il en retirait, était de chasser de son esprit les événements de la journée. Certains soirs, cela fonctionnait, d'autres non.

Ce soir, cela ne fonctionnait pas.

Le cadavre défiguré sur la High Line lui revenait sans cesse à l'esprit. Après son rendez-vous avec Bert, Delgado et lui étaient passés au bureau du coroner. Le corps nu aux extrémités amputées fournissait au moins un indice susceptible de conduire à son identification. Sur son épaule droite, l'homme portait un tatouage de cinq centimètres de long représentant un cobra lové.

On avait effectué un prélèvement d'ADN. La fouille de ses vêtements n'avait rien donné. On n'avait retrouvé ni carte de crédit ni facturette de station-service horodatée dans les poches du mort. Son jean et son haut étaient des articles de prêt-à-porter bon marché de chez Old Navy.

Bourque avait jeté un coup d'œil supplémentaire aux chaussettes. Elles paraissaient relativement récentes ; le tissu entourant les gros orteils n'était pas râpé, alors que les ongles de pied du cadavre auraient mérité d'être coupés. La librairie avait rappelé : les chaussettes à motifs de requin étaient fabriquées quelque part à l'étranger, vendues en ligne et dans d'innombrables boutiques en ville, mais si l'information l'intéressait toujours, ils en avaient vendu douze paires au cours du mois écoulé. Six par carte, six en espèces. Bourque avait noté les références des transactions effectuées par carte de crédit.

Le seul souvenir agréable qu'il gardait de sa visite au bureau du coroner était de s'être tenu suffisamment près de Delgado pour sentir ses cheveux. Le parfum de son shampoing – mangue ? – était suffisamment fort pour couvrir l'odeur nauséabonde de javel et d'antiseptique du laboratoire.

Bourque repoussa l'enquête à l'arrière-plan de ses pensées tandis qu'il tenait à bout de bras son premier immeuble terminé de la soirée. Il le tourna sur toutes ses faces pour l'admirer. Quand il remarquait un manque de peinture ici ou là, il faisait une retouche.

— OK, dit-il tout haut. C'est le moment de la mise en place.

Il se leva de la table de la cuisine et alla ouvrir la porte de la seconde chambre. Il n'y avait là ni lit ni commode, pas même une chaise, mais quatre tables pliantes en métal, disposées de manière à former un grand carré d'environ un mètre quatre-vingts de côté, presque entièrement couvertes de boîtes identiques à celle que Bourque venait d'assembler. Elles étaient agencées selon un plan orthogonal, séparées par des espaces reproduisant les rues.

Bourque déposa la réalisation de la soirée sur une des tables, manipulant quelques pièces déjà achevées pour faire place à la nouvelle, et considéra son œuvre sous différents angles. Certaines maquettes mesuraient jusqu'à un mètre vingt, d'autres ne faisaient qu'une trentaine de centimètres. Beaucoup étaient reconnaissables. Il y avait là des interprétations sommaires du Chrysler Building, de l'Empire State, du Flatiron, du 30 Rockefeller Plaza, du Waldorf Astoria Hotel.

Cette cité en modèle réduit n'était en aucune façon réaliste. Les édifices emblématiques qu'il recréait se trouvaient, dans sa version, à quelques pas les uns des autres, au lieu d'être disséminés à travers la ville. Il s'agissait plus d'une interprétation que d'une reproduction fidèle.

Bourque s'adossa au mur et croisa les bras, admirant son ouvrage. Au début, son regard embrassa le projet dans son ensemble, puis son attention se concentra sur un endroit en particulier, près du bord.

Il s'écarta du mur, s'agenouilla afin que son œil soit au niveau de la base de la maquette. Il étudia la rue devant sa reconstitution du Waldorf Astoria.

Ses voies respiratoires commencèrent à se resserrer.

Si seulement je n'avais pas bougé. Si seulement je ne m'étais pas jeté sur le côté.

Les gouttes.

Il prit une inspiration, expira, entendit ses bronches siffler.

Il ne s'attendait pas à ce que cela se produise maintenant. Ici, chez lui, pendant qu'il travaillait sur son projet. Loin des gens qui avaient la tête en charpie et des phalanges manquantes. Mais il avait fallu qu'il regarde le trottoir devant le Waldorf Astoria.

Bourque pensa aussitôt à aller prendre son inhalateur dans la pièce à côté, mais il se rappela alors la suggestion du médecin.

— OK, Bert, on va tenter le coup.

Il ferma les yeux et se concentra.

Pense à une catégorie.

Trouvée. Les plus grandes constructions de la ville, en commençant par la plus haute.

Il récita :

— One World Trade Center. Top of the Park. 432 Park Avenue. 30 Hudson Yards. Empire State Building...

Pouvait-il inclure Top of the Park ? Le luxueux immeuble résidentiel sur Central Park Nord, le sujet de son nouveau livre, n'ouvrait officiellement qu'à la fin de la semaine. Construit entre Malcolm-X Boulevard, aussi connu sous le nom de Lenox Avenue, et l'Adam Clayton Powell Jr. Boulevard, ou Septième Avenue, le gratte-ciel comptait quatre-vingt-dix-huit étages, soit deux de plus que le stupéfiant et relativement récent 432 Park Avenue qui dominait Central Park telle une immense bouche d'air chaud verticale.

Était-ce vraiment important dans le cadre de cet exercice ? Il avait toujours du mal à respirer. Il continua à dérouler sa liste :

— Euh, la tour de la Bank of America. Three World Trade Center. Euh... le 53W53. Le New York Times. Non, minute. Le Chrysler Building, puis l'immeuble du *New York Times*.

La sensation d'oppression ne diminuait pas.

— Et merde.

Il alla dans l'autre chambre, prit son veston et mit la main dans la poche intérieure gauche.

L'inhalateur n'y était pas.

— Qu'est-ce que...

Il le glissait toujours dans la poche gauche. Mais peut-être que pour une fois...

L'inhalateur n'était pas dans la droite non plus. Ni dans aucune des poches intérieures.

Bourque sentait que ses poumons redoublaient d'efforts pour aspirer de l'air. Le sifflement s'accentua.

— Merde, merde, merde, murmura-t-il.

Avait-il sorti l'inhalateur de son veston en rentrant chez lui ? Il retourna à la cuisine pour vérifier. Il n'était ni sur la table de la cuisine ni sur le plan de travail à côté de l'évier. Bourque revint dans la chambre dans l'éventualité où le flacon serait tombé de son veston quand il l'avait jeté sur le lit.

Il se mit à quatre pattes et tâtonna sous le sommier.

— Allez...

Il ne trouva rien.

Dans son esprit, il avait l'image d'un serpent s'enroulant autour de sa trachée. Comme ce tatouage de cobra sur le mort.

Il avait de plus en plus de difficulté à respirer. S'il ne mettait pas bientôt la main sur son inhalateur, il allait devoir utiliser son dernier souffle pour parler à l'opérateur du 911.

Si tant est qu'il puisse trouver son téléphone. Où diable l'avait-il fourré ? Il ne l'avait pas vu dans ses poches quand il cherchait l'inhalateur. L'avait-il laissé dans la cuisine ?

Il commença à se relever et, alors qu'il avait les yeux au niveau du dessus-de-lit, il remarqua quelque chose. Un petit objet sombre, juste sous le bord de l'oreiller.

Il se saisit de l'inhalateur, retira le capuchon. Il expira, faiblement, puis mit l'embout dans sa bouche et inspira en même temps qu'il appuyait sur le flacon. Il bloqua sa respiration dix secondes. Souffla, puis se prépara pour une seconde prise.

Il plaça de nouveau l'embout entre ses lèvres. Pressa. Commença à compter.

Son téléphone portable sonna. Dans la cuisine. Il se leva et eut le téléphone en main avant d'avoir compté jusqu'à quatre.

« DELGADO » s'afficha sur l'écran. Lois Delgado.

Cinq, six, sept…

Son équipière n'avait pas encore renoncé. Le doigt de Bourque était prêt à prendre l'appel.

Huit, neuf, dix.

Bourque vida ses poumons, tapa sur l'écran.

— Ouais, salut, dit-il en tenant le téléphone d'une main, l'inhalateur dans l'autre.

— C'est moi. Est-ce que ça va ? Je t'entends à peine.

Il continua à se ventiler.

— Tout va bien.

— OK. Désolée d'appeler si tard.

— Ça ne fait rien. Qu'est-ce qu'il y a ?

— J'ai un truc pour toi.

Il soupira mentalement.

— Je t'écoute.

— Une empreinte. Notre type en a laissé une.

- 8 -

Bucky avait appris la nouvelle de l'attentat de Boston avant même de voir le reportage le soir à la télé dans sa chambre d'hôtel bon marché. M. Clement l'avait mis au courant et il ne paraissait guère impressionné quand ils avaient discuté en fin d'après-midi de la manière dont l'événement s'était déroulé.

Quatre blessés, dont un grave.

« C'est même étonnant qu'ils en aient parlé aux infos », avait déclaré M. Clement pendant leur brève rencontre, alors qu'ils se tenaient presque épaule contre épaule et feignaient de s'intéresser à la parade des manchots du zoo de Central Park. Ils s'entretenaient à voix basse, en veillant à ne pas se tourner l'un vers l'autre, tandis que les manchots nageaient, barbotaient et se dandinaient.

M. Clement avait bien fait comprendre à Bucky qu'il ne le rendait pas responsable du faible retentissement de l'attentat de Boston. Ce n'était pas Bucky qui s'était chargé de ça, et il ignorait d'ailleurs à qui Clement avait confié le coup, mais il était prêt à parier qu'à l'avenir le type n'accomplirait plus aucune mission pour le compte des Flyovers.

Bucky, en revanche, était dans les petits papiers du vieux. C'était lui qui avait planifié l'attentat du café de Seattle la semaine précédente, lequel avait fait deux morts. Celui-là avait fait les gros titres, c'est sûr.

« New York est une ville à part, avait dit M. Clement. C'est la raison pour laquelle nous devons nous montrer plus ambitieux. On ne va pas se contenter de faire sauter un café.

— Je suis bien d'accord », avait acquiescé Bucky.

Son véritable nom était Garnet, Garnet Wooler, mais il avait hérité de ce surnom, Bucky[1], quand il était encore enfant, avant que ses parents raclent les fonds de tiroir pour lui faire poser des bagues. Le sobriquet était resté, et c'était aussi bien parce que, question prénom, Garnet ne cassait pas des briques non plus. Maintenant, si on lui posait la question, il répondait que c'était une référence à l'acolyte de Captain America, Bucky Barnes. Il y en avait pour trouver que ce prénom le faisait passer pour un idiot, un gars de la campagne. Mais une chose était sûre : s'il avait été un péquenaud, M. Clement ne lui aurait pas accordé une telle confiance.

Bucky avait de l'affection pour lui et, même s'il approchait maintenant de la quarantaine, il voyait en M. Clement, bientôt septuagénaire, une figure paternelle. Bucky avait perdu son propre père à l'âge de dix-sept ans, et il avait souffert de ne pas avoir eu quelqu'un de plus âgé et de plus sage - un homme - pour le conseiller, le guider. M. Clement, jusqu'à un certain point, avait rempli ce rôle.

« On se reparle demain, avait dit M. Clement. Pour un rapport d'avancement.

— Bien sûr. Votre séjour se passe bien ?

---

1. *To have buck teeth*, c'est avoir les dents en avant ; *Buck* désignant, entre autres, le lapin mâle ou le lièvre.

— Très bien, avait répondu M. Clement sans bouger la tête. Estelle n'était jamais venue à New York. Ce n'est pas la porte à côté, depuis Denver. Alors nous jouons les touristes. Nous irons peut-être voir un spectacle. »

Bucky avait ricané.

« Oh, du spectacle, il y en aura, vous pouvez me croire. »

M. Clement avait esquissé un sourire.

« Je suis content d'être aux premières loges. Je n'étais pas allé à Seattle, ni à Portland et Boston, et c'est aussi bien. J'aurais eu du mal à justifier ma présence précisément à ces dates-là. Mais New York ? Ce voyage est dans les tuyaux depuis des mois. Nous sommes ici pour fêter notre anniversaire.

— Je ne savais pas. Félicitations.

— Merci, Bucky. Profite de ta soirée pour te reposer.

— Vous aussi, monsieur Clement.

— Je te suggérerais d'attendre ici encore cinq minutes après mon départ.

— Bien entendu. »

Sur quoi le vieil homme était parti.

Bucky n'était pas resté cinq minutes de plus. Mais vingt. À vrai dire, il trouvait le spectacle des manchots très divertissant. C'était bien les bestioles les plus craquantes qu'il ait jamais vues.

- 9 -

Barbara s'était servi un autre doigt de scotch, avait emporté son verre dans sa chambre et décidé, avant d'éteindre la lumière, de regarder une dernière fois les réactions à sa chronique. L'idée qu'il faudrait désactiver la section commentaires de tous les sites internet pouvait se défendre. Fournir à n'importe quel demeuré anonyme sur la planète un exutoire où vomir sa haine et diffuser des théories complotistes délirantes n'était peut-être pas dans l'intérêt de la société. Barbara repensait parfois avec nostalgie à l'époque où quand vous écriviez une missive au rédacteur en chef de votre journal local, vous deviez y inclure une adresse et un numéro de téléphone. Avant de publier votre lettre, ils devaient confirmer qu'il s'agissait vraiment de vous.

Purée, c'était le bon temps. L'époque d'avant les trolls, les bots et les gens avec des chapeaux en papier alu.

Tous les commentaires en ligne n'étaient pas écrits par des fous, mais, dans le lot, il y en avait suffisamment pour qu'on rechigne à s'y plonger. Après en avoir lu quelques-uns, on ressentait parfois le besoin de prendre une douche.

Et pourtant, c'était plus fort qu'elle.

Assise dans son lit, elle ouvrit l'ordinateur portable posé sur ses cuisses et se connecta au site de *Manhattan Today*.

Les lecteurs qui méprisaient le maire Richard Headley faisaient éventuellement l'éloge de l'article en passant, mais ils tenaient surtout à accabler d'injures l'homme lui-même. « Baiseur de rats », écrivait BoroughBob. Eh bien, songea Barbara, voilà qui semblait plus approprié pour New York que « Baiseur de chèvres », et l'insulte, par rapport aux usages actuels, était relativement modérée. SuzieQ voyait dans le maire « une tache de foutre sur la réputassion de la ville ». Barbara se demanda où SuzieQ était allée à l'école.

Et puis il y avait les partisans de Headley qui déversaient leur colère sur la journaliste. « C'est quand la dernière fois que tu as fait quelque chose pour la ville, sale feuj ? » s'enquérait PatriotPaul. Valait-il la peine de répondre à PatriotPaul que, bien qu'élevée dans le culte presbytérien, elle n'appartenait plus à aucune religion organisée ? Peut-être pas. Le numériquement nommé C67363 demandait : « Comment voulez-vous qu'on fasse un jour quelque chose dans cette ville tant que des gens comme vous seront toujours à se plaindre ? » Il était franchement délicieux que quelqu'un parvienne à exprimer une opinion sans être vulgaire.

Barbara fit encore défiler quelques posts. Il arrivait, à de très rares occasions, que quelqu'un ait quelque chose d'utile à dire, voire la mette sur la voie d'un prochain article, mais, ce soir, elle ne voyait rien de tel.

Elle tomba alors sur ce commentaire :

« Désolé pour votre amie. Il arrive souvent que des innocents périssent au nom d'un intérêt supérieur. »

Elle cligna des yeux, le relut. C'était une allusion, bien entendu, au post-scriptum de son article concernant Paula Chatsworth, où elle rappelait que la jeune femme avait brièvement travaillé à *Manhattan Today*, qu'elle s'était montrée très prometteuse, que sa vie avait été tragiquement fauchée alors qu'elle avait encore manifestement tant à offrir.

En écrivant cela, Barbara n'avait pas triché avec ses émotions et la tristesse que lui avait causée la mort de la jeune femme était sincère. Les gens venaient à New York pour poursuivre un rêve, pas pour se faire tuer dans un improbable accident.

Barbara relut le commentaire.

« Désolé pour votre amie. Il arrive souvent que des innocents périssent au nom d'un intérêt supérieur. »

Qu'est-ce que c'était censé vouloir dire ?

À quel « intérêt supérieur » l'auteur pouvait-il faire allusion ?

Le pseudo qu'il s'était choisi était GoingDown.

— Vraiment tordant, dit Barbara tout haut en secouant la tête.

Elle pensa alors que le jeu de mots n'avait peut-être rien à voir avec les ascenseurs. L'auteur pouvait être un fervent adepte du sexe oral.

Elle s'apprêtait à refermer l'ordinateur quand celui-ci émit un bip. Un e-mail entrant.

De la part d'Arla.

Barbara ne se rappelait plus la dernière fois qu'elle avait eu des nouvelles de sa fille. Plusieurs semaines, au moins. Est-ce que cela pouvait faire un mois ?

Elle cliqua sur le message.

« Salut », écrivait Arla. Pas de « maman chérie ». Barbara savait que cela aurait été trop demander. « J'ai des nouvelles à t'annoncer, poursuivait-elle. Tu veux qu'on se voie pour un café demain ? »

Des nouvelles ? Quel genre de nouvelles pouvait-elle avoir à annoncer ? Pour autant que Barbara le sache, elle ne voyait personne. Mais Arla n'avait jamais aimé partager les détails de sa vie privée avec sa mère. Cela devait être important pour qu'elle propose qu'elles se voient.

Peut-être qu'Arla fréquentait quelqu'un. Qu'elle était fiancée ?

Est-ce qu'elle comptait sur Barbara pour payer les frais d'un mariage ? Bon sang, combien Headley offrait-il pour écrire sa bio déjà ? Une somme à six chiffres ?

Non. Pas question. Il faudrait que sa fille ait besoin d'une intervention chirurgicale vitale pour qu'elle accepte de tomber aussi bas.

Peut-être qu'Arla était enceinte.

Ce serait un bégaiement de l'histoire.

Tout était possible.

Barbara cliqua sur « Répondre » et commença à pianoter.

« Bien sûr, écrivit-elle. Quand et où ? »

- 10 -

Le garçon tapote doucement le bras de la femme assise sur le fauteuil. Il la croit simplement endormie, mais il faut qu'il en ait le cœur net. Elle a l'air de souffrir. Son front est luisant de sueur.

— Maman ? Maman, est-ce que ça va ?

Elle ouvre lentement les yeux, concentre son attention sur le garçon.

— J'ai... j'ai dû piquer du nez.

— Tu transpires vachement. Pendant une seconde, on aurait dit que tu respirais même plus.

Son regard se porte derrière lui.

— Oh, Seigneur. Je n'ai même pas rangé les courses. La glace va être toute fondue.

Le garçon lui presse le bras.

— Je les ai déjà rangées. Tu aurais dû m'envoyer au magasin à ta place.

— Ne sois pas bête. Je suis tout à fait capable de m'en charger. Un petit peu d'exercice n'a jamais fait de mal à personne. (Elle trouve assez d'énergie pour sourire.) Pourquoi ne vas-tu pas nous chercher un peu de glace ? Elle est au chocolat. Je vais rester assise là. Mes jambes me tuent.

Le garçon va chercher deux bols, sort la crème glacée du freezer et sert deux petites portions à la cuillère. Il tend un bol à sa mère, puis se perche sur l'accoudoir de son fauteuil pour manger le sien. Elle mange sa glace très lentement, comme si cette tâche toute simple lui coûtait un effort.

Chocolat, son parfum préféré. Mais il se rend compte qu'il est trop inquiet pour l'apprécier. Il ne sait pas combien de temps encore cela va pouvoir durer.

MARDI

- 11 -

Les quatre ascenseurs des Sycamores Residences, une tour résidentielle de trente étages sur York Avenue, juste sous la 63e, étaient utilisés en permanence. Les enfants qui allaient à l'école. Les hommes et les femmes qui partaient au travail. Les nounous qui arrivaient pour s'occuper des bambins. Le personnel d'entretien qui montait au dernier étage pour passer l'aspirateur dans les couloirs et descendait d'étage en étage jusqu'au rez-de-chaussée.

Des New-Yorkais sortaient de cette résidence pour se rendre aux quatre coins de la ville. Certains travaillaient à l'université Rockefeller toute proche. Quelques appartements étaient réservés aux professeurs et scientifiques invités qui venaient du monde entier.

Bien qu'on ne connaisse pas leur nombre exact parce que les locataires allaient et venaient, recevaient de la visite ou sous-louaient leurs appartements sans en informer le gestionnaire de l'immeuble, il était généralement admis qu'à tout moment les Sycamores Residences étaient occupées par environ neuf cents personnes. L'immeuble, comme beaucoup d'autres, était une petite ville en soi.

Seules trois de ces quelque neuf cents personnes se trouvaient dans l'ascenseur numéro deux quand cela se produisit.

Fanya Petrov, quarante-neuf ans, une scientifique russe invitée, habitait au vingt-huitième étage. Cela faisait presque cinq minutes qu'elle attendait et l'ascenseur n'était toujours pas arrivé. Elle suivait, avec une frustration croissante, l'affichage des numéros au-dessus des portes, qui lui indiquait où se trouvaient les cabines. Elle les entendait passer dans les gaines et dépasser son étage dans un sifflement en montant vers le haut de l'immeuble. Souvent, inexplicablement, la cabine descendait sans s'arrêter à son étage. Est-ce que quelqu'un de la maintenance avait pris le contrôle des commandes ?

Depuis trois semaines qu'elle était à New York, elle s'était rendu compte que les vues magnifiques sur l'East River et le Queensboro Bridge, qui l'avaient d'abord tellement impressionnée, ne valaient pas l'agacement causé par la lenteur des ascenseurs dans l'immeuble. Elle se serait contentée d'une chambre en rez-de-chaussée ou au premier étage. Qui avait besoin d'une vue ? Si elle voulait être à l'heure à ses rendez-vous à l'université, il lui fallait prévoir dix minutes supplémentaires à cause des ascenseurs. Elle aurait pu prendre l'escalier, mais, franchement, est-ce qu'elle allait descendre vingt-huit étages ? Ce n'était pas particulièrement épuisant – elle l'avait fait quelques fois –, mais cela demandait du temps. Et elle savait qu'à l'instant où elle entrerait dans la cage d'escalier, les portes de la cabine s'ouvriraient.

Pour elle, c'était la faute des enfants. *Et* de leurs parents.

Il y avait tellement de jeunes dans l'immeuble, et ils oubliaient toujours quelque chose. La veille encore, elle s'était crue chanceuse quand l'ascenseur s'était présenté presque immédiatement, mais les portes s'étaient ouvertes au vingtième étage pour laisser entrer un homme jeune et son fils de dix ans. Alors que les portes se refermaient, le garçon s'était écrié : « J'ai oublié mon déjeuner ! — Bon sang, avait dit son père en tendant le bras pour bloquer les portes. Vas-y ! »

Le garçon s'était rué hors de l'ascenseur, avait couru dans le couloir jusqu'à leur appartement, farfouillé dans sa poche et lancé en se retournant : « J'ai pas ma clé ! »

Fanya avait fermé les yeux en pensant : *Non mais, c'est une blague ?* Enfin, pas exactement ça, mais l'équivalent russe. Fanya parlait anglais couramment, mais elle ne connaissait pas les expressions exprimant la frustration.

Le père avait plongé la main dans sa poche et crié : « Tiens ! » avant de lancer le trousseau pour que son fils puisse le récupérer au milieu du couloir. Naturellement, le garçon n'avait pas réussi à l'attraper au vol.

Un futur scientifique, avait songé Fanya.

« Désolé », avait marmonné le père dans sa direction.

D'après elle, il aurait dû sortir de la cabine et la laisser poursuivre son chemin, question de politesse. Mais non.

Le gosse avait ouvert la porte de l'appartement, s'était précipité à l'intérieur, avait mis deux bonnes minutes pour trouver son repas, puis était revenu en courant dans le couloir pour monter dans l'ascenseur.

Ce jour-là, pendant qu'elle attendait, Fanya Petrov s'efforça de se concentrer sur l'intervention qu'elle avait préparée et dont elle donnerait lecture moins d'une heure plus tard. Son domaine d'expertise était « l'héritabilité manquante », ces traits transmis de génération en génération mais qu'on ne trouve pas dans le génome. Le monde avait fini par croire que l'ADN d'un individu disait tout de lui, mais il était incapable de prévoir certains comportements, maladies et d'innombrables autres choses, même quand il était prouvé que ces caractères pouvaient être transmis.

Si c'était là le sujet de son intervention du jour, Fanya avait également d'autres spécialités. Comme les bactéries pathogènes, et la façon dont on pouvait les répandre dans la population. Les utiliser, concrètement, comme des armes. Fanya en connaissait un rayon sur ce que beaucoup de par le monde redoutaient le plus : le bioterrorisme.

C'était un domaine qu'elle avait beaucoup étudié quand elle était en Russie.

Son expertise sur la question de l'héritabilité manquante lui avait valu d'être invitée à poursuivre ses recherches à New York, mais c'était grâce à ses vastes connaissances sur les agents pathogènes qu'elle finirait peut-être par y rester.

Fanya Petrov ne voulait pas retourner en Russie.

Fanya Petrov voulait rester en Amérique.

Elle n'en avait pas parlé à sa hiérarchie dans son pays d'origine, mais elle s'en était ouverte, discrètement, à un collègue de l'université Rockefeller qui avait des relations au Département d'État. Quelques jours plus tard, on lui transmettait un message pour l'informer que sa situation était examinée favorablement. Si elle demandait l'asile aux États-Unis, sa demande serait acceptée – à condition, bien entendu, qu'elle partage tout ce qu'elle savait sur la recherche russe en matière d'agents pathogènes.

Ce qui ne lui posait aucun problème.

Mais Fanya Petrov était à présent très, très anxieuse. Et si ses supérieurs apprenaient sa trahison ? Est-ce qu'ils la rappelleraient en Russie avant que sa demande d'asile soit approuvée ? Est-ce qu'on allait la jeter dans une voiture puis dans un avion avant que quiconque s'avise de sa disparition ? Et que lui arriverait-il à son retour ?

Des choses fort déplaisantes.

Dévorée par l'inquiétude, elle sursauta lorsqu'un *ding* annonça l'arrivée de l'ascenseur. Fanya poussa un soupir de soulagement et entra dans la cabine vide. Elle appuya sur le bouton du rez-de-chaussée et regarda les portes se refermer.

La descente commença.

— S'il vous plaît, pas d'arrêt, marmonna-t-elle en russe. Pas d'arrêt, pas d'arrêt, pas d'arrêt.

Il y en eut un.

Au vingtième.

Non.

Chaque fois que l'ascenseur s'arrêtait, qu'on frappait à sa porte ou que quelqu'un passait la voir à son bureau à l'université, Fanya avait peur que ce ne soit un agent du FSB, la version poutinienne et moderne du KGB.

Si bien que, quand les portes s'écartèrent et qu'elle ne vit personne qui ressemblât à une barbouze russe, elle se sentit momentanément soulagée. Soulagement qui fit aussitôt place à l'agacement, car c'étaient le père et le fils qui l'avaient retardée la dernière fois qu'elle avait pris l'ascenseur. *Pourvu qu'ils n'aient rien oublié*, se dit-elle.

Alors que les portes allaient se refermer, le père se tourna vers son fils et demanda :

— Tu as pris ton devoir ?

— Merde, répondit le garçon, soudain pris de panique.

Ces enfants américains, songea Fanya. *Quelle grossièreté !*

Les portes n'avaient plus qu'une dizaine de centimètres à parcourir pour se fermer, mais le bras du père se leva à la vitesse de l'éclair, main tendue à la verticale, pour se glisser dans l'interstice. Les profils en caoutchouc rebondirent sur son poignet et les portes s'écartèrent.

— S'il vous plaît, dit Fanya. Je suis pressée.

Il croisa son regard et hocha la tête. Fanya en déduisit que père et fils allaient sortir de la cabine, récupérer le devoir oublié et prendre un autre ascenseur.

Mais ce n'était pas l'intention du père.

— Toi, tu bloques l'ascenseur, dit-il à son fils. Je vais y aller. Il est sur la table de la cuisine, c'est ça ?

Le garçon acquiesça de la tête et pressa le bouton de blocage des portes.

Fanya soupira ostensiblement, mais le père ne l'entendit pas parce qu'il courait déjà dans le couloir, ses clés à la main.

Le garçon regarda la scientifique d'un air penaud.

— Désolé.

Fanya ne réagit pas. Elle croisa les bras et s'adossa au fond de la cabine. Au bout du couloir, elle vit l'homme se glisser à l'intérieur de l'appartement.

Cinq secondes, dix secondes, quinze secondes.

Fanya sentit son angoisse monter. Elle n'aimait pas rester au même endroit trop longtemps. Elle se sentait exposée, vulnérable.

Dans cet immeuble, les appartements n'étaient pas immenses. Combien de temps lui fallait-il pour entrer, prendre quelque chose sur la table de la cuisine et ressortir ?

— Penser à tes devoirs est ta responsabilité, dit Fanya en faisant les gros yeux. Si tu oublies, tu oublies. Le professeur te met un zéro. La prochaine fois, tu t'en souviendras.

Le garçon la regarda sans réagir. Mais tout à coup, il ouvrit de grands yeux.

— Vous pouvez appuyer sur le bouton ?

— Quoi ?

— Appuyez juste dessus !

Elle s'approcha et remplaça son index par le sien sur le bouton. Le garçon se débarrassa de son sac à dos, le fit tomber par terre et s'agenouilla pour ouvrir la fermeture à glissière. Il feuilleta des papiers à l'intérieur et s'exclama :

— Il est là !

Nouveau soupir de Fanya.

Le garçon se releva et, debout dans l'embrasure de la cabine, lança dans le couloir :

— Papa ! Je l'ai trouvé !

Pas de réponse.

Cette fois-ci, il hurla :

— *Papaaa !*

Le père passa la tête dans l'entrebâillement de la porte.

— Quoi ?

— Je l'ai trouvé !

Le père sortit dans le couloir.

Fanya, s'imaginant qu'ils étaient enfin sur le départ, retira son doigt du bouton.

Les portes commencèrent à se fermer.

— Hé ! protesta le gamin.

Mais, moins courageux que son père, il n'osa pas insérer son bras dans l'ouverture pour stopper la fermeture. Et Fanya n'était pas près de le faire.

Elle en avait assez.

— Hé, attendez ! Bloquez-la...

Les portes se fermèrent. La cabine s'ébranla. Le garçon jeta un regard accusateur à Fanya.

— Vous étiez censée la bloquer.

— Mon doigt a glissé, dit-elle avec un haussement d'épaules. Ce n'est pas grave. Tu attendras ton père dans le hall.

Le garçon remit son sac à dos en bandoulière et alla se planter dans un coin.

Ils avaient descendu trois ou quatre étages quand l'ascenseur s'arrêta.

Décidément, ce n'était pas le jour de Fanya.

Mais les portes ne s'ouvrirent pas. La cabine restait là. L'affichage indiquait qu'ils étaient au dix-septième.

— Que se passe-t-il ? interrogea Fanya en regardant le garçon d'un air accusateur. C'est ton père qui a arrêté l'ascenseur ?

— Comment il ferait ça ? répondit le gamin avec un haussement d'épaules.

Au bout de quinze secondes d'immobilité, Fanya se mit à arpenter l'espace confiné.

Ce sont eux. Ils savent. Je suis piégée.

— Il faut que j'aille travailler, dit-elle. Il faut que je sorte d'ici. J'ai un cours à donner. Je ne peux pas être en retard.

Le garçon laissa encore tomber son sac à dos par terre, y plongea la main et sortit un téléphone portable sur lequel il se mit à pianoter.

— Qu'est-ce que tu fais ? demanda Fanya, qui cessa ses allées et venues.

— J'envoie un message à mon père.

— Demande-lui si c'est lui qui a arrêté l'ascen...

— Je lui dis qu'on est *coincés.* (Il regarda le téléphone quelques secondes encore.) Il va chercher de l'aide.

— Ah, dit Fanya.

Elle était tentée de lui faire demander à son père s'il y avait des étrangers dans les parages. Des hommes qui n'avaient pas l'air d'être d'ici. Des hommes à l'accent russe. Mais elle préféra s'abstenir.

— Pourquoi crois-tu que nous sommes coincés ? lui demanda-t-elle.

Le garçon haussa les épaules.

— Pourquoi les portes ne s'ouvrent pas ?

— On est probablement entre deux étages.

Fanya le regarda et, pour la première fois, se sentit des affinités avec lui. Ils étaient dans le même bateau, après tout.

— Comment tu t'appelles ?

— Colin.

— Bonjour, Colin. Je m'appelle Fanya.

— Salut.

Continue à lui parler, se dit-elle, *ça t'aidera à juguler ta paranoïa.*

— C'était sur quoi, ton devoir ?

— Les fractions.

— Ah bon. J'aimais bien les fractions quand j'étais petite.

— Je les déteste.

Fanya esquissa un sourire angoissé.

— Je pense qu'on devrait tenter de sortir. On ne peut pas rester là.

— Mon père va aller chercher de l'aide.

— Ça pourrait prendre beaucoup de temps. On doit faire quelque chose maintenant. Tu dois bien aller à l'école pour voir si tu as réussi ton devoir sur les fractions ?

Colin acquiesça de la tête.

— Et moi, il faut que j'aille travailler. Alors essayons de résoudre le problème. (Fanya examina la jonction des deux portes, inséra un doigt entre les garnitures en caoutchouc.) Je parie que ça peut s'écarter.

— Euh... vous n'êtes pas censée faire ça.

— On n'est peut-être pas coincés entre deux étages. Peut-être que le couloir est juste là, derrière, et qu'il suffit de sortir de la cabine.

— Peut-être, dit Colin d'un ton hésitant.

Elle enfonça ses doigts et tenta d'écarter la porte de droite. En pure perte.

— Tu es petit, mais tu as l'air costaud, dit Fanya. Tire de l'autre côté.

Colin ne dit rien, mais fit ce qu'on lui demandait. Il inséra ses doigts dans l'interstice à présent plus large et tira fort sur la porte gauche. Malgré leurs efforts conjugués, les portes ne s'écartèrent que d'un ou deux centimètres.

— OK, OK, stop, ordonna Fanya. (Ils lâchèrent tous deux les portes et reculèrent d'un pas.) Je crois que ça ne va pas marcher.

À ce moment-là, comme par magie, les portes s'ouvrirent. Fanya et le garçon se reculèrent encore, surpris.

— Ça alors, dit Fanya.

Ils faisaient face à un mur de parpaings avec une ouverture au-dessus.

Fanya et Colin pouvaient voir le couloir du dix-septième étage s'étirer devant eux.

— Victoire ! s'écria-t-elle.

Elle se sentait soulagée : non seulement les portes s'étaient ouvertes, mais aucun homme en costume sombre ne l'attendait dans le couloir.

— Je ne passerai pas par là, dit Colin nerveusement, en reculant.

— Il faut juste faire ça vite.

— Jamais de la vie.

Fanya lui sourit avec bienveillance.

— Dis-toi que c'est une fraction. Les portes sont ouvertes selon quelles proportions ?

Le garçon la regarda.

— À moitié ?

— Très bien. Elles sont donc à moitié ouvertes et à moitié fermées. Le fait qu'elles soient à moitié ouvertes nous suffit pour sortir. Mais j'essaierai la première, dit-elle avec un grand sourire. Je dois juste faire vite.

Elle posa son sac à main sur le plancher de la cabine.

— J'ai été gymnaste en Russie. Quand j'étais petite. (Elle grimaça.) C'était il y a longtemps, mais il y a des choses qui ne s'oublient pas. Escalader un mètre ne devrait pas être trop difficile.

Fanya prit appui des deux mains sur la barre de seuil rainurée au niveau du couloir, se hissa suffisamment pour y poser un genou, puis fit passer tout son corps par l'ouverture. Elle se retrouva à genoux dans le couloir, ses pieds pendant dans le vide à l'intérieur de la cabine, puis elle se releva triomphalement.

— Qu'est-ce que vous allez faire maintenant ? demanda Colin en levant les yeux vers elle. Vous allez me laisser là ?

Merde. Elle ne pouvait vraiment pas faire ça. De quoi aurait-elle l'air ? « Une professeure invitée abandonne un enfant dans un ascenseur bloqué. » Ce genre de comportement égoïste pouvait inciter le Département d'État à rejeter sa demande d'asile...

— Non, répondit-elle. Je ne ferai pas ça. Je ne t'abandonnerai pas ici.

Elle s'aperçut alors – quelle idiote ! – qu'elle avait laissé son sac à main dans la cabine. Il aurait été plus sensé de le jeter dans le couloir avant de jouer les filles de l'air.

— Colin, dit-elle en pointant le doigt. Lance-moi mon sac. Ensuite, on s'occupera de te faire sortir.

Alors que Colin se baissait, Fanya se remit à quatre pattes, tendit le bras et se pencha légèrement en avant à l'intérieur de la cabine.

L'ascenseur se mit soudainement en mouvement.

Vers le bas.

Fanya n'eut pas à lever les yeux pour comprendre ce qui l'attendait. Elle vit le plancher de la cabine s'éloigner brusquement et, même sans être experte en physique, elle comprenait bien que si le plancher descendait, le plafond allait suivre.

Par réflexe, elle commença à reculer.

Mais elle ne fut pas assez rapide.

L'ascenseur continua sa descente jusqu'au rez-de-chaussée à une vitesse normale. Quand les portes s'ouvrirent quelques secondes plus tard, ceux qui attendaient – pas très patiemment, en plus – découvrirent un Colin presque catatonique, les yeux écarquillés, recroquevillé dans un coin, aussi loin que possible du bras et de la main de Fanya Petrov, toujours cramponnée à son sac, et de la tête tranchée de la scientifique.

- 12 -

Barbara arriva au Morning Star Café sur la Seconde Avenue, juste au-dessus de la 50e, avant sa fille. Elle s'installa dans un box près de la fenêtre, face à la rue, et accepta une tasse de café quand le serveur passa devant sa table. Elle parcourut rapidement le menu pour tuer le temps, mais savait qu'elle prendrait une omelette au jambon fumé et au cheddar. Arla se contenterait sûrement d'un café.

Elle jeta un coup d'œil aux photos sur les murs. Beaucoup de célébrités étaient passées au Morning Star au fil des années. Il y avait deux photos de Kurt Vonnegut Jr., qui, Barbara en était presque sûre, avait habité le quartier avant sa mort, en 2007. Elle l'avait croisé une fois, à deux blocs plus au nord, mais ne l'avait pas abordé, même si elle était fan. On tombait sans arrêt sur des célébrités à New York et on était supposé se comporter comme si de rien n'était.

Elle avait examiné le menu, scruté les murs. Elle avait la bougeotte. Sortir son téléphone semblait être l'étape suivante. Barbara éprouvait des sentiments mitigés à l'idée de rencontrer sa fille ce matin-là. Elle avait des raisons de croire qu'Arla consultait un psy ces derniers temps, même si elle avait refusé de l'admettre. Sa fille avait une multitude de problèmes qu'elle avait du mal à accepter. Elle avait souffert de troubles alimentaires pendant un moment, mais cela semblait sous contrôle. Quand Arla avait une quinzaine d'années, elle avait connu une phase d'automutilation et se scarifiait les bras avec un rasoir. Cette crise avait vraiment inquiété Barbara, mais cela aussi avait fini par passer.

Barbara savait que, quel que soit le problème, Arla était encline à en faire remonter l'origine à sa mère, qui était, après tout, la source de tous ses maux.

Eh ben, ouais, songea Barbara. *Je ne suis pas June Cleaver*[1].

Quand Barbara était tombée enceinte, à dix-huit ans, elle avait déjà entamé une carrière dans le journalisme. Enfant, inspirée par les rediffusions du *Mary Tyler Moore Show* (elle n'était pas suffisamment âgée pour l'avoir vu lors de sa première diffusion), Barbara voulait être Mary Richards. Elle voulait travailler dans le journalisme. Et Mary prouvait qu'une femme indépendante pouvait y parvenir, malgré tout.

À peine âgée de dix-sept ans, elle avait décroché un boulot de correspondante au *Staten Island Advance*, convainquant les éditeurs à l'usure en se présentant jour après jour avec des articles non sollicités sur des gens intéressants du coin. Ses papiers étaient bons. Ils comprirent que cette gamine était capable de pondre de la copie. Ils l'avaient embauchée malgré son jeune âge et son absence de diplôme.

Qui avait besoin d'un bout de papier à encadrer et à accrocher au mur ? Vous sortiez, vous posiez

1. Personnage de la sitcom *Leave it to Beaver*, June Cleaver est l'archétype de la mère de famille des banlieues résidentielles des années 1950.

des questions aux gens, vous observiez et preniez des notes. Quand quelqu'un ne voulait pas vous dire ce que vous vouliez savoir, vous trouviez quelqu'un d'autre qui était disposé à le faire. Vous insistiez jusqu'à obtenir une réponse. Ce n'était pas bien sorcier. Avait-on besoin d'aller à la fac pendant quatre ans pour comprendre ça ?

Dès le début, Barbara s'était jetée à corps perdu dans son travail. L'encre d'imprimerie coulait dans ses veines, pour ainsi dire. Elle avait couvert les meurtres, les guerres de gangs, les crashs aériens et les scandales politiques alors qu'elle n'était pas plus âgée que les étudiants en première année de journalisme.

Elle s'était éclatée.

Jusqu'à ce qu'elle découvre qu'elle était enceinte.

Se retrouver en cloque ne faisait assurément pas partie de ses projets. Au début, elle était restée dans le déni. Elle n'arrivait pas à le croire. Son test de grossesse devait se tromper. Si bien qu'elle ne fit rien, n'en parla à personne.

Mais vous avez beau nier l'évidence, la réalité finit toujours douloureusement par vous rattraper.

Ainsi, quand son ventre avait commencé à s'arrondir très légèrement, elle avait trouvé le courage d'aller voir l'homme qui l'avait mise enceinte. Il avait le droit de savoir, non ? Elle se disait qu'il y avait même une chance qu'il *veuille* savoir. Bon, d'accord, c'était peut-être faire preuve d'un optimisme excessif. L'intéressé allait tomber de haut, à n'en pas douter. D'autant plus qu'ils ne se connaissaient même pas avant d'avoir fait l'amour et n'avaient pas exactement vécu en couple depuis.

Ils ne s'étaient même pas revus.

Cela avait été, Barbara l'admettait volontiers, une nuit de très mauvaises décisions.

À commencer par cette soirée à NYU donnée par un ancien copain de lycée qui, contrairement à Barbara, poursuivait des études supérieures. D'autres décisions regrettables avaient suivi. Fumer trop d'herbe, boire un peu trop de gin. Et puis aller discuter avec ce gars plus âgé dans un coin. Celle-ci avait été la plus déplorable.

Il n'était plus étudiant, il avait obtenu son MBA quelques années auparavant. Il avait accompagné une fille qui connaissait l'organisateur de la soirée.

Alors pourquoi était-il tout seul dans un coin ?

Un haussement d'épaules. Un type avait bassiné tout le monde en disant qu'il devait partir parce qu'il jouait dans un groupe et qu'il avait un concert en fin de soirée à SoHo. La fille était partie avec lui.

« La salope », avait dit Barbara.

La suite des événements n'était pas tout à fait claire. Ils avaient bu davantage. Il y avait peut-être eu une promenade. Et puis ils s'étaient retrouvés dans la chambre d'étudiant de quelqu'un. Sur un lit. Barbara se rappelait la manipulation maladroite d'un préservatif, mais elle n'avait pas vraiment fait attention quand le type avait lâché un : « Hou là ! »

Quelques semaines plus tard, elle comprendrait ce qui l'avait alarmé.

Si certaines péripéties de la nuit étaient brumeuses, Barbara savait que personne d'autre ne pouvait prétendre au rôle du père de l'enfant. Bien entendu, elle avait couché avec d'autres mecs, mais la dernière relation sexuelle qu'elle avait eue avant cette fameuse soirée remontait à six bons (ou mauvais, question de point de vue) mois.

De quoi d'autre était-elle sûre ? De la tête qu'il avait et de son prénom. Elle avait demandé à l'ami qui avait organisé la soirée s'il connaissait son nom de famille. Juste comme ça, lui avait-elle dit, simple curiosité.

Elle l'avait retrouvé.

Lui avait annoncé la nouvelle.

À quoi il avait répondu qu'il ne savait absolument pas qui elle était.

Il avait dit ça de telle façon qu'on aurait presque pu le croire sur parole. Barbara lui avait rafraîchi la mémoire avec tous les détails dont elle se souvenait.

« Désolé, je t'assure, je ne me rappelle pas t'avoir rencontrée. C'était il y a combien de temps ? Je n'ai même pas le souvenir d'avoir été à cette soirée.

— Ouais, c'est qu'on était un peu partis tous les deux.

— Parle pour toi. »

Barbara n'avait pas su quelle décision prendre. Le harceler ? Exiger une analyse de sang ?

Bien entendu, il y avait une autre option.

Mais là encore, elle était paralysée par l'indécision et elle n'avait rien fait. Quand elle avait enfin trouvé le courage de le dire à ses parents, il était trop tard pour interrompre sa grossesse. Ses parents – de véritables saints – s'étaient abstenus de tout jugement. Oh, bien sûr, ils avaient voulu en savoir davantage sur ce jeune homme, et Barbara avait expliqué qu'elle lui avait parlé, qu'il avait refusé d'assumer ses responsabilités et qu'il était parti dans le Colorado ou le Wyoming pour se lancer dans l'immobilier. Il ne méritait pas qu'on lui coure après.

« D'accord, avaient-ils dit. Ce sont des choses qui arrivent. Inutile de pousser des hauts cris. Ce qui est fait est fait. Voyons ce qu'il est possible d'envisager.

— Faire adopter le bébé, avait décidé Barbara. Je ne suis pas faite pour être parent.

— Eh bien, soit, c'est une possibilité, avait répondu sa mère. Mais c'est de mon futur petit-enfant que tu parles. Si tu es résolue à ne pas vouloir l'élever... ton père et moi avons encore quelques bonnes années devant nous, nous en avons discuté et nous avons décidé que si tu étais d'accord, on le fera. »

Au départ, pour Barbara, il n'en avait pas été question. Pourtant, alors que cet enfant grandissait en elle, elle avait commencé à se ranger à l'avis de sa mère. Cela pourrait marcher. Le monde changeait. C'était la vogue des solutions éducatives alternatives. Évidemment, des gens la regarderaient peut-être de travers, mais à quel moment s'était-elle souciée de l'opinion d'autrui ?

Elle savait que sa mère faisait le pari qu'elle changerait d'avis à l'arrivée du bébé. En voyant le nourrisson, elle déciderait de l'élever elle-même, et tant pis s'il n'y avait pas de nom de père à inscrire sur le certificat de naissance.

Le lien mère-fille se nouerait.

Arla arriva.

L'attachement ne se fit pas.

Ce fut un tourment pour Barbara. Elle était rongée par la culpabilité de ne pas vouloir élever cette petite fille. Est-ce qu'elle l'aimait ? Bien sûr, sans l'ombre d'un doute. Mais s'il existait un gène maternel, elle craignait d'en être dépourvue.

Ses parents avaient donc honoré leur promesse et accueilli Arla sous leur toit. Barbara demeurait partagée quant à la façon dont les choses avaient tourné. Elle se sentait moins coupable du fait qu'elle n'avait pas confié Arla à des inconnus mais à des membres de sa famille. Pourtant, dès qu'elle retournait chez elle et voyait sa mère et son père aux petits soins avec l'enfant, la culpabilité remontait en bouillonnant à la surface. C'était une douleur qui ne disparaissait jamais.

Voir Arla lui rappelait toujours qu'elle avait fui ses responsabilités. Dans ces moments-là, elle se demandait si l'adoption n'aurait pas été un meilleur choix. Loin des yeux, loin du cœur.

Elle se détestait rien que d'y penser.

Chaque semaine, Barbara envoyait une bonne part de son salaire à ses parents et ne manquait presque jamais de passer chez eux. Elle aimait Arla. Elle l'aimait plus que tout au monde. Personne ne faisait comme si Barbara n'était pas sa mère. On ne fit pas croire à Arla que Barbara était une tante en visite. Non, Barbara, c'était maman. Les parents de Barbara étaient Grandpa et Grandma.

Pas de mensonges. Aucune tentative de tromperie. Du moins sur ce chapitre-là.

Tout semblait fonctionner.

Et alors qu'Arla avait douze ans, Grandpa était mort. Cancer du foie. La mère de Barbara avait continué seule. Barbara venait toujours, mais quand Arla était entrée dans l'adolescence pour devenir, comme tant de jeunes filles à cet âge, une sorte de trublion ingérable, elle dut admettre en son for intérieur qu'elle était soulagée d'échapper à la tourmente quotidienne.

Treize mois auparavant, Barbara avait perdu sa mère. Crise cardiaque.

« Voilà comment je vois les choses, avait dit Arla à sa mère la dernière fois qu'elles s'étaient vues. C'est de me laisser avec eux qui a provoqué leur mort prématurée. J'ai été absolument infecte, c'est sûr, mais c'est avec toi que j'aurais dû l'être, pas avec eux.

— Je ne peux pas réécrire l'histoire.

— Ouais, mais tu n'as aucun problème pour écrire sur des gens qui ont foiré la leur. Les saloperies qu'ils ont faites, les erreurs qu'ils ont commises, c'est ton rayon. Te regarder dans la glace, c'est moins facile. »

Barbara n'avait pas su quoi dire. Il était toujours difficile de contester la vérité.

Elles avaient eu une sérieuse prise de bec six mois auparavant. Arla voulait aller dans l'Ouest, pour essayer de retrouver son père. Barbara avait tout fait pour l'en dissuader et ne lui avait fourni aucune information susceptible de l'aider à le localiser. « Il ne vaut pas la peine qu'on le retrouve », avait-elle dit. Arla était furieuse.

Barbara avait ajouté quelque chose qu'elle avait regretté aussitôt :

« Tu aurais peut-être été plus heureuse si je t'avais fait adopter et que tu avais été élevée par des inconnus.

— C'est toi l'inconnue, avait répliqué Arla. Tu l'as toujours été. (Puis elle avait porté le coup de grâce.) J'ai une amie qui va se marier, et elle dit que sa mère la rend dingue à mettre son grain de sel dans tous les détails du mariage, et mon amie, elle est là, genre : "J'en peux plus", et moi je lui ai dit : "Hé, au moins, elle *s'intéresse.*" »

Barbara avait donc toutes les raisons de se sentir mal à l'aise à l'idée de retrouver sa fille ce matin-là. Qu'allait-elle lui reprocher maintenant ? Quel souvenir maternel refoulé – ou absence de souvenir – avait-elle décortiqué avec son psy cette semaine ?

Arla avait parlé d'une nouvelle.

Bon sang, cela concernait peut-être son père.

Pour autant que Barbara le sache, Arla avait renoncé à l'idée d'aller le chercher dans l'Ouest. Elle avait peut-être changé d'avis.

Elle n'était toujours pas là. Arriver systématiquement en retard à leurs rendez-vous devait faire partie de ses petites vengeances. Barbara déroula donc son fil Twitter. Son téléphone ne quittait presque jamais sa main. Depuis que cette technologie existait, il lui était presque impossible de rester seule avec ses pensées. Si elle n'écrivait pas ou ne lisait pas, ou n'avait pas une conversation avec quelqu'un, elle était sur son téléphone.

Elle suivait des responsables politiques, d'innombrables commentateurs et divers organes de presse, et même le compte du NYPD. Et personne ne devait savoir qu'elle suivait également quelqu'un qui, tous les jours sans exception, postait des photos de chiots mignons.

Qu'on me jette la première pierre.

Elle continua à faire défiler les messages, aperçut quelque chose, remonta le fil avec le pouce. C'était un post du NYPD.

Il y avait eu un accident d'ascenseur dans un immeuble résidentiel sur York Avenue. La nouvelle venait de tomber et il y avait peu de détails.

— Bordel, murmura-t-elle.

— J'imagine que ce n'est pas à moi que tu parles.

Barbara leva les yeux et trouva Arla debout devant elle.

— Oh, salut, dit-elle en s'extirpant de son box pour prendre sa fille dans ses bras.

Si remontée qu'elle fût, Arla lui permettait malgré tout ce genre de démonstration. Puis elle enlaçait sa mère en retour, mais sans chaleur.

— Tu es toute jolie, dit Barbara alors qu'elles s'installaient dans le box, l'une en face de l'autre.

C'était vrai. Le fait est qu'Arla était toujours jolie. Elle était grande et mince, avec des cheveux noirs et raides qu'elle portait mi-longs. Elle était vêtue d'une robe noire moulante avec une large ceinture en cuir verni noir. Une mèche de cheveux lui tombait sur l'œil. Elle la ramena en arrière et la coinça derrière son oreille.

— Merci, dit Arla. Tu as commandé ?

— Du café seulement. J'allais prendre une omelette. Qu'est-ce que tu veux ?

— Un café, c'est très bien.

— Vas-y, prends quelque chose. Je t'invite.

Arla secoua la tête.

— Ça ira.

Le serveur arriva. Ce n'était pas parce que Arla ne voulait rien manger que cela allait arrêter Barbara. Elle commanda deux cafés et une omelette pour elle.

— Alors, comment ça va ? demanda Arla.

— Très bien, répondit Barbara avant de se rembrunir.

Elle raconta à sa fille, brièvement, l'accident de la veille qui avait coûté la vie à la jeune femme qu'elle avait connue à *Manhattan Today*. En même temps qu'elle racontait l'histoire, elle se demanda pourquoi elle le faisait. Espérait-elle susciter sa compassion, parer le dernier grief que sa fille avait l'intention d'exprimer ?

— C'est affreux, dit Arla avec une sollicitude qui paraissait sincère. Ses parents ont déjà fait le voyage ?

— Probablement. Et voilà qu'il y en a un autre, dit Barbara en soulevant son téléphone.

— Un autre accident d'ascenseur ?

Barbara acquiesça d'un signe de tête.

— Moi, ils me font totalement flipper, dit la jeune femme. Ce n'est pas que je crois qu'ils vont s'écraser ou quoi. C'est juste que, quand la porte se ferme, on ne peut plus aller nulle part, et si tu es coincée là-dedans avec quelqu'un de bizarre, tu as hâte d'arriver à ton étage… Deux en deux jours. « Jamais deux sans trois », comme on dit.

Barbara sourit.

— Je crois que ce sont les célébrités qui meurent par série de trois. Bon, dit-elle lentement, c'est quoi, cette nouvelle ?

Arla inspira profondément par le nez. L'arrivée de son café lui donna un moment pour souffler et se préparer à ce qui s'annonçait comme une déclaration d'importance. Elle prit un sachet de Splenda, le déchira et saupoudra la moitié de l'édulcorant dans la tasse.

Elle est enceinte, se dit Barbara. *L'histoire se répète.*

— Alors... J'ai trouvé un travail.

— Tu as déjà un travail, fit Barbara, interloquée. C'est un nouveau poste ?

— C'est ça.

— Eh bien, c'est une bonne chose. Félicitations. Tu n'aimais pas ce que tu faisais ?

— Si, ça allait. Et j'ai appris des tas de trucs que je pourrai mettre à profit dans mon nouveau boulot.

— Où est-ce que tu vas ?

— OK, tu sais que j'ai réalisé beaucoup d'enquêtes d'opinion, des analyses, des interprétations de données, ce genre de choses.

— La base du marketing.

— Aujourd'hui, plus personne ne prend une décision sans examiner toutes les données. Personne ne se fie plus à son instinct.

— Je ne me suis jamais fiée à rien d'autre. Je ne comprends rien aux choses dont tu parles.

— C'est comme ça que ça marche, maintenant. Je veux dire, même si tu es certaine que ton instinct a raison, personne ne veut plus se mouiller sans données pour appuyer sa décision.

— Laisse-moi deviner, dit Barbara. Parfois, les données te disent ce que les gens veulent, et tu le leur donnes, même si, au fond de toi, ce n'est pas ce que tu ferais.

Arla eut un haussement d'épaules.

— C'est à peu près ça. Tu trouves quelles sont les aspirations des gens et tu les satisfais. (Elle secoua la tête.) Mon Dieu, qui utilise encore un mot comme « aspirations » ?

Barbara gloussa.

Arla poursuivit.

— Enfin bref, tu veux savoir si ton message est transmis, et s'il l'est, s'il touche son public cible. Tous ces trucs. C'est assez fascinant. Dans la boîte que je viens de quitter, on faisait beaucoup d'études pour l'industrie du divertissement. Quels films les gens aimaient et pourquoi, sur la base de données recueillies pendant des avant-premières. Bizarrement, même quand tu penses qu'un film va cartonner, il peut faire un gros bide à sa sortie en salle.

— Je vois.

— Mais je me demandais si je pouvais employer ce genre de compétences d'une façon qui ait un peu plus de sens. Plutôt que de trouver le moyen de rendre une pop star décérébrée encore plus populaire, si je pouvais présenter aux gens des sujets qui comptent et faire en sorte qu'ils s'y intéressent...

— Ça me semble être une bonne chose. Alors, pour qui vas-tu bosser ? Le Planning familial ? L'ACLU[1] ? Sauvez les Baleines ?

— Rien de tout ça. Mais un endroit où je pourrai quand même apporter des choses positives.

— Dis-moi !

— Tu promets de ne pas te mettre en colère ?

Barbara se cala contre le dossier de la banquette.

Oh non, pensa-t-elle. *Elle est passée du côté obscur. Elle bosse pour Facebook.*

Le serveur apporta l'omelette jambon-fromage, mais Barbara n'y jeta même pas un coup d'œil.

— Allez, accouche.

— Je travaille pour le cabinet du maire.

Barbara était trop estomaquée pour réagir.

— C'est plutôt cool, non ?

1. Union américaine pour les libertés civiles, importante association à but non lucratif.

Barbara retrouva l'usage de la parole pour demander :

— *Ce* maire ? Le maire de New York ?

Arla hocha la tête en souriant.

— Je ne l'ai pas encore rencontré, en fait. Si ça se trouve, on ne se croisera peut-être jamais. Tu peux travailler pour quelqu'un comme ça et ne jamais le voir en personne. Tu fais juste partie des grouillots. Mais on ne sait jamais. Il y a des bruits qui courent, chuchota-t-elle en se penchant au-dessus de la table. On dit qu'il songe à briguer un siège au Sénat, voire plus haut encore. Imagine, être au commencement du truc...

Manifestement, Arla n'avait pas lu la dernière chronique de sa mère qui faisait écho à cette rumeur. Barbara écarta son assiette et se pencha en avant, leurs fronts se touchant presque.

— Je comprends, dit-elle.

— Tu comprends quoi ?

— C'est créatif, je te l'accorde.

— Je ne sais pas de quoi tu parles, dit Arla, qui se pencha en arrière sur son siège.

— Ne fais pas la maligne, Arla.

— Franchement, je ne vois pas ce que tu veux dire, *mère*.

— C'était prémédité ? Tu t'es dit : « Ce ne serait pas génial si je pouvais travailler pour l'homme sur lequel ma mère cherche des infos depuis qu'il a pris ses fonctions ? » Ce type est corrompu jusqu'au trognon, tu sais. À toujours rendre service à ses copains. Ou est-ce que c'est le cabinet du maire qui est venu te chercher ? (Un sourire soudain apparut sur le visage de Barbara.) J'imagine bien un scénario dans le genre.

— Tout ne tourne pas autour de ton nombril.

— Headley a appris qui tu étais et il t'a offert un boulot juste pour me le faire payer. Tu as été recrutée par un chasseur de têtes ? Il se dit peut-être que je lui lâcherai la grappe si tu travailles pour lui. Ou que j'accepterai son offre.

— Quelle offre ?

— Peu importe.

— J'ai vu l'annonce en ligne. J'ai candidaté. Je suis allée à un entretien et j'ai eu le poste. Si tu insinues que j'ai été embauchée juste pour qu'il puisse prendre je ne sais quelle revanche sur toi, alors merci pour l'insulte. Je suis douée dans ce que je fais. J'ai été embauchée parce que j'ai quelque chose à apporter.

— Tu as pris ce poste pour me contrarier.

— Tu ne m'écoutes même plus.

— Tu voulais me mettre le nez dans mon caca.

Arla considéra sa mère avec un air de pitié.

— En tant qu'écrivaine et tout, tu aurais pu trouver autre chose que ce genre d'image, non ?

— Quand ils découvriront que tu es ma fille, tu te feras sans doute virer.

— Eh bien, à moins que tu aies l'intention de le leur dire, ça devrait aller.

Le nom de famille d'Arla, comme celui de Barbara, était Silbert. Matheson était en fait le deuxième patronyme de Barbara, qui rendait ainsi hommage à la branche maternelle de la famille. Elle avait choisi d'en faire son nom de plume des années auparavant, si bien qu'il était peu probable que la filiation d'Arla soit découverte avec son seul nom.

— Tu sais ce qui serait sympa ? C'est que, pour une fois, tu admettes que je suis capable d'arriver à quelque chose toute seule. Et peut-être même que tu me félicites.

Barbara ne dit rien.

Arla poussa un soupir résigné et regarda sa montre.

— Merde, il faut que je file. Je ne voudrais pas être en retard pour mon premier jour. (Elle esquissa un sourire en quittant le box.) Merci pour le café. Ça fait toujours plaisir de bavarder un peu.

Elle fit volte-face et sortit. Barbara la regarda tourner à droite sur le trottoir, passer devant la vitrine, en direction du sud.

Puis elle regarda l'omelette. Elle regrettait d'avoir arrêté de fumer des années auparavant. Elle y aurait écrasé son mégot.

- 13 -

Jerry Bourque était à son bureau. Lois Delgado, assise en face de lui, buvait un café dans un gobelet en carton.

— Quoi de neuf ? demanda-t-il.

— La gamine est malade. Elle a vomi ses tripes au saut du lit.

Cela faisait dix ans que Delgado était mariée à un pompier prénommé Albert. Ils avaient une petite fille de sept ans, Abigail. Abby en abrégé.

— Al prend son service tard, alors avec un peu de chance je serai rentrée avant son départ et, sinon, on demandera à sa mère de venir la garder.

— Ce serait gentil de sa part.

Elle lui décocha un regard noir par-dessus leurs deux bureaux.

— Ne me lance pas là-dessus.

— Je n'ai rien dit.

— À d'autres, fit Delgado en levant les yeux au ciel. C'est une fouineuse. Elle a farfouillé dans l'armoire à pharmacie, la dernière fois.

— Comment le sais-tu ?

— Les médocs, je les avais tous positionnés de sorte que seul le côté droit des étiquettes était visible. Tout ce qu'on voyait de mon nom, c'était « gado ». Tu vois ce que je veux dire ?

— Je vois, oui.

— Après sa visite, je vérifie, et ils étaient tous tournés n'importe comment. Plus ou moins à la même place – elle est allée jusque-là pour couvrir ses traces –, mais pas comme je les avais laissés. J'ai acheté un mini-coffre-fort, comme ceux des hôtels, et je l'ai mis dans le dressing de notre chambre. Un jour, elle me sort qu'elle est tombée dessus par hasard en trouvant Abby, qui était là-dedans en train d'essayer mes chaussures. « Oh, elle me fait, je vois que vous avez un coffre ! C'est pour quoi faire ? » Ça me rend dingue. C'est le seul endroit où je peux garder quelque chose en étant sûre qu'elle ne le verra pas. Des documents financiers, ce genre de trucs. Je lui ai dit que c'était là que je rangeais mon arme.

— Elle t'a crue ?

— Elle sait que j'ai déjà un coffre spécial. Je pourrais arriver à lui faire croire que je me constitue un arsenal. Mais elle doit se douter de quelque chose.

— Si Albert décidait un jour de te tromper, il n'aurait pas la moindre chance de s'en tirer.

— Sans déconner. Je lui ai dit : « Si tu vas voir ailleurs, je te tue et je sais comment brouiller les pistes. »

Bourque était convaincu qu'elle avait les compétences requises, sinon l'inclination.

— Et si *tu* te décidais à le tromper, dit-il, tu saurais comment ne pas te faire prendre.

— Albert ne saura jamais pour Ryan et moi.

Bourque sourit largement. Son équipière avait un gros faible pour l'acteur Ryan Gosling. Elle avait vu tous ses films plusieurs fois. Pendant un voyage au Canada, elle était même passée devant le lycée de Burlington qu'il avait fréquenté. Une photo de lui découpée dans une revue était scotchée au bord de son écran d'ordinateur.

— Je crois qu'avoir sa photo ici te trahirait.

— Au contraire, répondit Delgado en secouant la tête. Si on se voyait, mettre cette photo en évidence serait bien la première chose que je ferais. Ça détourne les soupçons, en fait.

— Brillant.

— On a un retour pour l'ADN ?

— Ne me fais pas rire. Et le bout de doigt ? Ils ont pu relever une empreinte dessus ?

— J'attends. C'est un petit doigt, apparemment. Ils l'ont trouvé à une vingtaine de mètres au nord du banc derrière lequel on s'est débarrassé du corps, juste au bord du chemin, dans le parterre. Une fois qu'on aura une empreinte et qu'ils auront fait l'analyse ADN, on saura si notre client est dans le système. Ses mains étaient calleuses, ce qui indiquerait que la victime exerçait un métier manuel.

— Quant à la piste des chaussettes, elle ne mène à rien. Pour l'instant.

Delgado ajouta que l'analyse de la vidéo de surveillance le long de la High Line ne donnait rien non plus pour le moment.

— Mais au moins, il y a ça, dit-elle en pointant son écran. Je te l'envoie.

Bourque se connecta et afficha le fichier en question. C'était une photo, tirée du rapport d'autopsie, du tatouage de la victime.

— Ce tatouage est peut-être notre meilleure piste pour le moment, dit-il.

Delgado acquiesça de la tête.

— C'est mieux que rien. On pourrait commencer par faire le tour des salons de tatouage. Je me demandais s'il ne serait pas temps de lancer un avis de recherche.

Homme blanc, entre quarante et cinquante ans, avec une photo du tatouage et des chaussettes.

— Je vais rappeler les Personnes disparues. Peut-être que quelqu'un s'est inquiété de ne pas voir rentrer papa.

— Fais-toi plaisir.

Bourque se connecta d'abord au fil Twitter des Personnes disparues du NYPD, puis à son site internet. La plupart des disparitions étaient classées en « Silver Alert » et concernaient avant tout des personnes âgées atteintes de la maladie d'Alzheimer ou d'une autre forme de démence. Elles n'avaient pas retrouvé le chemin de la maison de retraite ou de l'institution où elles vivaient et, dans la majorité des cas, on les récupérait saines et sauves. Beaucoup d'autres disparitions concernaient des jeunes, mais la probabilité d'un enlèvement restait toutefois faible. Il s'agissait de jeunes qui s'étaient disputés avec leurs parents ou qui étaient restés dormir chez un ami sans avoir eu la présence d'esprit de passer un coup de fil à la maison. En cas d'enlèvement, il y avait de fortes chances qu'un des parents en soit l'auteur, par suite d'un désaccord sur la garde qui avait dégénéré. Pour autant, il fallait se méfier de prendre la chose à la légère. Certains enlèvements parentaux finissaient très mal. Par un meurtre-suicide, par exemple. Histoire de donner une leçon à l'autre conjoint.

Il était plus rare que figurent sur la liste des personnes disparues des hommes ou des femmes entre deux âges et sans aucun antécédent psychiatrique.

Bourque ne repéra aucun signalement récent qui corresponde à la victime de la High Line. Il y avait deux hommes portés disparus depuis plusieurs mois qui étaient « défavorablement connus des services de police », pour reprendre l'expression consacrée, et qui pouvaient très bien avoir élu domicile au fond de l'East River, mais l'homme que Bourque espérait identifier était mort tout récemment.

Il passa un coup de fil au bureau des Personnes disparues pour demander s'ils avaient reçu le signalement d'un homme blanc d'âge moyen qu'ils n'auraient pas encore mis sur le site.

— C'est drôle que vous demandiez ça, lui répondit-on.

La maison se trouvait sur la 32e, entre Broadway au sud et la Trente et unième Avenue au nord, à Astoria, un quartier du Queens. C'était une maison mitoyenne d'un étage, avec une allée barrée par un portail censé empêcher qu'on fauche la Ford Explorer vieille de dix ans qui y était stationnée. Elle était posée sur une dalle de béton qui s'inclinait vers un garage prévu pour une voiture.

Lois Delgado gara leur Crown Vic banalisée devant la demeure, bien qu'un œil un tant soit peu averti l'eût immédiatement identifiée comme véhicule de police, avec ses tout petits enjoliveurs, les gyrophares intégrés à la calandre et au-dessus de la plage arrière, et l'antenne sur le coffre.

Bourque descendit côté passager et attendit que Delgado ait fait le tour de la voiture pour qu'ils puissent s'approcher ensemble de la porte d'entrée. Elle sonna et se plaça devant lui.

Quelques secondes plus tard, on écartait le rideau de quelques centimètres. Une femme jeta un coup d'œil au-dehors. Ils entendirent un verrou tourner et une chaîne de sûreté se détacher avant qu'on leur ouvre la porte.

— Madame Petrenko ? Eileen Petrenko ?

La femme avait la quarantaine, faisait moins d'un mètre soixante-cinq, bien en chair, des cheveux châtains tirés en chignon. Elle dévisagea les deux policiers avec appréhension.

— Madame Petrenko, je suis l'enquêteur Delgado et voici l'enquêteur Bourque.

— Mon Dieu ! Vous l'avez retrouvé ? Dites-moi que vous l'avez retrouvé !

— Est-ce qu'on peut entrer ? demanda Delgado.

— Oui, oui, bien sûr, dit-elle en leur ouvrant la porte.

Ils pénétrèrent dans un salon exigu où s'amassaient des journaux, des magazines et des petites boîtes à archives poussées contre un mur.

— J'ai cru devenir folle, dit Eileen en se tordant nerveusement les mains. Où est-il ? Il est retourné à Cleveland ? Il déteste être ici, je le sais, mais je n'arrive pas à croire qu'il soit retourné là-bas sans rien dire. J'ai appelé sa sœur, elle ne l'a pas vu, et il l'aurait contactée s'il était rentré, c'est certain.

— On peut s'asseoir ? demanda Bourque.

Eileen débarrassa les journaux qui encombraient le canapé et prit place en face d'eux. Sur la petite table à côté d'elle, une photo encadrée la montrait en compagnie d'un homme au visage rond et aux cheveux grisonnants coupés en brosse.

— C'est M. Petrenko ? interrogea Delgado.

La femme prit la photo et la scruta d'un air désespéré.

— Cela fait deux jours que je ne dors pratiquement pas.

Bourque avait sorti son calepin.

— Je sais que vous avez déjà vu ça avec les agents qui sont venus vous parler hier matin, mais est-ce que cela vous dérangerait de tout reprendre avec nous ?

La femme garda la photo encadrée sur ses genoux et secoua la tête.

— Le nom complet de votre mari ?

— Otto Mikhail Petrenko.

— Vous pouvez épeler ?

Ce qu'elle fit.
— Date de naissance ?
— Euh, 3 février 1975.
— Où est né M. Petrenko ? voulut savoir Delgado. C'est de quelle origine, comme nom ?
— C'est russe, répondit sa femme. Sauf Otto. Ça, c'est allemand. On lui a donné le prénom d'un oncle en Allemagne. Mikhail, c'était le prénom de son père. Il est né à Voronej, mais ses parents ont fui le pays peu de temps après sa naissance pour passer en Finlande et, pour finir, en Amérique, quand Otto avait quatre ans environ. Ils se sont installés en Ohio, où Otto a grandi, et on s'est rencontrés à Cleveland.
— Et depuis combien de temps êtes-vous mariée, madame Petrenko ? demanda Delgado d'une voix douce et pleine de sollicitude.
— Dix-sept ans.
— Vous avez des enfants ? Ou bien vivez-vous ici seuls ?
— Il n'y a que nous, dit-elle, mal à l'aise. Otto a des frère et sœur, mais...
— Vous êtes propriétaires de cette maison ?
— On loue. Otto ne voulait pas acheter. Il n'était pas sûr de vouloir rester ici.
— Dans le Queens ? demanda Bourque.
— À New York et autour.
— Vous avez quitté Cleveland pour vous installer ici ?
— Il y a trois ans, répondit-elle en jetant un coup d'œil aux boîtes le long du mur. On est toujours dans les cartons, figurez-vous. Ce ne sont pas des affaires importantes. On les aurait mises au sous-sol, mais ça sent affreusement le moisi là-dedans.
— Et le garage ?
— On y a mis des meubles. Notre maison à Cleveland était plus grande et on s'est retrouvés avec des affaires

qu'on n'a pas pu caser, et qu'on a mises là. On n'a pas pu ranger la voiture au garage depuis qu'on a emménagé. C'est important ?

— Je suis désolée, dit Delgado en offrant un sourire contrit. Nous avons parfois tendance à nous écarter du sujet. Parlez-nous de la dernière fois que vous avez vu votre mari.

— C'était il y a deux jours. Dimanche soir.

— Il était quelle heure ?

Elle réfléchit un moment.

— Vers 20 heures. Je sais que c'était après « 60 Minutes ». L'émission venait de se terminer quand Otto a dit qu'il sortait. Il ne s'est pas présenté au travail hier, et aujourd'hui non plus.

— Est-ce qu'il a dit où il allait dimanche soir ?

Eileen Petrenko fit non de la tête.

— J'ai pensé qu'il sortait boire un verre.

— J'ai remarqué l'Icon en venant ici, intervint Bourque.

Un autre mouvement de tête, plus virulent.

— Il n'irait pas dans ce genre de bar.

Bourque lança un regard à Delgado.

— Je crois que c'est un bar gay, dit-elle.

— Ah. Un autre endroit où il aurait pu aller ?

— Il y a le Break, où on joue au billard. Il y va, des fois. C'est surtout pour regarder les autres jouer, parce qu'il n'est pas très bon. Comme il n'était toujours pas rentré à 23 heures, je suis allée là-bas pour le chercher, mais il n'y était pas. Ils ne l'avaient pas vu. Ensuite, je me suis demandé s'il n'était pas allé voir un film. Je n'aime pas ça, alors il y va parfois seul.

— Il aime le cinéma ? demanda Bourque.

D'un coup de menton, Eileen désigna les boîtes alignées contre le mur.

— La moitié est remplie de DVD. Il a la collectionnite. Il y en a même certains sur VHS. Sur cassette, vous voyez ? Et nous n'avons même plus de magnétoscope. Il y a des années qu'on l'a jeté.

— Quel est son film préféré ? demanda Bourque.

Elle dut réfléchir.

— Il aime les films d'aventures. Comme ceux avec Indiana Jones ou la série des John Wick, ce genre-là. Les films d'action, avec des combats ou quand ils font du kung-fu ou ce genre de chose. Moi, je ne les regarde pas.

— J'aime bien celui avec le requin, remarqua Bourque. Quand ils doivent fermer les plages.

Elle s'égaya.

— Ah oui, *Les Dents de la mer*. C'est un de ses préférés. (Elle parut intriguée.) Je lui ai acheté des chaussettes sur Internet avec un requin dessus. Pour son anniversaire.

Bourque échangea un bref regard avec Delgado.

— Oui, super film.

— S'il était allé au cinéma, reprit Eileen, il serait rentré avant minuit.

Elle tira un mouchoir en papier d'une boîte sur la table à côté d'elle et se tamponna le coin de l'œil droit.

— Vous pensez qu'il allait retrouver quelqu'un ? questionna Delgado.

— Il ne me l'a pas dit.

Delgado se pencha en avant, les coudes sur les genoux.

— C'est une question délicate, madame Petrenko, mais est-il possible que votre mari fréquente quelqu'un ?

— Une femme, vous voulez dire ? demanda-t-elle d'un air accablé. Une liaison ?

Delgado acquiesça.

— Oh non, c'est... je ne le pense pas, dit-elle en paraissant se recroqueviller, ses bras serrés contre elle. Cela ne lui ressemblerait pas.

Le silence se fit tandis que les policiers laissaient à Eileen un peu plus de temps pour réfléchir à la question.

— Pourquoi avoir dit qu'il était peut-être allé à Cleveland ? finit par demander Delgado.

— Il ne se plaît pas ici. Il n'aime pas New York ni les grandes villes en général. Du moins, pas celles au bord de l'océan.

Elle renifla, s'essuya le nez avec son mouchoir.

— L'océan ? releva Bourque. Il n'aime pas nager ? Il déteste les bateaux ?

— Non, non, ce n'est pas ça. Il y a les villes sur la côte, et puis le reste du pays.

— Je ne vous suis pas, dit Delgado.

— Otto dit que, un jour, il y aura une autre guerre civile, mais pas entre le Nord et le Sud. Elle opposera les gens prétentieux, vous savez, les élites, à tous les autres, les vrais Américains.

— Les gens qui vivent à New York ou à Los Angeles ne seraient donc pas de vrais Américains ?

— Ils ne sont pas attachés aux vraies valeurs américaines, répondit Eileen Petrenko. Otto dit qu'ils veulent obliger tout le monde à se faire avorter, rendre les enfants homosexuels, ce genre de choses. Surtout, ils méprisent tous les autres. (Elle haussa les épaules, puis s'efforça de sourire malgré les larmes qu'elle retenait.) Moi, je ne suis pas comme ça. J'aime les gens. J'essaye de bien m'entendre avec eux. J'aime les gens d'ici. J'aime mes voisins. Ils sont gentils.

— Votre mari, dit lentement Bourque, est donc d'accord avec les idées revendiquées par les Flyovers.

— C'est possible, Otto m'en a peut-être parlé, mais je ne l'écoutais que d'une oreille quand il commençait avec ça. C'est quoi, les Flyovers ?

— C'est un groupe de l'alt-right pour qui les vrais Américains sont ceux que les élites survolent quand elles vont d'une côte à l'autre[1].

Eileen avait l'air perplexe.

— Ça ne peut pas être le même groupe. Je regardais le journal hier, en me demandant si Otto avait pu avoir un accident de voiture ou quoi, et ils ont parlé d'un attentat à Boston et mentionné ce groupe. Otto ne voudrait pas être associé à ce genre d'individus.

— Est-ce que votre mari passe beaucoup de temps sur Internet ?

Le visage d'Eileen s'assombrit.

— Peut-être. Ce n'est pas un pervers, si c'est ce que vous voulez savoir. Il ne va sur aucun de ces sites pornos ni sur les forums pour discuter avec des femmes. Pas Otto.

Bourque lança un regard à Delgado, qui pensait sans doute la même chose que lui. Si Otto était leur homme, ce qui paraissait probable, ils emporteraient son ordinateur quand ils quitteraient cette maison.

— Madame Petrenko, reprit Bourque, savez-vous si votre mari avait un différend avec quelqu'un ? Personnellement ou professionnellement ? Quelqu'un qui aurait eu une dent contre lui ?

— Non. Otto est un homme bien.

— Il n'a jamais eu d'ennuis ?

— Des ennuis ?

— Avec la police, par exemple. Il n'a jamais été arrêté ?

Elle se mordit la lèvre.

— C'était il y a longtemps.

— Quand ça ? demanda Delgado.

1. *To Fly over* signifie « survoler ».

— Dix, onze ans, je pense. Il s'agissait d'un malentendu. Otto et un ami étaient en déplacement pour le travail, ils ont trop bu et ils ont cassé des meubles dans un motel. La police a été appelée, mais Otto et l'autre homme ont accepté de payer pour les dégâts, et les poursuites ont été abandonnées.

Bourque hocha lentement la tête.

— S'il a été arrêté, on a probablement relevé ses empreintes.

— C'était il y a longtemps. Il a fait le nécessaire. Il a payé.

Delgado sourit.

— Je n'en doute pas. Passons à autre chose. Pourriez-vous décrire son comportement de ces dernières semaines ? Vous a-t-il paru changé ? Était-il préoccupé ?

Eileen réfléchit.

— Peut-être un peu...

Ils attendirent. Elle porta la main à son front, puis la retira, comme si elle prenait sa température.

— Il a souvent été en contact avec sa famille.

— C'est si étrange que ça ? demanda Bourque.

— D'habitude, il téléphone à son frère pour Noël, prend des nouvelles des enfants, ou il appelle sa sœur pour son anniversaire. Mais ces dernières semaines, il appelait juste pour dire bonjour ou il leur envoyait un mail. Je veux dire, il les aime bien, c'est la famille, mais jusqu'ici il n'avait jamais montré autant d'intérêt.

— Il a dit pourquoi il faisait cela ?

Elle secoua lentement la tête.

— C'était comme si... comme s'il était inquiet pour eux. Je l'ai entendu dire à sa sœur qu'ils devraient avoir un système d'alarme. Et il a demandé à son frère s'il n'avait vu personne surveiller leur maison. Quand je lui ai demandé des explications, il m'a répondu qu'on vivait à une époque où il fallait être prudent, et c'est tout.

— Où vivent son frère et sa sœur ? demanda Delgado.

— Son frère est retourné à Cleveland. Sa maison est tout près de là où était la nôtre. Et sa sœur vit à Vegas. Elle est croupière de black-jack.

— Leur avez-vous parlé depuis la disparition de votre mari ?

Eileen Petrenko secoua la tête.

— Je n'ai voulu alarmer personne. Et... et si Otto a juste fait une bêtise, je ne veux pas avoir à l'expliquer plus tard.

— Quel genre de bêtise ? interrogea Bourque.

— Je n'en sais rien. Parfois, les hommes font des choses stupides. Ils boivent trop, ils... font leur crise de la cinquantaine... (Elle tenta de rire.) Il a peut-être acheté une moto et décidé de traverser le pays. (Mais son rire se mua immédiatement en sanglots.) Il ne ferait jamais ça. C'est... ça ne lui ressemble pas.

Bourque sortit son calepin.

— Pourriez-vous me donner les noms et numéros de téléphone de votre beau-frère et de votre belle-sœur ?

— Anatoly Petrenko et Misha Jackson. C'est son nom de femme mariée.

Elle quitta brièvement la pièce et revint avec un portable. Elle se rassit, ouvrit sa liste de contacts et communiqua les deux numéros de téléphone à Bourque.

Les deux policiers échangèrent un regard discret. Il était temps.

— Madame Petrenko, commença Delgado, vous avez donné une photographie ainsi qu'une description générale de votre mari la première fois que vous avez vu la police.

— C'est exact.

— Pourriez-vous nous fournir quelques détails supplémentaires ? Des signes distinctifs, peut-être ?

— Des signes distinctifs ? Comme...

— Des taches de naissance, peut-être une cicatrice, un tatouage...

— Oh, Otto a bien un tatouage.

— Voilà, dit Delgado. Vous pouvez le décrire ?

— Je peux faire mieux que ça, dit-elle en reprenant son téléphone pour taper sur l'icône « Photos ». L'été dernier, nous sommes allés passer deux jours à Cape Cod pour voir ma cousine et son mari, commença-t-elle en faisant défiler les images. Voilà.

Elle tendit le téléphone à Delgado, qui se pencha vers Bourque de façon qu'ils puissent regarder ensemble.

L'image montrait Otto debout sur la plage, les mains sur les hanches, avec l'océan en toile de fond. Il était torse nu, sa bedaine retombant par-dessus la ceinture de son maillot de bain noir.

Son épaule, avec le cobra lové tatoué dessus, était parfaitement visible.

— Ah, dit Delgado. En effet, c'est distinctif. Quelle est l'histoire de ce tatouage ?

— Il l'a fait faire quand il avait une vingtaine d'années et qu'il n'était pas bien malin. Lui et quelques amis stupides étaient dans un bar où il y avait un cobra dans une grande cage. Si vous arriviez à rester dans la cage avec lui pendant cinq minutes, vous aviez des boissons gratuites.

— Bon sang, souffla Bourque.

— Otto a gagné, alors il s'est fait faire le tatouage en souvenir. (Elle baissa la voix, comme si quelqu'un écoutait.) Je parie qu'on lui avait enlevé ses crochets, ou peu importe comment ça s'appelle. Le bar ne pouvait pas prendre le risque d'empoisonner ses clients.

— Vous avez sans doute raison, dit Bourque.

Il dévisagea la femme. Il détestait cette partie, depuis toujours. Apprendre à quelqu'un la mort d'un être cher, c'était le pire aspect du métier. Il sentit sa gorge se serrer légèrement.

Il avait encore deux questions avant d'annoncer la nouvelle.

— Pourquoi avoir quitté Cleveland pour vous installer ici si votre mari déteste tant New York ?

— La société pour laquelle il travaillait a mis la clé sous la porte. Il a envoyé des CV un peu partout, et la seule entreprise qui ait répondu était ici, à New York. Alors, même s'il n'avait pas envie de déménager, on n'a pas vraiment eu le choix. (Elle sourit tristement.) Il fallait bien faire bouillir la marmite, vous comprenez. Moi aussi, je travaille. J'ai trouvé un boulot de serveuse, mais je n'y suis pas retournée depuis qu'Otto a disparu.

— Bien, dit Delgado. Vous avez dit tout à l'heure qu'il ne s'était pas présenté au travail ni hier ni aujourd'hui.

Elle hocha la tête d'un air inquiet.

— Nous aimerions connaître le nom de son patron, dit Bourque.

— Oui, bien sûr.

— Dans quel domaine travaille votre mari ? questionna Delgado.

— Il est dans les ascenseurs. Otto entretient les ascenseurs.

- 14 -

Richard Headley était arrivé à son bureau de l'hôtel de ville de bonne heure et il avait bien fait comprendre à Valerie et au reste de son cabinet que, à moins que la statue de la Liberté ne retrousse sa jupe pour patauger jusqu'à Jersey City, il ne voulait pas être dérangé. Il mit son téléphone en mode silencieux et afficha sur son écran le discours qu'il devait donner à la New York Conservation Authority la semaine suivante. Headley avait des rédacteurs pour cela, mais, en l'occurrence, il n'était pas satisfait de leurs tentatives et il voulait s'y atteler lui-même. Ce discours s'inscrivait dans une série d'interventions données devant différents groupes et touchant à la nécessité de réduire les émissions de gaz à effet de serre en ville. Cela allait de la création de stations de recharge dans les cinq arrondissements à la conversion de toute la flotte municipale à l'électricité. C'était plus facile à dire qu'à faire, mais l'écologie urbaine avait été un des thèmes de campagne de Headley et il n'avait pas l'intention de faire machine arrière.

Convertir les plus gros véhicules, tels que les camions poubelles et les camions de pompiers, à l'énergie électrique était une tâche ardue, mais renoncer aux voitures à essence conventionnelles, celles qui fonctionnaient aux énergies fossiles, au profit des batteries électriques était un objectif atteignable. La Ville avait déjà converti 25 % de sa flotte – des berlines quatre portes ordinaires – à l'énergie électrique. On les repérait grâce au petit logo vert « NYG » sur le pare-chocs arrière. Glover avait voulu persuader son père d'apposer un grand autocollant qui aurait couvert la majeure partie de la portière côté passager, pour vraiment faire passer le message, mais Headley avait trouvé cela exagéré.

Il apporta quelques modifications à son discours affiché sur l'écran de l'ordinateur. Une ligne ici et là, histoire de ne pas donner l'impression de répéter le même laïus que celui qu'il avait fait la semaine précédente devant un groupe différent. Il aimait incorporer un élément nouveau dans chacun afin de jeter un os à ronger aux médias. À supposer, évidemment, que les médias prêtent l'oreille à ce qu'il racontait. Vous essayiez de bien faire, de rendre la ville plus vivable, mais les médias saluaient rarement vos efforts. Et certainement pas quand des gens comme Barbara Matheson montaient en épingle des faits insignifiants. Certes, il avait accordé un contrat à Steelways et, oui, Arnett Steel avait été un des principaux donateurs de sa campagne, mais Steelways proposait la meilleure solution pour la modernisation du système d'aiguillage du métro. Qu'était-il censé faire ? Recommander une entreprise moins-disante mais moins compétente ?

Les journalistes ne comprenaient rien au fonctionnement du monde réel. Ils ne l'avaient jamais compris et ne le comprendraient jamais.

Barbara Matheson en était la parfaite illustration. Elle n'avait jamais travaillé en entreprise. N'avait jamais embauché ni licencié personne. N'avait jamais eu à se salir les mains en distribuant des pots-de-vin à des délégués syndicaux pour avoir l'assurance que tel ou tel chantier ne serait pas saboté.

Headley n'appréciait pas toujours la façon dont le monde tournait, mais il n'était pas naïf au point de penser pouvoir le changer. Les journalistes l'étaient. Ils exigeaient davantage des personnes aux manettes que d'eux-mêmes.

Une belle bande d'hypocrites.

Et pourtant, quand on exerçait un métier comme celui de Headley, il fallait trouver le moyen de composer avec eux. Les médias étaient un des obstacles qui vous empêchaient de faire avancer les choses, comme les syndicats et la réglementation.

C'était la raison pour laquelle Headley avait bien voulu donner suite à l'idée de son fils, qui consistait à mettre Matheson de leur côté avec cette proposition lucrative d'écrire sa biographie.

Une idée qui leur avait pété à la figure. Jusqu'à nouvel ordre, le projet était suspendu. Les rendez-vous avec de potentiels éditeurs avaient été annulés.

Le maire avait convoqué Glover dans son bureau dans la matinée pour lui dire qu'il avait sérieusement merdé.

« Elle nous a fait passer pour des abrutis, s'était-il emporté, pendant que son fils était assis sur le canapé, les genoux serrés et la tête légèrement baissée. Tu aurais dû savoir qu'elle refuserait et qu'elle irait écrire sur notre proposition. Qu'est-ce qui t'a pris, bordel ?! »

Son fils avait relevé la tête assez longtemps pour dire :

« Mais tu m'avais dit de tenter le...

— Alors, c'est ma faute. Tu conçois une stratégie qui ne fonctionne pas, et c'est ma faute. (Headley avait alors marqué un temps d'arrêt.) C'est peut-être le cas, puisque c'est moi qui t'ai choisi pour me conseiller. »

Avant que Glover ait pu ajouter quoi que ce soit, son père avait pointé la porte du doigt et dit :

« Ce sera tout. »

Il ne servait à rien de réfuter en bloc l'article de Matheson sur la conversation qu'ils avaient eue dans la limousine. Comme Chris l'avait fait remarquer, elle avait probablement tout enregistré. Valerie avait fait une courte déclaration pour confirmer que l'expérience de Matheson en faisait une candidate de choix pour un éventuel projet, mais qu'il ne s'agissait en aucun cas de saper son travail à *Manhattan Today*. Elle avait également dû clarifier les ambitions politiques du maire, qui ne recouvraient rien d'autre que d'être pour New York le meilleur maire possible.

Alors qu'il retravaillait son discours, Headley s'aperçut qu'il avait du mal à se concentrer. Il avait horreur des problèmes de personnel, surtout quand ils impliquaient Glover. Il avait les yeux toujours rivés sur l'écran, s'efforçant de donner un nouveau souffle à son texte, quand Valerie Langdon entra d'un pas énergique. Elle montra du doigt la lumière qui clignotait sur son téléphone.

— C'est Alexander Vesolov.

— Je suis censé le connaître ? demanda Headley en tournant lentement la tête pour la regarder.

— L'ambassadeur russe.

— Qu'est-ce qu'il veut ? C'est pour une réception ou quelque chose comme ça ? Prenez les renseignements.

— Il veut vous parler. Personnellement. Il est insistant et a l'air plutôt agité.

Headley retira ses doigts du clavier et soupira.

— Bon sang, quelqu'un n'a pas vu ses plaques diplomatiques et lui a filé une prune ?

Valerie ne dit rien. Headley décrocha le téléphone. Un sourire lui vint aux lèvres aussi soudainement que si on avait actionné un interrupteur.

— Monsieur l'ambassadeur, c'est toujours un plaisir.

— Monsieur le maire, répondit Vesolov, avec un fort accent.

— Que puis-je faire pour vous aujourd'hui ?

— Nous sommes très affectés, naturellement, par ce qui est arrivé à Fanya Petrov.

Le maire resta silencieux plusieurs secondes, essayant de se souvenir de qui il s'agissait, se demandant si c'était un nom qu'il aurait dû connaître.

— Veuillez m'excuser, pourriez-vous répéter, monsieur l'ambassadeur ?

Pendant que Vesolov s'exécutait, Headley griffonna le nom sur un bloc-notes qu'il brandit devant Valerie. Elle prit une expression d'incompréhension, mais saisit immédiatement son téléphone pour faire une recherche.

— C'est un drame terrible, continuait Vesolov. Un coup terrible pour mon pays. Un coup terrible pour la communauté scientifique. Pas seulement pour la Russie, mais pour le monde entier.

Valerie posa son téléphone sur le bureau, écran vers le haut, sous le nez de Headley. Elle avait trouvé une page Wikipedia consacrée au Dr Petrov. Headley la parcourut en diagonale tout en poursuivant la conversation.

— Je peux le comprendre, dit le maire, qui parlait d'une voix lente et posée tout en s'efforçant de combler ses lacunes. Les travaux du Dr Petrov sont assurément… novateurs. Une sommité dans son domaine.

— Plus maintenant.

Headley décida qu'il ne pouvait pas bluffer plus longtemps.

— Je vais devoir être franc avec vous, monsieur l'ambassadeur. Vous me prenez de court. Je suis resté dans ma bulle ce matin. J'ignore ce qui est arrivé au Dr Petrov. Lui a-t-on demandé de quitter le pays ? S'agit-il d'un problème diplomatique ? Parce que si c'est le cas, je ne suis pas sûr d'être la personne la plus qualifiée. Je serais ravi de vous mettre en relation avec le Département d'État ou tout autre organisme compétent.

— Fanya Petrov est morte, monsieur le maire.

— J'en suis navré. Je l'ignorais. Mes condoléances. Pourriez-vous me mettre au courant de ce qui s'est passé ?

— Vous avez entendu parler de l'accident d'ascenseur ?

Ah, songea Headley. Voilà un sujet d'actualité qu'il maîtrisait un peu.

— Oui, bien entendu. Une véritable tragédie. Je ne savais pas que le Dr Petrov faisait partie des victimes. Curieusement, je suis passé à côté de son nom dans les comptes rendus de l'accident. Je connaissais l'une des victimes. Sherry D'Agostino. Hier, je me suis rendu personnellement sur les lieux de l'accident et j'ai ordonné à mon staff de...

— Hier ? demanda Vesolov. Non, pas cet accident-là. Celui qui s'est produit ce matin.

Headley se redressa dans son fauteuil, jeta la télécommande de la télévision à Valerie et pointa du doigt l'écran fixé au mur.

— Ce matin ? répéta Headley pendant que Valerie pressait des touches pour ranimer l'écran.

— Vous n'êtes pas au courant ?

Une chaîne d'infos en continu apparut mais elle diffusait un bulletin météo. *Et merde !* articula silencieusement le maire.

Valerie contourna le bureau et il se déplaça pour la laisser taper sur son clavier. En quelques secondes, elle trouva un reportage vidéo en ligne, le lança avec le son coupé et se recula.

— Je reçois justement de nouveaux détails à l'instant...

Une femme s'exprimait en direct devant l'immeuble de York Avenue, mais on ne voyait guère plus qu'un gros plan sur sa tête. *Un mort dans un horrible accident d'ascenseur*, lisait-on sur le bandeau déroulant au bas de l'écran.

— Bien sûr, dit Headley. L'accident sur York. Affreux, absolument affreux.

— Fanya Petrov était peut-être sur le point de réaliser des découvertes scientifiques étonnantes. Nous avons pris contact avec sa famille à Moscou, ils sont dévastés.

— Je n'en doute pas. Veuillez leur faire part de nos plus sincères condoléances.

— Comment une chose pareille a-t-elle pu se produire ? interrogea Vesolov. Comment peut-on se faire décapiter comme ça ?

L'horreur, songea Headley.

— C'est une terrible tragédie, mais ce genre d'accident est extrêmement rare.

— On pourrait croire le contraire, rétorqua l'ambassadeur. Un hier, un autre aujourd'hui !

Headley chercha une explication.

— Je suppose qu'il en va de même avec les crashs aériens, dit-il sans conviction. Il n'y en a pas pendant des mois, puis deux ou trois à la suite. Monsieur l'ambassadeur, je vais suivre l'avancée de cette enquête et je vous en rendrai compte personnellement.

— Merci, monsieur le maire. J'ai hâte d'avoir de vos nouvelles, dit-il avant de raccrocher.

Headley fusilla Valerie du regard.

— Pourquoi je n'étais pas au courant ?

— Je ne l'ai appris que quelques secondes avant que l'ambassadeur appelle.

— Ça a eu lieu à quelle adresse, exactement ?

Valerie consulta son téléphone pour trouver les détails et les lui donna.

— Je suis allé dans cet immeuble, dit Headley en essayant de se rappeler, un doigt sur le menton. Pour une collecte de fonds, je crois. L'année dernière.

— Comment souhaitez-vous procéder ?

Headley soupira.

— Allez chercher la voiture.

Alexander Vesolov retira sa main du combiné et se pencha en arrière dans son immense fauteuil en cuir. Il joignit les mains sur son énorme ventre et se tourna vers le grand portrait de Vladimir Poutine accroché au mur, sur sa droite.

La porte s'ouvrit et une jeune femme brune, au maintien parfait, entra dans la pièce.

— Vous avez pu parler directement au maire ? demanda-t-elle.

— Oui.

— Comment cela s'est-il passé ?

Vesolov arbora un sourire satisfait.

— Je me suis montré proprement indigné.

La jeune femme sourit à son tour et jeta un coup d'œil au portrait.

— Souhaitez-vous que je l'informe ?

Vesolov secoua la tête.

— Non, j'aimerais m'en charger moi-même.

— Bien sûr. Je vais préparer l'appel.

Vesolov dénoua ses mains et se pencha au-dessus de son bureau.

— Comment les Américains disent ça, déjà ? demanda-t-il.

La jeune femme ne savait pas trop à quoi l'ambassadeur faisait référence et attendit.

La mémoire lui revint, et il sourit.

— Un coup de chance. On a eu un coup de chance.

- 15 -

— Ce que nous essayons de faire, expliquait Glover Headley à Arla Silbert sur le seuil d'une salle aveugle de City Hall équipée d'une douzaine de box, ce n'est pas de dire au public ce qu'il a envie d'entendre, mais de mesurer sa réception du message que nous espérons envoyer. Nos propositions politiques trouvent-elles un écho ? le message est-il entendu ?

— Bien sûr, dit Arla. C'est le cas ?

Glover lui offrit un vague haussement d'épaules alors qu'ils pénétraient dans la salle, étrangement silencieuse. Il n'y avait aucun employé derrière les bureaux.

— C'est mitigé. C'est pour cela qu'on investit autant dans l'analyse de données. On étudie aussi les sentiments des New-Yorkais vis-à-vis du maire Headley lui-même. Analyser l'opinion publique est une de mes principales missions ici, au sein de l'équipe municipale.

— Je me suis renseignée sur vous, dit Arla en souriant. On a dû suivre les mêmes cours de marketing.

— Oui, j'ai vu ça sur votre CV et c'est entre autres pour cette raison que votre candidature était très bien placée dès le départ. Il y a beaucoup de gens très compétents dans ce service. Vous apprendrez beaucoup. Mais pas aujourd'hui, ajouta-t-il avec une grimace. Je suis vraiment désolé qu'il n'y ait personne. J'ai oublié que tout le monde était en séminaire ce matin.

— Ça ne fait rien.

— Quoi qu'il en soit, le maire pense beaucoup de bien de l'équipe. Le travail que vous ferez pour lui est primordial pour l'élaboration des futures stratégies.

Arla sourit.

— Vous ne l'appelez jamais papa ?

Glover passa l'index entre son cou et son col, comme pour desserrer sa cravate.

— J'essaye d'être aussi professionnel que possible. Mais oui, certains jours, c'est papa.

— Pas tous les jours ?

Glover humecta ses lèvres.

— Bien sûr que si.

Sentant qu'elle le mettait mal à l'aise, la jeune femme changea de sujet.

— J'ai lu que, avant de vous consacrer à ces analyses marketing, vous étiez dans la high-tech.

— En fait, j'ai passé quelque temps à Seattle, chez Microsoft. J'ai même travaillé un moment pour Netflix. À douze ans, je pouvais démonter à peu près n'importe quel appareil et le remonter les yeux fermés. (Il fit un grand sourire.) Si vous avez un souci avec votre modem, je suis l'homme de la situation.

— C'est noté, dit Arla. À quelles conclusions êtes-vous déjà parvenus à propos du ressenti des New-Yorkais à l'égard du maire ?

— Tout dépend de quel côté de la barrière on se trouve, je suppose. Mon père ne s'est présenté sous aucune bannière, bien qu'historiquement il ait plus de liens avec les Démocrates. Son père a été membre du Congrès démocrate dans les années 1970. Mais le maire Headley n'est pas un idéologue. C'est un pragmatique. Il aborde chaque situation en regardant des deux côtés, sans opinion préconçue. Et il a beaucoup de projets pour la ville. Améliorer la circulation, maintenir les impôts à un faible niveau, encourager le tourisme. Il a également un programme environnemental ambitieux. Des voitures électriques, ce genre de choses.

— On dirait qu'il a… Je peux vraiment dire ce que je pense ?

— Oui, bien sûr. C'est pour cela que nous allons vous payer.

— Il a pour lui un grand nombre de points positifs, comme vous dites. Le pragmatisme, la franchise. Mais il est parfois perçu comme cassant et dédaigneux.

Glover ne put s'empêcher de lever imperceptiblement les yeux au ciel.

— C'est… certainement vrai.

— Et on lui a reproché de favoriser ses amis dans l'attribution des marchés publics.

— Il ne faut pas croire tout ce qu'on raconte. Il se passe beaucoup de choses dans les coulisses dont les gens ne savent jamais rien. Il y a tant d'éléments qui entrent dans le processus de décision. Cela peut paraître incompréhensible pour le grand public, mais si les choses sont faites de telle ou telle manière, c'est qu'il y a une raison.

— Je n'en doute pas.

— C'est pour cela que ce que nous faisons ici est si important. Une de nos missions est de parer les critiques, les idées fausses créées dans les médias. Peu importe ce que le maire dit ou fait, certains organes de presse trouveront toujours un angle d'attaque négatif.

Il s'interrompit et agita le bras de façon théâtrale.

— Quoi qu'il en soit, voici votre second chez-vous, juste là.

Ce n'était guère plus qu'un box avec des cloisons tapissées de tissu sur trois côtés, offrant un semblant d'intimité.

— Génial, dit Arla.

Glover parcourut de nouveau la salle désertée.

— Je comptais vous présenter certaines personnes, mais je ne vois vraiment pas l'intérêt d'interrompre leur séminaire. Ils devraient être tous là après le déjeuner, et à ce moment-là...

Une sonnerie signalant l'arrivée d'un message l'interrompit.

— Veuillez m'excuser, dit-il avant de sortir son téléphone et de lire le SMS, en plissant le front.

— Qu'y a-t-il ? demanda Arla.

— Je vais devoir écourter notre entretien, dit-il d'un air confus. Un incident s'est produit et le maire veut se rendre sur place. Je dois y aller.

— Quel genre d'incident ?

— Je n'arrive pas à y croire. Un autre accident d'ascenseur. (Il baissa de nouveau les yeux sur son téléphone alors qu'un autre message lui parvenait.) Et celui-ci va peut-être avoir des répercussions diplomatiques. Écoutez, il faut vraiment que j'y aille. Je vais vous chercher quelques rapports que vous pourrez potasser avant que tout le monde revienne.

Arla regarda la pièce vide autour d'elle.

— Si je peux me permettre une suggestion...

Glover attendit.

— Et si je vous accompagnais ? Pour observer le maire en situation...

L'expression de Glover se fit presque craintive.

— Je ne suis pas exactement dans ses petits papiers aujourd'hui. Ne le prenez pas mal, mais je ne pourrai pas vous emmener dans la limousine du maire, alors que vous venez à peine de...

Arla lui effleura le bras.

— Détendez-vous. Je peux y aller par mes propres moyens. Je me contenterai d'observer. Je ne vous gênerai pas. Quel meilleur moyen pour cerner le patron que de le voir à l'œuvre ?

Glover réfléchit encore deux secondes, puis accepta la proposition d'un hochement de tête.

— C'est à côté de l'université Rockefeller. Je vous enverrai l'adresse exacte par SMS quand je la connaîtrai.

— On se voit là-bas, fit Arla.

Glover la gratifia d'un sourire avant de tourner les talons et de passer la porte au pas de course.

Waouh, songea Arla. *C'est ce qu'on appelle être au bon endroit au bon moment.*

- 16 -

Bourque s'assit sur le siège passager en plaçant le sac à scellés contenant l'ordinateur portable d'Otto Petrenko sur le plancher devant lui. Delgado se mit au volant. Tous les deux étaient sombres. Eileen Petrenko, debout sur le seuil de sa maison, les regardait, les yeux remplis de larmes.

Quelques instants auparavant, ils lui avaient annoncé qu'un corps avait été retrouvé sur la High Line. Bien qu'il faille encore l'identifier de manière formelle, certains indices suggéraient qu'il pouvait s'agir de son mari. Le mort avait approximativement l'âge et la corpulence d'Otto Petrenko. Il y avait le tatouage de cobra. Les chaussettes requin.

Ils avaient tenté de lui poser encore quelques questions. Est-ce que son mari empruntait souvent la High Line ? Avait-il pu y monter pour retrouver quelqu'un ? Mais la femme était trop désemparée pour en supporter davantage.

Delgado mit le contact et le cap au sud.

— D'une manière ou d'une autre, dit Bourque, celui qui a tué Otto sait que ses empreintes sont fichées quelque part.

— Et il a fait en sorte que nous ne puissions en relever aucune. Mais on va peut-être trouver une correspondance sur le bout de doigt que notre homme a laissé derrière lui.

— Ce serait bien d'avoir la confirmation, mais c'est lui.

Ils se rendaient chez l'employeur de Petrenko, Simpson Elevator Maintenance. Bourque interrogea son téléphone pour voir combien de sociétés effectuaient ce genre de travail à New York.

— Il y en a un paquet, dit-il à Delgado. Je suppose que si tu étais Otto Petrenko, réparateur d'ascenseurs au chômage de Cleveland, New York serait l'endroit où aller.

— Ouais.

— Je suis allé à Cleveland une fois. On voit quelques grands immeubles dans le centre, mais il y a surtout cet immense gratte-ciel, qui ressemble à un Empire State Building en plus petit. La Key Tower. Cinquante-sept étages. La plus haute tour de l'Ohio.

Delgado lui jeta un regard en coin.

— Il n'y a que toi pour savoir ça.

Leur trajet les conduisit dans le quartier de Hunters Point. Vernon Boulevard était une artère industrielle orientée nord-sud qui bordait la East River, au sud du Queensboro Bridge, dans le Queens. Ils trouvèrent Simpson Elevator et Delgado franchit le portail grillagé ouvert et se gara entre deux pick-up. D'après Eileen, le patron d'Otto s'appelait Gunther Willem.

Derrière la porte du bureau, ils furent accueillis par un comptoir à hauteur de poitrine recouvert de linoléum pelé. Bourque y posa les coudes et lança un « Excusez-moi » à une femme costaude aux cheveux gris assise à un bureau.

Quand elle se retourna, Bourque vit qu'elle était au téléphone. Elle couvrit le combiné avec sa main et demanda :

— Je peux vous renseigner ?

— Nous cherchons Gunther Willem, dit Delgado.

— Vous tombez mal.

Bourque brandit sa plaque avant qu'elle ait pu reprendre son appel.

— Oh, fit-elle.

Elle posa le combiné sur son bureau et appela :

— Gunth !

D'un bureau attenant, une voix rauque répondit :

— Quoi ?

— De la visite.

Il y eut un *fuck* marmonné mais audible et, quelques secondes plus tard, Gunther Willem apparut. Il avait les cheveux coupés en brosse au-dessus d'un visage rond et d'un corps d'un mètre soixante-cinq pratiquement aussi large que long. Ses bras courts et épais semblaient rebondir sur son corps au rythme de ses pas. Il avisa Delgado et Bourque et plissa les yeux.

— Ouais ?

Bourque avait toujours sa plaque à la main.

— Enquêteur Bourque, et voici l'enquêtrice Delgado.

— Je suis dans la merde jusqu'au cou. Quel que soit le problème, ça ne peut pas attendre ?

— Non, répliqua Delgado.

Willem prit une seconde, concéda sa défaite et leur fit signe de le suivre dans son bureau. Il se laissa tomber sur un fauteuil qui couina sous son poids, tandis que les policiers prenaient place sur deux chaises en bois face au bureau en désordre.

— Je suis à court de personnel et j'ai la municipalité sur le râble, alors faites vite. Il s'agit des cambriolages dans la rue ? des vols d'outils ? Parce que c'est réglé. J'ai mis deux dobermans dans la cour la nuit, on n'a plus de problème de ce côté-là.

— Non, dit Delgado. Nous sommes ici au sujet d'Otto Petrenko.

— Ah, lui. Il ne s'est pas pointé hier et aujourd'hui non plus. Sa femme est en train de péter un câble. Il a fini par rentrer ? Il s'est pris une cuite ou quoi ?

— Nous enquêtons, répondit Delgado.

— Vous enquêtez sur quoi ?

— Sur ce qui lui est arrivé.

— Il lui est arrivé quelque chose ? Parce que, comme j'ai dit, je manque de personnel.

— Que pouvez-vous nous dire sur M. Petrenko ? interrogea Bourque.

Le regard de Willem passa d'un policier à l'autre. Il comprit rapidement les règles du jeu : ils allaient poser des questions et lui, y répondre.

— Je sais pas, moi. Fiable. Le genre à piger comment les choses fonctionnent. Certaines personnes sont nées comme ça. Elles regardent une machine et c'est comme si elles avaient une vision à rayons X. Elles sont capables de voir les pièces à l'intérieur. Pour ça, il est plutôt futé.

— Il venait de Cleveland ? demanda Delgado.

— Ouais. La boîte pour laquelle il travaillait était gérée en dépit du bon sens, ils ont fait faillite. On recrutait. Alors il est venu s'installer ici. C'est un bon. Un jour, il a sorti deux personnes d'un ascenseur bloqué dans la tour du nouveau Trade Center.

— Aucun problème ? demanda Bourque.

— Du genre ?

— À vous de nous dire.

— Non, aucun problème. Il fait son boulot.

— Et en dehors du boulot ? demanda Delgado. Des problèmes personnels dont vous auriez connaissance ? Drogues ? Femmes ? Des soucis familiaux ?

— Comme j'ai dit, rien.

— Il fréquente les autres employés ?

— Certains. Ils sortent parfois boire un coup, se charrient gentiment. Peut-être qu'ils se retrouvent avec leurs bonnes femmes à l'occasion, pour un barbeuque.

— Vous en êtes ? demanda Delgado.

— Pas vraiment, répondit Willem avec un haussement d'épaules.

— Vous vous entendiez bien ?

— Ouais, dit-il en plissant les yeux parce qu'il avait relevé l'emploi du passé. De quoi on parle, à la fin ?

— Est-ce que vous sauriez quoi que ce soit sur les gens qu'il aurait pu fréquenter en dehors de l'entreprise ?

Willem fit non de la tête.

— Non. Pas vraiment.

Il marqua un temps d'arrêt, comme s'il se rappelait quelque chose.

— Enfin, il y avait ce type.

— Quel type ? interrogea Delgado.

— Il passait le voir de temps en temps.

Bourque eut la sensation de recevoir une décharge d'électricité statique.

— Qui était-ce ?

— Un type, j'en sais pas plus. Je voyais la voiture s'arrêter dans la rue et Otto sortait lui parler.

— Est-ce que M. Petrenko a dit qui c'était ?

— Je n'ai pas demandé. Si vous voulez aller discuter avec quelqu'un, ce ne sont pas mes oignons.

— Vous pouvez le décrire ? demanda Delgado.

— C'était un type, rétorqua Willem avec un soupir exaspéré. Qu'est-ce que vous me voulez ?

— Blanc ? Noir ? insista-t-elle.

— Blanc. Les cheveux grisonnants.

— Âgé ?

Willem leva les yeux au plafond comme si la réponse y était écrite.

— Aucune idée. Il était trop loin.

— Sa voiture ? demanda Bourque.

— Bon sang, j'en sais rien. Une caisse bleue. Une berline basique, je crois.

— Combien de fois avez-vous vu Petrenko avec cet homme ?

— Deux, peut-être trois. Pas qu'une fois, en tout cas. Je crois me rappeler que j'avais demandé à Otto ce que ce type lui voulait.

— Et qu'est-ce qu'il a répondu ?

— Je ne me rappelle plus exactement. L'impression que j'ai eue, c'est qu'Otto l'aidait, qu'il lui donnait un conseil.

— En rapport avec les ascenseurs ? demanda Delgado. Il n'aurait pas été plus logique de venir vous parler à vous, le patron ?

— Otto en sait autant que moi sur le sujet. Probablement plus. Et ce n'était peut-être pas un conseil sur ce genre de boulot. Peut-être qu'il s'agissait d'autre chose. Peut-être que c'était son cousin qu'il avait perdu de vue. J'en sais rien. (Il s'interrompit pour réfléchir.) Il y a bien quelque chose...

Ils attendirent.

— Chaque fois qu'il revenait d'avoir parlé à ce type, Otto était silencieux.

— Comment ça, silencieux ? demanda Delgado.

— Comme s'il était préoccupé. Je ne sais pas. Soucieux, quoi. Peut-être qu'il lui doit de l'argent et qu'il a du mal à rembourser. Encore que je ne vois pas pourquoi il aurait des problèmes d'argent. Il se fait soixante-dix mille par an.

— Vous avez des caméras ? demanda Bourque.

— Quoi ?

— Sur la propriété. Un système de surveillance. Qui filmerait quelqu'un dans la rue.

— Oui, bien sûr. Mais la dernière fois qu'il est passé, c'était il y a des semaines. Les vidéos ne remontent pas plus loin que les dernières quarante-huit heures.

— Est-ce qu'il a déjà parlé des Flyovers ? demanda Delgado.

— C'est quoi, ça ? Une chorale ?

— Est-ce qu'Otto avait des opinions politiques affirmées ?

— On ne cause pas politique ici. Enfin, sauf pour conchier notre bon à rien de président, notre bon à rien de gouverneur, nos bons à rien de sénateurs et notre bon à rien de maire. Mais ça ne va pas plus loin. Écoutez, si vous cherchez Otto, j'espère que vous allez le trouver. C'est un de mes meilleurs gars. Mais à la façon dont vous parlez de lui, j'ai comme l'impression qu'il lui est arrivé quelque chose.

Les policiers se regardèrent.

— M. Petrenko est mort, lâcha Delgado.

Le visage de Willem s'allongea.

— Merde. Qu'est-ce qui s'est passé ?

— C'est ce que nous cherchons à savoir.

Il secoua la tête d'un air triste.

— Purée. Il y a tellement de façons de se tuer ici au boulot, et il casse sa pipe un jour où il est pas là ? C'est un accident de voiture ? Quelque chose comme ça ?

— Comme je l'ai dit, nous enquêtons sur les circonstances de sa mort.

— Putain. Il faut que je passe un coup de fil à sa femme. Dès que je me serai sorti de toutes les autres emmerdes qui me tombent dessus.

— Quelles emmerdes ?

— Je vous l'ai dit, j'ai la municipalité sur le dos. Quand deux ascenseurs se cassent la gueule en deux jours, et que votre boîte est une de celles qui ont effectué l'entretien dans les deux immeubles au cours des dix dernières années, c'est un putain de problème.

Ils vont chercher un responsable, vous pouvez en être sûrs. Mais nous, on fait du bon boulot. Et c'est peut-être une autre boîte, ou peut-être qu'on a fait l'entretien d'un ascenseur là-bas, mais pas celui qui s'est cassé la gueule. Personne ne nous mettra ça sur le dos, croyez-moi.

— Deux ascenseurs en deux jours ? s'étonna Bourque.

— Je suis au courant pour l'accident d'hier, dit Delgado. Il y en a eu un avant ?

— Un *depuis*, dit Willem. Il y a quelques heures.

— Est-ce qu'Otto Petrenko a pu intervenir sur ces appareils ? demanda Delgado.

— J'espère qu'aucun de mes gars n'y a touché. Mais si c'est le cas, j'espère que c'était Otto.

— Pourquoi dites-vous cela ?

— C'est la première règle qu'on apprend en école d'ingénieurs. Quand il y a un pépin, mettez-le sur le compte du mort.

- 17 -

— Tu es bientôt prête ?

Eugene Clement se tenait devant la salle de bains de la chambre de l'hôtel Intermajestic que lui et sa femme avaient louée pour leur séjour new-yorkais. La porte était entrebâillée, ce qui préservait l'intimité d'Estelle tout en lui permettant de poursuivre une conversation avec son mari.

— Trois minutes, répondit-elle.

Comme Clement savait qu'il faudrait en compter au moins dix, il cessa de rôder devant la porte et s'approcha du petit bureau, où il avait mis son téléphone à recharger. Il détacha le cordon d'alimentation, s'assit au bout du lit et ouvrit une de ses applis d'information.

— Je meurs de faim, lança Estelle.

Ses paroles furent immédiatement suivies par le bruit d'un sèche-cheveux.

— Moi aussi. Si tu te dépêchais, on pourrait aller manger, dit-il en parcourant les dernières nouvelles.

— Quoi ? cria-t-elle pour couvrir le vrombissement.

Il ne répondit pas. Il lisait rapidement les gros titres les plus récents. L'un d'eux, en particulier, retint son attention. Un accident d'ascenseur. Le deuxième en deux jours. Il y avait peu de détails. On attendait de nouveaux éléments.

— Eh bien ! dit Clement.

Le sèche-cheveux se tut.

— Qu'est-ce que tu as dit ? demanda Estelle en ouvrant en grand la porte de la salle de bains.

— Rien, répondit-il en se tournant vers elle.

— Tu sais où j'aimerais aller ?

— Où ça ?

— Je voudrais voir le Radio City Music Hall. Je crois qu'ils organisent des visites guidées.

Clement approuva de la tête.

— On peut se renseigner. On pourrait y aller à pied depuis...

Le téléphone de la chambre sonna.

— Qui ça peut être ? demanda Estelle.

Clement se leva, fit le tour du lit et se saisit du combiné.

— Allô ?

— Monsieur Clement ?

Une voix de femme.

— Oui ?

— Eugene Clement ?

— Qui est à l'appareil ?

— Je m'appelle Sheila Drake. Je suis agent artistique pour « New York Day ». C'est une...

— Je sais ce que c'est.

— Qui est-ce ? demanda Estelle.

Il couvrit le combiné et lui répondit sèchement : « Une émission de télé. »

— Monsieur Clement ?

— Je suis là.

— Nous savons que vous êtes à New York et nous aimerions vous avoir dans l'émission aujourd'hui. Nous pouvons envoyer une voiture.

— Comment avez-vous su... ?

— Le groupe des Flyovers est soupçonné d'être responsable de plusieurs attentats à la bombe commis récemment à...

— C'est ridicule. On ne peut pas empêcher les gens de raconter que nous sommes mêlés à ces événements. Ce sont d'horribles tragédies. Notre combat vise une prise de conscience, nous voulons porter au débat certaines questions.

— C'est de cela que nous aimerions parler. Pour vous donner la possibilité de défendre ce point de vue.

— Nous sommes ici pour fêter notre anniversaire de mariage. Je n'ai pas le temps pour...

— Laissez-moi vous expliquer la situation, monsieur Clement. Nous pouvons vous harceler dans la rue en vous bombardant de questions, et quand on diffusera les images, vous allez passer pour une sorte de criminel. Je pense qu'il serait dans votre intérêt de venir au studio pour une interview pendant laquelle vous pourriez faire valoir votre point de vue calmement, sans créer d'impressions négatives. Qu'en dites-vous ?

Clement réfléchit un moment.

— Monsieur Clement ?

Il s'éclaircit la voix et demanda :

— Quelle heure ?

- 18 -

Chris Vallins était adossé à la vitrine du Blockheads, un petit restaurant situé en face du Morning Star Café. Dissimulé sous la banne, il se pensait raisonnablement invisible, surtout compte tenu de la largeur de la Deuxième Avenue. Le restaurant n'ouvrait pas avant 11 heures, si bien que personne n'allait en sortir pour lui dire de dégager.

Il avait un téléphone à la main, en mode appareil photo. Il aurait préféré un appareil équipé d'un téléobjectif, mais même à New York, debout sur le trottoir avec ce genre d'équipement, il aurait probablement attiré l'attention.

Il avait suivi Barbara Matheson de son appartement au café. La journaliste était à l'évidence une marcheuse. Elle habitait le quartier de Murray Hill, sur la 37e Est, entre Lexington et la Troisième Avenue. Elle était sortie de chez elle, avait rejoint la Troisième, qu'elle avait suivie sur treize blocs, puis elle avait tourné à droite sur la 15e Est sur un bloc, jusqu'à la Deuxième. Le Morning Star se trouvait juste au coin de la rue. Chris était toujours resté un demi-bloc derrière elle, la plupart du temps sur le même trottoir. Rien n'indiquait qu'elle s'était sentie suivie. Elle ne s'était jamais retournée. Bien qu'elle ne l'ait rencontré qu'une seule fois, à l'arrière de la limousine du maire, il avait préféré couvrir son crâne chauve, facilement reconnaissable, d'une casquette des Knicks. Et ce matin-là, il avait enfilé un vieux jean, une chemise bleue et un blouson en cuir brun.

En vérité, cela n'aurait guère fait de différence s'il avait eu exactement la même apparence que la veille. Comme beaucoup de gens, Barbara marchait sans lever les yeux de son téléphone. Elle semblait posséder une compétence indispensable à la vie moderne : elle savait ce qui se trouvait sur son chemin sans avoir à regarder. Cette faculté, cependant, demandait encore à être perfectionnée. Elle manqua la laisse d'un promeneur de chien tendue sur sa route, trébucha et faillit tomber sur le trottoir. Elle ne laissa paraître aucune gêne après cette chute évitée de peu.

Quand elle entra dans le café, il continua sur sa lancée, traversa la rue au premier feu rouge et prit position devant le Blockheads. Barbara s'était installée dans un box près de la fenêtre. Chris n'arrivait pas à distinguer tous les détails, mais au moins il savait où elle se trouvait. Quelques minutes plus tard, une autre femme arriva. Plus jeune, entre vingt et vingt-cinq ans. Elle se glissa dans le box en face de la journaliste.

Pendant qu'elles bavardaient, Vallins récapitula ce qu'il avait déjà appris sur le compte de Barbara Matheson.

Le premier élément d'information était probablement le plus précieux. Ce caillou dans le mocassin du maire ne travaillait pas sous son vrai nom, du moins quand elle signait ses chroniques. Sa véritable identité, et celle qu'elle utilisait pour ses transactions financières, était Barbara Silbert. Vallins savait bien que les romanciers choisissaient souvent de publier leurs livres sous pseudonyme, mais était-ce une pratique acceptable s'agissant de journalisme ? Pouviez-vous vraiment tirer à vue sur des hommes politiques, entre autres, en vous dissimulant sous un nom d'emprunt ?

Après avoir établi la véritable identité de Barbara, il avait pu découvrir plein d'autres choses sur sa situation. Elle vivait dans une sous-location à mille cent dollars par mois, ce qui était une très bonne affaire étant donné que le loyer moyen dépassait les trois mille dollars. Il valait mieux pour elle que son loyer soit bon marché, vu que *Manhattan Today* la payait un peu moins de cent mille dollars par an. La somme pouvait sembler importante à certains, mais il fallait beaucoup d'argent pour vivre en plein Manhattan.

Barbara n'avait pas de difficultés financières. Ce qui était intéressant concernant les relevés bancaires auxquels il avait pu avoir accès était moins ce qui s'y trouvait que ce qui ne s'y trouvait pas. Pas de Bloomingdale's, ni de Saks ou de Nordstrom. Quand elle achetait des vêtements, elle était très raisonnable. Gap, Macy's, peut-être Club Monaco quand elle voulait vraiment faire des folies. Elle ne faisait pas dans l'esbroufe. Vallins ne l'avait vue habillée qu'en jean, haut et veste légère. Barbara dépensait presque tout son argent dans les bars et les restaurants. Elle mangeait rarement chez elle. Beaucoup de restos de quartier, comme le Morning Star. Il y avait quelques dépenses dans des magasins de vins et spiritueux, elle buvait donc chez elle à défaut d'y cuisiner souvent.

Au bout d'un quart d'heure, la jeune femme qui avait rejoint Barbara se leva pour partir.

Chris retira son gant droit pour prendre une photo sur son téléphone. La jeune femme sortit du restaurant et Chris la mitrailla en rafales tandis qu'elle prenait le temps de se repérer, puis s'éloignait vers le sud. Il baissa son téléphone au moment où elle traversait la 50e et hélait un taxi. Elle monta dans la voiture qui repartit sur la Deuxième Avenue.

Barbara resta. Elle avait l'air de bouder son petit déjeuner.

Chris se demanda qui pouvait être la jeune femme. Si Barbara avait eu une page Facebook, il aurait peut-être trouvé une photo d'elle. Mais Barbara n'était pas sur Facebook. Elle avait néanmoins un nombre important d'abonnés sur Twitter. Un peu moins de trente mille. Sauf que Twitter n'était pas typiquement l'endroit où l'on postait des photos de ses amis. On s'y engueulait plutôt, et Barbara n'était pas en reste.

Cinq minutes après le départ de la jeune femme, elle se leva, régla l'addition et sortit sur le trottoir. Est-ce qu'elle allait retourner chez elle ? Marcher jusqu'au siège de *Manhattan Today* ? Est-ce qu'elle travaillait toujours au bureau ou ailleurs aussi ?

Elle partit vers le nord. En marchant, elle sortit de nouveau son téléphone. Il était soudé à sa paume, songea Chris.

Elle traversa la 51e le nez sur son écran et Chris poussa un soupir railleur. Tous ces gens rivés à leurs téléphones au lieu de regarder devant eux. Ils se faisaient renverser, fonçaient sur d'autres idiots de la même espèce.

Barbara détacha à peine les yeux de son appareil en longeant le pâté d'immeubles suivant, mais, bizarrement, elle sut que le feu était rouge au niveau de la 52e et elle s'arrêta au lieu de se mettre sur la trajectoire d'une camionnette.

Chris n'était qu'à quelques pas derrière elle. Suffisamment près pour entendre son téléphone quand il se mit à sonner. Une curieuse sonnerie, d'ailleurs.

On aurait dit le bruit d'une vieille machine à écrire dont on frapperait furieusement les touches.

Barbara colla le portable à son oreille. Quand le feu piéton passa au vert, elle reprit son chemin vers le nord.

Chris n'arrivait pas à distinguer ses paroles. Mais ce que lui disait son interlocuteur était suffisamment sérieux pour la faire s'arrêter net au milieu du trottoir.

Chris dut piler pour éviter de lui rentrer dedans. Il la contourna et continua droit devant lui. Parvenu à l'intersection suivante, il se retourna. Barbara rangeait son téléphone dans son sac à main et descendait du trottoir pour héler un taxi.

Merde.

Il se tourna vers le nord et en vit plusieurs disponibles qui approchaient. La Deuxième Avenue était à sens unique, de sorte que les taxis étaient déployés sur toute sa largeur. L'un d'eux repéra Barbara et décida de couper la route aux autres, tandis que Chris attirait l'attention d'un autre chauffeur. La voiture fit une embardée dans sa direction. Il monta à l'arrière du taxi au moment où celui de Barbara redémarrait.

— Où est-ce qu'on va ? demanda le chauffeur, un homme à la barbe fournie qui conduisait d'une main et tenait dans l'autre une pomme à moitié mangée.

— Le taxi juste devant, celui qui vient de prendre cette femme. Je vais là où elle va.

— C'est-à-dire ?

— Je n'en sais rien. Suivez-le.

— Ah, comme dans les films, commenta le chauffeur qui mordit à belles dents dans sa pomme, baissa sa vitre et jeta le trognon.

L'écran miniature fixé à l'arrière de la séparation en plexiglas passait des extraits d'émissions diffusées pendant la journée. Chris fit plusieurs tentatives infructueuses pour couper le son avant de renoncer. Il se disait que s'il parvenait à mettre la main sur le téléphone de Barbara assez longtemps pour bidouiller les réglages, il pourrait la localiser sans avoir à lui courir après.

Le taxi de Barbara poursuivait sa route sur l'avenue. Après avoir dépassé la 42e, la 34e, il finit par tourner à droite dans la 27e, parcourut la moitié du bloc vers la Troisième Avenue, puis se rangea sur le côté.

— Arrêtez-vous là, dit Chris à son chauffeur, quand ils arrivèrent à une dizaine de longueurs de voiture derrière.

Il balança un billet de dix à travers la séparation et descendit du taxi avant que Barbara soit sortie du sien. Il prit son téléphone et fit mine de le regarder pendant que Barbara payait sa course. Elle descendit et, après avoir laissé quelques immeubles derrière elle sur le côté nord de la rue, s'arrêta pour étudier celui devant lequel elle se trouvait, puis y entra.

Chris traversa la rue pour pouvoir examiner la façade sans se tenir directement devant.

Barbara était entrée dans une entreprise de pompes funèbres. Clappison's Funeral Services, pour être exact.

- 19 -

Arla prit un taxi.

À une dizaine de blocs de sa destination, il dut s'arrêter, totalement englué dans un embouteillage monstre. Arla descendit et fit le reste du trajet en courant. Elle joggait à Central Park trois matins par semaine, si bien qu'elle ne s'essouffla pas, mais ses vêtements de travail la firent transpirer. Glover lui avait envoyé par SMS l'adresse de York Avenue, et elle y arriva avant le maire et sa suite.

En chemin, elle repensa à sa brève entrevue avec sa mère. Ça s'était déroulé à peu près comme elle l'avait prévu. Il aurait peut-être mieux valu lui annoncer la nouvelle par mail. En face à face, les choses s'envenimaient rapidement.

Arla se demanda si elle n'avait pas cherché à créer ce malaise. Pour voir l'expression de sa mère quand elle lui annoncerait pour qui elle allait travailler. Pour se délecter de sa surprise et de sa déconvenue. Naturellement, si c'était là sa véritable motivation, Barbara n'avait pas tort d'insinuer qu'elle avait accepté ce travail uniquement pour la braquer.

Si elle voulait être honnête, elle était bien forcée d'admettre qu'il y avait un peu de cela. Pour employer un euphémisme, Arla éprouvait à l'égard de sa mère des sentiments mitigés. À un certain niveau, oui, elle l'aimait. Après tout, c'était sa *mère*. Et il y avait même des moments où elle comprenait ce que cela avait pu être de se retrouver enceinte aussi jeune et de ne pas avoir voulu renoncer à sa carrière.

Au moins, elle ne m'a pas avortée, se disait Arla quand elle était dans de bonnes dispositions.

Il y avait en revanche d'autres moments où elle se foutait complètement des sentiments de sa mère. *Elle aurait dû être là pour moi, tous les jours sans exception.*

Alors oui, peut-être qu'elle le lui faisait payer. Mais à l'inverse, est-ce qu'elle aurait dû refuser une magnifique occasion pour ne pas mécontenter sa mère ? N'avait-elle pas sa propre vie à vivre ? N'était-elle pas en droit de faire ses propres choix ? En fait, Arla avait craint, en posant sa candidature, que son employeur potentiel ne fasse le lien. Si on avait découvert que Barbara était sa mère, on lui aurait refusé le poste. Et cela aurait été injuste.

Elle cessa de remuer tout cela en arrivant sur les lieux de l'accident.

York Avenue était barrée. Ce n'était pas la panique, mais il y avait une demi-douzaine de véhicules de pompiers, autant de véhicules de police, et deux ou trois voitures banalisées. On comptait un seul fourgon de télévision et il n'y avait pas une ambulance en vue. Arla supposait que l'agitation était retombée, deux ou trois heures après l'accident.

Un mince ruban barrait de manière étonnamment efficace l'entrée de l'immeuble. Sans badge officiel de City Hall – elle espérait en avoir un bientôt –, Arla ne s'attendait pas à ce qu'on la laisse passer. Pour être autorisée à entrer, elle allait devoir attendre que Glover arrive avec son père et les personnes qui les accompagnaient.

Dans York Avenue, côté sud, une berline de luxe noire approchait. La voiture s'arrêta et Glover en descendit, suivi par le maire Headley. Une femme qu'Arla savait être Valerie Langdon émergea de l'autre côté. Une des équipes de journalistes accourut aussitôt dans leur direction, mais le maire ne s'arrêta pas pour s'adresser aux caméras. Il continua droit vers l'immeuble.

Alors qu'ils approchaient tous les trois, Arla essaya d'attirer le regard de Glover, qui marchait à côté de son père, le nez sur son téléphone, vraisemblablement à l'affût des dernières nouvelles. Quand ils parvinrent au ruban de sécurité, Arla se fraya un chemin à travers la foule, tendit la main et tapota le bras du jeune homme.

Il jeta un coup d'œil vers elle, un peu surpris, comme s'il avait oublié qu'elle devait venir.

Quelques mètres plus loin, Headley était déjà passé sous le ruban.

— Bon, très bien, dit Glover en soulevant le ruban pour Arla. Venez.

Elle se glissa en dessous. Ayant vu qu'elle faisait partie de l'entourage du maire, l'agent du NYPD le plus proche ne fit rien pour l'arrêter. Arla s'accrocha aux basques de Glover. Il était son laissez-passer. Si elle se trouvait séparée de lui, la police pourrait la flanquer dehors.

Alors qu'elle se dirigeait vers l'entrée, elle sentit son pouls s'accélérer. Pour son tout premier jour, la voilà qui marchait à côté d'un des principaux conseillers du maire, franchissait les barrages de police, à quelques dizaines de pas du maire en personne (en croisant les doigts pour qu'il ne demande pas qui elle était), au plus près d'une tragédie dont on parlerait partout aux infos du soir.

Pouvait-elle espérer mieux ?

Ils pénétrèrent dans le grand hall de style atrium. La rangée de quatre ascenseurs se trouvait sur le mur du fond et les portes de l'une des cabines étaient grandes ouvertes. Devant, regardant à l'intérieur, deux hommes et une femme en tenue de soldats du feu, ainsi qu'un capitaine - du moins Arla le supposa-t-elle à sa tenue bleue et au badge du FDNY[1] sur son épaule –, et une femme qu'elle reconnut comme étant la nouvelle cheffe de la police. Les grosses huiles étaient de sortie. Un accident d'ascenseur était certes une tragédie s'il faisait des victimes, mais ce n'était pas exactement John Lennon abattu devant le Dakota.

Comme s'il pouvait lire dans ses pensées, Glover se rapprocha d'elle et lui glissa à l'oreille :

— C'était quelqu'un d'important.

— Qui ça ? demanda-t-elle en s'inclinant vers lui.

— La femme qui a été tuée. Une scientifique russe.

— Que lui est-il arrivé ? Où est le...

Arla ne termina pas sa phrase. Elle venait d'apercevoir ce que tout le monde regardait. Par terre, dans l'ascenseur, une masse sanguinolente de la taille et de la forme d'un chou. À côté de ce qui ressemblait à un bras dans une manche bleue. Le plancher de la cabine était barbouillé de sang.

En se détournant brusquement, elle se retrouva tout contre Glover Headley.

— Oh, mon Dieu, dit-elle.

Elle s'écarta rapidement, avant qu'il ait pu poser une main réconfortante sur son dos. Sa réaction d'effroi

1. Fire Department of the City of New York.

et de répulsion fit presque immédiatement place à l'exigence de se montrer professionnelle. Elle n'allait pas se comporter comme ces héroïnes de film d'horreur qui se cramponnent au premier rôle masculin pour être rassurées. Alors elle se tourna de nouveau vers l'ascenseur en évitant de poser son regard sur la tête, le bras et le sang.

Non, je ne vomirai pas.

Le maire Headley se joignit au petit groupe d'officiels qui discutaient entre eux.

— Qu'est-ce qui se passe ? demanda Arla à Glover.

— Il se met au courant. Restez ici. Je dois y aller.

Arla obtempéra tandis qu'il allait rejoindre son père. La discussion se poursuivit ; à un moment donné, la cheffe de la police souffla quelque chose au maire en pointant du doigt l'autre côté du hall.

Arla regarda dans cette direction. Un homme entre vingt-cinq et trente ans était assis sur une des banquettes, enlaçant un petit garçon. Un père et son fils, supposa-t-elle.

Le maire se détacha du groupe pour aller leur dire quelques mots. Le père hocha la tête, et le maire posa son derrière sur la très grande table basse qui se trouvait devant la banquette, ce qui le plaça tout près du petit garçon.

Arla mourait d'envie d'en savoir plus.

Elle fit discrètement le tour du hall, avant d'atteindre l'autre extrémité de la banquette. Il y avait un gros pilier derrière, et elle prit position du côté où elle avait peu de risques d'être repérée. Pour donner le change, elle sortit son téléphone et fit semblant de vérifier quelque chose.

Même si le pilier lui bouchait la vue, elle arrivait à entendre la conversation relativement distinctement.

— Alors, tu t'appelles Colin ? demandait le maire.

— Oui, répondit le garçon d'une petite voix.

— Tu sais qui je suis ?

— Vous êtes le maire.

— C'est ça.

— C'est mon père qui me l'a dit quand vous êtes entré. Vous êtes le maire de tout New York ?

— En effet.

— Je vous voyais plus grand.

Headley gloussa.

— C'est comme avec les stars de cinéma. Quand on les voit en vrai, on s'étonne qu'ils ne fassent pas trois mètres de haut. La police dit que tu es un jeune homme vraiment très courageux.

— Ah bon ?

— Tu as vécu quelque chose d'assez terrifiant. Mais tu es là avec ton père, et tu tiens le coup, pas vrai ?

— J'imagine.

— Tu as raté l'école.

— Oui, dit Colin. Papa a téléphoné pour avertir que je serai en retard.

— Eh bien, si tu veux mon avis, tu devrais prendre toute la journée. Qu'en pense le papa ?

Arla entendit le père parler pour la première fois.

— Oui, on pourrait aller au cinéma, ou peut-être au musée d'Histoire naturelle.

— J'aime la baleine, dit Colin.

— Oh oui, c'est quelque chose, cette baleine, renchérit Headley. On se demande comment elle peut flotter tout là-haut, hein ? Les policiers et les pompiers disent que, en plus d'avoir été courageux, tu leur as été très utile en leur expliquant ce qui s'était passé.

— Sa tête, elle est tombée d'un coup, dit le garçon d'une voix qui ne tremblait pas. Ce qu'il reste d'elle est toujours là-haut dans le couloir. Ils devraient prévenir les gens, pour qu'ils ne la voient pas en sortant de chez eux.

— Je crois que c'est déjà fait, Colin, mais c'est une bonne idée, et c'est gentil à toi de te soucier des autres. Quoi qu'il en soit, j'aimerais que l'on parle un peu de toi. Tiens, voilà ma carte, et une pour ton papa. On va vous inviter tous les deux pour dîner à Gracie Mansion.

— À quoi ?

— C'est là où le maire... c'est là où je vis. Je peux habiter là pendant que je suis au service de la population. Si je suis battu aux prochaines élections, on me mettra à la porte.

— Vous pourriez vivre avec nous, proposa Colin. Est-ce qu'il pourrait vivre avec nous, papa ? On a la chambre d'amis.

— Je suppose que le maire a un plan B, dit le père.

— Effectivement, dit Headley. Mais je me souviendrai de ta proposition.

— Pourquoi ça s'appelle Gracie Mansion ? demanda Colin.

— Bonne question. Parce qu'elle a été construite il y a très longtemps, en 1799, par un homme qui s'appelait Archibald Gracie.

— Ah.

— Je te ferai visiter quand tu viendras.

— Je ne suis jamais allé dans une grande maison comme ça.

— En tout cas, ton père et toi, et ta mère, vous êtes les bienvenus.

— Elle vit à Omaha. Je la vois à Noël.

— Alors très bien. Ton père et toi serez mes invités à dîner.

— Qu'est-ce qu'il y aura à manger ?

— Colin, intervint le père sur un ton gentiment réprobateur, on ne...

— Laissez, dit Headley. Qu'est-ce qui te ferait plaisir ?

— Des hot dogs.

— Je crois que c'est dans les cordes de mon cuisinier.

Arla se rapprocha pour jeter un coup d'œil. Headley tendit la main à Colin, mais, au lieu de la lui serrer, le petit garçon glissa à bas de la banquette et se jeta à son cou. Headley l'enlaça et le retint dans ses bras plusieurs secondes.

Quand ils se séparèrent, Headley déclara :

— Tu m'appelles quand tu veux.

Il se leva, serra la main du père et retourna auprès des autres officiels.

Pas de caméras, songea Arla. Pas d'équipes de télé. Pas de journalistes à l'affût. Ils étaient tous encore à l'extérieur, derrière le ruban de la police. Même Glover et Valerie Langdon n'avaient pas assisté à l'entrevue entre Headley, le garçon et son père.

On l'avait embauchée pour analyser des données. Mais ça n'allait pas l'empêcher de leur suggérer de mettre en avant d'autres facettes de la personnalité du maire.

C'était son instinct qui le lui disait.

- 20 -

Un homme aux cheveux gris dans un costume noir repéra Barbara Matheson dans le hall de Clappison's Funeral Services et s'approcha d'elle sans bruit, comme s'il flottait dans l'air.

— Puis-je vous être utile ? demanda-t-il d'une voix mielleuse.

— Je cherche les Chatsworth. Ken et Sandy. Les parents de Paula.

— Oui, bien sûr, dit-il avec gravité. Une épouvantable tragédie. Si vous voulez bien me suivre.

Barbara se rendit compte qu'elle avait posé la question en chuchotant et que l'homme lui avait répondu d'une voix tout aussi éteinte, alors qu'il n'y avait personne d'autre. Il en était des funérariums comme des bibliothèques. Un jour, elle aimerait organiser une fête dans ce genre d'endroit. Faire un boucan à réveiller les morts.

Elle suivit le directeur du funérarium à travers une série de portes, le long d'un couloir et jusqu'à une petite pièce de réception. Moquettée, quatre gros fauteuils confortables, des rideaux en velours à la fenêtre. Barbara se fit la réflexion que si cela n'avait pas été une pièce où l'on venait pleurer, elle aurait été parfaite pour choisir la prostituée avec laquelle on voulait passer l'heure suivante.

Un des fauteuils était occupé par une femme que Barbara supposa être la mère de Paula Chatsworth, et l'homme qui faisait les cent pas dans la pièce, un téléphone à l'oreille, devait être son mari, Ken. Sandy Chatsworth n'avait pas de téléphone à la main et son regard était perdu dans le vide. *Hébétée, en état de choc*, pensa Barbara.

Elle releva néanmoins la tête lorsque Barbara entra dans la pièce. Ses yeux étaient rougis et bouffis.

— Madame Chatsworth ?

— Barbara ? dit Sandy, qui retrouva soudain ses esprits et lui tendit les mains. Ken, je te présente...

Il leva un doigt. Les présentations allaient devoir attendre.

— Allô ? dit-il dans son téléphone. Écoutez, ça fait un quart d'heure que je suis en attente, nom de nom. Je veux que quelqu'un me dise... Allô ?! Je veux juste des réponses au sujet de...

Il écarta le téléphone de son oreille, bouche bée. Il avait l'air sur le point de proférer un chapelet d'obscénités, mais, conscient de l'endroit où il se trouvait, les ravala.

— J'ai été coupé, dit-il en regardant sa femme. Après avoir attendu tout ce temps, ils m'ont raccroché au nez ! Les fils de... bon sang !

— Ne crie pas comme ça, dit Sandy.

Il secoua la tête, n'y croyant toujours pas. Il finit par regarder Barbara d'un air ahuri, comme s'il se demandait qui elle pouvait bien être.

Barbara tendit la main.

— Monsieur Chatsworth. Je suis Barbara.

— Ah oui, désolé, dit-il en se frappant le front. Eh bien, vous avez fait vite.

— Vous m'avez appelée au bon moment, dit-elle. Comment allez-vous ? C'est une question idiote, je sais, mais...

— Ils sont en train de préparer Paula pour qu'on puisse la ramener à la maison, expliqua Sandy. Il y aura une cérémonie à Montpelier vendredi. Il y a tellement de gens là-bas qui veulent lui rendre un dernier hommage. Tout le monde est effondré.

— Je comprends.

— Tous ses amis d'école, du moins ceux qui ne sont pas partis comme elle, seront là. On a reçu des fleurs à la maison. Heureusement que notre voisin était là pour les rentrer. Et une de ses amies a créé une page Facebook, mais je n'en sais pas plus, ajouta Sandy d'une voix mourante, comme si elle se rendait compte que les bouquets et les pages Facebook n'étaient pas très importants.

— Comment êtes-vous venus ? demanda Barbara à Ken, qui s'était montré si préoccupé par la logistique du trajet jusqu'à New York.

— En avion. Je ne pense pas... je ne pense pas que j'aurais pu conduire au milieu de cette circulation.

Il tourna la tête, comme s'il regardait la rue à travers le mur.

— Même ceux qui vivent ici ne s'y font pas. (Barbara marqua un temps d'arrêt.) Qui cherchiez-vous à joindre au téléphone ?

— Quelqu'un qui travaille pour la municipalité.

— Qui ça ? Quel service ?

— On n'a pas arrêté de me balader. Je veux parler à la personne chargée de veiller à la sécurité de ces foutus ascenseurs. Je veux savoir comment cela a pu se produire. Je veux savoir qui a merdé et causé la mort de notre fille.

— Vous voulez des réponses. Je comprends.

— Personne ne nous dit rien, ajouta Sandy.

— Parfois, dit Barbara avec hésitation, et ce n'est pas pour trouver des excuses à la Ville, il arrive que certaines choses soient négligées. Je ne parle pas des ascenseurs eux-mêmes, même si c'est possible. Je veux parler de l'aspect personnel d'une situation. Les personnes qui travaillent dessus oublient à quel point tout cela vous affecte. Ils oublient qu'il y a des gens comme vous qui souffrent vraiment et qui méritent d'être tenus au courant de ce qui se passe. Chacun a tendance à penser que c'est le boulot de quelqu'un d'autre de parler à la famille. Mais le genre d'accident qui est arrivé à Paula donnera lieu à une enquête approfondie. À un moment ou à un autre, quelqu'un viendra vous parler.

— C'est que quelqu'un est déjà venu, fit remarquer Sandy. C'est pour cela que nous vous avons appelée.

— Absolument, dit Ken.

— Qui ? demanda Barbara.

— On ne connaît pas son nom, répondit Ken. Sandy lui a demandé s'il avait une carte ou quelque chose, mais il ne nous a rien donné. Il a juste dit qu'il trouverait le moyen de nous contacter en cas de besoin.

— Il était plutôt gentil, dit Sandy avec hésitation. Il a présenté ses condoléances et tout...

— Mais il n'a pas dit qui il était ni qui il représentait ? C'était quelqu'un du funérarium ?

Sandy fit non de la tête.

— À l'entendre, il faisait partie de l'administration municipale. Enfin, ceux qui s'occupent de ce genre de chose.

— Alors, qu'est-ce qu'il voulait ? Il vous a trouvés ici ?

Ken opina.

— Il a dit qu'il avait passé quelques coups de fil pour savoir où Paula avait été transportée après... après l'hôpital.

— Il a dit qu'il voulait... commença Sandy.

— ... qu'on ferme notre gueule, coupa Ken.

— Quoi ?

— Il ne l'a pas formulé comme ça, dit Sandy, mais c'était sous-entendu.

— Répétez-moi ce qu'il a dit, demanda Barbara, qui ressentait un picotement sur la nuque. Mot pour mot, ou du mieux que vous vous rappelez.

Sandy réfléchit un moment.

— Il nous a présenté ses condoléances. Il a dit que ce qui s'était passé était vraiment terrible. Que tous les aspects de l'incident étaient examinés et que...

— C'est le mot qu'il a employé ? « Incident » et pas « accident » ?

Elle regarda son mari, qui confirma de la tête.

— Oui. Il a appelé ça un incident. En tout cas, il a dit qu'ils étaient en train d'enquêter, qu'on devait être patients et qu'on ne devait en parler à personne.

Barbara cligna des yeux.

— Pourquoi ?

— Il ne parlait pas des amis et de la famille, dit Ken. Il voulait parler de gens comme vous.

— Il ne voulait pas que vous parliez à la presse ? aux médias ?

— Il a dit qu'on devait garder ça pour nous tant que la cause de l'« incident » n'avait pas été établie. Enfin, bref, c'était ce matin de bonne heure et, après son départ, j'ai commencé à me dire : « Et puis merde, jusqu'à preuve du contraire, on est toujours en Amérique, non ? »

— Affirmatif, dit Barbara.

— Et on a bien le droit de parler de ce qui est arrivé à notre fille et d'exiger des explications. Mais d'abord, je voulais appeler pour voir ce qu'ils avaient découvert. Peut-être apprendre pour quel service ce type travaillait. Et là, personne ne veut me parler. On me balade de service en service.

— Je ne comprends pas pourquoi on voudrait vous empêcher de parler à la presse, dit Barbara. Je me demande s'ils sont allés voir les autres familles.

— À un moment, précisa Sandy, il a dit qu'il leur fallait du temps pour trouver qui avait fait ça, et puis il s'est repris immédiatement. Il a dit : « Pour savoir comment c'est arrivé. »

— Ce type, il ressemblait à quoi ?

— Environ un mètre quatre-vingts. Les cheveux noirs coupés très court. Jolis costume et cravate. Rasé de près. Et ses chaussures, dit-elle lentement. Je me rappelle ses chaussures.

— Qu'est-ce qu'elles avaient, ses chaussures ?

— Elles étaient vraiment bien cirées. Tu te rappelles, Ken ?

— Je n'ai pas fait attention à ses foutues chaussures.

— Je l'ai regardé partir, sa voiture était garée juste devant, sur une zone interdite au stationnement. Il est monté côté passager et celui qui était au volant se fichait bien d'être mal garé.

— Pouvez-vous décrire la voiture ? demanda Barbara. Il y avait des emblèmes de la ville dessus ? Est-ce qu'on lisait « NYPD » sur les flancs ?

Sandy fit non de la tête.

— C'était un gros SUV. Tout noir, avec des vitres teintées.

— Qui conduit ce genre de voiture ? interrogea Ken.

Deux noms vinrent à l'esprit de Barbara. Non pas des noms de personnes, mais d'agences gouvernementales. Pour quelle raison ces agences s'intéresseraient-elles à un accident d'ascenseur, si tragique fût-il ?

- 21 -

— Richard, hé, Richard !

Le maire se retourna et vit une femme venir vers lui. La frêle silhouette de cette récente octogénaire était drapée de soie noire. Son pantalon très ample était à moitié couvert par une tunique qui lui arrivait presque aux genoux. Avec sa chevelure argentée ramassée en un chignon serré, elle regardait le monde à travers de très grandes lunettes rondes à la monture épaisse. Elle était outrageusement maquillée, pourvue d'énormes sourcils noirs.

Elle s'avança vers lui les bras tendus.

— Margaret, dit Headley, qui posa les mains sur ses épaules et l'embrassa sur les deux joues. La Reine des Sycamores. Je savais que j'étais déjà venu dans cet immeuble.

Quand il avait appris à quelle adresse s'était produit ce second accident d'ascenseur, il s'était rappelé qu'une collecte de fonds y avait été organisée pour sa campagne. Margaret Cambridge avait convié tous ses amis fortunés à une soirée tellement somptueuse qu'ils s'étaient tous sentis obligés de faire le don maximum autorisé pour la financer. Dommage que la loi ait interdit les injections massives de liquidités de la part de personnes privées. Le défunt mari de Margaret, dont le nom ornait une demi-douzaine d'immeubles en ville, lui avait légué un milliard ou deux, et elle aurait donné un million à Headley si elle avait pu le faire impunément.

— En apprenant que vous étiez ici, dit Margaret, j'ai descendu tous les étages à pied.

— Mon Dieu, depuis le penthouse ?

— C'est que je n'avais guère le choix. Ils ont fermé tous les ascenseurs après que celui-ci s'est détraqué. J'espère qu'ils vont bientôt remettre les autres en service parce que mon cœur ne survivra certainement pas à la remontée.

Il posa une main rassurante sur l'épaule de la vieille dame.

— Je suis sûr que si.

— Sinon, deux de ces séduisants pompiers peuvent toujours me porter là-haut, dit-elle en gloussant. (Elle se couvrit aussitôt la bouche et regarda autour d'elle.) Je ne devrais pas rire. Vu ce qui s'est passé. C'était le Dr Petrov, n'est-ce pas ? demanda-t-elle tout bas.

Il hocha la tête avec solennité.

— Une perte terrible pour la communauté scientifique, à ce qu'on dit.

— C'est possible, n'empêche que c'était une garce intégrale. Je ne me déplace pas aussi vite qu'avant et croyez-vous qu'elle m'aurait attendue quand elle me voyait marcher vers l'ascenseur ? Jamais de la vie. Salope de communiste.

— Comme vous y allez.

Margaret se pencha plus près et chuchota avec un air de conspiratrice :

— C'est qu'elle était russe, voyez-vous.

— Oui, je sais. J'ai parlé avec l'ambassadeur tout à l'heure.

— Des communistes dans l'immeuble, je n'aime pas ça. Ce sont tous des espions, vous savez. Il n'y a que ça à l'université Rockefeller.

Headley sourit.

— On n'est jamais assez vigilant.

— Vous serez à la réception jeudi ?

Headley dut réfléchir un moment.

— Top of the Park ?

Margaret hocha la tête.

— Ce sera l'événement de l'année. Une soirée dans les nuages.

— J'y serai. Je ne voudrais pas rater ça. Vous êtes sur la liste ?

L'idée qu'elle aurait pu ne pas être invitée sembla mettre Margaret en fureur.

— Je vous en prie. C'est le projet de Rodney Coughlin. Lui et moi, on se connaît depuis très longtemps, dit-elle en clignant de l'œil.

— C'est aussi un ami de longue date, dit Headley avec un grand sourire. Peut-être pas aussi *proche.*

Margaret renifla avec une petite moue de dédain.

— S'il a organisé une plus grosse réception pour votre campagne, c'est uniquement pour me rabaisser, vous savez.

Headley pressa amicalement son bras osseux.

— Vous pourrez toujours en donner une autre.

Elle éclata de rire.

— Monsieur le maire ?

Headley se retourna. Annette Washington, la cheffe de la police, la première femme noire à ce poste, réclamait son attention.

— Cheffe ? dit-il.

— Désolée de vous interrompre.

Elle lui fit un petit signe de tête pour l'inviter à la rejoindre.

— À jeudi, Margaret, dit Headley. N'oubliez pas vos chaussures de danse.

Il se retira et suivit Washington jusqu'au bureau de la gérance de l'immeuble, tout près du hall. S'y trouvaient déjà le capitaine des pompiers, un petit homme presque chauve d'une quarantaine d'années, ainsi qu'un type au physique impressionnant en costume sombre. La petite soixantaine, un peu plus d'un mètre quatre-vingts, la mâchoire forte. Le genre de gars qui, s'il n'était pas déjà responsable des opérations, semblait sur le point d'endosser ce rôle.

Headley le regarda et pensa : *FBI.*

L'homme tendit la main.

— Monsieur le maire. Brian Cartland, Sécurité nationale.

Qu'est-ce que je disais ? songea Headley.

Qu'est-ce qu'un agent de la Sécurité intérieure venait faire sur les lieux de ce genre d'accident ? Headley ne comprenait pas, ou alors c'était à cause du statut de la victime, scientifique russe reconnue, spécialiste de Dieu savait quoi ? Quel monde de dingues, où la défaillance d'un ascenseur pouvait conduire à un incident diplomatique ! Headley était sûr que l'ambassadeur avait eu la Maison-Blanche au téléphone avant de l'appeler à City Hall. Ce qui expliquerait la présence d'un représentant de la Sécurité intérieure.

— Heureux de vous rencontrer, dit Headley avec circonspection. Que se passe-t-il ?

Il regarda les chefs des pompiers et de la police, puis reporta son attention sur le petit homme au crâne dégarni.

— Martin Fleck, monsieur le maire. Je travaille pour vous, dit-il en esquissant un sourire. Département des bâtiments, service de l'inspection des ascenseurs.

— Je répète ma question : que se passe-t-il ?
— C'est bien ce que nous cherchons à établir, répondit Cartland. Les accidents d'ascenseur ne se produisent pas tous les jours. Il y en a eu deux cette semaine, et nous ne sommes que mardi. Comme le veut la procédure, après l'incident d'hier, nous avons pris contact avec M. Fleck, ici présent. Il se trouve que la Sécurité intérieure a une antenne dans cet immeuble, ce qui a piqué notre curiosité. Inutile de préciser que la façon dont un ascenseur monte et descend ne fait pas partie du domaine de compétence de la Sécurité intérieure, si bien que M. Fleck a pu m'éclairer.
— C'est vrai, intervint Fleck. Les accidents d'ascenseur n'arrivent pas tous les jours. Bien qu'une trentaine de personnes, en moyenne, soient tuées et quelque dix-sept mille Américains blessés chaque année, mais ces statistiques incluent les escaliers mécaniques.
— D'accord, dit lentement Headley.
— Parmi ces trente victimes, environ la moitié sont des techniciens qui travaillent dessus. Un réparateur glisse et tombe dans la gaine, ou bien il est au fond de la gaine et une cabine en descente l'écrase, ou il se fait coincer entre les pièces mobiles. Tous ces accidents sont parfaitement évitables, mais il y a toujours des imprudents. C'est horrible quand ça arrive, mais pas tout à fait surprenant, vu la dangerosité des conditions de travail.
Headley s'impatientait, mais laissa Fleck terminer son cours d'initiation.
— Les statistiques montrent qu'une défaillance se produit toutes les douze millions d'utilisations, souvent il peut s'agir d'un dysfonctionnement aussi mineur qu'une porte qui ne se ferme ou ne s'ouvre pas correctement. Quand il y a des blessés, l'installation n'est généralement pas en cause. Par exemple, une femme

entre dans une cabine avec une grande écharpe flottante qui se prend dans les portes. La cabine commence à monter et l'écharpe reste coincée à l'étage inférieur alors que l'autre extrémité est toujours enroulée autour du cou de la femme et...

— C'est bon, j'ai compris, dit le maire.

— Parfois, vous avez un crétin qui veut faire du surf et...

— Pardon, quoi ?

— Du surf-ascenseur. Ils pénètrent à l'intérieur de la gaine et montent sur le toit de la cabine pour se donner des frissons. Ce sont des jeunes qui font ça. Le problème, c'est qu'il y a des câbles dans tous les sens et des pièces qui font saillie, et les câbles sont couverts de graisse. Le risque est alors soit de tomber et de vous faire prendre entre la cabine et la gaine, soit...

— Dites-moi juste ce qui s'est passé ici.

— Eh bien, c'est en partie la faute de cette scientifique russe, cette Mme Petrov.

Headley lança à l'agent de la Sécurité intérieure un regard fatigué.

— Si c'était sa faute, que faisons-nous là ?

— Ce n'est pas à cause d'elle que l'ascenseur s'est arrêté, précisa Fleck. Elle a fait l'erreur de vouloir en sortir. En fait, si elle s'était arrêtée là, il ne lui serait rien arrivé, mais, d'après le petit garçon, elle a voulu passer dans l'ouverture pour récupérer son sac à main, et c'est à ce moment-là que l'ascenseur a brusquement repris sa descente. Elle s'est laissé surprendre et a... perdu la tête. Ce qui nous intéresse, c'est la raison pour laquelle l'ascenseur s'était arrêté.

— Nous pensons qu'il a peut-être été saboté, déclara Cartland.

— Saboté comment ?

— Nous n'en sommes pas sûrs, répondit le représentant de la Sécurité intérieure.

— Pas sûrs ?

— Il a pu être piraté.

— Piraté ? C'est possible, ça ? demanda le maire en ouvrant de grands yeux.

— Oui, répondit Cartland. Ce n'est pas à la portée du premier venu, mais c'est faisable. L'installation a été récemment modernisée. C'est bourré d'électronique. Plus c'est high-tech, plus le risque d'une manipulation malveillante est important. Les anciens modèles, avec leurs grandes portes grillagées qu'il fallait fermer, et un liftier pour les faire fonctionner, ceux-là ne se faisaient pas pirater.

— Mais vous n'avez aucune preuve que c'est ce qui s'est passé.

— Non, admit Cartland.

Ce fut au tour de Fleck de donner son point de vue :

— Dans l'incident d'hier, pour ce qu'on en sait étant donné qu'il n'y a pas de survivants, la cabine a commencé à se comporter comme si elle avait une volonté propre. Passant devant des étages que des usagers avaient appelés. Cela fait penser à un piratage, comme si quelqu'un manipulait le système. Là-bas aussi, l'installation avait été modernisée. Alors ils sont montés, descendus, et puis, au niveau du dix-neuvième, la cabine est tombée dans le vide. Ce qui suggère une prise de contrôle totale du système depuis l'extérieur.

Headley se tourna vers Cartland.

— On a affaire à quoi, là ?

— On est toujours dans la phase d'expertise, répondit l'agent du gouvernement, l'air sombre. Nous devons néanmoins envisager la possibilité que l'un de ces deux accidents d'ascenseur ou les deux n'aient rien d'accidentel.

Headley le dévisagea.

— Si ce ne sont pas des accidents, qui les provoque ? Votre présence ici indique-t-elle un acte terroriste ? Est-ce que l'État islamique sait pirater un ascenseur ? Ils ont décidé d'arrêter de foncer dans les foules en voiture ou en camion ? Vous vous rendez compte du ridicule de votre hypothèse ? En matière de terrorisme, ça doit être la méthode la plus inefficace que je puisse imaginer. Et il n'y a pas que cela, le niveau d'expertise requis doit être exceptionnel. Si vous cherchez à tuer un paquet de gens, il existe des tas de moyens plus simples.

— Je ne vous contredirai pas, dit Cartland, mais cela ne change rien aux faits auxquels nous sommes confrontés.

— Si je vous comprends bien, quelqu'un *aurait pu* trafiquer un ou deux ascenseurs. Quelqu'un *aurait pu* pirater ou saboter le mécanisme, mais vous n'en savez encore rien. Est-ce qu'il y a eu des revendications ?

— Pas pour ça, spécifiquement.

— Est-ce que vous pensez que quelqu'un *pourrait* revendiquer ces actions ?

— Ces derniers temps, nous avons enregistré une légère reprise du terrorisme intérieur. À Seattle, Portland. Hier encore à Boston. Le groupe responsable de ces attentats cherche peut-être à se donner une plus grande visibilité. Nous les surveillons de près. Mais ce pays ne manque pas de cinglés qui ont des comptes à régler.

— Mais pour l'instant, pas de revendication ?

Cartland secoua la tête.

— Vous ne dramatisez pas un peu, à chercher midi à quatorze heures pour justifier votre existence ?

Cartland estimait visiblement que cette question ne méritait pas qu'on y réponde et il garda le silence.

— Qu'est-ce que vous attendez de moi ? continua Headley. Que je dise aux New-Yorkais de ne plus prendre l'ascenseur jusqu'à nouvel ordre ? Vous avez une idée du genre de chaos que cela provoquerait dans une cité verticale comme la nôtre ? La ville tout entière se retrouverait à l'arrêt.

— On devrait lui montrer, dit Fleck à Cartland.

— Me montrer quoi ? demanda le maire.

— Allons faire un tour dans les étages, dit Cartland. Il y a quelque chose qu'il faut que vous voyiez.

- 22 -

— Je suis heureuse de vous retrouver sur le plateau de « New York Day », dit la femme, face caméra. Je suis Anjelica Briscoe. Un attentat à la bombe dans un café de Seattle, annonça-t-elle gravement. D'autres attentats à Portland et Boston. Des morts et des blessés. Des actes répugnants et lâches. Quel est le point commun entre eux, et entre ces villes ? Entre autres choses, évidemment, ce sont des villes côtières, ce qui en fait symboliquement autant de cibles pour ceux qui se revendiquent comme membres des Flyovers, un groupuscule extrémiste dont le nom vise, par autodérision, les soi-disant élites côtières, ces gens qui prennent l'avion pour faire l'aller-retour entre New York ou Boston et Los Angeles ou San Francisco. Ils ont le sentiment que ces privilégiés regardent littéralement de haut le reste du pays et méprisent les gens qui y vivent. Notre invité aujourd'hui est le chef des Flyovers, Eugene Clement. Monsieur Clement, merci d'avoir accepté de venir débattre avec nous aujourd'hui.

La caméra effectua un travelling vers l'autre extrémité du bureau, où Clement était assis, le visage fermé.

— Je trouve votre description du combat des Flyovers extrêmement partiale et inexacte, commença-t-il.

Briscoe le regarda droit dans les yeux.

— Certains ont qualifié les Flyovers de groupe terroriste. Est-ce le cas ?

— Absolument pas. C'est une affirmation irresponsable. Les Flyovers sont constitués de bons et honnêtes citoyens américains qui veulent simplement qu'on reconnaisse leur contribution à ce grand pays.

— Vous avez entendu ce que j'ai dit en préambule. Les autorités affirment que les attentats à la bombe qui ont eu lieu dans plusieurs villes côtières sont très vraisemblablement l'œuvre de partisans des Flyovers.

On vit une veine palpiter sur la tempe droite de Clement quand il se pencha en avant sur sa chaise et déclara :

— Ces attentats à la bombe sont des actes horribles et méprisables. Le simple fait d'insinuer qu'ils ont un quelconque rapport avec nous me brise le cœur, me scandalise.

— Les Flyovers rejettent donc le recours à la violence ?

— Cela va sans dire.

— Pourtant, vous étiez parmi les militants armés impliqués dans l'occupation d'une zone protégée dans le Colorado l'année dernière. Vous prétendez que ce n'était pas une action violente ?

Eugene Clement parut légèrement décontenancé par la question. Il prit un moment avant de répondre.

— Deux choses, Anjelica. D'abord, c'était un événement sans aucun lien avec les Flyovers. Ensuite, il n'y a eu aucun blessé dans ce que vous appelez une occupation et que j'appellerais, moi, une manifestation contre un abus de pouvoir. Washington contrôle des millions d'hectares de terres dans un État où il n'a rien à faire. C'était une protestation qui visait directement le gouvernement fédéral, qui, Dieu merci, n'a pas débarqué en mitraillant à tout-va et en tuant des manifestants pacifiques, comme il l'a fait il y a quelques années lors d'une manifestation similaire.

— Il y a pourtant beaucoup d'idées communes entre ces groupes et les Flyovers.

— Certaines, peut-être, reconnut-il. Mais c'est aussi vrai à gauche. Nous n'avons pas tenu tous les progressistes pour responsables des actions des Black Panthers ou de la Symbionese Liberation Army, ou, plus récemment, de groupes comme les Antifas.

— Oui, mais...

— Le sujet des Flyovers, c'est le fossé culturel actuel, pas l'ingérence du gouvernement dans nos vies. Notre objectif est un changement d'attitude. Nous voulons... éduquer les Américains qui vivent sur les côtes, ces gens qui semblent ne pas avoir conscience qu'il existe une *autre* Amérique. Nous sommes plus qu'une caricature, plus qu'une bande de ploucs amateurs de stock-cars, de bouffeurs de barbecue et de ventres à bière. Même s'il n'y a aucune honte à aimer le sport automobile, les travers de porc et la bière. (Il se fendit d'un sourire piteux.) Pour moi, c'est le programme d'un après-midi idéal. Bref, la côte est une sorte de métaphore. Partout dans le pays, des gens défendent des opinions que nous cherchons à contester. J'imagine qu'on peut en trouver ici même, à New York.

— Mais n'est-ce pas exactement ce à quoi vous avez réduit les habitants des côtes ? À un cliché ? Celui des élites qui se nourrissent de sushis, boivent des latte, évitent le gluten et roulent en Prius ?

Clement secoua la tête.

— Absolument pas. Comme je l'ai dit, nous nous efforçons simplement d'éduquer.

— En posant des bombes ?

Les joues de Clement s'empourprèrent.

— Non. Cette Génération grandiose[1] dont on a tant entendu parler ? Vous la trouverez au cœur du pays. Et vous trouverez aussi ses fils et ses filles, ses petits-fils et petites-filles. Ce que certains politiciens, parmi les plus importants de ce pays, semblent avoir oublié. Il y a encore deux ans, cette femme qui a failli devenir présidente, qui a même remporté le vote populaire, a déclaré, je cite : « J'ai gagné là où les gens sont optimistes, divers, dynamiques, vont de l'avant. » (Il eut un ricanement méprisant.) Bref, les zones côtières. Quelle insulte faite au reste du pays !

— Vous devez reconnaître que beaucoup de ceux qui font allégeance à l'organisation des Flyovers...

— Vous grossissez le trait. Nous n'avons pas de serment d'allégeance...

— Beaucoup de vos partisans, de vos adhérents, de ceux qui disent ce qu'ils pensent dans les commentaires de votre page ont fait l'apologie du genre d'attentats auquel nous avons assisté ces derniers temps.

— Vous savez, Anjelica, beaucoup de citadins pensent que le seul amendement qui nous importe est le deuxième. Eh bien, rien n'est plus éloigné de la vérité. Nous, comme tous les bons Américains, nous croyons, au premier amendement. À la liberté d'expression. Je n'apprécie peut-être pas ce que certaines personnes ont à dire, mais je défendrai leur droit à s'exprimer. Comme je défends votre droit de vous adresser à moi de façon condescendante et dénigrante.

L'animatrice ne se laissa pas démonter.

---

1. La Génération grandiose est une appellation désignant les personnes nées entre 1905 et 1925, qui ont donc grandi durant la Grande Dépression aux États-Unis, puis ont combattu durant la Seconde Guerre mondiale.

— Certains propos tenus par vos partisans constituent un discours de haine.

— Comment définissez-vous un discours de haine, exactement ? Cela vous sert à qualifier quelque chose que j'ai dit et qui vous déplaît. Mais quand vous m'attaquez pour mes propos, est-ce que vos paroles ne pourraient pas, elles aussi, être qualifiées de haineuses ? (Il se pencha de nouveau vers elle.) Ce que nous devons faire, c'est trouver un terrain d'entente. Vous me dites le fond de votre pensée, moi de même, et, de cette manière, on trouvera le moyen de se rejoindre au milieu. Pensez à tout ce que nous avons en commun. Nous voulons de bons emplois, nous voulons ce qu'il y a de mieux pour nos familles, nous voulons un avenir meilleur.

— À vous entendre, vous êtes un pacificateur, alors que le FBI et la Sécurité intérieure ont suggéré tout l'inverse. Beaucoup de vos membres appartiennent également à des organisations suprémacistes et nationalistes blanches. Certains sont membres du Ku Klux Klan.

Clement haussa les épaules.

— Je peux vous trouver des tas de personnes de couleur qui partagent leurs sentiments, s'agissant du mépris des gens des côtes à notre égard. C'était ce que je voulais dire quand je parlais de se retrouver à mi-chemin, ce qui est une métaphore pertinente quand on parle du centre du pays. Nous faisons se parler des gens qui autrement ne le feraient peut-être jamais. Nous *voulons* rapprocher les gens, entamer un dialogue. Nous n'irons nulle part en nous jetant des insultes à la figure.

L'intervieweuse sourit d'un air narquois.

— Si vous êtes capable d'entendre une petite critique, monsieur Clement, ne serait-il pas plus exact d'appeler votre groupe les *Flown Overs* ? Parce que c'est ce que vous êtes. Ce sont les habitants des côtes qui volent au-dessus de vous.

Clement la foudroya du regard.

— Voilà, vous avez tout résumé en une seule question. Le mépris. Le retour du « Nous sommes tellement plus intelligents que vous ».

Briscoe prit brusquement une expression navrée, consciente d'être allée trop loin. Elle se toucha l'oreille, signe qu'elle recevait un message de la régie.

— Monsieur Clement, nous avons un peu débordé, mais je voulais vous remercier d'avoir accepté notre invitation.

Il ne dit rien.

— J'ai une dernière question.

— Bien sûr.

— Étant donné la position de votre organisation vis-à-vis des villes côtières et des gens qui y vivent, que faites-vous à New York ?

— Ma femme et moi fêtons notre anniversaire de mariage. Du moins, nous nous apprêtions à le faire quand vous m'avez traîné ici. (Il lui offrit un éclat de rire plein d'autodérision et un sourire.) Le fait est que j'adore New York.

— Comment a-t-elle osé te dire ces choses ? demanda Estelle Clement quand son mari revint dans les loges du studio, où les autres invités attendaient leur tour en regardant le moniteur installé dans la pièce. Quelle garce ! dit-elle en baissant la voix.

Clement se renfrogna.

— Cette façon de me parler...

Il ne termina pas sa phrase, empoigna sa femme par le bras et l'entraîna dans le couloir.

— Tu me fais mal.

Il desserra son étreinte mais ne la lâcha pas tandis qu'ils prenaient la direction du hall.

— Tu devrais l'attaquer en justice, dit Estelle. Tu pourrais la poursuivre en diffamation.

Le studio se trouvait au quatrième étage d'un immeuble sur Columbus Circle. Plusieurs personnes attendaient devant la rangée d'ascenseurs, près de l'accueil.

— Prenons l'escalier, dit Clement.

— On est obligés...

— Je veux juste sortir d'ici le plus vite possible, dit-il en la conduisant déjà vers la porte marquée d'un signe « EXIT ».

Estelle, qui sentait sa colère, ne protesta pas. Quand ils se retrouvèrent dans la rue, Clement s'arrêta un moment pour se calmer.

— Tu as entendu ce que j'ai dit là-haut ? demanda Estelle. Tu devrais les attaquer, elle et la chaîne, pour...

— Non, répliqua-t-il avec fermeté. Tout cela va au-delà d'une animatrice télé arrogante. C'est une plus grande bataille.

Estelle posa la main sur son bras.

— Qu'est-ce que tu veux faire ? Tu veux rentrer à la maison ? On peut, tu sais. Si ça a tout gâché, ce n'est pas la peine de rester. Je peux voir si j'arrive à nous faire rembourser les billets.

— Quels billets ?

— Tu te rappelles, on avait des billets pour un spectacle, ce soir. Mais ça ne fait rien, on peut...

— Non, on va y aller.

Il leva la tête et la secoua, comme pour se débarrasser de la colère qu'il ressentait. Puis il grimaça un sourire.

— Ils ne nous empêcheront pas de passer un bon moment.

Estelle sourit à son tour.

— Tu es sûr ?

Clement acquiesça de la tête.

— J'avais oublié cette histoire de spectacle. Qu'est-ce qu'on va voir ?

— C'est le spectacle avec plein de numéros de danse. Je sais que ça ne t'en dit pas beaucoup plus. Tu vas probablement détester, de toute façon.

— Des tapettes qui se dandinent sur scène ? Je ne manquerais ça pour rien au monde. En attendant, je t'emmène faire un déjeuner fabuleux. Le Capital Grille, ça te convient ?

— Bien sûr.

— Je vais nous trouver un taxi. Ne bouge pas.

Il descendit du trottoir entre deux voitures en stationnement, puis longea l'une d'elles en agitant la main en l'air.

Derrière lui, une vitre électrique s'abaissa.

— Salut, fit quelqu'un.

Eugene Clement ne se retourna pas en entendant la voix de Bucky. Regardant plus loin dans la rue, il demanda :

— Tout avance comme prévu ?

— Oui.

— Sois vigilant. Le monde entier sait que je suis ici. Ils sont probablement déjà en alerte renforcée.

— Compris.

— On est parés.

Clement entendit la vitre remonter au moment où un taxi jaune faisait un écart pour venir s'arrêter devant lui. Il ouvrit la portière arrière et appela sa femme.

— Madame, votre carrosse est avancé.

- 23 -

Barbara était dans le funérarium depuis près d'une heure.

De l'autre côté de la rue, Chris Vallins commençait à se fatiguer d'attendre qu'elle sorte. Il n'était pas difficile de comprendre ce qu'elle était venue faire ici, étant donné qu'elle avait confié dans sa rubrique avoir perdu une amie dans l'accident d'ascenseur survenu lundi. La victime s'appelait Paula Chatsworth.

Il avait cherché les coordonnées du funérarium sur son téléphone et appelé pour demander si l'office prévu pour la famille Chatsworth y serait célébré et, si oui, quand. « Je m'informe pour un ami. » Selon la femme qui lui répondit, cette maison funéraire avait bien été sollicitée, mais l'office religieux aurait lieu à Montpelier.

« Ah, très bien, merci beaucoup. »

Chris ne pourrait pas se contenter de suivre Barbara Matheson dans ses déplacements ni de quelques recherches sur Internet. Quand on voulait vraiment trouver des dossiers sur quelqu'un, on s'introduisait chez lui par effraction. On lisait ses mails. On cherchait des sex-toys dans le tiroir du bas de sa commode.

Il était cependant ressorti de sa filature de la journée quelque chose qui avait piqué sa curiosité. Qui était la jeune femme que Barbara avait rencontrée au Morning Star ? Elles n'avaient pas parlé longtemps. L'autre femme n'avait même pas commandé de petit déjeuner. Était-elle une source venue lui transmettre des informations ? Vallins ne se rappelait pas l'avoir vue depuis qu'il travaillait pour le bureau du maire, mais la Ville employait beaucoup de gens susceptibles de détenir le genre d'infos propres à intéresser Barbara. Même s'il l'avait observée depuis le trottoir d'en face, il était certain de la reconnaître s'il la croisait de nouveau. Et il avait sa photo.

De la musique se fit entendre et Vallins jeta un coup d'œil vers le nord. Un homme misérablement vêtu venait vers lui, poussant un chariot de supermarché bringuebalant qui ne contenait rien d'autre qu'un gros radiocassette style ghetto-blaster poussé à plein volume.

« You can't always get what you want... »

C'était bien vrai, songea Vallins en saluant le SDF d'un hochement de tête quand il passa devant lui avec son caddie. L'homme dodelinait du chef au rythme de la musique et retira une main de la poignée du chariot le temps de lui faire un signe, pouce levé.

Vallins ne put s'empêcher de sourire.

Barbara émergea enfin du funérarium et repartit vers la Deuxième Avenue.

Vallins reprit sa filature.

Quand la journaliste de *Manhattan Today* parvint à l'intersection, elle traversa la 27e Rue tout en consultant son téléphone. Un taxi passa à vive allure et klaxonna. Sans même lever les yeux, Barbara tendit le bras et fit un doigt au chauffeur.

Elle entra dans un magasin Duane Reade au coin de la rue.

Chris la suivit à l'intérieur, en continuant à garder ses distances, et constata que Barbara s'était dirigée vers le rayon hygiène féminine. Il allait se faire remarquer en traînant dans cette partie du magasin et préféra l'attendre dehors. Il trouva un emplacement sur le trottoir, quelques mètres plus loin, d'où il pourrait observer la porte du drugstore.

Pendant qu'il patientait, son téléphone sonna. Il le sortit de son blouson, lut « VALERIE » sur l'écran.

— Ouais, dit-il.

— Où étiez-vous passé ? demanda Valerie.

— Je fais une commission pour le maire.

— Que genre de commission ?

— S'il voulait que vous le sachiez, je suppose qu'il vous l'aurait dit.

Un soupir à l'autre bout du fil. Puis :

— Un autre ascenseur s'est cassé la gueule.

— Vous déconnez.

— Non.

— Où ?

— Sur York, tout près de l'université Rockefeller. Une scientifique russe de premier plan a été tuée.

— Bon sang. Vous êtes sur place ?

— Oui. Et la Sécurité intérieure aussi.

— Quoi ?

— C'est peut-être à cause de la personnalité de la victime. Fanya Petrov, ça vous parle ?

— Non. Ça devrait ?

— J'en sais rien.

Barbara, un petit sac Duane Reade à la main, sortit du magasin. Elle jeta un coup d'œil à l'intérieur du sac, comme pour s'assurer qu'elle n'avait rien oublié.

— Il faut que je vous laisse, dit Chris à Valerie.

Sans attendre de réponse, il raccrocha et glissa le téléphone dans son blouson.

Barbara se dirigeait vers le nord, son sac dans la main gauche, son portable dans la droite. Alors qu'elle traversait la 28e Rue, elle porta le téléphone à son oreille et parla à quelqu'un. L'appel dura à peine plus de trente secondes, et Chris en déduisit qu'elle avait peut-être simplement laissé un message vocal.

Elle poursuivit son chemin en semblant chercher quelque chose sur son téléphone. Peut-être un autre numéro, quelqu'un d'autre à contacter. À moins qu'elle ne consultât un site internet, en faisant défiler les gros titres avec son pouce.

Elle tenait une rubrique, après tout, songea Chris pour expliquer le fait qu'elle ne posait jamais son téléphone. Elle parcourait probablement plusieurs dizaines de sites d'information tous les jours. Après quoi elle devait appeler des gens, les interviewer et transformer les conneries qu'ils racontaient en articles pour *Manhattan Today*. À cet instant, et après ce qu'elle avait écrit récemment sur le maire, il aurait bien voulu savoir ce qu'elle lisait exactement et avec qui elle pouvait entrer en contact. Et pourquoi était-elle allée au funérarium, au juste ? Était-ce simplement pour présenter ses condoléances ou y avait-il une autre raison ?

Chris se surprit à réduire la distance entre lui et Barbara, comme s'il avait pu, s'il se rapprochait suffisamment, distinguer l'écran de son téléphone.

Entre la 30e et la 31e, Barbara manqua bousculer une vieille dame venant dans la direction opposée. Grâce à son radar de chauve-souris, elle l'avait esquivée in extremis.

Alors qu'ils approchaient de la 32e Rue, Chris commença à s'inquiéter.

Si Barbara avait levé les yeux en arrivant à l'intersection sur le côté ouest de la Deuxième Avenue, elle aurait peut-être remarqué le signal « DON'T WALK » qui clignotait sur le feu de l'autre côté de la chaussée. Mais, inconsciente, elle continua sur sa lancée.

Venant de la gauche, un fourgon jadis blanc et pratiquement mangé par la rouille arrivait à vive allure. Il évita un taxi qui s'était arrêté pour prendre un client. Le chauffeur roulait pied au plancher, espérant couper l'avenue avant que le feu passe au rouge. Le moteur produisait un rugissement rauque, comme s'il souffrait d'emphysème automobile.

Barbara descendit du trottoir et commença à traverser.

Tout se déroula en quelques millièmes de seconde. Chris comptait sur la capacité apparemment innée de Barbara à se repérer dans son environnement et à savoir ce qui se passait autour d'elle.

Alors que le fourgon fondait sur elle, il comprit avec une parfaite lucidité que cela n'arriverait pas.

Et merde !

- 24 -

Quand Jerry Bourque et Lois Delgado eurent fini de parler à Gunther Willem, le directeur de Simpson Elevator, ils allèrent dans l'atelier questionner les autres employés. L'entreprise, avec Willem et la secrétaire, en comptait neuf. Huit, maintenant qu'on allait retirer Petrenko des effectifs. Quatre se trouvaient sur place, deux étaient partis en intervention.

Bourque et Delgado se répartirent la tâche, chacun interrogeant deux hommes. On leur posa à tous les quatre d'autres questions sur la victime : avaient-ils remarqué quoi que ce soit d'inhabituel ces dernières semaines, Otto paraissait-il à cran, soucieux ? Est-ce que Petrenko avait un vice qu'il cachait à sa femme ? Est-ce qu'il jouait ? Est-ce qu'il se droguait ? Est-ce qu'il avait une maîtresse ? Est-ce qu'il fréquentait les prostituées ?

Et, pour finir, qui était l'homme qui venait lui rendre visite ? Celui avec qui il discutait dans la rue.

Aucun ne se rappelait avoir vu Petrenko parler à l'homme mystère.

Les deux employés qui n'étaient pas présents intervenaient dans un immeuble sur Clermont Avenue, à Brooklyn, juste au sud du chantier naval.

Delgado gara leur voiture dans la rue et ils sonnèrent le gardien en entrant dans le hall. Les deux ascenseurs de l'immeuble étaient hors service, en cours de vérification, et les deux techniciens de Simpson Elevator se trouvaient au douzième étage.

— Ils ne peuvent pas en faire fonctionner un ? demanda Bourque.

— C'est ce que je leur ai demandé, mais non, ils ont coupé les deux d'un coup. Dans l'immeuble, tout le monde râle.

— Tant pis, dit Delgado. On prendra l'escalier.

Une bouffée d'angoisse saisit Bourque.

Ses poumons fonctionnaient tout à fait normalement. Il ne s'était pas servi de son inhalateur de toute la journée. Monter onze volées de marches n'aurait pas dû être un problème pour lui. Quelques mois auparavant, il en aurait probablement monté la moitié deux à deux.

Mais ça, c'était avant.

Est-ce qu'il arriverait jusqu'au douzième étage ? Et s'il commençait à suffoquer en chemin ? Bourque se débattait avec ce problème depuis assez longtemps pour savoir que le simple fait d'appréhender une crise suffisait à la déclencher.

Tout va bien se passer, se dit-il. *Je peux le faire. Surtout, ne pense pas aux...*

C'était un peu comme lorsque quelqu'un vous disait de ne pas penser aux éléphants et que Dumbo surgissait dans votre esprit.

Lorsqu'il se dit : *Ne pense pas aux gouttes*, il pensa aux gouttes.

— Tu viens ? lui demanda Delgado.

— Je te suis.

La crise le frappa au quatrième étage. Sa trachée commença à se réduire au diamètre d'une paille.

Quand ils furent pratiquement parvenus au cinquième, Bourque appela Delgado, qui le devançait d'une demi-douzaine de marches.

— Je viens de recevoir un SMS.

Delgado se retourna, attendit.

— Continue, je te rattraperai, dit-il en regardant l'écran de son téléphone.

— Qu'est-ce que c'est ? voulut savoir Delgado.

— Je m'en occupe, dit Bourque sur un ton qui suggérait que c'était sans importance.

Delgado reprit son ascension.

Quand elle eut tourné dans la cage d'escalier et qu'elle fut hors de vue, Bourque rempocha son téléphone. Il s'agrippa d'une main à la rampe et, de l'autre, sortit son inhalateur.

Mais avant de l'utiliser, il décida de retenter une dernière fois la méthode de son médecin.

« Concentre-toi sur cinq choses que tu vois. Cinq choses que tu entends. »

Je suis dans un putain d'escalier en béton. Il n'y a rien à voir ni à entendre.

Pas grave. Il pouvait improviser. En pensant à cinq films avec Paul Newman, par exemple.

Il y avait *L'Arnaque. Luke la main froide. Détective privé.* Ça faisait trois. Oh, et *Le Verdict*, et celui où il joue un arnaqueur au billard, comment ça s'appelait déjà ? Il n'y en avait pas deux, en fait ? L'original, qui s'appelait... *L'Arnaqueur*, évidemment. Un film sur un arnaqueur au billard pouvait bien s'appeler *L'Arnaqueur*, tout simplement. Et puis, vingt-cinq ans plus tard, il reprend le rôle dans un film avec Tom Cruise. Avec « couleur » dans le titre. Bon sang, c'était quoi, le titre de celui-là...

Il avait toujours du mal à respirer.

La voix de Delgado résonna deux étages plus haut.

— Tout va bien en bas ?

— Ouais ! parvint-il à crier. J'arrive !

Et puis merde.

Il souffla, plaça l'inhalateur entre ses lèvres et emplit ses poumons de brouillard médicamenteux. Lèvres serrées, il compta dans sa tête jusqu'à dix, puis expira. Il répéta l'opération et remit l'inhalateur dans sa poche.

Misère, il avait eu bien du mal à retenir sa respiration pendant dix secondes. Dans les films, James Bond restait sous l'eau plusieurs minutes d'affilée pour sauver quelqu'un sans remonter à la surface pour respirer. Comment était-ce possible ?

En multipliant les prises, évidemment.

Bourque sentit sa trachée s'élargir, ses poumons se remplir de l'air vicié de la cage d'escalier. Il était temps de se remettre en route.

Il rattrapa son équipière au dixième. Elle avait dû elle-même faire une halte pour reprendre son souffle, et Bourque prit plaisir à la doubler.

— On ne va pas y passer la journée, dit-il.

— Va te faire voir.

Ils sortirent au bout du couloir du douzième, juste en face d'une porte d'ascenseur ouverte. Deux hommes étaient à genoux, penchés au-dessus d'une grosse boîte à outils. L'un était blanc, mince, dans les quarante-cinq ans, l'autre était noir, massif, entre vingt-cinq et trente ans. Même de loin, les policiers voyaient qu'il n'y avait pas de cabine dans l'ouverture de la porte. Ils distinguaient le mur de parpaings au fond de la gaine et divers câbles verticaux.

— Bonjour, dit Bourque.

Le Noir se tourna, puis glissa à son collègue :

— Les flics sont là.

Les deux hommes se levèrent. Bourque et Delgado sortirent leurs plaques et leur tendirent la main, mais les réparateurs s'excusèrent en montrant leurs paumes graisseuses.

— Moi, c'est Walter, dit le plus âgé. Lui, c'est Terrence.

Ce dernier hocha la tête.

— On nous a prévenus que vous viendriez.

— Vous savez donc de quoi il s'agit, dit Delgado.

— Je n'arrive pas à croire qu'Otto est mort, dit Walter. Punaise. Quand on fait ce genre de boulot, on se dit que si on doit y rester, ce sera probablement en tombant bêtement à travers une porte ouverte.

Il montra alors la gaine de l'ascenseur d'un coup de menton.

— Ouais, acquiesça Terrence, avant d'ajouter en désignant son collègue : Ou c'est un abruti qui vous poussera dans le vide.

— Qu'est-ce qui lui est arrivé ? demanda Walter.

Bourque éluda et posa aux deux hommes les mêmes questions qu'à leurs collègues. Avaient-ils remarqué quoi que ce soit de particulier au sujet d'Otto ces dernières semaines ?

Ils n'avaient rien remarqué.

Avaient-ils vu l'homme qui était passé le voir à Simpson Elevator ?

Nouveau hochement de tête négatif.

— Pourquoi ? demanda Walter. Vous pensez que ce type a fait du mal à Otto ?

— On aimerait lui parler, répondit Delgado.

— Une minute, dit Terrence.

— Quoi ?

Il tira un chiffon de sa poche et commença à s'essuyer les mains.

— Je voulais m'acheter une voiture. J'ai toujours aimé les Mustang, alors j'épluche les petites annonces en ligne, voir s'il n'y aurait pas une occase en bon état, vu que je ne pourrai jamais m'en offrir une neuve, et que je ne suis pas fou des derniers modèles. J'aime plutôt celles des années 2005, 2006, vous voyez ?

— D'accord, dit Bourque.

— Alors j'en trouve une dans le Queens et j'appelle le vendeur. Elle est de 2005, et il en demande dans les trois mille cinq cents, et je lui dis que j'aimerais y jeter un œil, mais que je suis pas mal occupé, et il me dit : « Où est-ce que vous travaillez, je pourrais passer avec pour que vous la voyiez. » Du coup, le type m'a paru un peu désespéré, et j'ai pensé qu'il accepterait peut-être une offre en dessous du prix, alors j'ai dit OK. Et il se pointe, c'était, genre, il y a deux semaines. Il se gare le long du trottoir et je sors pour la voir.

— Mon ami Terrence aime bien tourner autour du pot, fit remarquer Walter.

— Ça ne fait rien, assura Bourque.

Ses mains plus ou moins dégraissées, Terrence sortit un téléphone de sa poche et tapa sur l'icône « Photos ».

— J'ai voulu prendre quelques photos, sous tous les angles. J'ai dit au type que je n'étais pas encore décidé mais que ce serait une bonne idée d'avoir des photos pour me rafraîchir la mémoire plus tard. Alors, voilà.

Il tint l'appareil devant les policiers et fit défiler les clichés. Il y avait beaucoup de gros plans de la voiture bleue, dont un d'un passage de roue arrière.

— C'était bien rouillé là-dessous. Je pourrais arranger ça moi-même, mais je voulais quand même essayer de lui faire baisser encore un peu son prix. Voilà, c'est celle à laquelle je pensais.

La photo sur laquelle il s'était arrêté montrait la voiture en entier, stationnée dans la rue.

— Si vous regardez là, derrière, vous verrez Otto. Sur le trottoir.

— Je peux ? demanda Bourque en tendant la main.

Terrence lui donna le téléphone. Avec son index et son pouce, Bourque agrandit la photo, se concentrant sur l'arrière-plan. Il y avait une autre voiture derrière la Mustang. Une berline ordinaire de couleur sombre. Un homme y était adossé, bras croisés, en train de discuter avec Otto, perché sur le trottoir. L'homme était blanc, dans les un mètre quatre-vingts, les cheveux gris. Il semblait porter un costume. Mais plus Bourque agrandissait l'image, moins elle était distincte.

— Et la voiture ? suggéra Delgado.

Bourque recentra l'image sur le véhicule. La Mustang au premier plan masquait la moitié gauche de la plaque jaune orangé, et la partie visible était floue.

— Une plaque de l'État de New York, observa Bourque.

— Ça nous avance vachement.

— Les deux derniers chiffres sont 1 et 3.

— Peut-être.

Bourque tapota deux fois l'écran.

— Je veux juste savoir quand elle a été prise. (Il plissa les yeux.) Voilà. Au milieu du mois dernier ? Le 15 ?

— Ça doit être ça, confirma Terrence.

— Je vais me l'envoyer par e-mail, dit Bourque.

— Ouais, pas de problème.

Bourque fit encore quelques manipulations, puis appuya sur « Envoyer ». Quelques secondes plus tard, un *ding* familier se fit entendre dans la poche de sa veste.

À aucun moment Terrence n'avait prêté attention à l'ami d'Otto et il n'avait rien appris à son sujet. Même chose pour Walter.

— Vous l'avez achetée, la Mustang ? s'enquit Bourque.

— Oui, fit Terrence avec un grand sourire. Je l'ai eue pour deux mille.

— C'est quoi, le problème avec l'ascenseur ? demanda Delgado, le doigt pointé sur la porte ouverte.

— Juste un entretien de routine, répondit Walter.

Delgado se rapprocha d'un pas, passa sa tête dans l'ouverture de la porte et jeta un coup d'œil au fond de la gaine. Douze étages plus bas.

La cabine était au rez-de-chaussée.

— Houla, fit-elle.

Walter ricana.

— Ce n'est rien. Venez à Manhattan un de ces quatre. Quand vous regardez en bas, vous avez l'impression de pouvoir voir jusqu'en enfer.

Quand ils retournèrent à leur voiture, Delgado se mit au volant, attendit que Bourque s'installe à ses côtés, puis sortit son téléphone. Et pianota sur l'écran.

— Qu'est-ce qu'il y a ? demanda Bourque.

— Une minute.

Son appareil produisit un bref *woop*. Elle venait d'envoyer un SMS.

Avant que Bourque puisse la questionner de nouveau, il entendit le *ding* d'un message entrant sur son propre téléphone. Il plongea la main dans la poche de sa veste et vit l'unique mot envoyé par son équipière :

SLT.

Il releva la tête et la regarda.

— Celui-là, je l'ai entendu, dit-elle. C'est bizarre que je n'aie pas entendu les deux autres. Dans la cage d'escalier et sur la High Line.

Elle démarra et appuya sur l'accélérateur.

- 25 -

La sauver ? ou ne pas la sauver ?

Le nombre de pensées qui pouvaient se bousculer dans votre esprit aussi rapidement était incroyable. Dans la fraction de seconde durant laquelle Chris Vallins dut prendre une décision, il comprit qu'une occasion se présentait à lui. Alors que le fourgon fonçait sur Barbara, les yeux toujours rivés sur son foutu téléphone, une solution au problème du maire venait d'apparaître. Dans un millième de seconde, cette femme qui marchait, parlait et écrivait, cette épine dans le pied du maire, pouvait mourir.

Un cadeau du ciel.

Or, il s'avérait que certains cadeaux étaient plus difficiles à accepter que d'autres.

Il se précipita comme un coureur olympique qui vient d'entendre le coup de pistolet du starter. Il leva le bras gauche, paume face à la camionnette, comme s'il était Superman et pouvait stopper sa course. Même s'il avait eu ce pouvoir, le véhicule fit une embardée.

Barbara détacha les yeux de son téléphone.

Elle tourna la tête de quelques degrés dans la direction du fourgon, mais elle n'eut pas le temps de le voir en entier. Chris avait jeté son bras droit autour de sa taille. Il courait si vite qu'elle fut littéralement soulevée.

Puis projetée à terre.

On lui avait plus ou moins fait un plaquage de football américain. Barbara heurta la chaussée un petit peu avant le trottoir, de l'autre côté du carrefour. Chris l'accompagna dans sa chute, éraflant les phalanges de sa main droite et déchirant son gant. Barbara poussa un cri quand son coude droit cogna l'asphalte, mais il fut étouffé par le hurlement des freins et l'emballement subséquent du moteur du fourgon. Qui franchit l'intersection à toute allure. Le conducteur, sachant au moins qu'il n'avait tué personne, ne voyait à l'évidence aucune raison de s'attarder.

Le téléphone de Barbara lui échappa des mains et glissa sur la chaussée jusqu'à rebondir contre le trottoir. Son sac Duane Reade fut projeté dans les airs. Quand il retomba, une dizaine de mètres plus loin, son contenu – une boîte de Tampax, un paquet de pastilles contre la toux Halls au citron et un flacon de shampoing – s'éparpilla sur la chaussée.

— Merde ! fit-elle.

Au lieu d'essayer de se relever, elle roula sur le dos et se prit le coude en grimaçant.

— Putain !

Pour Chris aussi, la chute avait été rude, mais au moins il avait pu anticiper, et il avait roulé en touchant le sol. Alors qu'il se redressait péniblement, une demi-douzaine de personnes s'attroupèrent. Une vieille dame, qui était allée chercher le téléphone de Barbara, jeta un coup d'œil à Chris et lui lança un « Bravo ! ».

Penchée au-dessus de Barbara, prête à lui rendre son mobile, elle demanda :

— Vous avez besoin d'une ambulance ?

— Je crois... je crois que ça va aller. C'est juste que ça fait rudement mal.

Chris la regarda plier le bras pour voir si son coude était cassé. Elle était capable de le bouger sans crier, ce qui était bon signe. Il était persuadé, malgré le contact rapproché qu'il avait eu avec elle, qu'elle ne l'avait en fait pas vu. Elle ne savait pas qui l'avait écartée de la trajectoire de la camionnette. L'identité de son bon Samaritain demeurerait un mystère.

Parfait.

Il n'avait plus qu'à s'éloigner, se fondre dans la foule sur le trottoir et disparaître. Il se mit en marche, vers le nord.

— Hé !

Chris était pratiquement certain de savoir qui poussait ce cri, et à qui il était adressé.

— Vous ! Avec la casquette !

Chris baissa sa casquette sur son front et se retourna lentement. Barbara s'était relevée. La vieille dame avait poursuivi son chemin, mais un jeune homme en uniforme de postier et une petite femme voûtée avec un chariot à roulettes plein de provisions l'entouraient, offrant leur soutien. Quelqu'un avait ramassé les articles qu'elle avait achetés à Duane Reade et les avait remis dans le sac. Barbara, qui se tenait à présent debout toute seule, le regardait fixement.

Chris pointa lentement un index sur sa poitrine, feignant l'étonnement.

— Oui, vous ! dit-elle en le montrant du doigt. Bon sang, vous jouez pour les Jets ?

Elle va me reconnaître. Prends les devants. Ne la laisse pas...

Il fit un pas vers elle et prit un air stupéfait.

— Je rêve, c'est vous ?! dit-il.

Barbara cligna deux fois des yeux, comme si elle avait du mal à accommoder sa vision.

— Quoi ?

Il retira sa casquette.

— J'étais dans la limousine. Hier. Je travaille pour le maire.

La stupéfaction de Barbara semblait absolument sincère.

— Je n'y crois pas. C'est bien vous. Euh... Chris quelque chose.

— Vallins, dit-il en se rapprochant, avant de s'adresser à l'homme et la femme autour de Barbara : C'est bon. Je gère.

Ils hochèrent la tête, soulagés de ne pas avoir à rester plus longtemps.

— Qu'est-ce qui vous a pris de partir comme ça ? Vous m'avez sauvé la vie, quoi !

— Comme ça avait l'air d'aller, j'ai pensé qu'on n'avait plus besoin de moi. Vous n'avez rien ?

— Je ne pense pas, non, mais mon coude me fait hyper mal.

— Vous devriez le faire examiner, aller à l'hôpital.

— J'en ai ma claque des hôpitaux. Il faut juste mettre de la glace dessus.

Chris semblait avoir une idée en tête.

— Écoutez, dit-il. J'habite seulement à deux blocs d'ici et, à défaut de glace, j'ai sans doute quelques plats surgelés qui feront l'affaire.

Elle le dévisagea avec méfiance.

— Comment vous avez fait ?

— C'était un bête plaquage. Rien d'extraordinaire.

— Non, pas ça. Est-ce que le conducteur de la camionnette était dans le coup ? Il a attendu que j'arrive et vous étiez là, prêt à intervenir ?

Son regard sceptique croisa celui de Vallins.

— Vous avez tout compris. Je suis issu d'une longue lignée de conspirateurs. Mon père a participé à la mise en scène de l'alunissage bidon d'*Apollo 11*. Vous voulez de la glace pour votre coude, oui ou merde ?

- 26 -

Le maire Headley suivit Brian Cartland, de la Sécurité intérieure, Annette Washington, cheffe du NYPD, et Martin Fleck, chargé de superviser l'exploitation des ascenseurs pour le compte de la municipalité, jusqu'à une cage d'escalier. Le capitaine des pompiers, qui était déjà monté avec Fleck, resta dans le hall.

Headley avait eu peur qu'ils ne grimpent jusqu'au couloir où se trouvaient les restes de Fanya Petrov. Mais il s'avérait, pour le moment, qu'ils n'allaient pas plus loin que le premier étage.

Ils débouchèrent dans le couloir et s'approchèrent des quatre ascenseurs. Un seul avait ses portes en position ouvertes. Un agent de police assurait la garde pour tenir les curieux à distance, parce qu'il n'y avait pas de cabine au-delà de l'ouverture. Du moins, aucune dans laquelle on aurait pu monter.

On pouvait toutefois monter *dessus.*

Comme la cabine était à l'étage du dessous, au niveau du rez-de-chaussée, le maire et les autres accompagnateurs voyaient son toit. Deux larges poutrelles en acier étaient disposées transversalement en son milieu. Divers câbles y étaient fixés, ainsi que des boîtiers métalliques pourvus de gros boutons. D'autres câbles, électriques ceux-là, étaient enroulés avec soin sur le dessus de la cabine. Au fond, dans le coin gauche, il y avait ce qui ressemblait à une trappe.

Headley la montra du doigt.

— C'est par là que les gens peuvent sortir ?

— C'est par là qu'on peut leur porter secours, rectifia Fleck. Parce que ce n'est pas comme dans les films où on voit les passagers écarter la trappe et sortir eux-mêmes. Elle est verrouillée. Elle ne peut être ouverte que par les sauveteurs.

Headley pointa un doigt hésitant à l'intérieur de la gaine.

— Je peux jeter un coup d'œil là-dedans ?

Fleck l'y autorisa d'un hochement de tête.

Le maire se plaça au bord, s'accrocha d'une main à l'endroit où la porte palière coulissait dans la cloison et se pencha à l'intérieur. Il se dévissa le cou pour regarder vers le haut. Les quatre angles de la gaine semblaient se perdre dans l'infini.

— Bon sang, dit-il avant de reculer dans le couloir. Alors, qu'est-ce que vous vouliez me montrer ?

Cartland pointa la trappe du doigt.

— Vous voyez ça ?

Headley plissa les yeux.

— Quoi ?

— Vous pouvez nous aider ? demanda Cartland à Fleck.

D'une enjambée, Fleck passa directement du couloir au toit de la cabine. Headley fut le seul à faire entendre un petit hoquet angoissé. Mais l'ascenseur était stable. Fleck enjamba la poutrelle pour se rapprocher de l'autre côté du toit, puis il s'agenouilla et indiqua, sans y toucher, un petit boîtier noir, guère plus grand qu'un téléphone portable, mais plus épais, sur lequel était fixée une courte tige noire.

— Ça, c'est l'antenne, expliqua Fleck. Et ça, ajouta-t-il en montrant le boîtier, c'est une caméra miniature télécommandée.

— Continuez, dit Headley.

— Quelqu'un a percé un petit trou à cet endroit qui permet de voir ce qui se passe à l'intérieur de la cabine.

Fleck se redressa et s'appuya contre l'un des rails. Il avait l'air aussi détendu que s'il était assis sur un banc dans un jardin public.

— Des caméras dans un ascenseur, ça n'a rien d'extraordinaire, il me semble, observa le maire.

— Les gens s'imaginent qu'il y a des caméras partout, dit Fleck, mais ce n'est pas forcément le cas avec les ascenseurs. Il peut y avoir des caméras dans les couloirs, les halls d'entrée, de manière à voir qui entre et sort des cabines. Mais à l'intérieur, c'est plutôt rare. Dans les monte-charges, c'est une autre histoire. La sécurité aime bien savoir ce qui s'y passe.

— Mais il doit bien y avoir des caméras dans les ascenseurs de certains immeubles, insista le maire.

— Vous avez raison, mais nous avons parlé aux gestionnaires de l'immeuble. Ici, il n'y en a aucune, dans aucun des ascenseurs.

Headley regarda l'homme de la Sécurité intérieure et la cheffe de la police. Ils faisaient grise mine.

— Seulement dans celui-ci, dit Cartland pour enfoncer le clou. Enfin, celui-ci et un autre.

Headley attendit.

— Nous avons examiné l'ascenseur de l'accident d'hier. Il y avait aussi une caméra fixée au toit de la cabine. Pareille à celle-ci. C'était le seul ascenseur de l'immeuble équipé de la sorte.

— Mon Dieu.

— Il y a un lien évident entre les deux événements, déclara Annette Washington. Même type de caméra, mise en place identique.

— Vous êtes en train de me dire que quelqu'un a peut-être regardé ces gens mourir hier, cette scientifique se faire décapiter ?

Personne ne réagit.

— Bordel... souffla-t-il, avant de désigner la caméra, les poutrelles et les autres équipements installés sur le dessus de la cabine. Des empreintes ?

— On y travaille, répondit Washington.

— Et les caméras de surveillance ? Dans les couloirs, le hall ?

— Nous ignorons à quel moment cette caméra a pu être placée là, répondit Cartland. Il y a peut-être une semaine, un mois ou un an. Fleck va devoir nous dire à quand remonte la dernière inspection. Il est peu probable qu'un inspecteur ait pu passer à côté. Ce qui signifierait que la caméra a été installée après. (Il soupira.) Nous ignorons si cela a été planifié depuis longtemps.

— D'après mon expérience, intervint Fleck, n'importe qui avec un bleu d'agent de maintenance et un casque de chantier peut s'introduire presque partout dans un immeuble.

— C'est incroyable, dit Headley, qui se tourna vers Fleck : C'est votre putain de service ! Vos équipes ne s'occupent donc pas de ce genre de chose ?

Fleck ne se laissa pas démonter.

— Non. Nous nous occupons des problèmes mécaniques et de sécurité, encore que, comme M. Cartland l'a fait remarquer, je veux croire que nos techniciens l'auraient remarqué.

Headley tenta de le défier du regard.

— Vous voulez croire ?

Cartland se racla la gorge.

— Si vous avez assez d'énergie pour monter encore quelques étages, Fleck a quelque chose d'autre à vous montrer.

Headley frissonna à l'idée d'avoir à regarder le corps sans tête. Quel besoin avaient-ils qu'il voie ça ?

— Si vous me demandez de monter voir ce qu'il reste du Dr Petrograd, vous pouvez m'épargner cette peine. Son corps est toujours là-haut ?

Cartland hocha la tête avec gravité.

— J'ai vu la tête, ça m'a suffi, dit le maire.

Fleck enjamba la poutrelle dans l'autre sens et passa du toit de la cabine au couloir. Il s'épousseta, puis regarda le maire.

— Ce n'est pas ça que nous voulons que vous regardiez, dit-il.

— Quoi, alors ?

— Ce que vous avez vu jusqu'ici est déjà très inquiétant, dit-il. Mais il y a pire.

- 27 -

— Allez, parle-moi, demanda Lois Delgado.

Elle conduisait en regardant droit devant elle, sur le Queensboro Bridge, direction Manhattan.

— Te parler de quoi ? demanda Jerry Bourque.

Elle lui jeta un coup d'œil.

— C'est quoi, ces SMS bidon ? J'ai des oreilles, tu sais. Si quelqu'un t'avait envoyé un message, je l'aurais entendu.

Bourque l'ignora, les yeux perdus dans le flot de la circulation.

— Tu n'arrives pas à respirer. Tu prends des bouffées de ton machin en douce.

Ce fut au tour de Bourque de la regarder en coin.

— Quoi ? Quel genre de flic je serais si je n'avais rien remarqué ?

Bourque détourna le regard et répondit :

— Je m'en sers de temps en temps.

Elle soupira.

— Ce n'est pas un problème d'allergie, de bronchite ni rien de ce genre, n'est-ce pas ? Si c'était ça, tu ne te cacherais pas. C'est dans ta tête, c'est ça ? Merde, ajouta-t-elle avant qu'il ait pu répondre. Ce n'est pas le cancer au moins ? L'emphysème ? Je ne t'ai jamais vu fumer.

— Je n'ai pas de cancer et pas d'emphysème.

— Alors, c'est l'autre explication.

Bourque ne dit rien.

— Tu as peut-être repris trop tôt.

— J'ai pris deux semaines. J'allais très bien. J'aurais pu m'arrêter deux ans que ça n'y aurait rien changé.

— Ça, tu n'en sais rien. Ce qui t'est arrivé, c'est le genre de truc qui peut vous foutre en l'air. Il n'y a aucune honte à ne pas reprendre avant d'être d'attaque.

Elle préféra ne pas insister et roula un moment sans dire un mot, à l'exception d'un « Connard » lancé à un taxi qui lui avait fait une queue de poisson.

— Le médecin dit qu'il n'y a rien de physiologique, finit par lâcher Bourque.

— D'accord.

— C'est... comme tu as dit. Une réaction au stress.

— Alors... dans ces moments-là, ta trachée commence à se fermer ?

— Plus ou moins, dit-il avec un hochement de tête. En général, quelques bouffées d'inhalateur en viennent à bout. Jusqu'à la fois suivante.

— Et ça dure depuis que ça s'est passé ?

— Non. Ça a commencé peut-être trois ou quatre mois après. J'avais beaucoup de mal à dormir. Quand je finissais par m'assoupir, il y avait les cauchemars. Et puis, dans la journée... à certains moments, je me surprenais à avoir des difficultés à reprendre mon souffle. Les souvenirs reviennent, et ça commence.

— Tu n'as rien à te reprocher. Ce n'était pas ta faute. C'est de ça qu'il s'agit ? De culpabilité ? Parce que tu n'as rien fait que je n'aurais fait à ta place.

— Va dire ça à la gamine.

— Tu sais comme moi que le seul responsable est Blair Evans. Qu'est-ce que tu étais censé faire ? Rester là et le laisser te tirer dessus ? Il y a eu une enquête interne. Tu as été blanchi.

— J'aurais dû prendre cette balle. Elle n'aurait peut-être rien touché de vital.

— Écoute-toi parler. Il est plus probable qu'il te l'aurait collée entre les deux yeux.

— J'aurais dû être prêt, poursuivit Bourque d'une voix sourde. J'allais sortir mon arme, mais je n'ai pas été assez rapide.

— Enfin, ce salopard a quand même eu ce qu'il méritait en se jetant sous les roues d'un bus touristique. Ratatiné. Écoute, tu passes devant le Waldorf quand tu entends un coup de feu. Cette pourriture d'Evans en sort en courant, armé, sans que tu aies le temps de réagir. Tu cries : « Plus un geste. » Il te met en joue, presse la détente, et tu te jettes sur le côté pour esquiver le tir. C'est exactement ce que j'aurais fait.

— Je ne savais pas qu'elle était derrière moi, dit-il si bas qu'elle faillit ne pas l'entendre.

— Ça t'étonne, Jerry ? Tu as des yeux derrière la tête ? Si ça n'avait pas été elle, cette balle aurait continué à remonter Park Avenue jusqu'à ce qu'elle trouve *quelqu'un*.

— Elle s'appelait Sasha.

— Je sais.

— Et son bébé s'appelle Amanda.

— Je le sais aussi.

La voix de Bourque se fit encore plus murmurante.

— Il y avait des gouttes de sang sur le visage d'Amanda. Elle est dans son landau, sur le dos, elle lève les yeux. Imagine, avoir quatorze mois... et voir sa mère... prendre une balle en pleine tête. Goûter son sang qui tombe sur tes lèvres.

Delgado n'arrivait pas à trouver les mots.

— Ce sont les gouttes de sang que je vois. Dès que je ferme les yeux, je les vois.

— Tu devrais parler à quelqu'un.

Bourque dévisagea son équipière.

— Je te parle à toi.

Quand il inspira, ils entendirent tous les deux un sifflement.

— Oh, merde, dit-il.

Il sortit son inhalateur de sa poche et ôta le capuchon. Avant qu'il ait pu le mettre dans sa bouche, il lui échappa des doigts et tomba sur le plancher à ses pieds.

— Je fais tomber ce foutu machin une fois sur deux.

L'inhalateur était hors de portée. Il déboucla sa ceinture un instant afin de pouvoir se pencher pour le ramasser.

Il inhala deux bouffées avant de le ranger.

— Si tu n'avais pas ce truc, il se passerait quoi ? demanda Delgado.

— J'ai posé la même question à mon médecin. Il ne m'a jamais vraiment répondu.

- 28 -

— C'est là, c'est chez moi, dit Chris Vallins à Barbara Matheson.

Il s'était arrêté devant les portes d'un immeuble résidentiel quelconque du côté sud de la 29e Rue Est, entre la Deuxième et la Troisième.

Assis sur le trottoir, adossé à la façade, se trouvait un homme hirsute, entre quarante et soixante ans, un gobelet en carton posé par terre devant lui et contenant quelques pièces. Ses vêtements étaient usés et sales, mais il portait un pull-over bleu qui semblait relativement récent.

— Salut, lui lança Chris.

L'homme, qui avait tout l'air d'être à la rue, le regarda et sourit.

— Hé, mon pote ! Comment ça va ?

— Pas mal. Et toi ?

— *It's a beautiful day in this neighborhood*, chantonna-t-il. *A beautiful day for a neighbor. Will you be mine ?*

Chris lui fit un grand sourire.

— Et ce pull, ça le fait ?

L'homme tira un coup sec sur le vêtement, puis le lâcha.

— Un peu, mon neveu. C'est pas du luxe quand il n'y a pas de place à l'hôtel. T'en aurais pas d'autres ?

— Je regarderai dans ma penderie. En attendant, dit Chris en retirant ses gants, autant que tu prennes ça.

Le cuir sur les doigts du gant droit était déchiré à plusieurs endroits à cause de la chute de Chris sur la chaussée.

— Non, faut pas, dit l'homme qui tendit quand même le bras pour les prendre.

— Le droit est un peu déchiré, je le crains. (Vallins jeta un coup d'œil à ses jointures écorchées.) Moi aussi, apparemment.

— Je suis désolée, intervint Barbara en regardant la main blessée. C'est à cause de moi.

Chris haussa les épaules. Son attention était toujours concentrée sur le sans-abri, qui enfilait déjà les gants pour voir s'ils étaient à sa taille.

— Ils te vont ?

L'homme lui fit un grand sourire.

— Pas mal. T'as un ticket de caisse au cas où il faudrait les rapporter ?

— Je crois que je l'ai perdu.

L'homme finit par regarder Barbara.

— Il ne faut pas le lâcher, celui-là, dit-il.

— Oh non, nous ne sommes pas...

— C'est une amie, Jack. Barbara.

— Salut, Barbara.

— Bonjour, Jack.

— Jack a servi son pays en Afghanistan, dit Chris.

Barbara salua l'homme d'un hochement de tête solennel tandis que Chris ouvrait la porte.

— À plus, Jack.

Le sans-abri lui fit un signe du pouce.

— J'aurais dû lui donner quelque chose, dit Barbara alors qu'ils pénétraient dans le hall.

— Ne vous en faites pas pour ça. Laissez un petit billet dans son gobelet en sortant si vous voulez.

Ils prirent l'ascenseur jusqu'au quinzième, marchèrent jusqu'au bout du couloir et entrèrent dans son appartement. Chris alla directement dans la cuisine.

— Faites le tour du propriétaire pendant que je cherche de la glace.

Il farfouilla dans le compartiment freezer de son frigo pendant que Barbara admirait la vue de la fenêtre.

— Si vous regardez entre les deux immeubles sur la gauche, lança-t-il depuis la cuisine, vous apercevrez un petit bout de l'East River.

— Je parie que l'annonce immobilière vantait la *vue sur le détroit*, dit-elle.

— Tout juste. Ce qui leur a permis de gonfler le loyer de deux cents dollars.

— Quand un bateau passe, on a l'impression de le voir à travers le trou d'une serrure.

Si la vue n'était pas spectaculaire, l'appartement était tout à fait convenable. Un salon suffisamment spacieux, une baie vitrée coulissante qui ouvrait sur un balcon assez grand pour y mettre deux chaises. Barbara jeta un coup d'œil dans le couloir et vit trois portes ; une salle de bains et deux chambres, donc. Pas mal. Elle aurait tué pour avoir une chambre supplémentaire qu'elle aurait pu transformer en bureau, au lieu de toujours travailler sur la table de la cuisine. Le mobilier était moderne, et il y avait l'incontournable mur avec la télé à écran plat, l'équipement audio, et les étagères pour les haut-parleurs, les CD, les DVD, les livres et quelques photos encadrées.

Barbara promena son doigt sur le dos des livres. Elle n'allait jamais chez quelqu'un sans regarder ce qu'il lisait, ou du moins faisait mine de lire. Les goûts de Vallins se portaient surtout sur les essais. Histoire, politique. Il avait même un exemplaire des mémoires de la vedette sportive à laquelle elle avait prêté sa plume.

Je devrais peut-être le lui dédicacer, songea-t-elle.

Elle s'arrêta devant la photo d'un jeune Chris, souriant de toutes ses dents, âgé peut-être de sept ans, debout entre deux personnes qu'elle supposa être sa mère et son père. Ils étaient tous les trois adossés à un gros monospace rouillé. On aurait dit une photo de vacances, et celui qui l'avait prise était un de ces photographes amateurs qui pensent que vous devez montrer le sujet en pied, des chaussures à la tête. Ils portaient des shorts en jean, des polos et des baskets, et il y avait ce qui ressemblait à du matériel de camping sanglé sur les barres de toit. Tout le monde paraissait heureux. Pas besoin de prendre ses vacances au Ritz pour passer un bon moment.

Barbara inspecta la cuisine. Des meubles de rangement aux lignes épurées, un petit îlot revêtu de granit. Une cuisinière Wolf avec des boutons rouges, un réfrigérateur Sub-Zero. Si Vallins avait des origines modestes, il semblait maintenant vivre confortablement.

Vallins s'approcha de la petite table ronde poussée dans un coin de la cuisine, près de la fenêtre. Il y avait là deux ordinateurs portables ouverts, écrans éteints.

— Laissez-moi faire un peu de place.

Il les ferma, les empila et alla les poser sur le plan de travail.

— Asseyez-vous.

Barbara s'exécuta.

Il rapporta un sac de légumes congelés trouvé dans le freezer et souleva avec précaution le bras de Barbara pour poser son coude droit dessus.

— Poêlée orientale, dit-elle en jetant un coup d'œil au sachet. C'est un peu comme un remède de médecine chinoise, alors ? (Elle grimaça.) Purée, c'est froid, dit-elle en remettant sa manche en place pour éviter le contact entre le sachet et sa peau nue.

— Je continue à penser que vous devriez aller à l'hôpital.

— Je ne suis pas mourante, dit-elle en esquissant un sourire. Et votre main ? Elle n'aurait pas besoin de quelques légumes congelés, elle aussi ?

Il remua les doigts sans mal, puis retourna au freezer.

— Voilà qui serait peut-être mieux, dit-il en lui montrant une poche de glace souple remplie de gel bleu.

— Les légumes font l'affaire, assura-t-elle.

Il referma le freezer.

— Vous voulez un café ? Avec ma machine, je ne peux préparer qu'une seule tasse à la fois.

— Vous n'avez jamais de compagnie ?

Vallins ignora la question.

— Oui ou non pour le café ?

— En fait, juste de l'eau, avec quelques Tylenol, si vous avez.

Il ouvrit un placard, puis un autre, et vint poser devant elle un verre d'eau et deux comprimés.

— Je n'ai encore jamais rencontré un problème que la drogue et/ou l'alcool ne puissent résoudre, fit-elle remarquer après les avoir avalés.

— Vous voulez une bière avec ça ?

Elle fit non de la tête.

— Je vais rester à l'eau. Parlez-moi de votre ami, demanda-t-elle après une hésitation.

— Il n'y a rien à dire, en fait. Il a servi son pays. Il est rentré. Syndrome post-traumatique. Incapable de garder un boulot. Il a rompu avec sa famille. Aucune aide. Fin de l'histoire. Il y en a un million, des comme lui.

— Mais vous l'aidez.

— Pas vraiment. Pas autant que je pourrais, ou que je devrais.

Barbara plissa les yeux, comme si le fait de concentrer son regard la rendait plus perspicace.

— Alors… dit-elle lentement.

— Oui ?

Chris la regardait en haussant les sourcils.

— Vous me suiviez ?

— Pas du tout.

— Vous me suiviez, forcément.

Il secoua très lentement la tête.

— Vous vous donnez trop d'importance.

— Pourquoi êtes-vous habillé comme ça ?

— Comme quoi ?

— Casquette de base-ball. Blouson en cuir. Jean. Arrêtez de me prendre pour une buse. Vous ne vouliez pas avoir la même dégaine qu'hier dans la limousine.

— Pendant mon jour de repos, je tombe le costume et la cravate.

— On est mardi.

— Le maire a des obligations le week-end. Il m'arrive de travailler le samedi ou le dimanche, et de prendre une journée en semaine.

— Je ne vous crois pas.

— Très bien, alors admettons que je vous suivais, ce qui n'était pas le cas. On peut dire que je me suis grillé, non ?

Barbara réfléchit.

— Peut-être que tout ça était un coup monté, une façon de gagner ma confiance. En volant à mon secours.

— C'est ça, je me suis habilement arrangé pour que cette camionnette déboule juste au moment où vous traversiez la rue, et vous m'avez immensément facilité la tâche en gardant le nez sur votre téléphone comme la dernière des idiotes.

Barbara se mordit la lèvre inférieure.

— Bon, où est-ce que vous alliez si vous ne me suiviez pas ?

— Il y a un bar un peu plus loin dans la rue où il m'arrive de déjeuner. (Il lui lança un regard soupçonneux.) Et vous, qu'est-ce que vous faites dans *mon* quartier ? Qu'est-ce qui me dit que vous n'étiez pas venue fouiner dans le coin pour me retrouver ?

— Oh, je vous en prie.

— Laissez-moi vous poser une question. Quand quelqu'un vous sauve la vie, c'est dans vos habitudes de le soumettre à un interrogatoire ? Un simple merci me suffirait.

Barbara garda le silence plusieurs secondes, comme si elle essayait de trouver le courage de dire quelque chose de gentil.

— D'accord, dit-elle lentement. Merci. Et je regrette que vous vous soyez écorché la main.

— N'en jetez plus, vous me gênez.

— Vous étiez peut-être quand même en train de me suivre, mais vous vous êtes senti obligé de me sauver la mise. Vous n'avez pas pu faire autrement. C'est pour ça que vous essayiez de filer sans que je vous voie.

— Ça marche, les légumes ?

Elle souleva son coude un instant.

— Je crois qu'il y a un morceau de chou-fleur qui me rentre dans l'os.

Il se leva et alla chercher la poche de glace dans le freezer. Pendant qu'elle posait son coude dessus, il remit le sachet de légumes congelés au froid.

— Vous avez de la vraie nourriture ici ? demanda-t-elle.

Il ouvrit le réfrigérateur pour qu'elle en voie le contenu. Il était pratiquement vide.

— On se croirait chez moi. Vous n'allez pas souvent faire des courses ?

Vallins haussa les épaules.

— Je voudrais vous demander quelque chose, dit Barbara.

— Encore une question sur la façon dont j'ai mis en scène votre expérience de mort imminente ?

— Asseyez-vous, dit-elle.

Puis, quand il se fut exécuté :

— Headley, qu'est-ce que vous faites pour lui exactement ? Quel est votre titre, l'intitulé de votre poste ?

— J'ai été récemment anobli, vous pouvez m'appeler sir Chris Vallins.

— C'est drôle, je vous voyais plutôt dans le rôle du bouffon.

— Je suis l'assistant du maire. J'assiste.

Barbara sourit.

— Et comment assistez-vous ?

Chris se pencha plus près.

— De toutes les manières possibles. Sécurité, mise en œuvre des politiques, recherches et j'en passe.

— Sécurité ?

Il confirma d'un hochement de tête.

— Vous êtes équipé, vous avez un permis ?

— Je vous demande pardon ?

Barbara leva les yeux au ciel. À l'évidence, il savait de quoi elle parlait.

— Vous êtes calibré ?

— Vous me demandez si je suis « calibré » ? Sérieusement ? On est dans un film de Scorsese ?

— Montrez-moi votre arme.

— Premièrement, je ne vais pas répondre à votre question et, même si j'étais armé, ce que je ne confirme pas, c'est mon jour de repos.

— Très bien, soupira Barbara. Donc vous *assistez* le maire. Me filer le train fait partie de vos fonctions d'*assistant* ?

— C'est une obsession, ma parole.

— D'accord, dit-elle avant de changer de sujet. Parlez-moi de lui.

— En off ?

— En off. Croix de bois, croix de fer, si je le répète, je vais en enfer.

— C'est un con.

— Ce n'est pas ce que j'appellerais une révélation. On est nombreux à l'avoir déjà compris.

— Pour autant, vous ne comprenez pas comment les choses fonctionnent dans la vraie vie.

— Je crois avoir déjà entendu ce discours.

— Rien ne se fait dans cette ville sans prendre quelques raccourcis.

— Prendre des raccourcis ne devrait pas signifier récompenser les gens qui ont financé votre campagne.

— Vous n'avez jamais obtenu un boulot par copinage ? Parce qu'un ami vous avait recommandée ? Vous ne connaissez personne qui aurait, à un moment ou à un autre, décroché un travail de cette manière ? Un petit service en valant un autre ?

— Ça ne devrait pas fonctionner de cette manière à City Hall.

— Supposez que vous deveniez maire. Ou bien… je ne sais pas, rédactrice en chef du *Times*. Vers qui vous tourneriez-vous pour vous aider à faire tourner la boutique ? Des gens avec qui vous avez travaillé dans le passé, des gens dont les compétences et la réputation vous sont connues ? Des gens qui vous ont soutenue en chemin et que vous voulez favoriser en retour ? Ou bien de parfaits inconnus, pour ne pas risquer d'être accusée de favoritisme ? Et au final, ces inconnus s'avèrent de parfaits incapables…

Elle décida de s'y prendre autrement.

— C'est quoi, le deal entre le maire et Glover ? Qui déteste l'autre le plus ?

Vallins répondit avec lenteur, comme s'il choisissait ses mots avec précaution.

— La dynamique père-fils peut être compliquée.

— Vous êtes diplomate.

— Glover... veut à tout prix impressionner son père. Ce n'est pas facile.

— Parce que Headley est difficile à satisfaire ou que le fiston n'est vraiment pas à la hauteur ?

— Un peu des deux.

— Pourquoi les fédéraux se mêlent-ils de ces accidents d'ascenseur ?

Vallins cligna les yeux.

— Vous me donnez le tournis, là. On en a fini avec Glover ?

— C'est la Sécurité intérieure ?

— De quoi parlez-vous ?

— Une famille au moins, parmi les endeuillées, a reçu une visite pendant laquelle elle s'est vu conseiller de ne pas parler ni poser de questions. Un type en costume et SUV noirs qu'on aurait dit sorti d'une agence de casting. Il ne lui manquait plus que les Ray-Ban.

— Je ne sais rien à ce sujet. Vous n'avez qu'à interroger la Sécurité intérieure. Et maintenant, de quoi voulez-vous parler ? On dirait que vous avez une liste dans la tête et que vous cochez les cases au fur et à mesure.

Barbara fixa ses yeux marron plusieurs secondes.

— Quelle est votre histoire ? Qui êtes-vous ? D'où venez-vous ?

— J'ai grandi dans le Queens. Je me suis installé à Manhattan quand j'avais une vingtaine d'années.

— Vos parents, ils font quoi ?

— Mon père travaillait dans la construction. Il est mort, écrasé par une poutre. Ma mère avait toujours été femme au foyer, elle a dû travailler quelques années.

L'expression de Barbara se radoucit.

— Désolée.

— J'avais dix ans à la mort de ma mère.

— Vous êtes allé en fac ?

Chris secoua la tête.

— Pas l'argent pour ça. Chaque fois que j'ai besoin d'apprendre comment faire quelque chose, je trouve des gens qui savent déjà et j'apprends d'eux. J'ai fait toutes sortes de jobs dès l'âge de treize ans, et même avant cela. J'avais une tante qui m'aidait dans la mesure de ses moyens, mais elle n'était pas bien riche. J'ai travaillé dans une boucherie, dans un atelier de réparation informatique, j'ai bossé dans la sécurité quand j'avais la vingtaine. Parfois, je faisais tous ces boulots en même temps, passant de l'un à l'autre dans la même journée. (Il sourit.) J'apprends vite. Montrez-moi comment faire quelque chose une fois, et ça restera gravé.

— Si vous n'avez pas joué au foot à la fac, où est-ce que vous avez appris à plaquer, alors ?

— Plaquer les filles me vient naturellement.

— Comment vous êtes-vous trouvés, Headley et vous ?

— Je faisais un boulot subalterne sur une campagne, on m'a découvert. Comme une star de ciné. Et vous ?

— Et moi, quoi ?

Chris se rapprocha.

— Pourquoi êtes-vous aussi en colère ?

Elle fit la moue.

— Je ne suis pas en colère.

— Je vous en prie. Je vous lis depuis des années. Vous êtes un vrai pitbull enragé, et je dis ça comme un compliment. C'est sous le coup de l'indignation qu'on écrit le mieux, non ? Vous vous servez des mots comme d'une arme.

Barbara déplaça son coude sur la poche de glace.

— Ce n'est pas de la colère, dit-elle. C'est juste que je ne supporte pas l'injustice et l'hypocrisie.

— Non, c'est plus profond que ça. Il vous est arrivé quelque chose. Quelque chose vous a changée. Quoi ?

— Ne jouez pas au psy avec moi.

Il la dévisagea plusieurs secondes.

— Vous pensez que votre personnalité ne transparaît pas dans tout ce que vous écrivez ? Je ne connais peut-être pas votre pointure, mais je sais qui vous êtes.

— Et qui suis-je ?

— Quelqu'un qui a un compte à régler... Voyons ce bras.

D'une main, il lui saisit le poignet avec douceur pendant qu'il effleurait son coude de l'autre. Barbara ne fit rien pour l'arrêter.

— Et si vous me parliez de cette calvitie, dit-elle en examinant son cuir chevelu. Vous cherchez à ressembler à Dwayne Jonhson ? Vous vous rasez le crâne ou vous avez perdu vos cheveux avant votre premier bal de promo ?

— Je n'ai pas d'argent pour des peignes et de l'après-shampoing, dit-il en lui tenant toujours le bras.

Ils ne dirent plus un mot pendant plusieurs secondes.

— Je ne couche pas avec l'ennemi, dit Barbara.

— J'ai demandé ?

— Non, concéda Barbara. Pas encore.

— Je vais avoir une semaine plutôt chargée et je ne pense pas pouvoir gérer autre chose qu'une séance de pelotage poussée.

Elle sembla envisager cette possibilité, puis jeta un coup d'œil à son coude.

— C'est avec ce bras que je me débrouille le mieux, et tant qu'il n'est pas remis...

Elle repoussa sa chaise, se leva et tendit la poche de glace à Chris.

— Il faut que j'y aille.

— Laissez-moi vous raccompagner.

— Je peux trouver la sortie.

Il la suivit jusqu'à la porte. Elle se retourna, se souleva légèrement sur la pointe des pieds et l'embrassa sur la joue.

— Merci pour la poêlée orientale.

— Tout le plaisir était pour moi.

— Je sais que vous me suiviez.

Il sourit.

— Comme ça, vous ne serez pas surprise la prochaine fois que ça arrivera.

En sortant, elle donna dix dollars à Jack.

- 29 -

Ils durent monter vingt-sept étages à pied.

Même si rien n'indiquait que les autres ascenseurs de l'immeuble de York Avenue avaient été équipés de caméras espion, on ne pouvait pas être certain qu'ils n'avaient pas été sabotés d'une manière ou d'une autre.

Martin Fleck proposa au maire de lui épargner cette ascension : il pouvait enregistrer une vidéo et la lui envoyer par mail. Mais Fleck avait réussi à le ferrer en lui promettant de lui montrer quelque chose d'important, et Headley voulait voir ça de ses propres yeux.

— Je continue à faire mes quatre séances hebdomadaires de StairMaster, dit-il. Passez devant, je vous suis.

Brian Cartland, de la Sécurité intérieure, était partant lui aussi, mais la cheffe de la police, Annette Washington, déclina. Elle se sentait parfaitement capable de les suivre, mais elle avait une réunion au One Police Plaza[1].

Dans le hall, Arla avait rejoint Glover et allait lui parler de l'échange auquel elle venait d'assister entre

1. Le One Police Plaza, abrégé en 1PP, est le quartier général du New York Police Department.

le maire et le jeune garçon, quand le signal d'un message retentit sur le téléphone du fils Headley. C'était un SMS de son père.

Suis au premier étage mais je bouge. Amène-toi.

— Faut que j'y aille, dit-il. Vous feriez aussi bien de retourner au bureau. Les autres devraient être rentrés maintenant et vous pourrez vous mettre au travail.

Arla était mise sur la touche.

Glover avait trouvé l'accès à la cage d'escalier et s'apprêtait à sortir dans le couloir du premier quand la porte coupe-feu s'ouvrit sur son père, Fleck et Cartland.

— On monte, annonça Headley.

— Jusqu'où ? demanda Glover.

— Tu verras bien.

Fleck ouvrit la voie, suivi par le maire, Cartland et enfin Glover. Tous faisaient attention à doser leur effort, gravissant les marches à un rythme régulier, sauf Glover qui montait parfois deux marches à la fois, se fatiguant au point de devoir s'arrêter à plusieurs reprises pour reprendre son souffle.

Lorsqu'ils furent parvenus au vingt-neuvième étage, Cartland demanda :

— Doit-on attendre votre fils, monsieur le maire ?

Headley, une main sur la poitrine, sentait son cœur cogner.

— Ça... c'est... du sport, dit-il. On se croit en forme, mais... Non, allons-y. Glover arrivera quand il arrivera.

Fleck leur fit longer un couloir jusqu'à une porte verte verrouillée marquée « LOCAL TECHNIQUE – DÉFENSE D'ENTRÉE ». Fleck produisit une clé et, quand il eut ouvert la porte, ils entendirent un discret vrombissement de machines et de ventilateurs.

Cartland et Headley le suivirent à l'intérieur. Au moment où la porte allait se refermer, une main jaillit pour la maintenir ouverte. Glover, à bout de souffle, pénétra dans le local derrière les autres.

— C'est gentil à toi de te joindre à nous, ironisa Headley.

Au centre de la pièce, d'une centaine de mètres carrés, se trouvaient plusieurs unités de type armoire, en métal vert. Le sommet de la machinerie occupait un pan de mur : d'énormes poulies qui abritaient les courroies et les câbles chargés de faire monter et descendre les cabines à l'intérieur des gaines. Elles étaient à ce moment-là immobiles, puisque tous les ascenseurs étaient à l'arrêt.

Un boîtier noir de la taille d'un gros livre de poche, ou d'une télécommande surdimensionnée, était fixé à une des armoires, à hauteur d'homme.

— Ouah, s'exclama Glover qui scrutait la machinerie comme un gamin émerveillé. Je n'étais jamais allé dans ce genre de local.

Fleck s'approcha d'une des armoires en métal vert et l'ouvrit avec une autre clé. À l'intérieur, sur toute la hauteur, d'innombrables câbles électriques et circuits imprimés. Des diodes clignotaient tandis que de petits cadrans numériques fournissaient des informations.

Headley jeta un coup d'œil à tout cela, visiblement dépassé.

— Ce sont le cerveau et les entrailles du système, expliqua Fleck.

Il tendit le bras pour détacher le boîtier noir sur l'armoire d'à côté. On l'avait visiblement fixé là au moyen d'un aimant. Il était pourvu d'un petit écran dans sa partie supérieure et de plusieurs rangées de petits boutons en dessous. Un câble avec une prise jack à son extrémité pendait en dessous. Fleck le brancha sur une des cartes électroniques, et l'écran s'anima d'une série de chiffres et de symboles.

— Bien, dit Fleck. Grâce à ce boîtier, je contrôle à présent le système élévateur de cet immeuble. Je peux déplacer les cabines d'un étage à l'autre, ouvrir les portes et les fermer, les envoyer directement tout en bas ou tout en haut. Je peux faire tout ce que je veux.

Il poursuivit :

— Avant de pouvoir faire ça, évidemment, je dois saisir une flopée de codes pour établir une interface entre cet appareil et le système élévateur. Mais si vous connaissez les codes, c'est vous le patron. Et ce n'est pas tout...

À ce moment-là, il déconnecta le boîtier de l'armoire et se mit à pianoter sur les touches.

— Si je suis à l'extérieur de l'immeuble, chez moi, ou à mon bureau, je peux encore exécuter exactement les mêmes fonctions, à condition d'avoir ce boîtier ou un autre identique avec moi. J'avoue que c'est un peu plus compliqué, parce que je dois d'abord franchir tout le système de sécurité de l'immeuble pour accéder aux organes de commande. Mais si je connais ces codes – et il me serait plus facile de les obtenir si j'étais déjà venu pour tout préparer –, je suis paré. Je peux faire faire à cet ascenseur tout ce que je veux, et sans être sur place. Si vous songiez à analyser les enregistrements des caméras de surveillance au moment de l'accident, eh bien, ça ne vous sera peut-être d'aucune utilité.

— Bon sang, dit Headley. Mais ces codes et tout le reste, ils ne doivent pas être évidents à cracker.

— Effectivement, convint Fleck. Mais ça reste faisable.

— Donc, intervint Cartland, soit vous travaillez dans le milieu des ascenseurs et vous pigez tout ça, soit...

— ... vous connaissez quelqu'un qui y travaille, dit Glover, qui avait suivi l'échange avec attention.

Headley lança à son fils un regard dédaigneux.

— Merci, Glover. Je pense que nous avions tous compris, rétorqua-t-il avant de s'adresser à Fleck : Ou quelqu'un qui travaille pour le service municipal d'inspection des ascenseurs.

— En effet, reconnut Fleck.

Headley se tourna vers Cartland.

— Qu'est-ce que vous proposez ?

— La première idée qui me vient serait de faire vérifier tous les ascenseurs de la ville, voir si d'autres caméras ont été installées en secret. Jusqu'ici, les deux dans lesquels des gens ont été tués étaient équipés de ce type de matériel.

— Ça prendrait combien de temps ? demanda Headley à Fleck.

— Soixante-dix mille ascenseurs pour à peu près cent quarante inspecteurs. Faites le calcul. Cela fait environ mille huit cents ascenseurs par personne, en supposant qu'ils peuvent en contrôler une demi-douzaine par jour, et...

— C'est de la folie, coupa Headley.

— Mais si l'on rend l'information publique, que l'on associe toutes les équipes des services d'entretien des immeubles pour qu'elles effectuent les inspections elles-mêmes, à tout le moins une simple inspection visuelle, eh bien, ça accélérerait le processus.

Headley s'adressa de nouveau à Cartland :

— Rendre l'info publique ?

Le visage de Cartland était de marbre.

— Si on communique là-dessus, dit Headley, et que tous les New-Yorkais apprennent que quelqu'un est peut-être en train de trafiquer les ascenseurs, et qu'ils savent qu'ils mettent leur vie en jeu chaque fois qu'ils montent dans un de ces machins...

— La panique totale, conclut Glover.

— En effet, dit Cartland. C'est une ville verticale. On se retrouverait avec huit millions et demi de personnes qui auraient peur d'aller travailler. Terrifiées à l'idée de prendre l'ascenseur dans leur propre immeuble.

— La ville serait totalement paralysée, poursuivit Headley. À moins qu'on arrive à mettre la main sur le fils de pute qui a posé un de ces boîtiers.

— Oui, dit Cartland. Et si, comme nous le suspectons, il s'agit de sabotage, il faut commencer par nous interroger sur les motivations de celui qui a fait ça.

— Les terroristes ont besoin d'une raison ? demanda Headley.

— C'est une façon très sophistiquée de vouloir tuer des gens. Cela demande beaucoup de réflexion, de préparation et d'expertise. On ne se donne pas autant de mal sans raison. Même si la raison en question n'a peut-être aucun sens pour nous.

Headley avait reporté son attention sur le boîtier que tenait Fleck.

— Il peut y en avoir combien, des machins comme ça ? Pas des milliers, j'imagine ? Vous allez faire le tour des boîtes de maintenance et voir si l'un de ces boîtiers a été volé.

Fleck avait l'air sombre.

— Monsieur le maire, vous vous rappelez qu'avant de monter ici, j'ai dit que ce que j'avais à vous annoncer était plus inquiétant que ce que vous saviez déjà ?

Headley grimaça, comme s'il avait croqué dans un burrito avarié.

— Cela concerne ce boîtier.

Fleck le tint à côté de son visage, comme une animatrice du « Juste Prix », mais sans le sourire forcé.

— N'importe qui peut s'en procurer un sur eBay pour cinq cents dollars.

- 30 -

Lois Delgado était partie de bonne heure pour s'occuper de son enfant malade. Avant de s'en aller, elle avait rappelé Gunther Willem pour savoir si Otto Petrenko avait pu intervenir sur un ou les deux ascenseurs qui avaient provoqué des accidents mortels ces deux derniers jours. Bourque, en consultant son téléphone alors qu'ils revenaient à Manhattan, avait été informé de l'accident de York Avenue qui avait coûté la vie à une scientifique russe.

« J'ai horreur des coïncidences, avait-il dit. Deux chutes d'ascenseur et un technicien de maintenance battu à mort... »

Gunther Willem avait pu indiquer que, d'après ses archives, Petrenko n'était jamais intervenu personnellement dans aucun des deux immeubles, mais que l'entreprise y avait travaillé ces dernières années.

Delgado avait quand même tenu à signaler à leur capitaine que, même si les deux affaires n'avaient peut-être aucun rapport, elle et Bourque enquêtaient sur la mort d'un technicien ascensoriste. À quoi le capitaine avait répondu que si la cause des accidents d'ascenseur était autre chose qu'une simple défaillance, l'information n'était pas encore parvenue jusqu'à lui.

Bourque était debout à côté de son bureau, seul, en train de réfléchir à ce qu'il commanderait chez le traiteur avant de rentrer chez lui, quand le téléphone sonna. Il saisit le combiné et le colla à son oreille.

— Enquêteur Bourque.

— C'est l'enquêteur Bourque ? demanda une femme.

Vous aviez beau donner votre nom en décrochant le téléphone, il fallait que les gens demandent confirmation.

— C'est bien moi.

— Misha Jackson à l'appareil. Vous avez essayé de me joindre ?

— Effectivement, dit-il en se rasseyant sur sa chaise et en tendant le bras pour attraper un bloc et un stylo. Merci de me rappeler.

— Comme je travaille au casino et que je ne quitte pas le travail avant 4 heures du matin, je débranche tous les téléphones pour pouvoir dormir un peu. Quand je me suis réveillée... (Elle se mit à sangloter.) J'avais des messages de mon frère et d'Eileen. Je n'arrive pas à y croire. Qui a pu faire une chose pareille à Otto ?

— Je vous présente toutes mes condoléances.

— Je ne comprends pas ! C'était... un type sans histoires. Qui lui ferait une chose pareille ?

— C'est ce que nous essayons de déterminer.

— Anatoly... mon frère m'a dit que vous lui aviez déjà parlé.

— Oui. Je me demande si votre version est similaire à la sienne.

Misha Jackson fit entendre des reniflements à l'autre bout de la ligne.

— Oui, je suppose. C'était bizarre. Je veux dire, Otto ne donnait pas souvent de ses nouvelles. Il a toujours fait bande à part, vous comprenez ?

— Expliquez-moi.

— Eh bien, il a toujours été plus solitaire, il ne se mêlait pas aux autres. Anatoly et moi, on avait beaucoup d'amis, mais Otto restait à l'écart. Il a toujours été une sorte de petit génie de la mécanique. Il n'aurait jamais mis le nez dehors si notre mère ne l'avait pas forcé.

— Un petit génie de la mécanique ?

— Petit déjà, il démontait toujours tout pour voir comme ça fonctionnait. Le grille-pain, la télé et j'en passe. Les ordinateurs, aussi. Il était capable de visualiser l'intérieur d'une machine dans sa tête, vous voyez le genre ?

— Bien sûr. Son patron a dit la même chose.

— Je recevais une carte d'Eileen et lui chaque année à Noël. Et encore, c'est elle qui l'écrivait, collait le timbre et allait la mettre à la boîte au coin de la rue. Nous n'étions pas très présents dans les pensées d'Otto. Mais nous restions la famille, vous comprenez ? Ce n'est pas parce qu'il ne se préoccupait pas beaucoup de nous qu'il n'en avait rien à faire. S'il nous arrivait quoi que ce soit, il répondait présent. Il y a quatre ans, mon mari a fait une crise cardiaque, et son état est resté très préoccupant pendant un moment. Quand Otto a appris la nouvelle, il a sauté dans le premier avion pour voir comment j'allais.

— L'un dans l'autre, c'était un bon frère.

Un autre reniflement.

— Ouais.

— Parlez-moi de ses derniers appels.

Elle prit une inspiration.

— C'était étrange, qu'il appelle comme ça sans raison particulière. Ce n'était pas mon anniversaire ni Noël. Il appelait juste pour prendre de nos nouvelles. Mais ce qui a été le plus bizarre, c'est quand il m'a demandé mes horaires de travail. Je les lui ai donnés, et le voilà qui m'appelle au casino, et pas depuis son téléphone fixe. D'un autre téléphone.

— Hmm, fit Bourque.

— Et là, pendant cet appel, il me dit : « Misha, tu dois faire attention à toi. N'oublie pas de fermer tes portes à clé, de mettre l'alarme la nuit. » Il voulait même savoir si j'avais une arme. Pourquoi diable est-ce que je voudrais m'armer ? Il me dit que c'est légal de porter une arme dissimulée au Nevada, que je devrais y songer. Mais d'où il sort ces idées ? je me dis. Alors je lui pose la question, et il me répond que c'est juste que le monde change et qu'on n'est jamais assez prudent.

— Ça ressemble à ce qu'il a dit à votre frère. Il voulait que lui aussi porte une arme.

— Je lui ai demandé s'il avait des ennuis et il m'a assuré que non, mais je sentais bien qu'il mentait. Ça s'entendait dans sa voix. Il était à cran, c'est sûr.

— Vous a-t-il dit être menacé d'une façon ou d'une autre ?

— Non.

— Est-ce qu'il vous a parlé des Flyovers ?

— Des quoi ?

— Un groupe d'activistes.

— Je ne me rappelle pas qu'il ait parlé de ça.

— On a l'impression que votre frère essayait de vous mettre en garde, qu'il vous pensait menacée par quelque chose dont il ne voulait pas vous parler.

— Eh bien, personne ne m'a menacée, à part le type qui a perdu cent mille dollars l'autre soir au black-jack. Il n'était pas jouasse et la sécurité a dû le mettre dehors. Ce sont les risques du métier. Ça arrive de temps en temps. Mais en dehors du casino, dans mon quotidien, je n'ai rien remarqué d'anormal. Personne ne m'attendait près de ma voiture après le travail, personne ne surveillait la maison, du moins pas que je sache.

— C'est ce qu'Otto insinuait ? que quelqu'un pouvait vous surveiller ?

Misha Jackson eut un moment d'hésitation.

— Ça me rappelle quelque chose qu'il a dit. Ça vient seulement de me revenir.

— Quoi donc ?

— Ça m'était plus ou moins sorti de la tête, parce que ça semblait tellement dingue que j'ai cru qu'il plaisantait. Il a dit : « Ce n'est pas parce que tu ne les vois pas qu'ils ne sont pas là. » J'ai cru qu'il faisait allusion à la blague du paranoïaque : ce n'est pas parce que tu es paranoïaque qu'ils ne sont pas tous après toi. Maintenant que j'y pense, peut-être qu'il était sérieux. Pourquoi voudrait-on nous surveiller, mon frère et moi ? Ça n'a aucun sens.

— Et pourtant, quelqu'un a tué Otto. Vous avez une idée de qui aurait pu en vouloir à toute votre famille ?

— Mon Dieu, vous pensez que nous sommes les prochains ?

— Je l'ignore, madame Jackson. Mais Otto a été assassiné, et il essayait manifestement de vous mettre en garde.

Il y eut un long silence à l'autre bout de la ligne.

— Madame Jackson ?

— Je vais le faire.

— Faire quoi ?

— Acheter une arme.

- 31 -

— Alors, comment s'est passée cette première journée ?

Glover Headley avait posé la question à Arla en haussant un sourcil. Il buvait une Stella à petites gorgées tandis qu'elle n'avait pas encore touché à son kir royal. Ils étaient attablés au Gran Morsi, un restaurant italien situé à quelques pas de City Hall.

— Eh bien, ce n'est pas dans tous les boulots que la première chose que l'on voit, c'est le cadavre d'une scientifique dans un ascenseur.

— C'est pour ça que je voulais savoir comment vous alliez. J'espère que ce n'était pas déplacé de ma part de vous demander d'aller boire un verre. Je voulais m'échapper du bureau. C'est une expérience plutôt traumatisante que vous avez vécue.

— Oui, bien sûr, je comprends. Écoutez, la décapitation mise à part, ç'a plutôt été un bon début. Un peu comme « À part ça, madame Lincoln, la pièce vous a plu[1] ? ».

Glover ne put s'empêcher de ricaner.

1. Allusion à l'assassinat du président Lincoln dans une loge de théâtre.

— Mon Dieu, c'est affreux... Mais votre façon de présenter la chose m'a fait rire. Quand vous êtes rentrée, le reste du service était là ?

Arla hocha la tête.

— Ils ont tous été géniaux. Je pense que je serai opérationnelle dès demain matin.

— Formidable.

— Écoutez, je suis contente qu'on ait un moment pour se parler, parce que j'ai assisté à quelque chose de plutôt intéressant aujourd'hui.

Glover but une bonne gorgée de bière.

— Ah oui ? Au bureau ?

— Non, dans l'immeuble où a eu lieu l'accident.

Elle lui décrivit la manière dont son père s'était occupé du petit garçon présent dans l'ascenseur quand la femme avait été tuée.

— Il a été super avec ce gamin. C'est un aspect du maire qu'on ne voit pas suffisamment.

— Oui, c'est certain, acquiesça Glover avec une légère tension dans la voix, qui n'échappa pas à Arla.

— Qu'est-ce qu'il y a ?

Glover posa les coudes sur la table et se pencha en avant.

— Mon père est un homme... aux multiples facettes. À une époque, au dire de tous, c'était un connard fini. Quand il gérait les immeubles de son père. Certaines histoires circulent, et elles ne sont pas jolies, jolies. Mais quand il n'a plus été sous la coupe de son père et qu'il s'est lancé seul, je crois qu'il a commencé à changer, à faire preuve de plus d'empathie. À se soucier vraiment des gens. Du moins, jusqu'à un certain point, et avec certaines personnes. Pourtant, quelque part au fond de lui, et même s'il essaye de le refouler, il est encore ce jeune homme obligé de faire le sale boulot de papa. Un enfoiré à sang froid. Cela refait surface de temps en temps.

Arla sourit.

— Comme avec vous, parfois.

— Comme avec moi, la plupart du temps. C'est un peu un secret de polichinelle, dit-il avec un soupir. Il existe même un hashtag « PauvreGlover » sur Twitter, pour accompagner les posts des moments où mon père m'humilie.

— C'est affreux.

— Ouais, enfin, je suppose que ça compense, vu qu'il y a une demi-douzaine d'autres comptes Twitter qui ne font que se moquer de *lui*.

Arla lui lança un regard espiègle.

— Lequel est le vôtre ?

Cela le fit rire de nouveau.

— Je ne le dirai jamais. Le fait est que je comprends ce qu'il essaye de faire. Son père a été dur avec lui, ce qui l'a rendu volontaire et ambitieux. Il s'imagine qu'en étant dur avec moi, il obtiendra le même résultat. Qu'il fera de moi le même genre d'homme que lui... Je ne sais pas si j'ai envie de devenir ce genre d'homme.

— Bien sûr, je comprends. Chacun de nous doit devenir ce qu'il est. (Elle leva les yeux au ciel, se moquant d'elle-même.) Ou un autre mantra new age à la con.

— Mon Dieu, je n'arrive pas à croire que je vous raconte tout ça, dit-il en se passant la main sur la tête. Bon, je ne voudrais pas vous retenir. Je voulais vous offrir un verre et m'assurer que vous encaissiez le coup.

Arla eut un moment d'hésitation avant de demander :

— Ça vous dirait de manger un morceau ? Je veux dire, puisqu'on est là et que c'est l'heure du dîner. Mais ne vous sentez pas obligé. Vous devez sans doute aller aider le maire pour une chose ou une autre.

— Non.

— Génial, dit Arla en souriant. Je tiens à vous inviter, vous avez été tellement...

— Il n'en est pas question. Je peux bien envoyer l'addition à la Ville. Je passerai ça en formation du personnel.

— Eh bien, vous me semblez être un très bon formateur.

À peine avait-elle fait cette remarque qu'elle le regretta. *Vous me semblez être un très bon formateur.* Pourquoi dire une chose pareille ? Dès que les mots avaient franchi ses lèvres, elle s'était rendu compte que cela ressemblait à une réplique rentre-dedans sortie de *Cinquante Nuances de Grey*, ce qui n'était pas son intention.

À moins que.

Non, pas du tout. Il fallait qu'elle trouve autre chose.

— L'ensemble du service a l'air tout à fait préparé à intégrer de nouvelles recrues, à les former aux dernières méthodes d'analyse de données.

Bon, elle s'était honorablement rattrapée aux branches, songea-t-elle. L'expression de Glover ne lui permettait pas de déterminer s'il avait interprété sa remarque précédente dans un sens sexuel. C'était probablement bon signe.

Mais le jeune homme se pencha alors encore plus près.

— Vous savez, il faut être très prudent par les temps qui courent. Je ne voudrais pas que le fait que nous soyons assis là à boire un verre, à dîner ensemble, soit mal interprété. Vous n'êtes absolument pas obligée de rester. Nous vivons dans le monde d'après Weinstein.

— C'est moi qui ai eu l'idée du dîner, vous vous rappelez ?

Glover sourit.

— C'est sympa de parler avec vous.

— Si vous le dites, répondit lentement Arla.

Glover se recula contre le dossier de sa chaise et leva les mains en l'air.

— Du boulot. C'est sympa de parler de toutes les choses qu'il y a à faire.

— Bien sûr, oui.

Il tourna la tête, balaya la salle du regard.

— Si vous voyez un serveur, dites-le-moi.

— Alors, que voulait votre père ? demanda Arla pour changer de sujet.

— Hmm ?

— Quand nous étions sur les lieux de l'accident et qu'il vous a envoyé un message pour vous demander de le rejoindre.

— Ah oui, on a dû aller tout en haut. (Il cessa de chercher qui pourrait lui apporter un menu et prit un air de conspirateur.) Je ne sais même pas si je dois vous en parler.

— Pourquoi ? Quoi ?

Glover se frotta le menton, ne sachant pas trop ce qu'il pouvait lui confier.

— Vous devez me promettre de ne rien dire à personne.

Arla sentit son pouls s'accélérer.

— Oui, bien sûr.

— Il y avait le représentant du service des bâtiments et un autre type, de la Sécurité intérieure ou quelque chose de ce genre.

— Vous plaisantez ? Qu'est-ce que la Sécurité intérieure viendrait faire là ?

Il parla encore plus bas.

— Ils pensent que l'ascenseur a été saboté.

Elle ouvrit de grands yeux et éleva la voix :

— Sérieusement ?

Des têtes se tournèrent à une table voisine.

— Chuut, fit Glover, les dents serrées. Je ne pourrai rien vous raconter si vous réagissez comme si j'étais en train de faire mon coming-out… ce qui n'est pas le cas.

— D'accord, chuchota-t-elle.

— Il semblerait que « l'accident » soit intentionnel. Celui d'hier aussi.

Son visage s'assombrit, même s'il paraissait également excité de partager une information confidentielle.

— Ce serait la même personne, apparemment.

— Oh, mon Dieu ! C'est du terrorisme, alors ?

— Possible. Il faut être très malin pour réussir un coup pareil. Cela demande beaucoup de savoir-faire techniques. (Glover sourit, avec presque de l'admiration pour celui qui avait fait ça.) Ce qui est un peu curieux, et je n'en ai pas parlé à mon père parce que c'est un vrai con ces derniers temps, c'est que certains de ses soutiens financiers habitent dans ces deux immeubles.

— Vous croyez qu'il y a un lien ?

— Probablement pas, répondit Glover avec un haussement d'épaules. Je veux dire, il y a sans doute des gens qui l'ont soutenu dans tous les gratte-ciel de Manhattan… même si c'est parfois difficile à croire.

— Qu'est-ce qu'ils comptent faire, alors ?

— Aux dernières nouvelles, ils vont discrètement demander à tous les propriétaires d'immeubles de la ville de vérifier leurs ascenseurs. Sans donner la véritable raison. Ils sont en train d'inventer un prétexte. Peut-être en rapport avec les caméras qui ont été installées.

— Les caméras ?

Il lui expliqua ce qu'on avait découvert sur le toit des cabines d'ascenseur.

— S'il n'y avait que ça, ça pourrait n'être qu'une affaire de voyeurisme. Mais c'est bien pire.

— Si ça s'est produit deux fois, ça pourrait recommencer. Il ne faudrait pas alerter la population ?

— Ils ne veulent pas déclencher une panique, expliqua Glover en secouant la tête. Écoutez, je vais aller nous chercher des menus.

Il se leva et partit en quête d'un serveur.

Arla le regarda s'éloigner en se disant : *Oh, mon Dieu, maman doit absolument savoir ça.*

- 32 -

— Je ne sens plus mes pieds, dit Estelle Clement en s'asseyant au bord du lit pour masser son pied droit à deux mains. Quelle idiote j'ai été de mettre ces talons au spectacle ce soir !

— Je te l'avais dit, répondit Eugene.

— Je n'aurais jamais imaginé qu'on serait obligés de rentrer à pied. On aurait dû prendre un taxi ou un Uber.

— J'évite. Ça laisse des traces. Lieu de départ, destination, heure de la course.

— Tu ne veux pas que le monde entier sache qu'on est allés voir un spectacle et qu'on est rentrés à l'hôtel ?

— C'est juste que je n'aime pas être pisté.

— Tu es sur les nerfs depuis cette interview à la télé.

Ce rappel incita Clement à se saisir de la télécommande. Il la pointa sur la télévision et fit défiler les chaînes jusqu'à tomber sur les infos.

— On a fait tout ce chemin depuis Denver pour que tu regardes la télévision ?

Il l'ignora.

— Très bien, dit Estelle.

S'étant massé les pieds assez longtemps pour pouvoir marcher, elle s'approcha nonchalamment de la fenêtre.

— Pas terrible, la vue. Tu aurais dû nous prendre une chambre à un étage plus élevé.

— Ils n'avaient pas autre chose, rétorqua sèchement Clement.

Sur l'écran, une journaliste se tenait devant un gratte-ciel. Le bandeau défilant affichait : *Deuxième accident d'ascenseur tragique en deux jours.* Il avait réglé le volume trop bas pour entendre ce qu'elle disait.

Sa femme tendit le bras en travers du lit pour prendre son sac à main et en sortir son téléphone portable.

— Je vais envoyer un message aux enfants.

— Fais donc.

— Il nous reste deux jours, dit-elle avec une pointe de résignation dans la voix. Qu'est-ce qu'on fait demain ?

— Et si on en discutait au petit déjeuner ? J'essaye de regarder ça.

Elle n'avait pas encore commencé à taper son message. Elle fixait son mari d'un air furieux.

— Eugene.

— Hmm ?

— Regarde-moi.

Il soupira et se retourna.

— Quoi ?

— Qui était cet homme ?

— Quel homme ?

— L'homme dans la voiture, après l'interview, quand tu cherchais un taxi. Celui avec qui tu as parlé en lui tournant le dos.

Une expression inquiète gagna le visage de Clement.

— Je ne suis pas certain de te suivre.

— Il a baissé sa vitre et t'a dit quelque chose. Vous avez eu une conversation.

— Il m'a sans doute demandé de ne pas m'appuyer sur sa voiture.

— Tu le connais ?

— Bien sûr que non.

— Parce que je crois l'avoir déjà vu.

— Qu'est-ce que tu racontes ?

— Je n'ai fait que l'apercevoir. Mais à la maison, je crois t'avoir vu lui parler une fois. Et dans la rue. Je crois même l'avoir vu ici, dans le lobby.

— Je ne l'avais jamais vu de ma vie.

— Donc, tu l'as bien vu ? Aujourd'hui tu lui tournais le dos quand tu lui as parlé.

— Je n'ai vu personne, répondit Clement, brièvement décontenancé. Je ne sais absolument pas de quoi tu parles.

Estelle se tut un moment avant de demander :

— Pourquoi a-t-on fait ce voyage ?

— Pourquoi ? Parce que c'est notre anniversaire, nom d'un chien.

— Ça m'a surprise quand tu me l'as proposé.

Il jeta la télécommande sur le lit et leva les yeux au ciel.

— Qu'est-ce que ça a de surprenant ?

— C'est la première chose vraiment gentille que tu aies faite depuis longtemps.

— Et voilà ma récompense ? J'organise un voyage, je nous prends des billets d'avion pour New York, et c'est comme si j'avais fait quelque chose de mal ? Qu'est-ce que tu attends de moi, Estelle ?

Elle réfléchit à la question.

— Eh bien, pour commencer, je voudrais que tu recommences à m'aimer, si ce n'est pas trop demander.

Il la regarda se rasseoir sur le lit sans rien dire.

— Tu ne... Je sais que je n'ai plus vingt ans, que les années laissent des traces, mais... j'aimerais penser que tu me trouves au moins encore un peu... attirante.

— Bien sûr que oui, dit-il sans conviction, en se retournant une demi-seconde vers la télévision.

— Le médicament… a fonctionné, mais on dirait que tu n'as toujours pas envie…

— Je ne tiens vraiment pas à remettre ça sur le tapis, Estelle.

— Tu ne veux jamais avoir cette conversation.

— Peut-être parce que c'est inutile.

— Si tu voulais juste parler à…

— Je n'ai besoin de parler à personne.

Estelle ne dit rien pendant plusieurs secondes. Puis :

— L'idée que ce sont toujours les femmes qui se désintéressent de la chose est un mythe.

Clement ferma brièvement les yeux et soupira.

— Cela a été une année très stressante pour moi. Mettre l'organisation sur les rails. Prêcher la bonne parole. Faire face à toutes ces accusations sans fondement. Ça laisse des marques. Tu dois bien t'en rendre compte ! Il faudrait peut-être que tu arrêtes de penser à toi tout le temps et que tu essayes de te mettre à ma place.

Le coup porta durement. Elle le dévisagea avec mépris.

— Tout ce que je fais, je le fais pour toi, dit-elle d'une voix posée et froide.

Il agita ses mains en l'air, les laissa retomber le long de son corps.

— Très bien, d'accord, tu fais tout pour moi.

— Je pense que la raison de notre venue ici n'a rien à voir avec notre anniversaire.

— C'est ridicule.

Elle se leva du lit, alla à la salle de bains et ferma la porte. Quand Clement l'entendit tourner le verrou, il s'empara de la télécommande.

Il allait peut-être trouver le reste du reportage dans un autre JT.

- 33 -

Barbara, dont c'était la routine du soir avant l'extinction des feux, était assise en tailleur sur son lit, MacBook sur les genoux. Elle passait rapidement d'un site à l'autre, parcourant les dernières mises à jour du *New York Times*, de Politico, de The Hill, du Huffington Post, de CNN et de Buzzfeed.

Elle avait repris des antalgiques car son coude continuait à lui faire un mal de chien. Elle n'avait pas suivi le conseil de Chris Vallins d'aller consulter. Elle était tombée. La belle affaire. Les gens n'arrêtaient pas de tomber. Et son coude était toujours fonctionnel. Elle le savait très bien parce qu'elle avait utilisé son bras droit pour vider une bouteille de chardonnay dans un verre à vin quand elle était rentrée chez elle.

Elle avait eu bien du mal à chasser Chris Vallins de ses pensées le restant de la journée. Elle éprouvait pour lui des sentiments qu'elle ne voulait pas éprouver.

Oublie ! se disait-elle.

Tout en buvant son vin blanc, elle avait passé quelques coups de téléphone. Elle voulait joindre les familles des autres victimes de l'accident du lundi pour leur demander si des barbouzes en SUV noirs étaient venues les voir, elles aussi, pour les inciter à ne pas poser de questions et ne pas parler aux médias. Il valait mieux commencer par là, car trouver des proches de la femme morte dans l'accident d'aujourd'hui serait plus difficile, d'autant plus qu'elle ne maîtrisait pas le russe.

Excepté la mère de Stuart Bland, pas un seul membre de la famille de Sherry D'Agostino ne l'avait rappelée. Idem pour celle de Barton Fieldgate.

Il s'avérait que Stuart n'avait jamais quitté le nid.

« Je lui avais dit de laisser cette dame tranquille, avait déclaré Mme Bland en pleurant quand Barbara se fut présentée. Il est allé chez elle et il a bien failli avoir des ennuis. Il n'aurait pas pris cet ascenseur s'il m'avait écoutée. »

Barbara avait dû poser encore quelques questions avant de comprendre que Stuart essayait de faire lire à une productrice un scénario de son cru. C'était la raison qui l'avait conduit jusqu'à la Lansing Tower.

« Au début, ils ont pensé qu'il était mêlé à ça, avait dit la mère de Bland. Parce qu'il s'était servi d'une fausse pièce d'identité. Pour FedEx. Alors ça a éveillé leurs soupçons. Mais qu'est-ce qu'il pouvait avoir affaire avec ça ? C'est de la folie. Il était tout juste capable de remettre sa chaîne de vélo. Je pense les avoir convaincus. Mais même ça, je ne devrais pas vous le dire.

— Pourquoi ?

— C'est ce que l'homme a dit.

— Quel homme ?

— Celui qui est venu me voir. Du gouvernement.

— Est-ce qu'il a précisé pour quel ministère il travaillait ?

— Non, mais ça se devinait.

— Comment s'appelait-il ?

— Je ne suis pas sûre qu'il m'ait donné son nom. Il n'a pas laissé de carte de visite. Je dois vous quitter. »

Et elle avait raccroché.

Barbara écrivit rapidement un article pour *Manhattan Today*, dont elle ne fut pas très satisfaite. Relatant ses conversations avec la mère de Bland et les parents de Paula, elle demandait à ses lecteurs : « Qui est cet homme mystère ? Pourquoi quelqu'un voulait-il que les familles des victimes ne fassent pas de vagues pendant qu'on enquêtait sur l'accident ? Pourquoi leur mettre la pression pour qu'elles ne répondent pas aux questions ? » Dans son article, Barbara se gardait de toute spéculation. Elle ne faisait mention ni du FBI, ni de la CIA ou de la Sécurité intérieure. Elle n'avait rien d'assez solide pour cela.

Vallins n'avait été d'aucun secours quand elle l'avait interrogé sur le sujet. S'il savait quelque chose, il le gardait pour lui.

Et il n'avait jamais répondu à la question sur sa calvitie, le salaud. Bon, d'accord, c'était peut-être trop personnel. Ce n'était pas plus mal qu'elle ait résisté à l'envie de passer la main sur son crâne.

En relisant l'article qu'elle venait de poster, elle le trouva factuellement très léger. Mais peut-être que quelqu'un tomberait dessus et la contacterait. Cela fonctionnait souvent comme ça. Un article incomplet produisait toujours plus de pistes qu'un article qui ne voyait jamais le jour.

Il avait déjà suscité quelques réactions, mais rien d'intéressant. Juste des commentaires qui émanaient, comme son père avait un jour surnommé les auditeurs des émissions de libre antenne, d'un « cortège de cornichons ». Il y avait spicydragon, qui déclarait : « Quelqu'un qui vit encore avec sa maman à cet âge mérite de mourir. » Et ces mots empreints de sagesse de DeepStateHarry : « On est tous surveillés. Des fourgons noirs, y en a partout. »

Barbara allait quitter la page du *Manhattan Today* quand un dernier commentaire retint son attention.

« J'espère que vous allez mieux. »

Il était signé GoingDown.

En plus de la douleur sourde qui persistait au niveau de son coude, Barbara sentit un frisson courir le long de sa colonne vertébrale.

J'espère que vous allez mieux.

Elle repensa au moment où Chris Vallins l'avait plaquée au milieu de la rue. Pendant tout ce temps, elle avait songé qu'il était le seul à la surveiller. Était-il possible qu'il y ait quelqu'un d'autre ? Qui que soit ce GoingDown, avait-il, ou avait-elle, vu cette camionnette manquer de la percuter ? Quand elle avait crié de douleur en tombant, cette personne l'avait-elle entendue ?

Barbara s'efforça de revivre la scène. La vieille dame qui avait récupéré son téléphone. Le postier. La femme avec le chariot de supermarché. Était-ce l'un d'eux ?

GoingDown était ce lecteur qui, en réaction à son dernier article, avait exprimé ses condoléances au sujet de Paula Chatsworth.

D'accord, c'est à cela qu'il fait allusion. Pas à ma chute d'aujourd'hui.

Barbara mit la main sur sa poitrine. Un bref instant, son cœur avait battu la chamade à l'idée qu'on la surveillait. Elle devenait parano. Penser à des hommes mystérieux dans des SUV noirs avait enflammé son imagination.

— Détends-toi, ma fille, dit-elle tout bas.

C'est à ce moment-là qu'elle quitta le site de *Manhattan Today* pour se mettre à surfer sur ceux de tous les autres organes de presse.

Les soi-disant experts disaient qu'il fallait éviter les écrans une heure avant le coucher. La lumière artificielle des téléphones, tablettes et ordinateurs portables perturbait les cycles du sommeil, prétendaient-ils. Foutaises, pensa Barbara. C'était ce qu'elle faisait tous les soirs. Même quand elle invitait quelqu'un pour la nuit. Si un homme voulait lui tourner le dos et s'endormir après l'amour, ça ne la dérangeait aucunement. Mais il ne fallait pas compter sur elle pour ignorer ce qui se passait dans le monde. Franchement, c'était l'une des raisons pour lesquelles elle n'aimait pas que des hommes s'éternisent. En plus de vouloir vous faire ranger votre ordinateur portable, ils s'attendaient à ce que vous leur prépariez le petit déj'.

Et puis quoi, encore !

Barbara ferma son portable, éteignit la lampe et posa la tête sur l'oreiller. Elle allait fermer les yeux quand elle vit son téléphone s'éclairer.

C'était un SMS d'Arla.

En fait, sa fille n'avait pas quitté ses pensées de toute la journée. Même quand elle était avec les Chatsworth ou qu'elle s'entretenait avec la mère de Stuart Bland. Barbara n'avait pas pu s'empêcher de ruminer sur ce qui avait motivé Arla à postuler à ce nouveau travail. L'avait-elle fait pour la rendre chèvre ou était-ce vraiment un poste qu'elle convoitait, dont elle croyait qu'il la stimulerait ?

Par moments, Barbara estimait que sa réaction à la nouvelle pendant le petit déjeuner avait été parfaitement justifiée et, l'instant d'après, elle pensait avoir totalement merdé. Elle s'était repassé leur conversation dans sa tête un nombre incalculable de fois.

J'aurais dû dire ceci... et j'aurais pas dû dire cela...

Tu es debout ?

Barbara tapa OUI en réponse.

Il est trop tard pour appeler ?

Non.

Elle n'attendit que dix secondes avant que retentisse le bruit de machine à écrire caractéristique.

— Salut, dit Barbara.

— Salut. Je sais qu'il est tard et tout mais...

— Non, c'est bon, je ne suis pas encore couchée. Tout va bien ?

— Oui, bien sûr, tout baigne.

Barbara hésita avant de demander :

— Comment s'est passée ta première journée ?

— C'était... intéressant.

— Tu n'as pas l'air enthousiaste.

— Non, je t'assure, c'était *vraiment* intéressant. Je n'avais même pas encore commencé que je me suis retrouvée sur les lieux de ce deuxième accident d'ascenseur.

Arla la mit au courant.

— Bon sang, tu as vu ce qui s'est passé ?

— Oui.

— Est-ce que tu t'en es remise ?

— Je suppose, oui. Même si je suis sûre que je vais faire des cauchemars. Quand j'ai vu la tête, je me suis dit : « Ne fais pas ta chochotte, ne panique pas. » Mais crois-moi, ce n'était pas évident.

Barbara hésita de nouveau, puis :

— Tu l'as rencontré ?

— Le maire, tu veux dire ?

— Oui.

— Non. Et Glover ne m'a pas présentée. Je n'ai pas le niveau.

— Glover ? Tu as rencontré son fils ?

— Oui. Il chapeaute le service qui m'a recrutée. C'est lui qui m'a tout montré parce que les autres suivaient un séminaire.

— Glover est ton patron ?

— J'en aurai plusieurs. Il y a mon supérieur direct, ensuite Glover et, au-dessus, eh bien, j'imagine qu'on bosse tous pour le maire, non ? Écoute, maman, pour ce matin...

— Non, ça ne fait rien. Je...

— Non, j'ai dit certaines choses que je regrette. J'essaye de me dépêtrer de pas mal de problèmes perso. Je n'ai pas pris ce boulot pour te faire payer quoi que ce soit. Enfin, peut-être un peu, mais c'est quelque chose que je pourrais...

— Ça ne fait rien, répéta Barbara d'une voix douce, songeuse. C'est ta vie.

— Le maire est difficile à cerner. Je l'ai vu faire quelque chose de vraiment sympa aujourd'hui, quand personne ne regardait, avec un gamin qui se trouvait dans l'ascenseur quand cette femme a été tuée. Mais avec Glover, par exemple, il se comporte comme une merde.

— Tu m'en diras tant.

— Ce soir, il me disait... on a mangé un morceau ensemble... à quel point sa relation avec son père était compliquée. Mais ce n'est pas pour ça que je t'appelle. Le sujet est un peu délicat et je ne devrais probablement ne rien dire, mais d'après Glover...

— Tu devrais faire attention à ne pas trop te rapprocher du fils du maire.

— Quoi ?

Barbara réfléchit un moment avant d'avancer une raison.

— S'ils découvrent qui est ta mère, ils vont s'interroger sur tes motivations.

— Je te l'ai dit, ce boulot n'a rien à voir avec toi.

— Je te dis simplement de te méfier de lui.

— Je n'ai pas besoin de tes conseils, répliqua Arla avec une pointe d'irritation.

— Je ne... j'essaye juste de...

— Tu sais quoi ? Tu as raison. J'allais te dire quelque chose, mais je réalise que ce n'est pas une bonne idée.

— Me dire quoi ?

Arla ne répondit pas.

— Arla ?

Barbara mit un certain temps à se rendre compte que sa fille avait raccroché.

— Merde, dit-elle avant de jeter le téléphone par terre.

Elle se laissa retomber sur le lit, sa tête écrasant l'oreiller. Une minute plus tard, elle éteignit et fixa le plafond, jusqu'à l'aube.

- 34 -

— Je vais lui en toucher deux mots, déclare le garçon. Je t'assure. Tant pis s'il se fâche.

Sa mère secoue la tête avec colère.

— Je te le défends. Je le connais depuis plus longtemps que toi. Ça ne sert à rien de lui parler.

— Il est tellement méchant. Tu devrais...

Mais le garçon s'interrompt. Ce qu'il veut dire à sa mère, c'est qu'elle devrait se défendre. Qu'elle ne devrait plus se laisser brutaliser par cet homme. Il ne s'y résout pas parce qu'il sait que tout ce qu'elle fait, elle le fait pour lui. Elle ne mérite pas son mépris ni ses critiques.

Et pourtant.

— Si on ne fait pas quelque chose, dit-il – et c'est à ce moment-là que sa voix commence à se briser –, tu pourrais, tu sais...

— Ne sois pas bête. Il ne m'arrivera rien, dit-elle en souriant. J'ai le cuir solide. Ne t'en fais donc pas pour moi.

— Mais hier soir, tu as dit que tu avais l'impression que ton cœur...

— Ça suffit, dit-elle sévèrement. Va donc faire tes devoirs.

MERCREDI

- 35 -

Je ne remettrai plus jamais les pieds dans cet hôtel.

Elliot Cantor pressa le bouton d'appel pour ce qui devait être la dixième fois. Il le *poignarda* plus qu'il appuya dessus. Il était *furieux* contre ce bouton. Il avait envie de lui mettre une branlée. Le passer à la moulinette jusqu'à ce que mort s'ensuive.

Elliot avait cet ascenseur *en horreur*. Celui-ci, et celui d'à côté. Un hôtel de trente étages avec au moins une douzaine de chambres par étage devait avoir plus de deux ascenseurs. Ils étaient constamment occupés.

— Je rêve, soupira Elliot.

— C'est bon, il va finir par arriver, dit son compagnon, Leonard Faulks.

— J'ai des doutes.

Elliot et Leonard, tous les deux âgés de trente et un ans et originaires de Toronto, passaient une semaine à New York. Ils y étaient déjà venus en voyage d'affaires – Elliot était conseiller en gestion de patrimoine et Leonard, éditeur en free-lance –, mais n'avaient jamais visité la ville ensemble. Un ami avait conseillé à Elliot de prendre une chambre au Klaxton 49, un des quatre hôtels de Manhattan détenus et gérés par la modeste chaîne Klaxton. Elliot avait réservé en ligne après avoir lu des critiques positives sur TripAdvisor. Eh bien, son avis à lui ne ressemblerait pas aux autres. Il avait déjà commencé à l'écrire dans sa tête. Cela allait donner quelque chose dans ce goût-là :

« Cet hôtel de trente étages est certes propre et bien situé, et son personnel agréable, MAIS N'Y ALLEZ PAS SAUF SI VOUS ADOREZ POIREAUTER CINQ HEURES AVANT QUE L'ASCENSEUR ARRIVE. »

Ils avaient connu ce désagrément dès le premier jour. Ils logeaient au quinzième étage, à mi-hauteur de l'immeuble. Si on leur avait donné une chambre à un étage inférieur, ils auraient pris l'escalier. Elliot en venait d'ailleurs à envisager cette option. La descente était bien plus aisée que la montée. L'un et l'autre étaient en bonne forme physique, mais parfois, après sept ou huit heures de marche dans Manhattan, on n'avait aucune envie d'affronter une ascension éreintante en rentrant à son hôtel.

Elliot observait les numéros éclairés pour voir où se trouvaient les deux ascenseurs. L'un était au cinquième et montait, l'autre au vingtième et descendait. Le temps d'arrêt des cabines à chaque étage indiquait que de nombreux clients montaient et descendaient.

L'ascenseur qui montait s'arrêta au septième, au neuvième, puis au douzième. Elliot avait bon espoir qu'il arrive au quinzième sans personne, ce qui leur permettrait de redescendre tout de suite. La cabine qui descendait était à présent en mouvement, seulement deux étages plus haut.

— Tu ne crois pas que tu devrais appuyer encore une fois ? demanda Leonard.

Leonard le charriait, mais il le fit quand même. Il pressa le bouton.

Il *attaqua* le bouton.

L'ascenseur en descente stoppa à l'étage du dessus.

— Celui-là est pour nous, dit Leonard, qui affecta un ton optimiste en espérant qu'Elliot se calme.

Ils sentirent que l'ascenseur bougeait, l'entendirent passer en sifflant dans la gaine.

Sans s'arrêter à leur étage.

Le voyant clignota au quatorzième, au douzième, au neuvième. Il descendait directement au lobby.

Dans un geste de défaite, Elliot inclina lentement la tête en avant et posa le front sur le mur au-dessus du panneau de commande.

L'ascenseur en montée passa devant le quinzième pour s'arrêter au vingt-deuxième. Leonard attendit de voir s'il allait continuer son ascension ou commencer à redescendre.

Il redescendait.

— Elliot, dit-il avec hésitation.

Elliot releva lentement la tête, puis leva les yeux sur les numéros. Le second ascenseur était trois... deux... un étage plus haut.

Ils n'entendirent pas la cabine passer leur étage à toute vitesse. Elle avait l'air de s'immobiliser.

Puis les portes s'ouvrirent.

— Dieu tout-puissant, c'est un miracle, dit Elliot.

Ça, c'était la bonne nouvelle. La mauvaise : la cabine était bondée. Coincé au fond, un couple de personnes âgées qui étaient manifestement à la fin de leur séjour, chacun cramponné à la poignée de sa petite valise à roulettes. Il y avait également à bord une femme d'une quarantaine d'années en survêtement rose et deux adolescentes, portant joggings et chaussures de course assortis. Pas besoin d'être Sherlock Holmes pour comprendre qu'elles étaient mère et filles.

Il y avait encore juste assez de place pour que Leonard et lui puissent monter sans avoir à jouer des coudes.

Personne ne protesta quand ils entrèrent, mais on devinait un sentiment collectif de désespoir dans la cabine ; les autres aussi avaient attendu une éternité pour descendre jusqu'au rez-de-chaussée.

Leonard allait appuyer sur le « L », pour « Lobby », mais le bouton était déjà allumé.

La cabine commença à descendre.

Et puis s'arrêta.

À l'étage d'en dessous.

— Évidemment, soupira une des adolescentes.

Les portes s'écartèrent, révélant un jeune couple et (Elliot eut très envie de hurler) un petit enfant dans sa poussette.

— Euh, je crois que ça ne va pas être possible, dit-il. C'est complet.

— Non, on va y arriver, dit le père, faisant d'abord entrer la poussette en forçant les petites roues en caoutchouc par-dessus le seuil en métal.

Tout le monde dut reculer, puis il fallut positionner de biais la poussette pour faire de la place à la mère. Elle entra et attendit la fermeture des portes.

— J'ai toujours voulu me sentir serré comme une sardine, murmura Leonard à l'oreille de son compagnon.

Quelqu'un devait le dire, songea Elliot.

L'ascenseur descendit un étage de plus et s'arrêta *encore.*

Un gémissement s'échappa de toutes les lèvres, à l'exception du couple et de leur enfant, bien entendu, qui n'était pas conscient de l'exaspération générale.

— Sérieusement, trop, c'est trop, glissa le vieil homme à sa femme.

— Au train où vont les choses, on va rater notre avion, dit-elle tout bas. S'il y a de la circulation, on ne sera jamais à LaGuardia à temps.

Les portes s'ouvrirent et tout le monde pensa : *Mon Dieu, non.*

Devant eux se tenait un jeune homme d'une petite vingtaine d'années, un peu moins d'un mètre quatre-vingts pour cent quarante bons kilos. Il était habillé d'un short, d'une paire de baskets XXL aux lacets défaits et d'un tee-shirt sans manches « I Love New York » avec un cœur pour « Love ». Ses gros lacets traînaient derrière lui comme des vers orange fluo.

— Je crois vraiment que vous allez devoir prendre le prochain, dit Elliot.

— Pas question, ça fait dix minutes que j'attends.

Il commença à monter, s'amalgamant de force à la masse de chair humaine. Le petit garçon dans la poussette leva de grands yeux stupéfaits sur cette silhouette imposante qui planait au-dessus de lui.

— C'est intenable, je n'arrive plus à respirer, dit la vieille dame, peut-être moins parce qu'elle était comprimée qu'à cause des aisselles découvertes du dernier passager.

Qui puait, pour dire les choses crûment.

Une des deux adolescentes pressa le bouton commandant la fermeture des portes, qui coulissèrent pour se rejoindre.

— Merde ! fit alors la fille en regardant par terre.

Les portes s'étaient refermées sur un des lacets orange de l'obèse. Au moment où la cabine commença à descendre, le lacet se tendit. En moins d'une seconde, la chaussure à laquelle il était relié fut brusquement plaquée contre la porte et lui, projeté en avant.

Sa grosse jambe fut soulevée d'un coup et le haut de son corps bascula. Comme un grand chêne qui tombe dans la forêt, il alla directement au tapis. Manquant l'enfant de justesse, mais heurtant les accoudoirs de la poussette, il fit voler le petit garçon, comme s'il avait été catapulté depuis une balançoire à bascule lestée par un rocher à l'autre extrémité.

Tout le monde cria, les adolescentes poussant des hurlements particulièrement stridents.

À peine le gros homme avait-il touché le sol que sa jambe fut tractée en l'air. Il s'effondra quand sa chaussure se détacha de son pied. Celle-ci monta jusqu'au milieu de la porte et, dès que le lacet cassa, retomba par terre.

— Benjy ! s'écria la mère en passant le bras au-dessus de l'homme pour s'assurer que son enfant n'avait rien.

— Bordel ! s'écria Elliot.

Miraculeusement, chacun était arrivé à s'écarter pour faire de la place à l'homme qui avait chuté. Les jeunes filles étaient littéralement perchées sur les pieds de Leonard. Les bras du père de famille, écartés, étaient plaqués contre la paroi de la cabine.

Le bambin pleurait. La poussette était bonne pour la casse.

Et puis les portes s'ouvrirent.

Ils avaient atteint le lobby.

La demi-douzaine de personnes qui attendaient là eurent un mouvement de recul en découvrant, horrifiées, l'homme à terre. Les adolescentes se débrouillèrent pour le contourner, rapidement suivies par leur mère. Une fois dehors, elles s'arrêtèrent et se retournèrent pour proposer leur aide.

Le gros homme se releva lentement. Elliot alla même jusqu'à lui tendre la main.

— Est-ce que ça va ? demanda-t-il.

L'homme hocha la tête, puis aperçut sa chaussure, amputée d'une moitié de lacet, sur le sol de la cabine. Leonard la ramassa et la lui tendit pendant que le couple âgé tentait de se frayer un passage dans le groupe qui attendait de monter.

— Vous n'auriez jamais dû monter, déclara le père de famille. Et bon sang, ça vous apprendra peut-être à lacer vos chaussures.

— C'est bon, je suis désolé. De toute façon, c'est la faute de l'hôtel si mon lacet s'est pris dans la porte.

Lorsqu'ils furent assurés que le gros type n'avait rien de cassé, Leonard se tourna vers Elliot et lui adressa un haussement d'épaules qui signifiait : « J'imagine qu'on n'a plus rien à faire ici. »

Alors qu'ils traversaient le lobby, Elliot dit :

— J'ai cru qu'il allait perdre sa jambe...

— Je veux mon parfait au granola du Pain Quotidien, déclara Leonard, ensuite on verra si on peut changer d'hôtel.

— C'est toi qui n'en peux plus, maintenant, fit remarquer Elliot avec un sourire.

— Ce type aurait pu nous écrabouiller !

— Alors quoi, tu vas chercher un hôtel interdit aux gros lards ? Ça me paraît très politiquement incorrect.

Une fois sur le trottoir, ils hésitèrent sur la direction à prendre. Un taxi jaune Prius descendait la rue en se faufilant.

— C'est par là, dit Leonard en pointant le doigt vers l'est.

— Non, dit Elliot en lui prenant le bras. Je suis pratiquement certain que Le Pain est de ce côté.

Le taxi se trouvait à une vingtaine de mètres.

— Attends, dit Leonard, ça me coûte de l'admettre, mais je crois que tu as raison.

Le taxi passa devant les portes de l'hôtel.

— D'accord, alors allons...

C'est à ce moment-là que la bombe dans la Prius explosa.

- 36 -

Trois minutes après l'explosion du taxi sur la 49e Rue Est, huit personnes se pressaient devant les trois ascenseurs dans le hall du Gormley Building sur la Septième Avenue, entre la 16e et la 17e Rue. L'homme et la femme qui se trouvaient le plus près des portes fermées regardaient tous les deux leurs téléphones. La femme lisait le *New York Times* et l'homme parcourait les infos publiées par une application boursière. Il secouait lentement la tête, ne semblant guère apprécier ce qu'il voyait.

La plupart des six personnes qui campaient derrière eux avaient aussi le nez dans leurs téléphones, certains sirotant des latte hors de prix dans des gobelets Starbucks. Toutes les deux ou trois secondes, quelqu'un levait les yeux pour vérifier à quel étage se trouvait la cabine.

Elle était au dix-huitième, mais descendait.

Environ dix secondes plus tard, les portes s'écartèrent.

L'homme et la femme firent tous les deux un pas en avant, sans lever les yeux.

Et tombèrent dans le vide.

Il n'y avait pas de cabine.

Ils auraient vraisemblablement pu en réchapper. Ce n'était pas comme s'ils avaient chuté dans la gaine du vingtième étage.

Ils étaient tombés au sous-sol, un niveau plus bas seulement. Le Gormley Building n'avait pas de parking souterrain, cependant la gaine se terminait par une fosse dédiée à l'entretien de la cabine.

Des cris avaient fusé au moment de la chute et tout le monde s'était immobilisé.

Après que les « Oh, mon Dieu ! », les « Bordel de merde ! » et autres « Putain ! » se furent calmés, un homme en tenue décontractée, des écouteurs dans les oreilles, se pencha dans l'ouverture pour regarder en bas. Les deux victimes ressemblaient à des poupées de chiffons aux membres désarticulés. Le sol de la gaine était sale, et les murs crasseux en ciment étaient tapissés de câbles et de rails.

L'homme s'efforçait de mouvoir un de ses bras. On entendait la femme gémir.

— Ils sont vivants ! s'écria le type qui tira d'un coup sec sur les cordons de ses écouteurs en même temps qu'il se retournait vers les autres : Appelez le 911 !

Quelqu'un composait déjà les trois chiffres.

L'homme aux écouteurs se pencha à nouveau dans l'ouverture et cria :

— Les secours arrivent ! Tenez bon !

Un agent de sécurité à bout de souffle accourut, bousculant les curieux pour atteindre l'ouverture.

— Qu'est-ce qu'il y a ? Qu'est-ce qui s'est passé ?

— La porte s'est ouverte, sans cabine, ils sont tombés dans le vide, expliqua l'homme aux écouteurs.

Le vigile ouvrit de grands yeux.

— Le sous-sol, dit-il. On peut se rapprocher d'eux si on ouvre les portes de l'ascenseur au...

À ce moment-là, ils entendirent un bruit mécanique et levèrent les yeux.

La cabine, qui pendant tout ce temps n'avait pas quitté le premier étage, descendait lentement.

— Et merde, dit l'agent de sécurité qui se recula et entraîna l'autre homme avec lui.

Elle descendait avec une lenteur incompréhensible et exaspérante.

Le plancher avait maintenant dépassé le sommet de l'ouverture. Les portes intérieures de la cabine étaient fermées. Profitant de ce qu'il pouvait encore voir le fond de la gaine, le type aux écouteurs remarqua que l'homme était parvenu à se mettre à genoux et se penchait au-dessus de la femme.

La cabine occultait déjà la moitié de l'ouverture et le vigile jura de nouveau. Il tendit le bras et pressa le bouton d'appel, espérant que cela stopperait la progression de l'ascenseur, ou au moins le ferait s'immobiliser au niveau du lobby.

De cette façon, les équipes de secours pourraient toujours accéder aux blessés en passant par la porte de l'ascenseur au sous-sol. L'agent de sécurité n'avait qu'à se munir de la clé spéciale. Toutes les portes d'ascenseur étaient pourvues d'un petit trou de serrure dans lequel on pouvait insérer cette clé. Une fois tournée, elle ouvrirait les portes.

Cela ressemblait à un plan.

Un instant seulement.

Car la cabine poursuivit sa lente descente.

Et ne s'arrêta pas au niveau du lobby.

Elle continua, lentement, inexorablement, sur sa lancée.

On pouvait entendre les cris du blessé, qu'on ne voyait plus.

— Arrêtez ça ! Arrêtez ce truc, bordel !

L'agent de sécurité, incapable de trouver autre chose à faire, continuait d'appuyer frénétiquement sur le bouton.

— Allez ! Arrête-toi, saloperie !

Le haut de la cabine se trouvait à présent sous le niveau du lobby.

Les cris de l'homme dans la fosse se firent plus intenses, et ceux de la femme s'y associèrent. Un chœur à deux voix à vous glacer le sang.

La cabine, pareille à un animal rusé se rapprochant de sa proie blessée, poursuivit sa lente descente jusqu'à finir par s'immobiliser.

Les cris cessèrent.

- 37 -

Eugene Clement lisait l'édition papier du *New York Times* pendant qu'en face de lui, à la table du restaurant de l'hôtel, sa femme regardait des *stories* sur une tablette. Dans l'assiette devant elle, le petit déjeuner qu'elle n'avait pas terminé. Des restes d'œufs brouillés, un toast et la moitié d'un autre, une tranche de bacon.

Depuis la veille au soir, ils n'avaient échangé que quelques mots, après qu'Estelle avait commencé à l'interroger sur l'homme à qui il avait parlé, puis essayé de l'entreprendre sur la question de leur vie sexuelle, dont il ne souhaitait pas discuter. Il avait en partie été honnête avec elle quand il avait allégué l'excuse du stress. Ces derniers temps, il avait subi une pression mentale considérable. Mais la vérité était que ça ne l'intéressait plus. Non pas le sexe. Juste le sexe avec Estelle.

Il avait trouvé des moyens, dans leur ville de résidence, et quand il voyageait seul à travers le pays pour affaires, de satisfaire ses besoins.

Discrètement.

Ce qui le tracassait, alors qu'il était assis là à la table du petit déjeuner, n'était pas le manque de prétextes pour justifier qu'il ne faisait plus ronronner le moteur d'Estelle comme autrefois. Non, il s'inquiétait de ce qu'elle soupçonnait que leur séjour new-yorkais n'ait rien à voir avec leur anniversaire.

Ce qui était évidemment exact.

Il avait dû se réjouir des activités des Flyovers à distance. Et il n'était pas très satisfaisant d'assister à un attentat à la bombe à Seattle quand vous étiez à plusieurs centaines de kilomètres de là. Il voulait être aux premières loges pour voir la réaction des élites côtières de New York quand les péquenauds contre-attaqueraient. Clement croyait avoir réussi, jusque-là, à persuader sa femme que les Flyovers n'auraient jamais recours à la violence. Elle semblait convaincue que les critiques qui les visaient étaient sans fondement.

Mais voilà qu'elle posait des questions sur l'homme avec lequel il avait échangé quelques mots, affirmant que ce n'était pas la première fois qu'elle le voyait.

À l'évidence, Bucky et lui allaient devoir se montrer plus prudents à l'avenir.

Eugene regarda par-dessus son journal pour trouver son café, remarqua la nourriture dans l'assiette de sa femme.

— Le petit déjeuner n'était pas à ton goût ?

— Il était très bien, répondit Estelle sans détacher les yeux de sa tablette.

— J'ai apprécié le mien. Si ça t'intéresse.

Elle leva les yeux de son écran.

— Quoi ?

— Rien.

— Tu devrais peut-être passer le flambeau.

Clement cligna des yeux.

— Je te demande pardon ?

— Tu dis que tu es stressé. Alors laisse quelqu'un d'autre prendre le relais. Laisse quelqu'un d'autre parler au nom des Flyovers.

— Le travail n'est pas terminé. J'ai beaucoup à faire.

— Quand est-ce qu'il sera terminé ? Dis-moi. Tu espères arriver à quoi, exactement ? Qu'est-ce que tu cherches ?

Cela ne lui ressemblait pas de mettre en question sa mission.

— Une prise de conscience, Estelle. Je veux susciter une prise de conscience.

Elle soupira.

— En allant occuper des trous perdus, par exemple ? demanda-t-elle d'une voix suffisamment forte pour être entendue des tables voisines.

Clement jeta un rapide coup d'œil à la ronde pour s'assurer que les autres clients du restaurant n'avaient rien remarqué, puis il se pencha au-dessus de la table et la fusilla du regard.

— Moins fort, bon sang ! dit-il tout bas. Et cette opération nous a été très profitable.

Estelle secoua la tête d'un air triste.

— Un groupe de grands garçons qui se ridiculisent en occupant un parc national pendant dix jours. C'était grotesque. Dieu sait combien de temps cela aurait duré si l'un de tes brillants acolytes ne s'était pas fait pincer par le FBI au moment où il s'échappait en douce pour se faire un Kentucky Fried Chicken.

Clement se laissa aller contre le dossier de sa chaise.

— Qu'est-ce qui te prend, Estelle ?

— Certainement pas toi, répliqua-t-elle sur un ton glacial.

Il sentit ses joues s'échauffer.

— On ne gagne pas une guerre en une seule bataille, lui dit-il. Ce que nous avons réussi à faire avec cette occupation ne sera peut-être pas visible tout de suite. Ces choses fonctionnent par accumulation.

Elle lui répondit en murmurant cette fois, mais sa colère était manifeste :

— Contre qui es-tu en guerre, Eugene ? Dis-moi ! Les clients de ce restaurant ? Notre serveur ? Le personnel à la réception ? Tu es en guerre contre eux ?

Eugene inspira lentement. Estelle n'avait jamais eu une vue d'ensemble.

— Une révolution prend du temps.

— Une révolution, répéta-t-elle avec dédain. Tu te prends pour Paul Revere, c'est ça ?

— Ne te moque pas de moi.

— Et tous ces gens qui te suivent, tes disciples... Des cinglés pour une bonne moitié, tu sais. Ce sont des malades. Prêts à faire sauter des cafés. Les choses que tu écris, les choses que tu dis, ça radicalise les gens. Je sais que tu n'as jamais voulu qu'ils fassent ces choses, mais tu dois te douter que tu exerces une influence.

Clement prit un moment pour recouvrer son calme.

— Je suis ici, dit-il lentement, dans cette ville, pour fêter notre anniversaire. Je n'ai pas envie de parler de mon travail. Je n'ai pas envie de parler de... *nous*. Sors ton foutu guide de voyage et trouve-nous quelque chose à faire aujourd'hui pendant que je vais pisser.

Estelle en resta bouche bée.

Il jeta sa serviette en papier sur la table et repoussa sa chaise. Tandis qu'il s'éloignait, il sortit son téléphone, ouvrit une application et parcourut rapidement les derniers gros titres. Il y avait deux sujets à la une. On donnait peu de précisions, mais il y avait eu un autre accident d'ascenseur. Deux personnes étaient données pour mortes. Et, sur la 49e Rue Est, un taxi avait explosé, tuant deux passants et le chauffeur.

Clement rempocha le téléphone et poursuivit son chemin jusqu'aux toilettes des hommes, au fond d'un petit couloir près du lobby. Il poussa la porte et entra.

À première vue, la pièce paraissait vide. Il se planta un bref instant devant la glace, vérifiant ostensiblement son apparence, passant les doigts dans ses cheveux gris de plus en plus clairsemés. Puis il se retourna et fit un pas vers la rangée d'urinoirs, jetant un coup d'œil par-dessus son épaule aux trois cabines. Deux étaient ouvertes, mais la troisième était fermée. Dans l'espace vide sous la porte, on apercevait une paire de chaussures.

Eugene choisit l'urinoir du milieu et ouvrit sa braguette. Il s'éclaircit la voix. Pas une seule fois, mais à trois reprises, de manière distincte.

Derrière la porte close du cabinet retentit une voix que Clement identifia comme étant celle de Bucky.

— Vous êtes au courant ?

— Oui, répondit Clement. Ça a été une drôle de matinée pour les braves gens de New York.

— Ouais.

— Des problèmes ?

— Non, répondit Bucky.

Puis, après une hésitation :

— Le taxi était une Prius.

— Le petit plus qui fait la différence, dit Clement en secouant son engin.

— Je l'avais programmée pour qu'elle explose soixante secondes après que j'étais descendu. Histoire qu'un autre passager n'ait pas le temps de la remarquer à l'arrière.

— Où est-ce qu'elle a explosé exactement ?

— Devant l'hôtel Klaxton.

— Heureusement que ce n'était pas celui-ci, dit-il avant d'ajouter, sur un ton sarcastique : Je ne voudrais surtout pas gâcher notre week-end d'anniversaire. À propos, tu dois être plus prudent. Ma femme t'a repéré.

— Merde. Qu'est-ce que vous lui avez dit ?

— Que je ne savais pas de quoi elle parlait, répondit Clement en remontant sa braguette. Au moins, Estelle ne nous surprendra pas ici.

Il retourna devant la rangée de lavabos et se lava les mains lentement et méthodiquement. La porte s'ouvrit et un autre homme entra.

— Bonjour, dit Clement.

Juste assez fort pour signaler à Bucky que leur conversation était terminée.

Il tendit les mains sous le sèche-mains, mais elles étaient encore humides quand il retourna dans la salle de restaurant de l'hôtel. Estelle n'était plus à leur table. Il la chercha du regard avant de s'asseoir.

Il supposa qu'elle était remontée dans leur chambre, toujours fâchée. *On s'en fout*, pensa-t-il. *Je vais me prendre un autre café.*

Il repéra un serveur et agita une main en l'air. Mais à ce moment-là, Estelle reparut et reprit sa place. Elle avait rapporté plusieurs brochures faisant la promotion de diverses attractions touristiques.

— Où étais-tu ? demanda-t-il.

— Je tâchais d'organiser ma journée. J'en ai eu assez de fouiller dans le guide de voyage. J'ai pris ça à la réception.

Elle étala les brochures sur la table comme des cartes à jouer, en vit une qui lui plaisait et s'en empara.

— Le Guggenheim, annonça-t-elle.

— Bien sûr, on peut faire ça.

Estelle secoua la tête.

— C'est ce que moi, je vais faire, déclara-t-elle en rassemblant les autres prospectus pour les jeter de son côté de la table. Je suis sûre que tu vas trouver quelque chose de tout aussi intéressant.

- 38 -

Barbara vit passer un tweet au sujet de l'explosion du taxi sur la 49e Rue Est. Elle cliqua sur le lien, mais il n'offrait guère plus d'informations que son fil Twitter.

Elle était dans sa kitchenette, en train de siroter du café froid, de se dire qu'elle devrait peut-être s'habiller et qu'elle aimerait bien avoir un aussi bel appartement que Chris Vallins, quand elle était tombée sur la nouvelle.

— Mon Dieu, dit-elle en lisant l'article sur le taxi.

Encore un barjo inspiré par l'État islamique, supposa-t-elle. Une ou deux fois par an, à ce qu'il semblait, New York devait subir un apprenti terroriste débile, qui bricolait dans son coin une bombinette foireuse qu'il essayait ensuite de faire sauter dans Penn Station, à Port Authority ou Times Square. Ces abrutis occasionnaient parfois de vrais dégâts, et d'autres fois leurs engins explosaient avant même de sortir de l'appartement. Souvent, ceux qui semaient le plus grand désordre n'avaient même pas à confectionner de bombe. Il leur suffisait de se mettre au volant d'un camion et d'écraser des gens.

De nos jours, chaque fois qu'un drame se produisait, la première pensée qui vous venait à l'esprit était : Est-ce que c'est un attentat ? On apprendrait peut-être que ce qui s'était produit sur la 49e n'en était pas un. Une canalisation de gaz souterraine avait pu exploser au passage du taxi. Ou l'explosion tenait à une tout autre raison. Il ne s'était écoulé qu'une demi-heure depuis les faits, on ne savait pas encore grand-chose.

Barbara songea un instant à allumer la télévision, puis décida qu'elle la regarderait plus tard.

Elle relut le billet qu'elle avait posté la veille au soir. Il y avait quelques commentaires supplémentaires, sans aucun intérêt. Elle allait de nouveau tenter d'obtenir une déclaration de n'importe quel organisme officiel qui voudrait bien lui parler. Sécurité intérieure, FBI, NYPD... Elle aurait même appelé la fourrière si elle avait pensé qu'ils pouvaient savoir quelque chose. La question qu'elle voulait poser, c'était pourquoi on avait demandé à au moins deux familles de victimes de ces accidents d'ascenseur de la fermer.

Barbara fit défiler ses contacts sur son téléphone, notant au passage ceux qui pourraient lui être utiles, puis alla chercher d'autres pistes possibles sur Internet. Elle dressa la liste des personnes qu'elle souhaitait joindre.

Elle avait une source au sein du NYPD. Pas un flic, mais une employée du bureau des relations publiques de la Ville. Barbara avait son numéro de portable personnel. Elle afficha le contact et appela.

Quelques secondes plus tard, une femme décrochait.

— Salut.

— Oui, salut, c'est moi. Ça faisait longtemps qu'on n'avait pas discuté.

— Je commençais à me sentir négligée. Et soulagée en même temps, dit la femme.

— Écoute, j'essaye de comprendre quelque chose et, pour l'instant, je n'arrive à rien.

— Sur quelle affaire ?

— Les accidents d'ascenseur de lundi et mardi. J'ai l'impression qu'ils ont suscité un intérêt à un très haut niveau, mais j'ignore pourquoi. Comme si la Sécurité intérieure ou le FBI flairait quelque chose. Pourquoi ça ?

— Si c'est vrai, je n'ai rien entendu, mais...

— Ça ressemble aux accidents industriels. On a demandé à certaines familles de victimes de rester discrètes sur le sujet. De ne pas faire de vagues. Alors...

— Tu vas te taire et m'écouter.

— D'accord.

— Ce n'est pas deux, mais trois.

— Quoi ?

— Tu as une télé à côté de toi ?

— Non, j'habite sur Neptune. Évidemment qu'il y a...

— Allume-la.

Barbara se leva de sa chaise et alla tranquillement dans la partie séjour de son appartement, son portable toujours vissé à l'oreille. Elle prit la télécommande de sa main libre, alluma l'écran plat et mit une des chaînes d'infos en continu.

« ... en trois jours », disait une femme, un micro à la main. Barbara reconnut la journaliste Liza Bentley, mais pas l'immeuble devant lequel elle se tenait. Elle lut le bandeau au bas de l'écran : *Deux morts dans l'accident d'ascenseur de la Septième Avenue.*

— Je rêve, dit-elle tout bas.

— C'est à moi que tu parles ? demanda sa source.

— Que se passe-t-il ? Ça ne peut pas être une coïncidence.

— Eh bien, commença lentement la femme, comme si elle hésitait à poursuivre, j'ai en effet entendu *quelque chose.*

Barbara coupa le son de la télévision.
— Quoi donc ?
— Il n'y a rien eu par écrit, pas de mails, mais beaucoup de propriétaires ont été contactés par téléphone.
— Quels propriétaires ?
— Les propriétaires et gérants d'immeubles, ces gens-là. La consigne étant de faire profil bas.
— Profil bas ?
— J'ai toujours voulu utiliser cette expression. Bref, la Ville n'ayant pas suffisamment d'inspecteurs pour s'en charger elle-même, on leur a demandé de discrètement contrôler leurs immeubles.
— Pour quoi faire ?
— Je n'en sais rien. Mais quoi qu'il se passe - une défaillance technique ou je ne sais quoi -, ils ont peur que ça ne devienne viral.
— Les ascenseurs peuvent choper un virus ?
— Pas dans ce sens-là… encore que. Le problème, c'est que cette ville compte plus de soixante mille ascenseurs. Il va leur falloir un certain temps pour les inspecter tous.
— Alors pourquoi ne pas rendre la chose publique ? demanda Barbara. Pourquoi vous n'avez publié aucun communiqué ?
— Hé, je ne suis qu'une employée ici.
— La panique.
— Quoi ?
— Ils ne veulent pas déclencher une panique.
— Si tant est qu'il y ait de quoi paniquer.
Barbara rit.
— Les gens n'ont pas toujours besoin d'une raison valable pour se mettre en mode panique.
— Écoute, il faut que j'y aille. Mais avant de raccrocher, permets-moi de te donner un conseil.
— J'écoute.
— Prends l'escalier.

- 39 -

— Je pense que vous ne pouvez plus attendre, dit Valerie au maire. Vous devez prendre la parole. Donner une conférence de presse.

Richard Headley allait et venait autour de son bureau en se passant lentement la main sur le crâne.

— Bon Dieu, marmonna-t-il. Qu'est-ce que je suis censé dire aux gens ? Ne prenez pas ces putains d'ascenseurs ? Dans cette ville ?! Autant leur demander de ne pas utiliser leur klaxon.

Valerie hocha la tête d'un air compatissant.

— Je sais. Si on réfléchit ensemble, on arrivera peut-être à trouver quelque chose qui...

— Où est passé Glover ? demanda-t-il en se tournant vers la porte, comme s'il s'attendait à ce que son fils la franchisse d'une seconde à l'autre.

— Je l'ignore, dit Valerie. Je vais lui envoyer un SMS.

Headley agita une main dédaigneuse.

— Laissez tomber. Je ne sais pas à quoi il pourrait être utile, de toute manière.

Valerie, qui était restée au milieu de la pièce, fit un pas vers lui.

— Monsieur le maire... Richard.

Il cessa de faire les cent pas en entendant son prénom, regarda son assistante et attendit.

— Ce n'est peut-être pas à moi d'aborder ce sujet, dit-elle.

— J'en suis sûr, en effet.

— Je dis cela avec les meilleures intentions du monde.

— Allez, Valerie, dites ce que vous avez sur le cœur.

— C'est au sujet de Glover.

— Quoi, Glover ?

— Je... je m'inquiète pour son amour-propre.

Le maire pencha légèrement la tête de côté. Il avait presque l'air amusé.

— Son amour-propre ?

— Je sais que nous en avons parlé l'autre jour, que ses véritables talents résident dans d'autres domaines, mais vous êtes terriblement dur avec lui. Il fait tout pour vous satisfaire, mais on dirait qu'il ne trouve jamais grâce à vos yeux. Et je ne m'inquiète pas uniquement pour lui. C'est pour vous aussi que je me fais du souci.

— Pourquoi ça ?

— Certaines choses finissent par se savoir. Les gens parlent, observent. Nous nous donnons beaucoup de mal pour façonner une image de vous qui plaira aux électeurs. (Elle s'éclaircit la voix.) Je veux dire, davantage. En voyant la manière dont vous traitez Glover, ils se forgent une certaine opinion. À savoir que vous vous comportez avec votre fils comme une sorte de tyran. Ça passe mal.

Headley grogna.

Valerie se redressa légèrement, se préparant à l'attaque qu'elle sentait venir.

— Écoutez, vous êtes un individu complexe. Vous pouvez être dur, voire cruel, mais votre personnalité a aussi d'autres aspects, je l'ai vu. Vous êtes capable de compassion. Je sais qu'il y a des choses qui vous tiennent à cœur. À commencer par l'environnement. Mais il ne suffit pas de se soucier de la planète, en ignorant ceux qui y vivent.

Headley n'avait pas l'air de comprendre.

— Plus vous irez de l'avant, plus on vous consacrera d'articles. Des portraits. Nous cherchons quelqu'un d'autre pour écrire votre bio, maintenant que Barbara Matheson a décliné.

Headley fit entendre un petit rire railleur.

— Encore une idée géniale de Glover.

— Elle était peut-être meilleure que nous le pensons. Matheson aurait pu faire du bon travail si nous avions accepté de lui accorder une certaine marge de manœuvre.

Il secoua la tête.

— Comme je le disais, il y aura d'autres portraits, dont beaucoup échapperont à notre contrôle, et cela signifie que les gens qui travaillent pour et avec vous seront sollicités. Il y a des chances que beaucoup se confient de façon officieuse, surtout s'ils ont le sentiment d'avoir été insultés ou rabaissés. Ils raconteront ce qu'ils ont vu et la façon dont vous traitez Glover fera peut-être surface. Cela donnera une mauvaise image de vous. Le fait est qu'on en parle déjà. Il y a même un compte Twitter qui...

Headley leva la main pour la faire taire. Il se traîna derrière son bureau et s'assit dans son très grand et luxueux fauteuil. Il se prit brièvement la tête à deux mains avant de se redresser.

— Bon, très bien, je ne serai jamais élu père de l'année, mais si je l'ai pris ici avec moi, pour travailler dans cette administration, c'est pour essayer de rattraper les erreurs que j'ai commises au fil des années. Si c'était quelqu'un d'autre... je l'aurais déjà viré, très probablement.

— C'est un garçon brillant, Richard, l'homme le plus calé en technologie que je connaisse. La politique n'est pas son point fort, je vous l'accorde. Il est trop jeune, il manque d'expérience. Confiez-lui des missions où il excelle, comme les sondages ou l'analyse de données. Il vient d'embaucher une nouvelle, d'ailleurs. Délivrez-le en l'éloignant du premier cercle. Laissez-le travailler dans son coin, sans qu'il ait à vous faire plaisir tous les jours.

Le maire parut réfléchir. Il détourna le regard et déclara à voix basse :

— Il m'a… humilié. Il m'a fallu des années pour faire oublier cet épisode.

Valerie soupira.

— Vous valez mieux que ça.

— Vous pouvez être sûre que si j'annonce quoi que ce soit, ils déterreront cette vidéo où on le voit chialer devant les caméras.

— C'était un gamin, rappela Valerie. Un gamin qui a regardé sa mère mourir pendant que vous étiez occupé à…

Elle s'interrompit.

— … baiser son infirmière, termina Headley en lui lançant un regard froid.

Valerie acquiesça lentement de la tête.

— Je ne l'aurais peut-être pas formulé ainsi, mais oui.

L'expression du maire se radoucit.

— Mon propre père était un salaud.

— Je sais.

— Il me traitait comme de la merde. Je le haïssais. Je le hais encore, et ça fait seize ans qu'il est mort. Les saloperies qu'il m'a fait faire… En même temps, je lui suis reconnaissant, vous comprenez ?

— Je… crois, oui.

— Il m'a donné la force de prendre des décisions difficiles. Je devais exécuter ses ordres ou affronter sa colère. Ça m'a endurci. (Il marqua une pause, frappé par un souvenir.) Un jour, il m'a obligé à expulser ce couple. Le mari avait perdu son travail et sa femme venait d'avoir un bébé. Elle avait eu des complications de santé. Ils avaient quatre mois d'arriérés de loyer et nous gérions un business, pas une organisation caritative. Ils devaient partir.

On aurait dit que Valerie venait de renifler une remontée d'égout.

— Enfin, vous racontez cette histoire comme si vous en étiez fier. Pourvu que ça ne se retrouve pas dans votre bio...

Headley cligna des yeux, comme s'il ne saisissait pas quelle image cette anecdote donnait de lui.

— D'accord, je vois ce que vous voulez dire, mais ce n'était pas ce que j'essayais de vous faire comprendre. J'ai appris à faire ce qui devait être fait. J'ai appris le courage en travaillant pour mon père.

— Sauf quand il s'agissait de lui tenir tête. Vous auriez pu dire non quand il vous a demandé de mettre cette famille à la rue.

Headley lança à son assistante un regard noir. Décidément, elle ne voulait pas comprendre.

— Tout ce que j'essaye de faire avec Glover, c'est de l'endurcir, lui aussi.

— Je vois.

— Mon Dieu, vous me regardez exactement comme sa mère le faisait.

Ce fut au tour de Valerie de le fusiller du regard.

— Vous n'êtes pas obligé de reproduire avec votre fils les erreurs que votre père a commises avec vous.

Il la regarda alors avec un mélange de mépris et d'admiration.

— Vous êtes gonflée de me parler de cette manière.

— Si vous ne voulez pas entendre la vérité, Richard, engagez quelqu'un d'autre.

Les lèvres de Headley dessinèrent lentement un sourire narquois, puis son expression s'assombrit à nouveau.

— Organisez ça. Une conférence de presse, avec la cheffe de la police et ce peigne-cul tout content de lui de la Sécurité intérieure.

— Peut-être pas la Sécurité intérieure, conseilla Valerie. Il ne faudrait pas affoler tout le monde. Si vous le faites intervenir, les gens vont penser « terrorisme », ça ne fait aucun doute.

— Entendu, répondit Headley après un instant de réflexion. Et on ferait bien de rappeler machin, le type des ascenseurs, au cas où il y aurait des questions techniques.

— Je m'en occupe.

Alors qu'elle se dirigeait vers la porte, celle-ci s'ouvrit et Glover entra à grands pas dans la pièce.

— Il y en a eu un autre, dit-il d'une voix haletante. Une autre tragédie.

Headley regarda son fils avec pitié, puis Valerie.

— Quel scoop !

Elle lança à son patron un regard dur qui disait : « C'est plus fort que vous, hein ? »

- 40 -

Alexander Vesolov, l'ambassadeur de Russie aux États-Unis, entra dans un kiosque Hudson News situé dans Grand Central Terminal.

Il consulta la une des quotidiens et se décida pour le *Wall Street Journal*. Il prit un exemplaire, son regard se portant immédiatement sur un article, au-dessus de la pliure, consacré à la mort du Dr Fanya Petrov dans un accident d'ascenseur. Dans le corps de l'article, un encadré d'une colonne s'interrogeait : *Peut-on prendre l'ascenseur en toute sécurité ?*

Il sortit un billet de dix dollars qu'il tendit à la femme derrière le comptoir. Après avoir empoché sa monnaie, il replia le journal et le cala sous son bras, puis s'attarda pour jeter un coup d'œil aux périodiques. Hudson News proposait des centaines de magazines, ainsi qu'une sélection de livres.

Vesolov s'intéressa d'abord aux hebdomadaires d'informations. Il parcourut les couvertures de *Time* et de l'*Economist*, feuilleta le *New Yorker* et lut les légendes des dessins humoristiques sans qu'aucun le fasse rire. Il ne les avait jamais compris.

Il reposa le *New Yorker* et passa à la section automobile. Les articles consacrés aux voitures, eux, ne réclamaient pas de traduction culturelle. Vesolov tendit le bras pour prendre un exemplaire d'*Automobile*, heurtant légèrement l'épaule d'un homme qui survolait les pages de *Motor Trend*.

L'homme était plus grand que lui, et en bien meilleure condition physique. Vesolov se tenait constamment voûté ; il avait du ventre, le cou épais et la peau d'une pâleur maladive. L'autre était svelte, hâlé, et portait son costume sombre à la perfection.

— Alors, dit Vesolov à voix basse, sans quitter le magazine des yeux.

— Oui, répondit l'autre.

— C'est fait. Pour le moment, il n'y a rien d'autre pour vous. Si on a besoin de vous, on vous recontactera. Un versement a été effectué sur le compte habituel.

— Vous n'étiez pas obligé de faire ça.

— Nous avions un accord. Petrov n'est plus une menace.

— Oui, mais…

— Ne protestez pas. Nous avions un arrangement. Les choses ne se sont pas passées exactement comme prévu, mais nous avons obtenu le résultat recherché. Vous nous ferez peut-être une réduction sur le prochain.

— Ça me paraît équitable.

— Cela vous laisse un peu de temps libre. Allez voir les sites touristiques.

L'homme gloussa.

— Peut-être pas l'Empire State Building.

— Non, j'ai l'impression que cette semaine n'est pas favorable à ce genre d'attractions.

— Vous savez où j'aurais envie d'aller ? Dans l'Iowa.

— L'Iowa ? Personne ne vient en Amérique pour aller dans l'Iowa.

— Vous avez vu *Jusqu'au bout du rêve* ? C'est mon film préféré.

— Très bien, dit Vesolov avec un haussement d'épaules. Allez donc voir les champs de maïs de l'Iowa.

L'ambassadeur reposa la revue automobile, tourna les talons et s'éloigna sans un mot. L'homme attendit pratiquement une minute avant de rejoindre l'intérieur de la gare.

Un troisième homme, qui tournait le dos aux deux autres en feuilletant un *Sports Illustrated*, sortit son portable.

Il composa un numéro, approcha le téléphone de son oreille. Quelqu'un décrocha avant la fin de la première sonnerie.

— Passez-moi Cartland, dit-il.

- 41 -

Jerry Bourque planquait sur Grove Street, adossé contre un arbre qui poussait sur le trottoir entre Bedford et Bleecker. De belles et anciennes *brownstones*, de grands arbres feuillus. Beaucoup de boutiques intéressantes, de cafés et de restaurants. Bourque avait toujours adoré Greenwich Village et aurait aimé y vivre. C'était presque un monde distinct du reste de New York, peut-être grâce aux arbres qui contribuaient à étouffer les klaxons, les sirènes et le grondement de moteurs à seulement un pâté de maisons de là.

Certains matins, comme celui-ci, il venait là avant de prendre son service pour voir comment elle allait.

Amanda.

Elle avait déjà dû fêter son deuxième anniversaire. Elle n'avait qu'un an et demi quand sa mère, Sasha Woodrow, avait été abattue par Blair Evans.

Bourque était venu suffisamment souvent pour connaître la routine. Chaque matin, la nounou – une jeune femme d'une vingtaine d'années – arrivait à 7 h 30 précises. Du lundi au vendredi. Le mari de Sasha, Leslie, partait environ un quart d'heure plus tard. La porte d'entrée s'ouvrait et Leslie, impeccable, en costume-cravate, sortait son vélo et descendait avec précaution les marches du perron jusqu'au trottoir. Après quoi il pédalait jusqu'à son bureau de Wall Street.

Bourque trouvait imprudent de ne pas porter de casque. Amanda avait déjà perdu un parent. Pourquoi son père courait-il ce risque ? Il prenait sur lui, chaque fois qu'il était témoin de cela, pour ne pas lui en faire la remarque.

Il tenait sa langue parce que, à la place de Leslie Woodrow, il aurait répliqué : « Eh bien, si vous n'aviez pas plongé pour éviter la balle, Amanda n'aurait peut-être pas un parent en moins. »

Bourque présumait que Leslie levait et habillait Amanda, et qu'il lui donnait aussi son petit déjeuner. Tous les matins où il s'était trouvé là, la nounou était sortie de la maison moins de vingt minutes après le départ du père. Elle n'avait clairement pas le temps d'accomplir toutes ces tâches. Bourque imaginait souvent Leslie assis à la table du petit déjeuner avec sa fille, partageant un morceau de toast avec elle, lui donnant des Cheerios pour qu'elle joue avec, en espérant qu'ils finissent plus nombreux dans sa bouche que par terre.

La nounou – Bourque aurait voulu connaître son nom et, compte tenu de ses fonctions, il n'aurait pas eu de mal à le trouver, mais il avait résisté à la tentation – aimait commencer la matinée en emmenant Amanda en promenade, sauf s'il pleuvait.

Ce jour-là ne fit pas exception.

La porte de la maison s'ouvrit et la nounou en sortit, tenant Amanda d'une main et une poussette repliée de l'autre. Elle ferma la porte à clé et, une fois sur le trottoir, lâcha Amanda et déplia rapidement la poussette avant que l'enfant puisse s'éloigner. Après avoir installé Amanda dans la poussette, elle l'attacha.

Bien vu, pensa Bourque.

Il pensait que la jeune femme était originaire de France. Elle était peut-être là avec un visa étudiant, suivant des cours le soir et travaillant pour Leslie Woodrow dans la journée. Bourque l'entendait souvent parler français à l'enfant quand elles passaient devant lui. Quelle chance pour Amanda d'acquérir si jeune quelques rudiments d'une langue étrangère ! Dommage que cela ait été rendu possible dans ces circonstances, bien entendu.

Bourque se montrait discret. Il gardait ses distances. Il se retournait ou traversait la rue quand elles s'approchaient. Il savait qu'il n'aurait pas dû les épier ainsi, mais il éprouvait le besoin d'être constamment rassuré. Il avait besoin de savoir qu'Amanda allait bien.

Qu'elle était heureuse. Qu'elle n'était pas traumatisée.

Comme lui.

Si la petite agitait les pieds, babillait joyeusement ou observait le monde avec émerveillement et curiosité, Bourque se sentait plein d'espoir. C'étaient autant de signes encourageants, n'est-ce pas ? Si elle avait été rongée par le souvenir du meurtre de sa mère, de son sang dégouttant directement sur elle, pareil à une chaude pluie rouge, ce genre d'attitude aurait été impossible, non ? Bourque voulait croire qu'Amanda avait une chance de grandir comme une enfant normale, heureuse et en bonne santé. Naturellement, être privée de mère la désavantageait dès le départ, mais elle finirait par surmonter cela. Et qui sait ? Un jour peut-être, Leslie trouverait quelqu'un d'autre. Une nouvelle femme, une mère pour Amanda.

Il finirait peut-être même par épouser la nounou. Ça s'était déjà vu.

Bourque observait également les changements qui s'opéraient chez Leslie.

Les deux premiers mois, il n'avait pas pris son vélo. Après l'arrivée de la nourrice – selon Bourque, elle avait été engagée après la mort de la mère seulement –, il descendait les marches du perron tel un mort-vivant. Il traînait les pieds, visiblement consumé par le chagrin.

Mais un matin, Leslie était sorti avec son vélo. Aux yeux du policier, la bicyclette représentait une étape vers la guérison. Le désir d'affronter la journée avec davantage d'énergie, de l'embrasser avec *entrain*.

En fait, au fil des semaines et des mois, il quittait sa résidence de Grove Street avec ce qui ressemblait de plus en plus à de l'enthousiasme.

Bien, pensait Bourque. *C'est bien.*

Il était tellement rongé par la culpabilité qu'il cherchait désespérément des preuves que Leslie et Amanda allaient de l'avant, quand bien même la mort de Sasha les hanterait à jamais. Et hanterait certainement Bourque. Peut-être se racontait-il des histoires, en croyant voir des signes qui n'existaient pas pour tenter de soulager sa conscience. Il n'avait aucune raison d'attendre un quelconque pardon, et ce n'était pas ce qu'il cherchait. Mais si Leslie et Amanda parvenaient à construire un avenir ensemble, Bourque pourrait alors respirer un peu plus facilement.

Littéralement.

La poussette approchait et Amanda s'amusait avec un jouet. C'était un petit avion en caoutchouc qu'elle faisait voleter en le brandissant sur fond de ciel, l'imaginant là-haut.

Elle faisait vibrer ses lèvres pour imiter les bruits du réacteur.

Ces mêmes lèvres qui avaient goûté le sang de sa mère.

Bourque sentit sa gorge se serrer. Il se redressa, renonçant à l'arbre pour se soutenir. Il sortit l'inhalateur de sa poche. Une petite bouffée rapide. C'était tout ce dont il avait besoin. Il retira le capuchon et le porta à sa bouche.

— Hé, vous ! dit quelqu'un.

Bourque baissa l'inhalateur et le fourra dans sa poche en même temps qu'il se retournait, se retrouvant face à la nounou, qui le regardait.

— Oui ?

— Qui êtes-vous ? demanda-t-elle tout à fait clairement mais avec un accent français perceptible.

— Je vous demande pardon ?

— Je vous ai déjà vu. Vous nous surveillez ?

— Non, j'attendais juste un ami. Je...

— Je suis sûre de vous avoir déjà vu. La prochaine fois, j'appelle la police.

— C'est moi, la police, rétorqua Bourque, qui sentait ses bronches se fermer de plus en plus. (Il montra rapidement sa plaque.) Je surveille quelqu'un un peu plus loin dans la rue. Je vous serais reconnaissant de ne rien dire.

Les lèvres de la jeune femme s'arrondirent pour dessiner un O.

— Désolée, murmura-t-elle avant de poursuivre son chemin, toute rouge.

Bourque mit l'inhalateur dans sa bouche et pressa. Il lui faudrait finalement deux doses. En essayant de remettre la cartouche dans sa poche d'une main tremblante, il la fit tomber par terre. Il se pencha, la ramassa sur le trottoir et l'essuya avant de la rempocher.

Il ne pourrait jamais recommencer. Si la jeune femme le repérait une nouvelle fois, il aurait bien du mal à se justifier.

Son portable sonna dans sa poche, il consulta l'écran et répondit à Lois Delgado.

— Oui, dit-il.

— Où es-tu ?

— J'arrive.

— Ouais, eh bien, magne-toi. On nous a réassignés.

— Sur quoi ?

— Ils sont en train de mettre sur pied une sorte de force opérationnelle sur les accidents d'ascenseur. On en a trois à présent.

— Trois ?

— Ouais. Deux, ça peut être une coïncidence, mais trois, c'est qu'il y a un problème. Quand le capitaine leur a parlé de notre gars, Otto, ils nous ont convoqués.

— On ne sait pas s'il y a un lien... Mais on ne sait pas s'il n'y en a pas.

— La Sécurité intérieure est dans le coup, à ce que j'ai entendu dire.

Bourque ne réagit pas. Il regarda dans la rue, vit la nounou et Amanda tourner l'angle.

— Tu es toujours là ?

— Ouais ?

— Ils doivent craindre une hystérie collective, à mon avis. Le maire est sur le point de faire une déclaration.

— Je me sens déjà rassuré, dit Bourque.

- 42 -

— Merci d'être venus, dit Richard Headley aux journalistes réunis dans la salle de presse de City Hall.

Valerie avait informé par mail tous ses contacts habituels que le maire ferait une déclaration importante à midi. Elle ne donnait aucun autre détail. Au moins une dizaine de journalistes et de rédacteurs en chef lui avaient demandé en retour de quoi il allait parler. Valerie n'avait pas répondu.

Elle était ainsi quasi certaine que tout le monde ferait le déplacement.

La salle était pleine à craquer. Presse écrite, chaînes de télévision, radio. Beaucoup papotaient, cherchant à savoir si l'un ou l'autre avait la moindre idée de quoi il retournait. Valerie se fendit d'une courte introduction qui consista peu ou prou à annoncer « Monsieur le maire, Richard Headley », avant de céder le podium à son patron.

Glover et Vallins se tenaient à l'écart, sur le côté. Le maire partageait l'estrade avec la cheffe de la police Annette Washington et Martin Fleck, l'expert ès ascenseurs.

Le maire s'éclaircit la voix après son mot de bienvenue et but une gorgée dans le verre d'eau qu'on avait laissé à son intention. Il allait reprendre la parole quand quelqu'un demanda :

— L'explosion du taxi était-elle un acte terroriste ?

Cette intervention sembla prendre le maire de court alors qu'il n'avait pas encore pu commencer à lire son texte préparé. La question de ce journaliste mit le feu aux poudres. D'autres fusèrent :

— Combien de morts dans l'explosion ?

— Est-ce que le chauffeur était un terroriste ? S'agit-il d'un attentat-suicide ?

— La bombe a-t-elle été abandonnée dans la voiture par un passager ?

Le maire leva la main et attendit que tout le monde se calme.

— Je laisse à la cheffe Washington ici présente le soin de répondre aux questions concernant l'incident du taxi. Pour le moment, je vais aborder un autre problème potentiel pour les habitants de New York. Comme vous le savez, trois incidents tragiques impliquant des ascenseurs ont eu lieu ces trois derniers jours. Le premier, ce lundi, a fait quatre morts, dont la productrice Sherry D'Agostino et l'avocat Barton Fieldgate. Une perte terrible pour la ville, et pour leurs familles. Sur le moment, on a suspecté un dysfonctionnement inexpliqué. Mais ensuite, mardi, un autre accident a coûté la vie à une scientifique russe de renom, Fanya Petrov, qui était ici pour effectuer des recherches à l'université Rockefeller. J'ai pris contact avec l'ambassadeur russe et je lui ai assuré que nous faisions tout notre possible pour savoir ce qui est arrivé. Mais avant que nous ayons pu beaucoup progresser dans l'enquête, un autre incident s'est produit, ce matin, au cours duquel deux personnes ont été tuées.

Un frisson parcourut l'assemblée.

— Nous avons des raisons de croire que ces trois incidents ne sont pas fortuits et sont, en fait, liés les uns aux autres.

— Comment ? lança un journaliste.

— J'y viens, répondit le maire, qui gratifia le journaliste d'un regard signifiant : « Ferme-la et laisse-moi terminer. » Sans entrer dans les détails, il y a des points communs à ces événements qui nous inquiètent. J'ai donc ordonné aux services d'inspection de la Ville de procéder à une vérification complète de tous les ascenseurs des cinq arrondissements. Il va sans dire que cette tâche prend du temps, par conséquent nous demandons aux propriétaires et aux services de gérance d'immeubles de procéder à leurs propres inspections.

Les représentants des médias étaient de plus en plus fébriles.

— Il s'agirait donc d'un problème mécanique ? renchérit un autre journaliste. Une pièce défectueuse qu'on trouverait dans beaucoup d'ascenseurs à travers la ville ? Mais dans ce cas, pourquoi les défaillances se produisent-elles au même moment ?

— C'est le genre de chose que nous cherchons à déterminer, répondit Headley, irrité par ces constantes interruptions qui lui faisaient perdre ses moyens. Ce que je suis en mesure de dire...

— D'après mes informations, le FBI et la Sécurité intérieure sont impliqués, ce qui paraît plutôt curieux s'il s'agit d'un simple problème mécanique.

Une voix différente. Féminine. Headley plissa les yeux pour tenter de repérer qui avait posé la question malgré les projecteurs.

— Serait-ce Mme Matheson ?

— Oui, répondit Barbara. Est-ce que je me trompe en disant que les fédéraux s'intéressent à l'affaire ?

Le maire marqua un temps d'arrêt.

— La Sécurité intérieure est impliquée, effectivement, dit-il lentement.

— C'est donc la Sécurité intérieure qui est allée voir les familles des victimes pour leur demander de faire profil bas ? de ne pas poser trop de questions, du moins à ce stade ?

— Je ne suis pas en mesure de répondre à cela. Seul quelqu'un du ministère pourra vous éclairer.

— Est-ce parce qu'ils ne voulaient pas provoquer de panique avant d'avoir plus d'infos ?

— Je vous encourage à leur passer un coup de téléphone.

— Oh, j'ai bien essayé, rétorqua Barbara. L'implication de la Sécurité intérieure ne sous-entend-elle pas que vous êtes en fait confronté à une affaire de terrorisme ? que les dysfonctionnements de ces ascenseurs sont en réalité du sabotage ? des actes délibérés ?

L'effervescence qui gagnait l'assemblée commença à s'amplifier.

Un journaliste du *Daily News* lança d'une voix forte :

— Si c'est délibéré, qui est derrière ça ? Y a-t-il eu des revendications ?

Le maire se tourna vers la cheffe Washington, qui hocha la tête et s'avança vers le micro.

— Personne n'a revendiqué ces actes, déclara-t-elle. Et, pour clarifier les propos du maire, nous ne sommes pas sûrs à 100 % qu'il s'agisse d'actes malveillants. Cela reste toutefois une possibilité que nous envisageons sérieusement.

— Y a-t-il un lien avec les Flyovers ? demanda une représentante de Fox News.

— Nous n'avons aucune raison de...

— Parce que, poursuivit-elle, quelqu'un qui se dit inspiré par les Flyovers vient de revendiquer l'explosion du taxi. C'est sur Twitter.

Washington cligna des yeux. Tous les regards se tournèrent vers la femme de la Fox.

— Je n'ai pas eu connaissance de ce tweet, dit Washington en grimaçant. Twitter n'est pas ma source d'information numéro un.

— Est-il possible que l'explosion et l'accident d'ascenseur au Gormley Building, sur la Septième Avenue, soient liés ? Ils se sont produits exactement au même moment.

— Une fois encore, notre enquête devra le déterminer. Nous n'en sommes qu'au stade préliminaire. J'aimerais rendre la parole à monsieur le maire.

Celui-ci reprit sa place sur le podium.

— Merci, cheffe. Pour passer à autre chose, j'aimerais souligner que...

— Peut-on prendre un ascenseur en toute sécurité dans cette ville ?

C'était Barbara de nouveau. Le silence se fit dans la salle, tout le monde était suspendu aux lèvres du maire. Au lieu de répondre, celui-ci se tourna vers Fleck et lui fit signe d'approcher.

— J'aimerais vous présenter Martin Fleck, du service des immeubles. Il pourra vous parler de la sécurité des ascenseurs et répondre aux questions plus techniques.

Comme Fleck s'approchait du micro, le maire lui glissa à l'oreille :

— Tâchez de rester positif.

Fleck lui lança un regard acéré, l'air de dire : *Vous êtes sérieux ?* Mais une fois au micro, il fit de son mieux pour apaiser les esprits.

— Pour répondre à la dernière question, dit-il, les faits confirment que les ascenseurs sont on ne peut plus sûrs. Les accidents sont extrêmement rares. En réalité, la plupart des accidents mortels touchent les professionnels chargés de l'entretien, et non le public. N'importe lequel de ces appareils intègre de nombreux dispositifs de sécurité qui...

Une journaliste du *Post* l'interrompit :

— D'accord, mais il n'est pas question de ce genre de chose. On parle de terroristes qui coupent les câbles.

Fleck leva la main.

— Personne n'a jamais parlé de câbles sectionnés, et personne ici n'a employé le mot « terroriste ». Contrairement à ce que vous affirmez, les câbles n'ont pas été coupés sur ces ascenseurs.

— Alors, que s'est-il passé ?

— Il semblerait plutôt qu'ils aient été piratés.

Il y eut une soudaine éruption de questions. Alors que tout le monde l'assaillait en même temps, Fleck ressemblait à un lapin acculé par une meute de loups.

Barbara réussit à crier plus fort que les autres :

— Comment fait-on pour pirater un ascenseur ? Est-ce même possible ?

— Eh bien, c'est très difficile, répondit l'expert. Cela requiert de très grandes compétences. Et même si vous possédiez ce genre de connaissances, il vous faudrait un appareil qui...

— Quel genre d'appareil ? demanda la journaliste du *Post*.

— Pour faire simple, c'est comme une télécommande de télévision qui permet de contrôler toutes les fonctions d'un ascenseur.

— On dirait que vous décrivez un gadget tout droit sorti d'un *Mission impossible*. On ne peut pas faire ça dans la vraie vie, n'est-ce pas ?

— Si vous connaissiez les différents codes de sécurité, si, vous pourriez. Cet appareil peut être branché directement sur le système qui pilote les ascenseurs de l'immeuble. Et si quelqu'un se trouve à l'extérieur et se débrouille pour accéder au système de sécurité général, il peut ensuite se connecter au système de commande des ascenseurs.

À présent qu'il entrait vraiment dans son domaine d'expertise, Fleck paraissait plus à son aise, contrairement à Headley, qui semblait dans ses petits souliers.

— Merde alors ! s'exclama un des journalistes.

L'envoyé de l'antenne locale de NBC, un homme grand et séduisant, finit par placer une question :

— Il doit être très difficile de se procurer ce genre d'appareil, n'est-ce pas ?

— En fait, non, répondit Fleck. Vous pouvez en acheter un pour environ cinq cents dollars sur...

Le maire s'approcha et l'écarta doucement du micro.

— Merci beaucoup, Martin. Je vais prendre le relais. J'ai donné cette conférence de presse afin d'informer le public que nous enquêtons avec le plus grand soin sur ces incidents. Je demande à quiconque serait témoin de quoi que ce soit de suspect de bien vouloir alerter...

— Excusez-moi ! lança Barbara.

Le maire l'ignora.

— Ce que nous demandons instamment à la population, c'est de...

— J'ai posé une question qui n'a pas reçu de réponse, insista Barbara, couvrant la voix du maire.

Headley, visiblement affligé, regarda la journaliste et demanda :

— Quelle était cette question ?

Barbara prit une demi-seconde pour se calmer, puis répéta, de façon claire et concise :

— Est-il oui ou non sans danger de prendre l'ascenseur dans la ville de New York ?

Le maire avait l'air sombre.

— Je n'en sais rien, finit-il par lâcher.

- 43 -

Quelques minutes à peine après l'aveu d'ignorance du maire, le sujet faisait l'ouverture de tous les journaux télévisés de la ville, de l'État et du pays. CNN interrompit sa programmation avec son logo « BREAKING NEWS », et un Wolf Blitzer sinistre annonça au monde entier que le maire d'une des villes les plus peuplées et les plus verticales de la planète n'avait pas la moindre certitude quant à la sûreté des dizaines de milliers d'ascenseurs en fonctionnement.

« Après trois accidents tragiques en trois jours, résuma Blitzer, New York est à présent confronté aux possibles agissements d'un saboteur en série. Certains éléments suggèrent que les trois incidents, survenus dans des immeubles pris au hasard à travers la ville, sont liés. À la stupeur générale, on apprenait il y a quelques instants que ces ascenseurs ont pu être piratés et, plus terrifiant encore, que ces appareils, qui transportent des millions de personnes chaque jour, pourraient être manipulés à distance. Ces nouvelles effrayantes nous parviennent au moment où les Flyovers, un groupe d'activistes soupçonné d'avoir perpétré des attentats à la bombe dans plusieurs villes de la côte, ont revendiqué l'explosion d'un taxi à New York qui a coûté la vie non seulement au chauffeur mais à deux touristes canadiens qui venaient de sortir de leur hôtel sur la 49e Rue Est. La cheffe de la police de New York n'a pas été en mesure de dire si le groupe des Flyovers était, d'une manière ou d'une autre, derrière l'explosion du taxi ni s'il était impliqué dans la crise des ascenseurs. »

Le *New York Times* actualisa son site quelques minutes après la conférence de presse du maire Richard Headley. On y lisait en gros titre : « Les chutes d'ascenseur liées, on soupçonne des actes malveillants. » En dessous, en sous-titre : « Le maire Headley incapable de calmer une ville inquiète. »

Le *New York Daily News*, comme on pouvait s'y attendre, se montra moins subtil pour dénoncer l'incapacité de l'édile à rassurer ses électeurs. Avec une photo qui montrait le maire le nez sur ses notes, l'air morose, il titrait à la une : « Chapeau, Dick ! », puis en dessous : « Headley ne sait pas si les ascenseurs piratés sont sûrs. »

Immédiatement après la conférence de presse, ses deux pouces pianotant à la vitesse de l'éclair, Barbara rédigea un éditorial sur son téléphone et l'envoya par mail au rédacteur en chef de *Manhattan Today*. Il fut publié sur son site internet moins d'une minute plus tard, sous le titre : « Un maire tombé au trente-sixième sous-sol pour ce qui est de la sécurité des ascenseurs ».

Par Barbara Matheson

Dans ce qui restera sans doute dans les mémoires comme l'une des conférences de presse les plus désastreuses de l'histoire de la ville de New York, un Richard Headley pour le moins maladroit a fait deux annonces effrayantes. La première est qu'un individu, ou un groupe, tue délibérément des New-Yorkais en prenant le contrôle des ascenseurs. Si troublante soit cette première information, la seconde est pire : notre maire ne sait absolument pas quoi y faire.

Accompagné de la cheffe de la police et d'un sous-fifre du service technique de la Ville chargé de la sécurité des ascenseurs, le maire a offert un direct « Je n'en sais rien », quand on lui a demandé si l'on pouvait embarquer dans un de ces appareils et espérer en descendre vivant. Que l'on songe à ce qui s'est passé depuis lundi. Quatre morts à la suite de la chute d'un ascenseur dans la tour Lansing. Une scientifique russe invitée décapitée en tentant de s'échapper de sa cabine d'ascenseur bloquée, portes ouvertes, entre deux étages. Et tôt ce matin, deux personnes ont péri écrasées par une cabine dans le Gormley Building après être tombées au fond de la gaine. Qu'est-ce que demain nous réserve, et quel est le plan de la municipalité, si plan il y a, pour répondre à ça ?

Comme s'il n'y avait pas suffisamment de motifs d'inquiétude, un taxi new-yorkais a explosé ce matin, tuant au moins trois personnes, mais ne demandez pas au maire si cela a un rapport quelconque avec les défaillances des ascenseurs, parce qu'il n'en sait rien. Ce que nous savons, en revanche, c'est que quelqu'un prétendant appartenir au groupe d'activistes des Flyovers a revendiqué l'attentat à la bombe sur Twitter. Il aurait peut-être aussi reconnu le sabotage des ascenseurs s'il avait eu suffisamment de signes. En conclusion, nous ne savons pas s'il est prudent de monter dans un ascenseur, ou dans un taxi. Sur ce, passez une bonne journée.

Le hashtag #goingdown commença à apparaître dans les tendances de Twitter moins de dix minutes après les déclarations de Headley.

Et puis LA grande nouvelle se répandit.

Les organes de presse furent avertis qu'une seconde conférence de presse se tiendrait à City Hall moins d'une heure après la première.

Le maire, mis sous pression pour ne pas avoir su réagir à la crise, publia un communiqué annonçant qu'il ordonnait, après concertation avec les chefs de la police et des pompiers, la mise hors service de tous les ascenseurs de la ville jusqu'à ce que leur utilisation soit considérée comme sans danger.

Tous. Sans exception.

Mais plutôt que d'affronter la presse après sa désastreuse prestation, Headley envoya quelqu'un parler en son nom.

Son fils.

Un Glover Headley nerveux prit la parole pour inviter tous les propriétaires et gérants d'immeubles à rendre leurs ascenseurs inutilisables jusqu'à ce qu'ils puissent être inspectés et considérés comme sûrs, c'est-à-dire « non trafiqués ». Des instructions dans ce sens seraient publiées sur le site de la municipalité afin d'accélérer le processus. Entre autres choses, les inspecteurs devraient rechercher d'éventuelles modifications non autorisées sur les cabines et changer tous les mots de passe des systèmes de sécurité.

Glover ajouta que le maire avait conscience de l'ampleur du désagrément que cela occasionnerait pour les habitants de New York, mais il espérait que cette mesure serait de courte durée. Les inspections devaient débuter sur-le-champ, et il était possible qu'un grand nombre d'appareils soient remis en service d'ici la fin de la semaine, voire bien plus tôt. Les autres chaînes suspendirent leurs programmes pour couvrir l'événement.

— Il s'agit d'une réaction scandaleusement excessive, déclara un commentateur sur CNN, membre d'un groupe d'experts politiques. On ne peut pas arrêter tous les ascenseurs de la plus grande ville du pays d'un claquement de doigts. Nous n'avons aucune idée de la réalité de cette menace, et il est probable que cette mise hors service des ascenseurs fera plus de victimes que si on avait laissé les gens continuer à les utiliser. C'est comme de fermer toutes les routes d'Amérique parce qu'il y a peut-être deux ou trois ponts fragilisés quelque part.

Une femme à côté de lui rétorqua :

— Vous plaisantez ? Vous monteriez dans un ascenseur à New York aujourd'hui ?

À quoi l'homme répondit sur un ton furibond :

— Oui, je le ferais, et vous savez pourquoi ? Parce que tout ça, ce sont de fausses informations destinées à terroriser les gens et à les soumettre à la volonté de...

Un autre homme lui coupa la parole :

— Pour l'amour du ciel, ce doit être la chose la plus stupide que je vous aie entendu proférer, et ça en dit long. Chaque fois qu'on vous met en garde contre une menace possible, vous pensez à un complot visant à vous soumettre. Allons, qu'est-ce que vous...

— Oh, repartit le premier, et je suppose que pour vous, le 11-Septembre n'était pas un coup monté de l'intérieur. Eh bien, je sais de source sûre...

Sur Fox, les théories du complot allaient encore plus loin : un des invités se demandait si le maire, avec son passé gauchisant, pro-démocrate, n'avait pas fabriqué cette crise de toutes pièces dans le but d'améliorer la condition physique des New-Yorkais en les forçant à emprunter les escaliers. Après tout, c'était le même maire qui voulait rendre tous les véhicules municipaux non polluants. Pouvait-on réellement faire confiance à ce genre d'individu ? « C'est l'initiative la plus ridicule depuis que l'ancien maire, Michael Bloomberg, avait tenté de légiférer sur la taille des sodas », ajouta l'invité.

Du côté de NBC, on avait fait venir dans le studio une prétendue experte pour expliquer aux téléspectateurs comment survivre à une chute d'ascenseur.

— Beaucoup de gens pensent que si vous êtes dans un ascenseur qui tombe en chute libre, et que vous sautez sur le plancher juste avant qu'il percute le fond de la gaine, cela va vous sauver. Eh bien, continua-t-elle en pouffant, il y a de nombreux problèmes avec cette hypothèse. Le premier, c'est l'impossibilité de minuter l'action avec précision. Et même si vous le pouviez, cela ne vous sauverait pas. Votre corps continuera à tomber à la même vitesse que la cabine, si bien que, d'une manière ou d'une autre, vous toucherez le fond et le choc sera violent. Votre seule véritable chance de survie consiste à vous coucher sur le plancher de l'ascenseur, sur le dos, bras et jambes écartés, ce qui permet de mieux répartir votre poids.

— D'accord, intervint l'animateur, mais s'il y a dix autres personnes et que vous n'avez pas la place de faire ça ?

L'experte haussa les épaules.

— Eh bien, dans ce cas, vous finirez en pizza d'ascenseur.

Sur MSNBC, la crise prenait un tour financier.

— La Bourse de New York a clôturé trois heures avant qu'on sonne la cloche, résumait un analyste. La vie des affaires est effectivement paralysée. Des millions de dollars sont perdus chaque seconde. Le maire Richard Headley a créé un mouvement de panique. Il doit revenir devant les caméras et trouver quelque chose de mieux à dire que « Je ne sais pas » et « Nous mettons les ascenseurs à l'arrêt ». Ce doit être l'exemple d'incompétence le plus stupéfiant qu'il m'ait été donné de voir.

La seule organisation à avoir assumé une quelconque responsabilité dans les événements des trois derniers jours était celle des Flyovers, basée aux États-Unis, encore que son implication dans l'explosion du taxi n'ait pas été confirmée de manière indépendante. Cela n'empêchait pas certaines personnalités, y compris plus d'un homme politique de très haut niveau, de prétendre que ces événements prouvaient, une fois encore, que l'Amérique devait réduire l'immigration et consolider ses frontières.

— Nous ne pouvons pas laisser entrer ces clandestins dans notre pays pour qu'ils nous fassent la guerre, décréta un animateur fort en gueule d'une émission de libre antenne. C'est pourtant ce que nous faisons ! Jusqu'où ira notre stupidité, mesdames et messieurs ?

Pratiquement toutes les chaînes de télévision, à la possible exception de celles dédiées à la météo, aux dessins animés et aux rediffusions de *The Big Bang Theory*, offraient un défilé ininterrompu d'intellectuels cathodiques venus exprimer tout un tas d'opinions qu'aucune information, ou presque, ne venait étayer.

En cela, c'était pratiquement un jour comme un autre.

- 44 -

Barbara n'avait pas quitté la salle de conférence de presse après la déclaration du maire. Elle s'était assise au fond dans un coin et avait écrit son article avec ses deux pouces virevoltants. La salle s'était pratiquement vidée, mais des journalistes avaient commencé à revenir quand on avait appris que le fils du maire allait faire une déclaration complémentaire. Barbara était déjà sur place quand Glover confirma au micro la décision de mettre à l'arrêt tous les ascenseurs de la ville.

— Merde alors, dit-elle tout bas.

L'ampleur de l'événement s'accroissait d'heure en heure de manière exponentielle.

Elle ne fut pas surprise que Headley ait chargé son fils de ce dernier communiqué. Le maire s'était déjà suffisamment disqualifié quand, en réponse à la question de Barbara, il avait été incapable de dire s'il était sans danger de prendre l'ascenseur à New York. La mise au point de Glover avait été catégorique : c'était non.

Glover refusa de répondre aux questions après son annonce, mais, alors qu'il tentait de s'esquiver, il se retrouva acculé par plusieurs équipes de télévision et des journalistes qui voulaient en savoir davantage. Il levait la main devant son visage, autant pour se protéger de la lumière des projecteurs que pour garder la meute médiatique à distance.

Barbara n'avait rien à gagner à se joindre à la mêlée. Aucun journaliste n'avait jamais obtenu une exclusivité en suivant le troupeau. En jetant un coup d'œil à travers la porte ouverte de la salle de presse, elle aperçut le crâne chauve de Chris Vallins. Il marchait vite, comme s'il voulait laisser ce chaos derrière lui le plus rapidement possible.

Barbara le rattrapa. Son expression de surprise s'évanouit dès qu'il reconnut celle qui venait de lui prendre le bras.

— Salut, dit-elle. Dites-moi. C'est vraiment grave ?

Il jeta des regards nerveux autour de lui.

— Vous êtes la dernière personne avec qui on devrait me voir discuter.

Barbara tourna la tête vers la porte la plus proche, où un panneau « FEMMES » était fixé. Elle raffermit sa prise sur son bras et l'entraîna dans cette direction.

— Vous plaisantez, se défendit-il.

Le temps qu'il libère son bras, ils étaient déjà à l'intérieur d'une sorte d'antichambre pourvue de sièges rembourrés.

Barbara poussa Chris sur un fauteuil et se laissa tomber sur celui d'à côté.

— Allez, crachez le morceau.

— Je n'ai rien à dire, lui répondit-il en tournant la tête vers la porte, manifestement inquiet qu'une autre femme puisse entrer à tout instant.

— C'est vraiment sérieux ? Qui est derrière ça ?

— Ils n'en ont pas la moindre idée.

— Et ces cinglés de Flyovers ?

— Ils s'y intéressent de près. Mais, concrètement, personne ne sait rien.

— Qu'est-ce qui relie les accidents d'ascenseur ? Il y a des similitudes ?

Vallins se pinça les lèvres, comme en proie à un débat intérieur.

— OK, je ne devrais pas vous dire ça, mais...

— Allez, dit-elle avec impatience.

— Des caméras.

— Quelles caméras ?

— Quelqu'un a installé des caméras miniatures pour surveiller ce qui se passait dans les ascenseurs où ces gens sont morts.

Barbara écarquilla les yeux.

— Mon Dieu. Pourquoi faire une chose pareille ?

— Peut-être pour s'assurer qu'il y avait bien quelqu'un à l'intérieur avant de les détraquer. Ça n'aurait aucun sens de faire tomber un ascenseur vide. (Il soupira.) Vous avez vraiment fait passer Headley pour un imbécile tout à l'heure.

— Ce n'est pas bien difficile. Que pouvez-vous me dire d'autre ?

— Rien. Je ne devrais pas vous parler du tout. Mais ça va se savoir. On est en train d'expliquer aux propriétaires ce qu'il faut chercher. S'ils trouvent une de ces caméras sur le dessus d'un ascenseur, ils sauront qu'il a peut-être été ciblé.

— C'est de la folie, commenta Barbara. Pourquoi quelqu'un ferait ça ?

— Vous pouvez être sûre qu'il y a une raison. Et je parie qu'on finira par la connaître.

— Vous avez mon numéro ? demanda Barbara.

— Je l'ai. Et votre mail.

— Comment l'avez-vous obtenu ?

Vallins la regarda comme si elle était demeurée.

— Il figure à la fin de votre rubrique.

— Ah oui, dit-elle en levant les yeux au ciel. Si vous avez quoi que ce soit d'autre à me dire, en off, contactez-moi.

— Ne vous faites pas trop d'illusions. Comment va ce coude ? demanda-t-il avec une expression radoucie.

— Il me fait un mal de chien, mais ça va, dit Barbara en esquissant un sourire.

La porte s'ouvrit et une femme fit un pas à l'intérieur avant de s'arrêter en apercevant Chris. Avant qu'il ait pu ouvrir la bouche, Barbara pointa le couloir du doigt et dit :

— Trouvez-en un autre.

La femme disparut.

— Vous êtes vraiment un drôle de numéro.

— Vous n'êtes pas mal non plus, dans votre genre. Et je reste persuadée que vous me suiviez.

Chris secoua la tête et poussa un soupir.

— Heureusement pour vous. Ou vous ne seriez pas là à emmerder votre monde.

Elle le dévisagea d'un air narquois.

— Il vous a demandé de me surveiller. De trouver un moyen de me discréditer.

— Je ne confirmerai pas, mais, même si c'était vrai, je crois qu'il a d'autres chats à fouetter à présent.

— Je ferais bien d'arrêter de regarder mon téléphone quand je traverse la rue, alors. Mon ange gardien a d'autres obligations.

— Quelque chose comme ça.

— Dommage.

Le téléphone de Chris annonça l'arrivée d'un SMS et il lut le message en faisant la grimace.

— Quoi ?

— Ils ont besoin de moi, dit-il en levant les yeux au ciel. Le grand cirque a commencé.

- 45 -

Amad Connor, quatorze ans, et son ami Jeremy Blakelock, qui avait fêté son quinzième anniversaire la semaine précédente, refaisaient le coup dont ils s'étaient déjà rendus coupables plusieurs fois auparavant.

Ils avaient tous deux quitté leur immeuble de Hell's Kitchen après le petit déjeuner, prétendument pour passer la journée au collège, où ils étaient l'un et l'autre en classe de troisième. Leurs parents – Amad vivait avec ses deux parents, mais Jeremy habitait avec sa mère pendant la semaine et passait la plupart des week-ends chez son père, à Brooklyn – partaient toujours au travail plus tard. Le père d'Amad était vendeur dans l'immense rayon chaussures de Macy's, tandis que sa mère travaillait comme secrétaire pour une société de promotion immobilière de l'Upper West Side. La mère de Jeremy était cheffe cuisinière dans un restaurant situé à deux pas d'Union Square.

Amad et Jeremy s'étaient présentés pour l'appel du matin, mais ils s'étaient éclipsés avant leur premier cours. De cette manière, l'administration du collège mettrait plus de temps à remarquer leur absence et appeler leurs parents.

Ils savaient également, pour en avoir déjà fait l'expérience, que le collège s'abstenait souvent de passer ce coup de téléphone. Après tout, c'étaient des adolescents, pas des bambins de maternelle faisant l'école buissonnière. Ils séchaient les cours, et alors ? Il était peu probable qu'on les ait kidnappés.

La ville entière s'offrait à eux et on aurait pu penser qu'ils en profiteraient pour prendre le métro, aller faucher quelques bédés à Midtown Comics puis filer voir le dernier Marvel.

Or, ils ne firent rien de cela. Ils rentrèrent chez eux.

Pour aller surfer.

En regardant diverses vidéos YouTube, les deux adolescents avaient appris qu'une fois à l'intérieur d'un ascenseur, si vous mainteniez les portes ouvertes, crochetiez un câble sur le petit taquet dissimulé dans le coin supérieur, à l'endroit où les portes se rétractent, et tiriez dessus, les portes palières restaient ouvertes même après le départ de la cabine. Ils envoyaient donc l'ascenseur un étage plus bas, bondissaient hors de la cabine et, une fois celle-ci stoppée à l'étage du dessous, ils passaient par l'ouverture et se retrouvaient debout sur le toit.

Pour couvrir leurs traces, ils s'assuraient que la porte se referme derrière eux. (Plus tard, quand l'ascenseur s'arrêtait suffisamment longtemps, ils forçaient l'ouverture des portes un étage au-dessus de la cabine et sortaient d'un bond.)

Ils montaient et descendaient à l'intérieur de la cage. Ils n'avaient à ce moment-là plus aucun contrôle sur l'ascenseur, qui pouvait être appelé par quelqu'un à tout instant, et c'était le caractère imprévisible de la chose qui la rendait si amusante. L'ascenseur allait bouger, mais vers quel étage ? En chuchotant afin de ne pas signaler leur présence, ils faisaient des paris sur leur destination.

Ils avaient filmé une partie de leurs précédents exploits avec leurs téléphones et posté les vidéos de manière anonyme sur YouTube. Le site regorgeait de ce genre de cascades. Ils auraient voulu habiter un immeuble encore plus haut pour vivre des *rides* plus longs et plus fous.

Quand on comparait ça au collège, il n'y avait pas photo.

Sauf que, cet après-midi-là, une chose étrange se produisit.

C'était comme si soudainement plus personne n'avait besoin de prendre l'ascenseur. Ils étaient sur le toit de la cabine, au sommet de la gaine, accroupis sous le plafond et au-dessus de l'accès au vingt-cinquième étage, sans aucune porte à forcer à côté d'eux. Dix minutes s'étaient écoulées, et ils n'avaient pas bougé. Et ils n'entendaient aucun autre ascenseur bouger non plus.

Ça n'était jamais arrivé.

— C'est quoi, ces conneries ? dit Jeremy à Amad.

— Il y a peut-être eu un exercice d'évacuation incendie et tout le monde est dehors.

— Il n'y a pas eu d'alarme, abruti.

Au bout de vingt minutes, ils commencèrent à s'inquiéter.

Jeremy suggéra d'ouvrir la trappe d'évacuation sur le toit de la cabine. S'ils arrivaient à s'y introduire et à appuyer sur les boutons, ils pourraient sans doute sortir. Mais la trappe ne se soulevait pas. Elle était vissée, et ils n'avaient évidemment pas emporté de trousse à outils.

Ils ne voulaient pas se faire prendre sur le toit de la cabine. Ils auraient des problèmes non seulement avec le gérant de l'immeuble, mais aussi avec leurs parents. Jusque-là, ils s'étaient sortis impunément de toutes leurs sessions de surf d'ascenseur.

Mais au bout d'une demi-heure, ils se mirent à appeler.

— Au secours ! crièrent-ils à l'unisson. À l'aide ! On est là ! Sortez-nous de là !

Personne ne les entendit.

Le téléphone de Connie Boyle vibra.

Il était posé à l'envers sur son bureau d'une société d'investissement installée à un des étages les plus élevés du One World Trade Center, l'immeuble le plus haut de l'hémisphère occidental, le sixième au monde. Bien que techniquement haut de cent quatre étages, il n'y avait que quatre-vingt-quatorze vrais niveaux, et quand Connie décidait de regarder par la fenêtre, ce qui n'arrivait pas souvent, elle était saisie par la vue.

Pas dans le bon sens.

Connie, quarante-trois ans, avait mis du temps à s'habituer à travailler là-haut, dans les nuages. Pour commencer, elle avait le vertige. Ce n'était pas une peur totalement paralysante, mais suffisamment gênante pour qu'elle réclame un poste de travail au centre de l'immeuble, loin des fenêtres. Il pouvait se passer des semaines entières sans qu'elle jette un seul coup d'œil à l'extérieur. Ses amis lui disaient : « Waouh, c'est trop cool de bosser là ! On ne doit pas pouvoir se lasser de la vue. »

À quoi elle répondait souvent : « Quelle vue ? »

Mais l'angoisse de Connie n'était pas seulement due à sa peur du vide. One World Trade Center avait été bâti à l'emplacement même de l'ancien World Trade Center, et elle craignait que la nouvelle tour ne soit prise pour cible. Chaque fois qu'elle entendait passer un avion, elle éprouvait une bouffée d'angoisse. Chaque fin de journée, elle était soulagée de retrouver le plancher des vaches sur Fulton Street.

Son téléphone vibra et elle vit que c'était son mari. Quand celui-ci lui demanda sur un ton affolé – avant même qu'elle ait pu dire un mot – si elle allait bien, son cœur s'emballa et elle commença presque instantanément à se sentir défaillir.

— Pourquoi ? demanda-t-elle.

— Les ascenseurs. Est-ce qu'ils ont arrêté vos ascenseurs ?

Elle ne savait pas du tout de quoi il parlait, mais avant qu'elle ait pu lui demander ce qu'il savait et qu'elle ignorait, une voix féminine se fit entendre sur le système de sonorisation de l'immeuble.

Puis-je avoir votre attention ?

La sensation de vertige de Connie s'intensifia. Son cœur battait comme un marteau-piqueur.

— Oh, mon Dieu, dit-elle. Oh, mon Dieu.

— Ça va aller, lui promit son mari. Je voulais juste m'assurer que tu...

Connie écoutait à moitié son mari, à moitié la voix qui émanait des haut-parleurs.

— Ils sont en train de bloquer les ascenseurs, murmura-t-elle. On... on ne peut plus utiliser les ascenseurs. On est... Oh non, on est coincés là-haut ! On est des cibles parfaites.

Elle laissa tomber le téléphone sur son bureau et se leva de sa chaise pour regarder par-dessus les cloisons, vers la fenêtre nord.

— On est pris au piège, dit-elle d'une voix de plus en plus forte et tremblante. Il faut qu'on sorte d'ici ! Il faut sortir !

Plusieurs de ses collègues bondirent de leurs chaises et se pressèrent autour d'elle pour tenter de la rassurer. Mais Connie était en proie à une crise d'angoisse aiguë.

— Connie, Connie, tout va bien, dit une femme. C'est une simple précaution. D'accord, ça va nous faire une longue descente par l'escalier avant de rentrer chez nous, mais…

Connie ne l'entendit pas. Elle s'était effondrée, évanouie, sur le sol.

Zachary Carrick, bibliothécaire en retraite, allait chez Zabar's les lundis, mercredis et vendredis.

Zachary n'achetait que ce qu'il était capable de porter. Comme beaucoup de New-Yorkais, il ne conduisait pas. Mais contrairement à la plupart d'entre eux, il n'aimait pas prendre le taxi et avait le métro en horreur. Si Zachary voulait se rendre quelque part, il devait pouvoir y aller à pied. Ce qui signifiait qu'il ne sortait guère de l'Upper West Side. Son univers se limitait désormais à moins d'une dizaine de blocs d'immeubles. Zabar's était tout près, à l'intersection de Broadway et de la 80e. Il aimait marcher, mais pas trop loin.

Zachary ferait des provisions pour deux jours. Le vendredi, il prenait un peu plus, pour tenir jusqu'au lundi. Il n'y avait pas seulement le fait de devoir porter tous ses achats, Zachary Carrick se disait aussi que, à l'âge de quatre-vingt-sept ans, il valait mieux ne pas accumuler de stock de nourriture, au cas où il n'aurait pas la possibilité de la manger. Cette pensée le travaillait, surtout le vendredi. *Imagine*, se disait-il souvent, *que tu casses ta pipe le vendredi soir, et que tu aies acheté assez de provisions pour tenir tout le week-end ? Quel gaspillage d'argent ce serait !*

Zachary vivait seul depuis qu'il avait perdu sa femme, Glenda, quelque vingt ans auparavant, mais il n'avait jamais quitté leur appartement, au dix-huitième étage d'un immeuble de la 81e Rue Ouest. Pourquoi déménager ? L'appartement n'était pas immense, et pourquoi bousculer une routine qui le satisfaisait pleinement ?

Bien qu'il ait passé toute sa carrière entouré de journaux et de revues relatant l'actualité du moment, Zachary se fichait maintenant pas mal de ce qui pouvait se passer. Il n'achetait aucun journal et n'allumait presque jamais sa télévision, sauf pour regarder ce qu'il appelait TéléHall, où l'on pouvait voir qui entrait et sortait de l'immeuble. Sur la centaine de chaînes disponibles, c'était celle qui proposait, sans conteste, le meilleur programme de télé-réalité.

Zachary n'était pas préparé à ce qui l'attendait quand il regagna son immeuble ce jour-là.

On avait scotché des pancartes « HORS SERVICE » sur les trois ascenseurs.

Une douzaine d'autres résidents allaient et venaient dans le hall, en se plaignant du désagrément. La plupart, comme Zachary aurait pu le dire lui-même, ne rajeunissaient pas. Quelques-uns étaient même aussi vieux que lui. Parmi ceux-là, il y avait Mme Attick, qui se déplaçait en fauteuil roulant. C'était elle qui avait l'air le plus désemparé.

— Qu'est-ce qui se passe ? demanda-t-il en posant ses deux sacs Zabar's.

Même s'ils n'étaient pas bien lourds, il avait l'impression que ses bras allaient sortir de leurs articulations. Les autres résidents eurent tôt fait de le mettre au courant.

— C'est Headley qu'a donné l'ordre ! dit un homme. Il les a tous arrêtés ! Dans toute la ville !

— Le salaud ! s'exclama Zachary. Et je fais comment, moi, pour monter là-haut ? Je ne peux pas monter au dix-huitième à pied. Je serai mort avant d'arriver au dixième.

— Et que va devenir Griffin ? se lamenta Mme Attick.

— Qui ça ?

— Mon chat. Le gardien a dit qu'il n'y avait aucun moyen de savoir combien de temps ça allait durer. Ça peut être quelques heures comme plusieurs jours ! Qui va nourrir Griffin en attendant ?

Zachary détestait les chats et ne se souciait guère du sort de Mme Attick. Il voulait simplement remonter à son appartement, d'où il pourrait regarder ce qui se passait ici, sur sa télé, en se préparant du café.

— Ma fille est passée et m'a emmenée déjeuner, continua Mme Attick de sa voix haut perchée. Mais elle m'a déposée sans savoir ce qui s'était passé ! Elle serait montée nourrir Griffin, sinon. Elle fait du sport quatre fois par semaine. Elle aurait pu monter cet escalier en courant comme un rien. Griffin va être fou d'inquiétude.

Zachary se faisait plus de souci pour son yaourt. Il fallait qu'il le range au réfrigérateur.

Il allait se mettre en quête du gardien quand les portes de l'immeuble s'ouvrirent brusquement, livrant passage à deux urgentistes – un petit et un grand – avec un brancard sur roues. Ils eurent l'air agacés, mais pas vraiment surpris, en apercevant les panneaux « HORS SERVICE ».

— Vous avez réussi à joindre le gardien ? dit le petit dans la petite radio fixée juste sous son menton. On a besoin d'un ascenseur en état de marche.

Sa radio grésilla.

— Il est en route, crachota une voix.

— Youpi ! dit Zachary dans sa barbe.

Il faudrait bien faire fonctionner les ascenseurs s'il y avait une urgence médicale quelque part dans les étages supérieurs de l'immeuble.

Quelques secondes plus tard, le gardien, un homme corpulent à la peau mate, pénétra dans le hall par la porte de la cage d'escalier.

— Il faut que vous en remettiez un en marche, dit le secouriste.

— Ouais, ouais. Je viens de remettre en route celui du milieu. C'est M. Gilbert, au 15C.

Les résidents manifestèrent une certaine excitation. Quelle veine que M. Gilbert ait encore fait une crise cardiaque !

Le gardien appuya sur le bouton d'appel et les portes de l'ascenseur du milieu s'ouvrirent. Mme Attick s'était déjà positionnée et se poussa à l'intérieur comme une candidate en présélection aux Jeux paralympiques.

— Madame ! s'écria le grand secouriste. Écartez-vous !

— Mon chat !

Profitant qu'elle n'avait pas encore fait demi-tour, le petit secouriste put se saisir des poignées dorsales du fauteuil. Mais quand il tenta de tirer celui-ci en arrière, Mme Attick se cramponna à la main courante sur la paroi de la cabine, de sorte que le pauvre ambulancier dut tirer plus fort pour l'en arracher.

Tout le monde entendit un craquement.

Mme Attick hurla.

— Mon poignet ! Oh, mon Dieu, mon poignet !

Zachary pensa aussitôt que si les infirmiers s'occupaient d'elle tout de suite, il pourrait utiliser l'ascenseur et aller mettre son yaourt au frigo.

Cela ne se passa pas ainsi.

Ils sortirent Mme Attick de l'ascenseur, dressèrent le brancard au fond de la cabine, appuyèrent sur le « 15 » et disparurent dans les étages.

Ils arrivaient trop tard.

M. Gilbert était mort, et ce, depuis pratiquement une demi-heure.

Tout comme Zachary Carrick, qui avait décidé de tenter l'ascension. Il tournait l'escalier devant la porte du cinquième quand son cœur explosa.

Par chance, un locataire du sixième, Grant Rydelle, vingt-trois ans, acteur de Broadway sans emploi qui descendait dans le hall relever son courrier (il espérait que sa mère, chez lui à Saginaw, lui avait envoyé un chèque pour couvrir le loyer du mois), découvrit Zachary dans la cage d'escalier... mais avant d'appeler le 911 sur son portable, il piocha dans les emplettes que le vieil homme avait faites chez Zabar's.

Il se trouvait que Zachary, comme lui, avait un faible pour le yaourt à la fraise.

— Terroriste !

Ettan Khatri se retourna en entendant quelqu'un crier. Non qu'il se sente visé, mais lorsque quelqu'un crie « terroriste ! », vous avez tendance à regarder autour de vous pour voir ce qui se passe.

Est-ce que quelqu'un brandissait une mitraillette ? Un fou furieux avait-il pénétré dans le hall de cet immeuble de bureaux de la 57e Rue Est avec une ceinture de dynamite ?

Quand Ettan se retourna, il vit un homme qui le montrait du doigt.

Bien entendu, il y avait eu des précédents au fil des années. Ses parents étaient originaires d'Inde, mais il était né et avait grandi aux États-Unis. Pourtant, si vous aviez la peau un peu foncée et les cheveux noir de jais, il y avait toujours un abruti pour penser que vous étiez un extrémiste islamiste. Vous aviez beau expliquer que vous étiez hindou, ils vous regardaient et disaient : « C'est du pareil au même ! », ou quelque chose de ce genre.

Ettan, vingt-huit ans, se trouvait dans l'immeuble pour un entretien d'embauche dans une galerie spécialisée dans les affiches rares. Il avait un diplôme en art du Boston College, mais il avait passé les trois dernières années derrière le comptoir du McDonald's de la Troisième Avenue, juste au nord de la 50e. Quand il avait vu l'annonce sur Internet pour un poste de vendeur à la galerie, il avait immédiatement postulé.

Il était donc au rendez-vous et, comme la galerie était au cinquième, il pouvait facilement monter par l'escalier. Il s'était déjà présenté à la sécurité et on lui avait indiqué qu'il trouverait la porte de la cage d'escalier juste après la rangée d'ascenseurs.

Ce fut en passant devant les ascenseurs, chacun orné d'un ruban jaune qui rappelait celui qu'on utilisait sur les scènes de crime, qu'il entendit l'homme crier.

Ce dernier était très corpulent. Cent trente kilos, facilement. Vêtu d'un pantalon de treillis, d'une chemise à carreaux et d'une casquette de base-ball sans logo sur le devant.

— C'est toi qui les as sabotés ? demanda l'homme qui se rapprochait de lui en désignant les ascenseurs avec son pouce.

— Quoi ? dit Ettan en levant les mains dans un geste de défense, mais pas tout à fait assez vite.

L'homme lui colla son poing dans la figure.

Tout devint noir.

Cela commença au Spring Lounge quand, assise en face de lui à leur table, Faith Berkley ôta une de ses chaussures et fit courir son pied sur l'intérieur de la jambe d'André Banville.

Ils avaient pris rendez-vous pour discuter de l'achat d'un des paysages français d'André. Le bar était à deux pas de sa galerie, mais aussi tout près du nouvel appartement de Faith, au vingtième étage d'une résidence de luxe sur Broome Street.

— Peut-être qu'en voyant notre appartement, notre palette de couleurs, la manière dont les stores filtrent la lumière, vous auriez une idée plus précise de nos besoins.

Elle donna à ce mot une certaine connotation.

— Excellente idée, répliqua André. Est-ce qu'Anthony sera là pour faire des suggestions ?

— Il se trouve que mon mari rentrera plus tard. Nous allons devoir nous débrouiller sans lui.

— Vous ne voulez pas finir votre verre avant ?

Ils se jetèrent l'un sur l'autre dès que la porte de l'ascenseur se fut refermée et que Faith eut pressé le bouton de son étage. André la plaqua contre la paroi du fond, l'embrassa goulûment, glissant la langue entre ses dents. Il sortit son chemisier et fit courir ses mains sur le soutien-gorge en dentelle qu'elle avait acheté la veille chez Agent Provocateur, tandis qu'elle le caressait par-dessus son jean.

— Bon sang, dit-elle d'une voix haletante, on pourrait couper du verre avec ce truc.

André explora sa poitrine, faisant sauter un bouton de son chemisier.

— Quand on arrivera dans ta chambre, chuchota-t-il, je vais baisser ta culotte et je…

L'ascenseur stoppa. Ils étaient au douzième étage.

— Merde ! souffla Faith, repoussant André et rentrant fébrilement son chemisier. Il est censé monter directement à notre étage.

Mais les portes ne s'ouvrirent pas. Et l'ascenseur ne bougea pas.

— Que se passe-t-il ? demanda Faith.

Elle appuya de nouveau sur le bouton. Rien. Puis un grésillement. Une voix masculine sortit du haut-parleur à côté du tableau de commande.

— Il y a quelqu'un ?

— Elmont ? demanda Faith.

André la regarda d'un air perplexe.

— Le concierge, murmura-t-elle.

— Madame Berkley ?

— Oui, Elmont.

— On descend tous les ascenseurs au rez-de-chaussée et on les met hors service.

— Et pourquoi donc...

— Une sorte d'urgence, madame. C'est comme ça dans toute la ville. Ils disent...

— Faith ?

Une autre voix d'homme.

Son mari.

— Anthony ?

— Je suis avec Elmont, chérie. J'ai quitté le bureau en quatrième vitesse dès que j'ai appris ce qui se passait. Je voulais m'assurer que tu allais...

— Je vais très bien ! dit-elle en lançant un regard à André. Ça va ! Retourne au...

— Pas question. Je serai là quand les portes s'ouvriront.

À l'Empire State Building, on annonça aux centaines de personnes qui avaient acheté leur billet et faisaient la queue pour être transportées jusqu'à la plate-forme d'observation du 102e étage qu'elles n'iraient finalement pas au sommet de l'édifice le plus célèbre de la ville. Il y eut des protestations tandis que les touristes formaient de nouvelles files d'attente pour se faire rembourser.

Sur la plate-forme d'observation, en revanche, les dizaines de visiteurs apprirent que leur retour au rez-de-chaussée serait un peu plus ardu que leur ascension. Bientôt, les cages d'escalier furent bondées, non seulement à cause des visiteurs montés au sommet, mais surtout parce que des milliers d'employés travaillaient dans l'immeuble et devaient rentrer chez eux.

Une scène similaire se déroulait à Top of the Rock, la terrasse panoramique coiffant le Rockefeller Center. Les responsables de pratiquement tous les sites touristiques de la ville, y compris de ceux qui ne se dressaient pas dans le ciel, décidèrent de fermer leurs portes. Les musées aussi. Les gardiens des différents niveaux d'exposition du Guggenheim, auxquels on pouvait accéder en gravissant la rampe qui entourait l'atrium, annoncèrent que le bâtiment devait être évacué. De l'avis général, si les ascenseurs représentaient une cible terroriste potentielle, il pouvait en être de même des sites emblématiques de la ville.

On craignait que ceux qui s'attaquaient à New York aient pris les ascenseurs comme un échauffement.

Les millions de travailleurs qui montaient d'innombrables étages chaque jour partaient de bonne heure. L'angoisse de rester coincés au bureau en avait incité beaucoup à sortir pendant qu'ils le pouvaient encore. S'ils vivaient dans une tour résidentielle, la même situation, mais inversée, les attendait. Ils furent des dizaines de milliers à ne pas rentrer chez eux tout de suite, préférant dîner dehors avec l'espoir que la municipalité annoncerait très vite que la crise était terminée et qu'on pouvait de nouveau utiliser les ascenseurs en toute sécurité.

Les touristes débarquant de JFK et LaGuardia, ignorant l'arrêté du maire, apprenaient avec stupéfaction, en arrivant à leur hôtel, qu'ils ne pourraient pas prendre possession de leurs chambres s'ils n'étaient pas prêts à prendre l'escalier. C'était fâcheux si vous aviez apporté une demi-douzaine de valises. Les hôtels enregistraient déjà des centaines d'annulations.

En bref, c'était un foutoir sans nom.

- 46 -

Dans son bureau de City Hall, le maire passait d'une chaîne à l'autre, regardant des reportages tournés aux quatre coins de la ville. Valerie, Vallins et Glover étaient dans la pièce avec lui.

— Quel bordel ! s'exclama Headley en secouant la tête d'un air désespéré.

— Effectivement, dit Valerie.

— Vous avez appris quelque chose ? lui demanda-t-il.

— Je viens de raccrocher avec la Sécurité intérieure et la cheffe de la police. Rien de nouveau.

— Il faut qu'on reprenne la main, bordel. Ils doivent trouver celui qui a fait ça, et maintenant ! Je suis en passe de me faire crucifier. Il faut qu'on fasse une nouvelle déclaration, quelque chose qui rassure un peu.

— Les inspections sont en cours, dit Valerie. Quelques ascenseurs auraient déjà été remis en service. Je pense néanmoins qu'il faudra encore attendre deux ou trois jours avant d'envisager un retour à la normale.

— Merde.

Le portable sur le bureau du maire se mit à vibrer. Vallins, qui était le plus près, s'en saisit.

— Cabinet du maire Headley.

— Passez-moi cet enfoiré, dit une voix d'homme.
— Qui le demande ?
— Rodney Coughlin.
— Un instant, dit Vallins. (Headley le regarda.) Vous allez probablement devoir prendre l'appel. C'est Coughlin.
Headley prit un moment pour se préparer avant de s'emparer du téléphone.
— Rodney.
— Mais qu'est-ce qui t'a pris ?
— Écoute, je sais...
— Tu as peut-être oublié ce qu'il y avait jeudi ? Jeudi, ça te dit quelque chose, Dick ? Hein ?
— Je sais. Je sais.
— Tu crois que mes invités vont apprécier de se taper quatre-vingt-dix-sept volées de marches pour l'inauguration officielle de Top of the Park ? Les amuse-gueules ont intérêt à être sensationnels pour motiver ce genre de randonnée.
— C'est une mesure temporaire, fit valoir Headley.
— Rappelle-moi qui a trouvé une combine pour contourner les règles et donner un demi-million pour ta campagne ? interrogea Coughlin. Ça m'est sorti de l'esprit.
— Rodney, je sais. Écoute, demande à tes gars de passer les ascenseurs au peigne fin. J'imagine qu'on leur a déjà expliqué quoi chercher. Je suis sûr...
— Tu sais qui viendra à l'inauguration du plus haut immeuble résidentiel de ce putain de pays ?
— Rodney, je...
— Je vais te le dire, moi. *Tout le monde.*
Vallins agita la main pour essayer de capter l'attention du maire. Headley couvrit le combiné et demanda tout bas :
— Quoi ?

— Envoyez-moi.

— Quoi ?

— Dites-lui que vous expédiez un de vos assistants qui s'assurera en personne que tout se passera bien.

— Qu'est-ce que vous y connaissez en ascenseurs ? demanda Headley d'un air sceptique.

Vallins secoua la tête, indiquant que la question n'était pas là.

— Je trouverai quelqu'un. Je superviserai.

Headley hocha la tête, puis reprit le téléphone.

— Rodney, écoute-moi.

Le maire tenta de lui vendre l'idée. À la seconde où il termina l'appel, sa figure vira au rouge et il se mit à trembler.

— Quel fils de pute ! dit-il avant de balancer le téléphone sur le poste de télévision, qui montrait une vidéo YouTube d'une bousculade dans la cage d'escalier d'une tour.

L'écran vola en éclats et Valerie étouffa un cri.

— Bordel de merde, dit Headley. Pour qui se prend Coughlin à me parler comme ça ?!

Glover, qui n'avait pas décroché un mot pendant la scène, s'approcha de la fenêtre pour contempler la ville.

Et sourit.

- 47 -

Des douzaines d'enquêteurs du NYPD se pressaient dans la petite salle de conférences rectangulaire. Certains étaient assis, d'autres appuyés contre le mur, presque tous avec un café à la main.

Jerry Bourque et Lois Delgado se tenaient sur le côté, les bras croisés. La cheffe Washington, une représentante du Federal Bureau of Investigation, ainsi que Brian Cartland, de la Sécurité intérieure, occupaient une extrémité de la salle, devant un très grand écran d'ordinateur accroché au mur.

On avait d'abord dit aux policiers convoqués à cette réunion qu'elle se focaliserait sur les trois tragiques accidents d'ascenseur, mais le champ de l'enquête avait été élargi.

Ils s'intéressaient maintenant aussi à l'explosion du taxi sur la 49e Rue Est. Bien que rien de tangible n'ait encore indiqué un lien entre les accidents d'ascenseur et l'attentat à la bombe, le fait que les deux événements avaient eu lieu à quelques minutes d'intervalle ne pouvait être ignoré. Il était possible, avança Washington, que l'objectif du ou des auteurs ait été de semer le chaos en déclenchant des crises simultanées.

On s'efforçait de récupérer tous les enregistrements des caméras de surveillance dans les trois immeubles où les ascenseurs avaient été ciblés. Deux policiers, en face de Bourque et de Delgado, firent remarquer qu'il ne fallait pas en attendre grand-chose : dans les immeubles concernés, aucune caméra n'équipait la salle de contrôle des ascenseurs, dans laquelle l'auteur avait dû initialiser les connexions entre le système principal et le boîtier de commande portable. Restaient les vidéos ou images sauvegardées par d'autres caméras, mais ils n'avaient pas la moindre idée du moment où les ascenseurs avaient pu être trafiqués. Devaient-ils commencer par visionner la vidéo de la semaine précédente ou bien démarrer six mois plus tôt ?

Il n'en demeurait pas moins que quelqu'un s'était introduit dans ces gaines à un moment ou à un autre pour installer les caméras qui allaient permettre de visualiser l'intérieur des cabines. On avait fait appel à des experts en informatique, ajoutèrent les enquêteurs, afin de déterminer s'il était possible d'identifier le destinataire des images transmises par les caméras. Ils espéraient en savoir davantage d'ici vingt-quatre heures.

On était en train de récupérer la vidéosurveillance de la voie publique pour faire avancer l'enquête sur l'explosion du taxi. Une fois reconstitué son itinéraire de ce matin-là, jusqu'au moment de la déflagration, on pourrait cibler les caméras et analyser leurs enregistrements. Un examen préliminaire de la carcasse indiquait que l'explosion s'était produite au centre du véhicule, ce qui suggérait que la bombe avait été abandonnée sur le plancher de la banquette arrière.

— On dirait qu'on a affaire à des crimes très différents, observa un policier au fond de la salle.

— C'est exact, dit Washington. Il se peut très bien qu'ils aient été commis par des individus ou des groupes différents, sans rapport les uns avec les autres. Mais je veux que les enquêteurs comparent leurs notes, au cas où il y aurait des liens.

— Une bombe laissée dans une voiture, c'est plutôt rudimentaire comparé au matos utilisé dans les ascenseurs. Dans un cas, cela demande une préparation énorme, dans l'autre, beaucoup moins. À qui a-t-on affaire ?

Washington s'approcha d'un ordinateur portable et fit apparaître sur le grand écran les photos d'un café ravagé par un attentat à la bombe.

— La liste des groupes susceptibles de vouloir faire sauter une bombe dans New York est longue, intervint Cartland. On a eu quelques attentats revendiqués ou inspirés par l'État islamique ces dernières années. Mais on a aussi dans notre collimateur certains individus qui se réclament des Flyovers. On pense qu'ils sont derrière l'attentat de Portland. Ces dernières semaines, des militants des Flyovers ont revendiqué des actions similaires dans des villes côtières et, en effet, ils ont assumé sur Twitter la responsabilité de l'attentat du taxi, bien que nous n'ayons pas pu confirmer l'authenticité de la revendication. L'agent Darrell, du FBI, est mieux placée que moi pour en parler.

Une petite femme noire aux cheveux très courts s'avança.

— Bonjour. Diane Darrell. Cet attentat présente en effet certaines caractéristiques communes avec d'autres actions que les membres des Flyovers se sont attribuées. Ce qui est intéressant, c'est que l'homme qui dirige ce groupe de militants, et qui, du moins publiquement, a désavoué toute action violente, se trouve en ce moment à New York, prétendument en voyage d'agrément avec sa femme. Est-ce que nous avons la photo de Clement ?

Une nouvelle image s'afficha sur l'écran : Eugene Clement et une femme traversant une rue de New York.

— C'était juste après une interview télévisée. Nous le surveillons de près.

Delgado se pencha vers son équipier et chuchota :

— Ça pourrait être notre homme ? Celui qu'on voit sur la photo, près de la voiture, en train de parler à Otto ?

Bourque eut un haussement d'épaules évasif.

Darrell continuait son exposé :

— Est-ce une simple coïncidence s'il se trouve à New York au moment où se produit l'explosion du taxi revendiquée par les Flyovers ? Je ne sais pas vous, mais je n'ai jamais vraiment cru aux coïncidences.

Diane Darrell ouvrit une bouteille d'eau et but une gorgée.

— Il n'est pas très difficile de comprendre un simple attentat à la bombe : pour un groupe qui veut diffuser son message, faire sauter quelque chose est la façon la plus facile de le faire passer. Ou prendre le volant d'un camion et faucher des gens. Tout ça au nom d'Allah. Ou peut-être, en l'occurrence, pour manifester votre mépris de l'idéologie de gauche. Ça n'a peut-être aucun sens pour vous et moi d'exprimer une opinion en tuant des innocents, mais nous avons fini par cerner ce type de profil.

Elle marqua un temps d'arrêt.

— Avec les ascenseurs, c'est plus compliqué. Quel est le message ? Qu'est-ce qu'on essaye de mettre en avant ? Pour l'instant, il n'y a eu aucune revendication. Nous cherchons un mobile et, jusqu'ici, il nous échappe. (Elle se tourna vers Cartland.) À moins que vous vouliez nous faire part de votre théorie ?

Cartland répondit par la négative en secouant imperceptiblement la tête.

— Très bien, dit Darrell avant de se tourner vers Washington. Qu'en est-il de cet homicide sur lequel travaillent vos hommes ?

La cheffe de la police balaya la salle du regard.

— Où sont Bourque et Delgado ?

Delgado leva la main et Bourque répondit : « Ici ! »

— Mettez-nous au courant, dit Washington.

Delgado leur parla de la découverte du corps d'Otto Petrenko sur la High Line plus de quarante-huit heures auparavant. « Un technicien en ascenseurs. »

Un murmure parcourut l'assistance.

— Il avait l'extrémité des doigts sectionnée, le visage défiguré. Pour nous ralentir dans son identification, au cas où il aurait été fiché. Ce qui était bien le cas, pour un délit mineur commis il y a quelques années.

— Vous en êtes où ? demanda leur supérieure.

Bourque prit le relais.

— On est toujours dessus. D'après son patron, il n'est intervenu dans aucun des immeubles où les ascenseurs ont été sabotés. Mais il se peut qu'il ait fait ça en dehors de ses heures de travail. Il y a deux ou trois choses bizarres. Petrenko avait pris contact avec certains membres de sa famille – qui vivent ailleurs dans le pays – pour les mettre en garde. Il a conseillé à sa sœur, qui habite Las Vegas, de se procurer une arme.

— Pourquoi cette paranoïa ? demanda Cartland.

— Je l'ignore. D'après sa femme, il a aussi exprimé certaines opinions favorables aux Flyovers. Toutefois, je n'ai aucun élément suggérant que cela allait plus loin que ça. On n'a découvert aucune communication suspecte en vérifiant son ordinateur.

— Mais il y a quelqu'un qu'il a rencontré à plusieurs reprises, poursuivit Delgado. Quelqu'un qui est venu sur son lieu de travail. Les collègues de Petrenko n'ont aucune idée de qui ça pouvait être. On essaye de retrouver sa trace.

— Petrenko ? demanda Cartland, qui s'était renfrogné depuis que Delgado avait pris la parole.

Les policiers confirmèrent d'un hochement de tête.

— C'est un nom russe ?

— Sa femme dit qu'il est né là-bas, expliqua Bourque. Ses parents ont fui en Finlande peu après sa naissance, puis sont arrivés en Amérique quand il avait quatre ans. Il n'a pas quitté les États-Unis depuis.

— Pour ce qu'on en sait, fit remarquer Cartland.

— C'est vrai.

— Il a très bien pu retourner en Russie ces dernières années sans que vous le sachiez.

— Effectivement, dit Delgado. Mais on peut vérifier. Pouvez-vous nous dire en quoi cela serait pertinent ?

Cartland hésita.

— Il y a quelques instants, l'agent Darrell a fait allusion au fait que j'ai une théorie, que je ne suis pas particulièrement impatient de partager parce qu'elle est un peu tirée par les cheveux. (Un silence.) Je pense pourtant que, dans cette situation, toutes les possibilités doivent être explorées, aussi improbables qu'elles puissent paraître.

L'auditoire attendit.

— La seule victime de l'accident d'hier était le Dr Fanya Petrov, une scientifique russe renommée, provisoirement attachée à l'université Rockefeller. Son domaine de recherches porte sur les caractères héréditaires non génétiques, sujet auquel je ne comprends absolument rien. Mais le Dr Petrov avait également une expérience considérable dans une autre discipline, qui en faisait potentiellement quelqu'un de très grande valeur pour les États-Unis. Ce domaine d'étude, c'étaient les pathogènes. Les pathogènes bactériens. Elle en savait beaucoup sur les programmes de recherche du gouvernement russe en matière de bioterrorisme. Elle ne voulait pas retourner en Russie. Elle voulait rester ici... et nous croyons que les Russes le savaient.

— Bon sang, dit Bourque. Vous êtes en train de dire...

Cartland leva la main. Il n'en avait pas terminé.

— Après que le Dr Petrov a littéralement perdu la tête, l'ambassadeur russe a très rapidement téléphoné au maire. Il voulait des réponses. Ce que j'aimerais savoir, c'est comment l'ambassadeur a eu vent de l'accident aussi vite. Je pense qu'ils savaient qu'elle ne voulait pas retourner en Russie. Ils la surveillaient.

Cartland se gratta le front, puis croisa les bras sur sa poitrine.

— L'appel indigné de l'ambassadeur au maire était un numéro d'acteur, d'après moi. Cette péripétie a dû lui faire plaisir. Les choses n'auraient pas pu mieux tourner s'il avait tout planifié lui-même... mais c'est peut-être le cas.

Il baissa les yeux sur l'ordinateur portable, chercha brièvement quelque chose, cliqua.

La photo d'un homme marchant sur un trottoir de New York apparut sur l'écran. Le cliché avait été pris de profil, de l'autre côté de la rue, à l'insu du sujet. Celui-ci était grand et mince, les cheveux bruns, vêtu d'un costume noir.

— Ça, poursuivit Cartland, c'est Dmitri Litvin. Un agent qui travaille en free-lance pour le SVR, les services de renseignements extérieurs russes.

— Quel genre de missions free-lance, au juste ? demanda quelqu'un dans la salle.

— Disons qu'il répond à peu près à toutes les demandes. Vous voulez faire disparaître quelqu'un ? Litvin peut s'en charger. Mais ses compétences ne se limitent pas aux assassinats. Il a aussi la réputation d'être un brillant expert en informatique.

— Par « expert », vous voulez dire « hacker » ?

— Possible, répondit Cartland. Litvin a rencontré l'ambassadeur ce matin à Grand Central. Il a été question du Dr Petrov, décrite en gros comme une menace neutralisée. Litvin a plaisanté en disant qu'il n'irait pas au sommet de l'Empire State Building.

— Il n'est pas le seul, ironisa quelqu'un.

Cartland prit note de la remarque d'un hochement de tête.

— C'est vrai. Leur conversation était intéressante, mais on ne peut rien en conclure. Il nous faut néanmoins envisager la possibilité que la mort de la scientifique ait été une exécution.

— Vous créez donc une série d'accidents, une sorte d'écran de fumée, développa Bourque. La seule personne que vous voulez éliminer, c'est la chercheuse, mais si vous ne tuez qu'elle, vous agitez trop de drapeaux rouges... sans mauvais jeu de mots. Ça ressemblerait à une exécution commanditée par Poutine, purement et simplement. Mais si vous faites quelques victimes supplémentaires, vous dispersez l'attention.

— Comme je l'ai dit, acquiesça Cartland, ma théorie est un peu tirée par les cheveux, mais *quelqu'un* s'est donné beaucoup de mal pour saboter ces ascenseurs, et les Russes ont des gens qui possèdent l'expertise nécessaire. Maintenant, vous me dites qu'un technicien spécialisé dans ce domaine et né en Russie a été assassiné il y a deux jours, qu'on a fait le nécessaire pour compliquer l'identification du corps et effrayé des membres de sa famille.

Il décroisa les bras.

— Ma théorie commence à paraître légèrement moins farfelue.

- 48 -

Après la prestation médiatique désastreuse du maire, Barbara aurait pu sillonner la ville – et elle n'aurait pas eu à aller bien loin – pour faire le plein de sujets sur le chaos déclenché par la fermeture de tous les ascenseurs de New York.

Mais c'était le genre de reportage que tous les autres organes de presse de la ville cherchaient et, à dire vrai, ils feraient cela bien mieux qu'elle. Des centaines de personnes qui jouaient des coudes dans des cages d'escalier en béton, des micros-trottoirs, des touristes frustrés venus de Flin Flon, Manitoba, qui voulaient monter en haut de l'Empire State Building et qu'on refoulait ; autant de sujets calibrés pour la télé. Beaucoup d'images. Des gens en colère. D'autres qui s'évanouissaient...

Je leur laisse ça, se dit Barbara. *Qu'ils fassent ce pour quoi ils sont doués.* Après sa brève entrevue avec Chris Vallins, elle se hâta de rentrer chez elle, espérant arriver avant que son propriétaire ait condamné les ascenseurs. S'ils fonctionnaient, elle en prendrait un en se répétant que la probabilité qu'il la conduise à la mort était mince. Mais elle arriva trop tard. Sur les ascenseurs, on avait placardé deux affichettes sur lesquelles on avait écrit, au feutre : « Fermé sur ordre du maire Richard Shithead ».

Barbara avait toujours eu une certaine affection pour son propriétaire.

Après qu'elle eut regagné son appartement et repris son souffle, elle mit la cafetière en route, s'assit à la table de la cuisine et démarra son ordinateur portable.

Elle n'avait pas besoin de savoir combien il y avait d'ascenseurs à New York. Elle n'avait pas besoin de savoir combien de millions de personnes étaient pénalisées. Elle n'avait pas besoin de savoir combien de personnes allaient succomber à une crise cardiaque d'ici la fin de la journée, après avoir pris l'escalier jusqu'à leur appartement au trente-cinquième étage, encore que ce serait une statistique intéressante. Barbara pensait tout à fait possible que plus de gens meurent en *ne* prenant *pas* l'ascenseur qu'en le prenant.

Non, ce qu'elle devait découvrir, c'était *pourquoi*, et *qui*.

Pour quelle raison quelqu'un qui voulait tuer des gens décidait-il de le faire en sabotant des ascenseurs ? Pourquoi ne pas prendre un flingue et tirer dans le tas, tout simplement ? Ou leur foncer dessus avec une voiture, allumer un incendie dans le couloir d'un immeuble au milieu de la nuit ? Pour tuer quelques personnes, n'importe laquelle de ces méthodes aurait été plus simple.

Pourquoi ne pas faire sauter un taxi, par exemple ?

Une bombe dans un taxi était très efficace pour éliminer quelques innocents. C'était très aléatoire, mais si l'objectif était de faire passer un message délirant, cela faisait l'affaire.

Le saboteur d'ascenseur cherchait-il à faire passer un message ?

Les victimes étaient-elles choisies au hasard ? Et les immeubles ?

Barbara réfléchit à tout cela.

En imaginant qu'on puisse prendre le contrôle d'un ascenseur, et savoir à n'importe quel moment qui était dedans grâce à une caméra – *merci beaucoup pour ce tuyau, Chris Vallins* –, il ne lui semblait pas que ce soit une méthode très efficace pour tuer quelqu'un en particulier.

Il fallait dans ce cas attendre, sans savoir combien de temps, que la victime potentielle monte dans l'ascenseur. Et si elle prenait l'escalier ? Si elle s'absentait ? Si elle empruntait un autre ascenseur, non trafiqué celui-ci ?

Même à supposer que la cible finisse par monter dans la bonne cabine au bon moment, rien ne garantissait qu'elle périrait effectivement dans la chute de la cabine. Paula Chatsworth avait survécu, du moins un certain temps. D'après les informations de Barbara, la scientifique russe n'était morte que parce qu'elle avait décidé de se glisser hors de l'ascenseur quand il s'était retrouvé coincé entre deux étages. Personne n'aurait pu prédire qu'elle agirait de la sorte.

Et l'accident de la matinée, ces deux personnes qui étaient tombées dans la gaine…

Barbara se représenta un groupe dense de gens attendant un ascenseur de bon matin. On ne pouvait pas choisir qui se retrouvait placé juste devant les portes, c'était totalement aléatoire. Et si quelqu'un les avait poussés dans le vide, on l'aurait vu.

Tous ces éléments la conduisirent à conclure que les victimes résultaient bien du hasard.

Qu'en était-il des lieux des accidents ? Pourquoi la Lansing Tower sur la Troisième Avenue avait-elle été ciblée le lundi ? Qu'est-ce qui avait poussé le saboteur à choisir les Sycamores Residences, juste au sud de l'université Rockefeller, le mardi ? Et aujourd'hui, le Gormley Building, sur la Septième ?

Existait-il un dénominateur commun entre ces endroits ?

La machine bipa. Son café était prêt.

— Où avais-je la tête ? dit-elle en se levant et en passant devant la machine à café pour accéder au réfrigérateur.

Elle en sortit une bouteille de chardonnay, dévissa la capsule et trouva un verre à remplir. Puis elle entama une recherche internet sur les immeubles, en commençant par la Lansing Tower, lieu du premier accident. Comme on pouvait s'y attendre, des centaines d'articles mentionnaient l'édifice. Celui-ci abritait une société de production audiovisuelle – Cromwell Entertainment, où travaillait Sherry D'Agostino –, ainsi que des cabinets d'avocats prestigieux, et même un bureau du ministère de la Sécurité intérieure.

Cette dernière info était intéressante. Elle l'archiva pour éventuellement y revenir plus tard.

Il y avait également un portrait du promoteur immobilier new-yorkais Morris Lansing, qui avait donné son nom à la tour. Après tout, si Trump pouvait le faire...

Lansing, soixante-neuf ans, avait été une des personnalités les plus en vue de la ville pendant près de trente ans. Au cours de ces trois décennies, il s'était probablement fait quelques centaines d'amis et quelques milliers d'ennemis. On ne montait pas aussi haut dans la chaîne alimentaire sans se mettre à dos beaucoup de gens. Lansing avait-il contrarié quelqu'un au point que cette personne s'attaque à son immeuble ?

Pour finir, il y avait des petites annonces immobilières. Si la Lansing Tower était pour l'essentiel une tour de bureaux, les derniers étages abritaient quelques appartements.

Barbara lança ensuite une recherche sur les Sycamores Residences. La tragédie de la veille apparut en premier. Elle ignora les articles de presse les plus récents, affinant sa recherche de manière à exclure la semaine en cours.

Elle eut droit à d'autres petites annonces immobilières pour des appartements disponibles aux Sycamores. Certains offraient une vue sur l'East River, et toutes les annonces vantaient les équipements et services disponibles dans l'immeuble, dont un terrain de jeu pour les enfants, une salle de fitness et de grandes salles de réception qu'on pouvait louer pour des occasions spéciales. Barbara souhaitait-elle acheter ou louer ? Des fenêtres pop-up n'arrêtaient pas de surgir sur son écran, l'invitant à discuter avec un agent immobilier. Elle devait sans cesse cliquer pour les fermer, ce qui n'aurait pas pu être plus agaçant que si une nuée de moustiques avait bourdonné autour de sa tête.

Une fois débarrassée des petites annonces, elle tomba sur deux autres articles. Un feu de cuisine au sixième étage qui avait été rapidement maîtrisé, un article people sur un metteur en scène en visite qui avait séjourné là.

Une demi-heure et deux tiers d'une bouteille de chardonnay plus tard, rien de notable ne lui avait sauté aux yeux. La réponse à la question qu'elle se posait se trouvait peut-être là, dans ce qu'elle avait lu, mais si tel était le cas, elle était passée à côté.

Elle soupira, frotta ses yeux fatigués et alla s'affaler sur le canapé, essayant d'envisager ce qu'elle allait faire ensuite. La seule idée qui lui vint fut de terminer cette bouteille.

Elle se releva bientôt, remplit son verre et se rassit devant son ordinateur portable. L'écran avait viré au noir. Elle le ranima en passant le doigt sur le pavé tactile.

Un dernier bâtiment. Le Gormley.

Encore un promoteur convaincu que donner son nom à un immeuble était l'idée du siècle. La construction avait démarré en 1967 pour s'achever en 1969, sous la direction avisée de Wilfred Gormley, décédé en 1984. Une fois encore, il fallut ignorer les annonces immobilières pour des appartements ou des espaces de bureau.

Barbara parcourut rapidement la liste des sociétés qui occupaient le bâtiment. Une compagnie d'assurances, une agence artistique, des services comptables. Au rez-de-chaussée, un barbier et un fleuriste.

Je suis en train de perdre mon temps.

Elle porta le verre à ses lèvres et le vida d'un trait. Elle rabattit l'écran et se pencha lentement en avant jusqu'à ce que son front touche l'ordinateur. Il fallait qu'elle trouve un nouvel angle, une autre stratégie, une autre personne à qui parler, qu'elle interroge ses différents contacts, qu'elle passe un coup de fil à...

Je suis une idiote.

Pour trouver ce que ces trois immeubles avaient en commun, la recherche devait les inclure tous.

Elle saisit donc les trois noms et tapa sur « Entrée ».

Une fraction de seconde plus tard, Barbara cligna des yeux devant le premier résultat. Elle n'en revenait pas.

C'était l'itinéraire suivi deux ans auparavant par le candidat en campagne Richard Headley. Le programme couvrait toute une semaine et Barbara fit défiler l'emploi du temps du candidat, cherchant en surbrillance les mots qu'elle avait saisis dans le moteur de recherche.

La référence aux Sycamores venait en premier. Headley avait assisté à une soirée de collecte de fonds organisée par Margaret Cambridge, qui occupait le penthouse de l'immeuble de York Avenue. La vieillissante Margaret comptait parmi les plus importants philanthropes de la ville. Elle n'arriverait jamais à dépenser tout l'argent de son mari, alors elle aimait le dilapider, et Headley faisait partie de ses bonnes œuvres. Bien entendu, certaines règles plafonnaient les dons, mais Margaret avait su convaincre suffisamment d'amis pour qu'ils viennent et donnent le maximum.

Barbara revint à l'itinéraire, cherchant le mot « Lansing ». Il s'avéra que l'occurrence ne concernait pas la tour, mais Morris Lansing, un autre bailleur de fonds important de Headley pour lequel il avait organisé un rassemblement de campagne. En cherchant conjointement son nom et celui du maire, Barbara apprit que les deux hommes étaient amis de longue date.

Enfin, au lendemain de la réunion de campagne de Lansing, Headley s'était rendu au Gormley Building, où la personne qui occupait le penthouse organisait pour lui une autre collecte de fonds. Cette personne n'était autre qu'Arnett Steel, président-directeur général de Steelways, l'entreprise choisie, sur l'insistance du maire, pour réaliser plusieurs millions de dollars de travaux en vue de moderniser le système d'aiguillage du métro.

— Eh ben, merde alors, dit Barbara.

Elle chercha si d'autres articles faisaient le lien entre Lansing, les Sycamores et Gormley.

Rien de significatif n'apparut dans les résultats de sa recherche.

OK, OK, se dit-elle. *On se calme.*

Ce n'était pas parce que Richard Headley avait quelque chose en commun avec ces trois immeubles – du moins, avec des personnes liées à ces immeubles – qu'il fallait y voir le lien entre les trois accidents d'ascenseur.

Mais bon sang, c'était foutrement difficile de passer outre. Le cœur de Barbara battait à cent à l'heure.

Supposons que ce soit ça. Supposons que Headley soit le lien entre ces événements.

Cela aurait sous-entendu que si le but de ces actes horribles était de faire passer un message, alors ce message lui était destiné.

Barbara ferma son ordinateur portable, se leva, attrapa sa veste et sortit de son appartement.

Elle voulait parler à Richard Headley. En personne, et immédiatement. Elle passerait quelques coups de téléphone en chemin pour savoir où il se trouvait. City Hall ? Gracie Mansion ? One Police Plaza ? Où qu'il soit, elle finirait bien par le dénicher, ce salaud.

Barbara appuya sur le bouton de l'ascenseur et attendit. Elle jeta un regard impatient à son téléphone.

Comme l'ascenseur tardait à arriver, elle l'appela de nouveau.

Et puis ça lui revint.

— Bon sang, je perds la boule, se dit-elle avant de se diriger vers l'escalier.

- 49 -

C'était seulement le deuxième jour de travail d'Arla Silbert, mais, bon sang, il s'en était passé des trucs.

Pour son premier jour – sa première *matinée* –, elle s'était rendue sur les lieux d'une catastrophe épouvantable et s'était retrouvée à dîner avec le fils du maire. Cerise sur le gâteau, il lui avait révélé des informations que sa mère mourrait d'envie de connaître. Informations qu'Arla lui aurait peut-être confiées si Barbara n'avait pas été aussi infecte au téléphone.

Cela n'avait plus guère d'importance maintenant. Le monde entier était au courant qu'il y avait quelque chose de louche dans ces accidents d'ascenseur. C'était aussi bien qu'elle n'ait rien dit. Si elle l'avait fait, et que Barbara avait posté quelque chose sur le site de *Manhattan Today* douze heures ou plus avant que Richard Headley tienne sa désastreuse conférence de presse, on serait remonté jusqu'à elle.

Mieux valait s'abstenir de divulguer les secrets de son employeur le jour de sa prise de poste. Ce n'était certainement pas comme ça qu'on obtenait une recommandation pour un *futur* boulot.

Elle était donc là, terrée dans le service d'analyse de données pour son deuxième jour de travail, et, entre la conférence de presse de Headley et la mise à l'arrêt des ascenseurs de la ville, elle n'avait pas eu le temps de s'ennuyer. Bien sûr, il n'était plus question de franchir les rubans de la police sur des lieux d'accidents avec le fils du maire. Mais il y avait de quoi faire.

Une réunion fut décidée à la hâte dans une des salles de conférences en milieu d'après-midi. On demanda à Arla et à ses collègues de suivre la couverture médiatique de la crise. La com' de la Ville était-elle à la hauteur ? Les gérants d'immeubles consultaient-ils le site internet de la ville pour s'informer sur la manière dont on pouvait trafiquer un ascenseur, identifier et prévenir ces sabotages ?

À un moment donné, Arla leva la main.

— Hier, j'ai vu quelque chose qui m'a vraiment marquée.

Les autres la regardèrent d'un air absent, une sorte de « Qui c'est, celle-là, déjà ? » collectif.

Arla leur raconta que, aux Sycamores Residences, elle avait vu le maire réconforter le petit garçon présent dans l'ascenseur quand la scientifique russe avait été décapitée. Loin des caméras, Headley avait pris son temps, félicité l'enfant pour son courage et l'avait même invité à venir manger un hot dog à Gracie Mansion.

— C'est un aspect de sa personnalité que je ne connaissais pas, et que la plupart des New-Yorkais ne connaissent pas, expliqua Arla. Un Richard Headley vraiment *humain*. On pourrait faire oublier la conférence de presse d'aujourd'hui en le montrant dans la rue, ou en train de grimper ces escaliers que tout le monde doit monter et descendre. Lui faire livrer des courses à une personne âgée au quinzième étage. Quelqu'un serait là pour filmer, évidemment.

— Oui, eh bien, merci pour la suggestion, dit le nouveau patron d'Arla avant de passer au sujet suivant.

Dans sa tête, Arla entendit le hurlement de l'avion de chasse criblé de balles qui descend en piqué et s'écrase sur le flanc de la montagne. Humiliée, elle retourna à son ordinateur après la réunion. D'accord, en tant que nouvelle arrivée, elle avait peut-être passé les bornes. Personne n'aime les petites malignes qui savent tout mieux que tout le monde, et c'était peut-être l'impression qu'elle avait donnée. Pour autant, son idée était bonne ; elle l'avait seulement exposée au mauvais endroit. Ce service n'était pas un QG de campagne. Certes, ils collectaient et analysaient des données, mais ce n'étaient pas des stratèges. Ces gens, techniquement, travaillaient pour la Ville, pas pour le maire. Ce n'était pas leur boulot de conseiller Headley sur son image. Il avait des conseillers politiques pour cela. Des gens tels que Valerie Langdon.

Et Glover.

Alors que l'après-midi traînait en longueur, Arla ne cessait de penser à lui. C'était à lui qu'il fallait soumettre son idée. Elle devrait lui envoyer un message. Ou... peut-être pas. Il était susceptible de réagir comme l'avait fait son supérieur. Pour qui se prenait-elle ? Pensait-elle que l'entourage du maire était incapable de gérer sa communication en période de crise ?

Ou bien Glover allait-il peut-être s'imaginer qu'elle avait une idée derrière la tête ? Qu'elle cherchait juste un prétexte pour lui reparler ?

Oui, eh bien, ça se pourrait.

De la même manière qu'elle en était venue à s'interroger sur ce qui l'avait poussée à postuler pour ce travail – était-ce, au moins en partie, pour faire enrager sa mère ? –, elle se demandait à présent pourquoi au juste son pouce était suspendu au-dessus de son téléphone, prêt à envoyer un message à Glover.

Était-il possible qu'elle souhaite lui faire part de son idée, *et* le revoir ?

Elle écrivit :

Bjr, je ne voudrais pas faire des propositions qui ne sont pas de ma compétence mais je pense que RH pourrait obtenir l'adhésion des New-Yorkais en faisant deux ou trois choses différemment.

Arla se relut plusieurs fois. Envoyer ou ne pas envoyer ?

Elle prit sa décision et tapa sur la minuscule flèche bleue pointant vers le haut, entendit le *whoosh* signalant l'envoi du message. Elle posa son portable, écran vers le haut, à côté de son clavier et s'efforça de ne pas le regarder plus d'une fois toutes les quatre secondes.

Au bout d'une minute, elle se dit qu'elle avait commis une grossière erreur d'appréciation. Glover n'avait pas répondu. Elle s'était ridiculisée. Elle n'était qu'une nouvelle recrue de rien du tout qui pensait savoir comment faire tourner la boutique. Alors que les minutes s'égrainaient, la jeune femme se rendit compte qu'une réponse de Glover serait en fait pire que son silence. De quoi aurait-elle l'air quand le reste du service serait au courant ? Arla Silbert qui essayait de court-circuiter son boss deux jours après son embauche ?

Crétine crétine crétine...

La sonnerie du téléphone la fit sursauter. Pas suffisamment pour qu'on la remarque, mais elle avait tressailli des pieds à la tête.

Ce n'était pas son portable qui avait sonné, mais son téléphone de bureau.

— Allô. Arla Silbert.

— Salut, répondit une voix qu'elle reconnut aussitôt. Alors, c'est quoi, cette grande idée ?

Elle sentit son cœur tambouriner dans sa poitrine.

— Écoutez, je suis désolée, dit-elle à voix basse pour ne pas être entendue de ses collègues. Je n'aurais jamais dû...

— Non, non, dit Glover. Écoutez, on est en pleine crise. Toutes les idées sont bonnes à prendre. Même si (elle crut entendre un petit ricanement) elles viennent de la petite nouvelle.

— Si vous pensez réellement que...

— Je le pense, oui. Pourquoi chuchotez-vous ?

— Les autres ici ne semblent pas apprécier mes suggestions. Comme vous l'avez rappelé, je suis la nouvelle.

— Bon, c'est la fin de votre journée, non ?

— Oui, la cloche sonne dans vingt minutes. Mais tel que c'est parti, ça ne m'étonnerait pas qu'on nous demande de rester.

— Si ce n'était pas le cas, passez donc à mon bureau quand vous aurez terminé.

— D'accord, entendu.

La jeune femme raccrocha, regarda autour d'elle pour s'assurer que personne n'avait écouté. Tous ses collègues paraissaient happés par leurs écrans.

Je n'ai aucune idée de ce que je fais, se dit-elle.

Effectivement, on demanda à certains employés plus expérimentés de rester plus tard.

On ne proposa pas à Arla de faire du rab, pas plus qu'elle ne se porta volontaire.

Elle alla se poster dans le couloir, à deux portes du bureau de Glover. Heureusement que les téléphones portables étaient là. Autrefois, du temps où les dinosaures régnaient sur la terre, on ne pouvait pas se tenir immobile quelque part sans que quelqu'un vienne voir si on avait besoin d'aide ou ce qu'on fabriquait là, même si on portait un badge nominatif de City Hall autour du cou.

Tandis qu'à présent, il suffisait de s'adosser contre un mur et de regarder l'écran de son portable. Il offrait une couverture dans pratiquement n'importe quelle circonstance, a fortiori si on donnait l'impression de rédiger un mail ou un SMS. On *travaillait*, voilà ce que ça voulait dire. On était *occupé* à quelque chose.

C'était donc ce que faisait Arla. Dos au mur, absorbée par son téléphone. Pour de vrai. Elle lisait les dernières mises à jour concernant la crise des ascenseurs quand elle sentit quelqu'un approcher. Elle leva les yeux.

— Hé, dit Glover, tout sourire. Vous avez réussi à vous libérer.

— Bonjour, dit-elle en rangeant son portable dans son sac à main. Bon, vous vous rappelez, hier soir, je vous disais que votre père... pardon, que le maire avait parlé à ce gamin et...

Il posa la main sur son bras.

— On n'est pas obligés de faire ça dans le couloir.

Elle sentit la chaleur de sa main à travers la manche de son chemisier.

— D'accord, très bien.

— Il faut que je sorte d'ici quelques minutes, de toute façon. On peut me joindre en cas de besoin.

Glover la regardait droit dans les yeux, mais quelque chose, ou quelqu'un, plus loin dans le couloir, avait distrait son attention.

— Une minute.

Arla se tourna, suivant son regard. Un homme grand, large d'épaules et entièrement chauve marchait dans leur direction.

— Chris, dit Glover.

L'homme s'arrêta, hocha la tête.

— Glover, fit-il d'une voix sans relief.

— Vous revenez du Top of the Park ? Coughlin s'est un peu calmé ?

Il y avait une apparence d'autorité dans la voix de Glover, mais Arla la trouva creuse, boursouflée.

Chris considérait Glover en plissant les yeux. Arla pensa à l'imitation si répandue de Robert De Niro qui faisait plier quelqu'un du regard en lui demandant : « You talkin' to me ? »

— La question est réglée, finit par dire Chris.

— Super, dit Glover, exactement ce que j'espérais entendre.

Arla devinait ce qui était en train de se passer et elle eut de la peine pour Glover. Il espérait l'impressionner, laisser entendre que le dénommé Chris, qui qu'il soit, devait lui rendre des comptes. Or, il était évident que cet homme ne s'y sentait pas tenu.

Pour tenter de faire retomber la tension, Arla tendit la main.

— Bonjour, je m'appelle Arla.

L'expression de Chris s'adoucit et il sourit affablement en lui prenant la main.

— Chris Vallins. Vous avez dit Arla ?

— Oui. Arla Silbert.

Il y eut comme un tressaillement dans le regard de Vallins.

— Enchanté.

— Mademoiselle Silbert vient de nous rejoindre, dit Glover. C'est une surdouée de l'analyse de données.

Vallins sourit.

— Très bien.

— Écoutez, on allait justement sortir, dit Glover.

— Bien sûr. Ravi d'avoir fait votre connaissance, mademoiselle Silbert.

Glover effleura le bras d'Arla pour l'entraîner dans le couloir. Quand ils se furent mis en marche, la jeune femme demanda :

— Qu'est-ce qu'il fait ?

— Tout ce que lui demande mon père.

— Toute cette conversation m'a paru... je ne sais pas, un peu embarrassée.

Glover lui lança un regard qui parut confirmer son jugement.

— J'ai l'impression qu'il ne me fait pas confiance, ou qu'il ne me respecte pas. C'est comme s'il passait la moitié du temps à me surveiller.

Arla lui adressa un regard compatissant.

— Ce n'est pas comme si vous aviez quelque chose à cacher, dit-elle. Je veux dire, vous êtes le fils du maire.

Chris Vallins regarda Glover Headley et Arla Silbert s'éloigner. Après qu'ils eurent tourné l'angle au bout du couloir, il sortit son téléphone et afficha les photos qu'il avait prises quand Barbara Matheson était passée au Morning Star Café.

Avec deux doigts, il zooma sur les photos de la jeune femme qui l'avait rejointe.

Sans aucun doute possible, c'était celle qu'il venait de croiser.

Qui traînait avec le fils du maire.

Ses recherches préliminaires avaient révélé que si Barbara écrivait sous le nom de Matheson, son nom de famille à l'état civil était Silbert.

Vallins trouvait qu'il y avait davantage qu'une vague ressemblance. Il était prêt à parier que la jeune femme dont il venait de faire la connaissance était la fille de la journaliste.

Il secoua la tête, sincèrement admiratif. Il fallait reconnaître un certain mérite à Barbara, pensa-t-il. Elle avait réussi à installer une taupe à la mairie. Une taupe qui faisait copain-copain avec le fils du maire.

Il ne lui restait plus qu'à savoir quoi faire de cette information.

Le dire au maire ? Prévenir Barbara qu'elle allait trop loin ? Vallins devait admettre que cette femme commençait à lui plaire.

Mais, pour le moment, il allait la balancer au patron.

- 50 -

Bucky entendit frapper à la porte de sa chambre d'hôtel, située au premier étage.

— Qu'est-ce que c'est ?

— Service d'étage ! répondit une femme.

— Regardez la pancarte ! cria-t-il.

Il avait laissé le panonceau « NE PAS DÉRANGER » sur la poignée de la porte depuis qu'il avait pris possession de la chambre, quelques jours auparavant.

— Je sais, mais...

Bucky se leva du lit où il avait étalé tout ce dont il avait besoin et alla entrebâiller la porte. S'il l'ouvrait davantage, quelqu'un pourrait voir ce qu'il avait mis sur le couvre-lit. Une femme se tenait dans le couloir avec un gros chariot rempli de draps, de produits ménagers et de minuscules flacons de savon et de shampoing.

— Je n'ai pas fait votre chambre depuis votre arrivée, dit la femme. Vous êtes sûr que vous n'avez pas besoin...

— Je n'ai besoin de rien, rétorqua Bucky.

— Des draps propres ?

— Non.

Elle lui mit sous le nez un flacon de shampoing.

— Ça ?

— C'est bon. La chambre est très bien comme ça. Je n'ai besoin de rien.

Bucky commença à s'inquiéter quand la femme de ménage le dévisagea d'un œil soupçonneux. Elle se disait peut-être qu'il cachait un cadavre. Ou qu'il avait enlevé une fille. Ou qu'il se faisait une orgie de films porno. Il fallait qu'il lui raconte une histoire.

— J'ai la gastro, dit-il, une main sur le ventre. Je viens à New York pour voir ma copine et, à peine arrivé, je tombe malade. J'ai dû choper ça dans l'avion. Juste après avoir pris ma clé à la réception, j'ai commencé à vomir et puis j'ai eu la courante.

Il agita la main devant son nez, comme pour purifier l'air.

— Oh, mon Dieu ! dit la femme de ménage, qui recula d'un pas.

— J'y vais mollo en attendant que ça se calme.

— Et la nourriture ? Je ne vois aucun plateau de room-service devant votre porte.

— J'ai été trop malade pour manger. Demain peut-être.

— D'accord, d'accord, bon rétablissement, dit la femme avant de pousser son chariot jusqu'à la chambre d'à côté.

Bucky ferma la porte et poussa un soupir de soulagement. Il n'aurait pas voulu devoir s'expliquer sur la présence des objets éparpillés sur le lit et le bureau. Pas tant à cause des boîtes à pizza vides, qui auraient démenti la fable qu'il venait de raconter, mais surtout à cause des divers bidons de produits chimiques. Les câbles. Les minuteurs. Les deux ordinateurs portables ouverts. Les deux téléphones portables prépayés et autres appareils électroniques.

Le flingue.

Bucky avait traversé le pays en voiture. Avec tout ce matos, surtout le Glock 17 équipé d'un silencieux, il n'aurait pas pu prendre l'avion.

Il avait tout monté dans la chambre en deux voyages, ce qui n'avait pas été trop pénible, vu qu'il avait réservé dans un motel d'un étage. Pas d'hôtel gratte-ciel avec escalier à rallonge pour lui. Il avait disposé son matériel dans la chambre et mis la touche finale à la bombe qu'il avait abandonnée dans la Prius. Il était en train d'en confectionner deux autres et c'était sur ces ordinateurs portables qu'il effectuait les recherches nécessaires et regardait les reportages sur ce qu'il avait accompli.

Une autre conversation avec M. Clement était prévue le lendemain. Il avait quelques idées pour la suite, peut-être fallait-il passer à la vitesse supérieure, mais il voulait avoir le feu vert du patron. Ils en parleraient face à face. M. Clement n'aimait pas communiquer par téléphones fixes ou portables. Le vieux évitait les SMS. Il n'aimait pas laisser de traces écrites. On ne l'aurait même pas fait monter dans un Uber. Seulement les taxis qu'il pouvait payer en liquide. C'est pour ça qu'ils avaient organisé leurs rencontres au zoo, dans la rue et dans les toilettes de son hôtel.

Ils devaient s'y retrouver dans la matinée. Il fallait juste s'assurer que Mme Clement n'en sache rien. Elle l'avait repéré, lui avait dit Clement. Elle commençait à avoir des soupçons.

Bucky n'aimait pas ça. Il savait que M. Clement lui cachait ses activités les plus répréhensibles. Mais les femmes trouvaient souvent le moyen de comprendre les choses. Elles étaient sournoises. On ne pouvait pas leur faire confiance.

Bucky se demanda ce que Mme Clement ferait si elle était informée des choses que son mari avait mises en branle.

Peut-être rien.

Peut-être quelque chose.

De toute façon, il ne pouvait pas se soucier de ça maintenant. Il avait du pain sur la planche.

- 51 -

Jerry Bourque et Lois Delgado avaient déjà une journée de douze heures dans les jambes, et tous les deux commençaient à se sentir un peu groggy. Delgado avait téléphoné à sa belle-mère pour qu'elle vienne encore garder sa fille, parce que son mari était de service du soir à la caserne. Elle l'avait eu au téléphone deux ou trois fois, l'un et l'autre se demandant ce que la nuit pourrait apporter dans une ville privée d'ascenseurs.

Sur l'écran d'ordinateur de Delgado s'affichait la photo récupérée par Bourque sur le téléphone du collègue d'Otto Petrenko. Elle montrait, vu de loin, Otto en conversation avec l'homme adossé à la berline de couleur sombre.

Delgado avait placé en regard une photo d'Eugene Clement. Elle et Bourque n'avaient pas forcément de raisons de croire que c'était Clement qui avait rendu visite à Otto sur son lieu de travail, mais c'était un point de départ.

— Je ne sais vraiment pas, dit Bourque, qui s'était approché sur son fauteuil à roulettes. Ça pourrait être lui, ou à peu près n'importe qui.

— Clement et ce type mesurent environ un mètre quatre-vingts, comme la moitié des hommes sur la planète, ce qui ne nous aide pas du tout. Et ils ont tous les deux les cheveux gris. Mais...

— Qu'est-ce que tu as vu ?

— Je regarde juste les cheveux de notre homme mystère. Ils ont l'air... bizarres.

Bourque se pencha plus près.

— Bizarres comment ?

— De traviole. Ils ne font pas naturels. À mon avis, c'est une perruque.

— Possible. Alors quoi ? Ce serait un déguisement ? Il ne veut pas qu'on le reconnaisse ?

— Ou bien il est juste vaniteux. Revenons à l'immatriculation.

Elle zooma sur l'arrière de la berline, dans l'ombre. La couleur de la plaque d'immatriculation était difficile à déterminer. De plus, elle était en partie masquée par la vieille Mustang, au premier plan, que le technicien ascensoriste avait fini par acheter. Immédiatement à droite de la plaque, il y avait une éraflure dans la peinture, à l'endroit où le pare-chocs avait été enfoncé.

Ils ne pouvaient distinguer que les deux derniers chiffres : 13. Et même ceux-là étaient un peu flous. Ce pouvait être une plaque de l'État de New York. Sous les chiffres, on semblait lire « TATE ». La plupart des plaques de New York portaient une inscription « Empire State » en bas, quand celles du New Jersey affichaient « Garden State » au même endroit. Et « Constitution State » sur le bord inférieur pour celles du Connecticut. Pour le Rhode Island, c'était « Ocean State ».

Les plaques de l'État de New York étaient majoritairement jaune orangé, mais on en trouvait aussi des blanches avec des numéros bleus, et d'autres bleues avec des numéros orange. Les plaques du New Jersey étaient disponibles en jaune, bleu ou blanc.

L'inscription figurant au-dessus de la plaque s'avéra plus utile.

— On dirait un *R* et un *K*, là, remarqua Bourque en pointant l'écran du doigt.

Les deux dernières lettres de « New York ».

— Ouais. Donc c'est bien une plaque de New York. Cela nous ramène à quelques millions de possibilités, dit Delgado.

— Et ça, c'est quoi ?

— Quoi donc ?

Il toucha l'écran du doigt.

— Tu permets ? dit Delgado en repoussant sa main. Tu vas laisser une marque. Tu te tiens aussi mal que ma gamine.

— Regarde, dit-il en écartant un peu son doigt.

Delgado se pencha, le nez à une dizaine de centimètres de l'écran. Bourque montrait un petit autocollant sur le pare-chocs, juste sous la plaque.

— Je ne distingue pas ce que c'est, dit-elle.

Il n'avait pas la taille habituelle des autocollants rectangulaires que les gens affichaient sur leur voiture pour faire savoir où ils étaient partis en vacances, ou qui ils soutenaient politiquement. Celui-là était rond et pas plus grand qu'un dessous-de-verre en carton.

— On dirait qu'il y a des lettres dessus, dit Bourque.

— Ouais. Peut-être trois. Ça me fait un peu penser au logo des New York Yankees. Tu vois ? Avec le *N* et le *Y* l'un sur l'autre, sauf que là, les lettres ont l'air d'être séparées.

— Donc, c'est un *N* et un *Y*, et quelle est la troisième lettre ? demanda Bourque.

— Peut-être un *C* ? (Elle secoua la tête.) L'image sera encore plus floue si je l'agrandis davantage.

— Attends, dit lentement Bourque. Je crois avoir déjà vu ça quelque part, mais je ne sais plus où. Il faut juste que je me concentre...

Il se leva de son fauteuil et fit le tour des bureaux jusqu'à se retrouver devant son propre ordinateur.

— Tu veux ton fauteuil ? demanda Delgado en voyant son équipier se pencher en avant pour taper sur son clavier.

— Non, ça ira, répondit-il en plissant les yeux devant l'écran, avant de marmonner : Oui, c'est bien ça.

— Qu'est-ce qu'il y a ?

— Donne-moi une seconde. J'imprime.

— Quoi donc ?

Un peu plus loin, une imprimante se mit à ronronner et, quelques secondes plus tard, une feuille de papier tombait dans le bac. Bourque alla la récupérer puis revint s'asseoir sur son fauteuil à côté de Delgado.

Il lui présenta la feuille.

— Tu en penses quoi ?

Il avait imprimé l'image d'un logo formé par les lettres NYG groupées de façon artistique.

— Joli. C'est quoi ?

— Tu te rappelles la promesse de Headley de faire de New York une ville plus agréable à vivre ?

— Ouais, eh bien, on peut dire que c'est un succès. À condition d'aimer les escaliers.

— C'était un de ses thèmes de campagne. La réduction des gaz à effet de serre, ce genre de baratin. Il a mis le paquet pour que le parc de véhicules municipaux soit plus propre, avec des véhicules électriques ou au minimum hybrides.

— D'accord.

— Il a appelé l'opération New York Green et fait fabriquer ces autocollants.

— C'est donc un véhicule municipal, dit Delgado lentement.

— Tout juste.

— Alors c'est peut-être une impasse. Je veux dire, il est logique que quelqu'un de la mairie, du service des immeubles par exemple, celui qui est chargé des ascenseurs, vienne rendre visite aux gars de l'atelier de réparation.

— Soit, mais pourquoi ne pas parler au patron, ce Gunther Willem ? Et on nous a dit qu'Otto n'avait jamais évoqué ce type ni ce qu'il lui voulait. Pour quelle raison aurait-il refusé de rapporter une conversation avec un fonctionnaire de la Ville ?

Delgado se détourna de l'écran et se laissa aller contre le dossier de sa chaise.

— C'est une bonne question, dit-elle.

— Il ne nous reste plus qu'à dénicher une berline écologique qui appartienne à la Ville, avec une immatriculation qui se termine en 13 et une éraflure sur le pare-chocs juste là, et trouver qui l'a sortie du garage ce jour-là.

— Eh bien, dit Delgado, ça ne devrait pas être bien difficile.

- 52 -

Après avoir réussi à monter dans un taxi, Barbara, bien calée sur la banquette arrière, commença à passer des coups de téléphone sur son portable. Le premier fut pour le bureau du maire, mais impossible de le joindre. Quand la ligne n'était pas occupée, elle sonnait dans le vide.

Pas étonnant. Un jour comme celui-ci, Headley et son équipe devaient se sentir en état de siège. Ils se terraient en attendant que les choses se tassent. Pour l'instant, la mise à l'arrêt totale des ascenseurs n'avait pas été sans conséquence. Au moins huit morts. Dont six possibles crises cardiaques et deux chutes dans des escaliers.

City Hall devait probablement recevoir une centaine de sollicitations des médias par minute. Les capacités de la Ville à répondre aux demandes d'informations et d'interviews devaient déjà être saturées.

Alors que son taxi la conduisait vers le sud, Barbara fut pourtant frappée de constater à quel point l'ambiance était calme, presque conviviale. Les trottoirs de Manhattan continuaient de grouiller de gens qui marchaient d'un pas pressé et, comme on pouvait s'y attendre étant donné que monter dans les immeubles était brusquement devenu une épreuve, ils étaient encore plus bondés qu'à l'accoutumée. Pourtant, on ne pouvait pas dire que les gens couraient dans tous les sens, pris de panique. Beaucoup ne bougeaient pas, adossés aux immeubles et aux lampadaires, discutant et riant les uns avec les autres. Toutes les terrasses des cafés, bars et restaurants étaient prises d'assaut par des New-Yorkais décidés à tirer le meilleur parti de la situation.

Je ne peux pas monter chez toi ? Autant prendre un verre en attendant qu'ils nous donnent le feu vert.

Sacrés New-Yorkais, songea Barbara. *Peu importe ce qu'on prend dans la figure, on continue à vivre.*

Elle donna un billet de vingt au chauffeur et sauta du taxi à deux blocs de City Hall. Elle fit le reste du trajet en courant.

Elle avait toujours adoré cette partie de Manhattan. Le parc et la fontaine au sud du siège de l'administration municipale. Les joueurs d'échecs, les enfants en sortie scolaire, les marchands de souvenirs et de babioles, les vendeurs de hot dogs et de bretzels. Les touristes qui s'en allaient traverser le Brooklyn Bridge à pied.

Mais Barbara ne voyait rien de tout cela. Elle n'avait en tête qu'un seul objectif : assener à Richard Headley que le lien entre les accidents d'ascenseur, c'était lui et ses soutiens.

Alors qu'elle atteignait la grille qui donnait accès au parc de l'hôtel de ville, un agent en uniforme lui barra la route. Elle avait franchi ce contrôle de sécurité tant de fois qu'on lui faisait souvent signe de passer sans qu'elle ait à montrer son accréditation de journaliste.

Cette fois, le flic en faction refusa de la laisser entrer.

— Vous restez ici.

— Je dois parler au maire.

— Oui, bien sûr, dit l'agent avec un petit sourire narquois. Je suis sûr qu'il est dispo.

— Non, sérieusement, insista-t-elle. (Elle sortit son accréditation de son sac et la lui tendit.) Je viens tout le temps. Allons, vous devez me connaître ! Vous avez dû me voir passer une centaine de fois.

— Je dois quand même vérifier votre identité et confirmer que vous êtes en règle. Le niveau d'alerte a été relevé, au cas où vous n'auriez pas remarqué.

Barbara soupira, se retourna dans un mouvement de frustration et quelque chose attira son regard.

Deux personnes qui marchaient sur le trottoir. Un homme et une femme. La femme, du moins à distance, ressemblait beaucoup à Arla et l'homme avait plus qu'une vague ressemblance avec le fils du maire.

— Merde.

— Hein ? fit le flic.

Barbara se retourna.

— Rien.

Il lui rendit son accréditation.

— Allez-y.

Barbara se précipita à l'intérieur du bâtiment, passa d'autres contrôles et se dirigea vers le bureau du maire, où elle tomba encore sur un agent de sécurité.

— S'il vous plaît, dit-elle. Il faut que je le voie.

— Vous allez devoir vous adresser au service des relations presse...

La porte du bureau s'ouvrit alors sur Valerie Langdon.

— Valerie ! s'écria Barbara avant de se reprendre aussitôt : Madame Langdon !

Elle n'avait jamais été à tu et à toi avec l'assistante du maire.

Valerie se retourna et, voyant à qui elle avait affaire, hésita.

— C'est important, plaida Barbara.

Valerie se rapprocha.
— Que voulez-vous ?
— Il faut que je lui parle.
— Comme un journaliste sur deux entre ici et la Californie.
Barbara prit deux secondes pour se calmer.
— Je crois savoir pourquoi.
Valerie pencha la tête de côté.
— Pourquoi quoi ?
— Pourquoi ce qui arrive arrive.
— Racontez-moi ça.
— Je pense que c'est à cause de lui.
— Je vous demande pardon ?
— Je pense que ces accidents sont liés à la personne du maire.
— C'est n'importe quoi.
— Possible, mais je voudrais lui soumettre ma théorie.
Valerie mit dix secondes à se décider.
— Suivez-moi.
Elle fit attendre Barbara devant la porte du bureau et réapparut moins d'une minute plus tard.
— Il va vous recevoir, dit-elle avec une pointe de surprise dans la voix.
Valerie ne suivit pas Barbara dans la pièce. Le maire, adossé à son bureau, regardait la télévision avec le son coupé.
— Fermez la porte.
Barbara s'exécuta.
— Asseyez-vous.
Elle prit place sur le canapé et Headley s'assit dans un fauteuil, en face d'elle. Il fit claquer ses paumes sur ses cuisses et se pencha en avant.
— Alors, vous aviez quelque chose d'important à me dire ?
— Il y a un lien entre ces accidents d'ascenseur.

— Je sais, dit le maire. Des similarités d'ordre... technique.

— Je ne parle pas des caméras.

Headley haussa les sourcils.

— Vous êtes au courant ?

Elle confirma d'un hochement de tête.

— Je ne parle pas du *comment*, mais je pense savoir *pourquoi* on a fait ça.

Headley se pencha en arrière dans son fauteuil et croisa les bras, comme pour la mettre au défi de l'impressionner.

— Allez-y, je vous écoute.

— Je pense que c'est à cause de vous.

Un long silence, puis :

— Continuez.

— Les soutiens les plus importants de votre campagne possèdent ou bien habitent dans les trois immeubles concernés. Je pense en particulier à celui de ce matin. Le Gormley Building.

— Je ne connais personne de ce nom.

— Peut-être pas, en revanche vous connaissez Arnett Steel. Il vit dans le penthouse.

Headley ne dit rien.

— Et les Sycamores, c'est là que...

— Je sais. Margaret Cambridge.

— Je pense que quelqu'un est en train de vous envoyer un message, à vous et à ceux qui vous ont permis d'être là où vous êtes. Je crois... je crois qu'il s'agit d'une vengeance.

Headley secoua lentement la tête.

— Votre théorie me semble un peu... faible.

— Vous en avez une meilleure ?

— Plusieurs pistes sont envisagées. Un groupuscule terroriste de l'alt-right pourrait être derrière ça. Cette théorie est déjà sur la table. C'est celle qui me paraît la plus crédible. Mais je suppose que vous *adoreriez* que ces événements aient quelque chose à voir avec moi. Ça collerait avec votre façon de présenter les choses.

— Ce n'est pas vrai, protesta Barbara. Je ne suis pas ici en tant que journaliste. Je suis... Bon, d'accord, c'est des conneries. Je suis ici en tant que journaliste. Mais je veux qu'on arrête celui qui a fait ça autant que vous. Je veux que ça se termine. (Elle se tut un instant.) Paula Chatsworth est morte sous mes yeux. Ce n'est pas une histoire comme une autre pour moi.

— C'est personnel.

Barbara hocha la tête.

— Personnel à plus d'un titre, dit Headley avec un petit sourire en coin.

— Je ne vois pas de quoi vous parlez.

— Je crois que si. Vous n'avez pas été surprise que j'accepte de vous recevoir aussi facilement ?

— Euh, si, peut-être un peu.

— J'ai demandé à Valerie de vous faire entrer parce que je tenais à vous féliciter.

— Pour ?

— Votre audace. Qui confine au génie. Arriver à placer une taupe juste là, à City Hall... Je dois reconnaître que ce n'est pas donné à tout le monde.

Il se leva brusquement, retourna à son bureau et remua des papiers pour essayer de trouver quelque chose.

— C'est là quelque part, dit-il. J'ai demandé le dossier sur les nouveaux recrutements.

Arla.

— Peu importe, dit Headley, abandonnant sa recherche et se dirigeant vers la porte, prêt à lui montrer la sortie. Je le trouverai plus tard. Mais j'ai été informé qu'un membre de votre famille travaillait pour nous. Je me trompe ?

Barbara hocha lentement la tête.
— Votre fille ?
— Oui. Mais ce n'est pas ce que vous croyez. Elle a fait tout ça de sa propre initiative. Si vous voulez la vérité...
— Ce serait une nouveauté.
— Je pense qu'elle a pris ce boulot en partie pour me faire enrager. Elle savait que je n'apprécierais pas qu'elle travaille pour votre administration. Notre relation est... compliquée. Mais elle a eu ce boulot parce qu'elle est douée dans son domaine. Elle le mérite.
— Que vous dites ! Pardonnez-moi d'être sceptique. De toute façon, quel que soit le petit jeu que vous et votre fille jouez ou ne jouez pas ici, c'est terminé. Comme son contrat de travail avec la Ville de New York.
Il ouvrit la porte, l'invitant à partir, mais Barbara s'approcha du bureau et se saisit de la liasse de papiers qu'il venait de feuilleter.
— Hé ! Ne touchez pas à mes...
Elle trouva rapidement ce qu'elle cherchait. Elle brandit une feuille et éparpilla les autres sur son bureau.
— C'est ça que vous cherchiez. Le formulaire de candidature de ma fille.
— Je n'ai pas encore eu l'occasion d'en prendre connaissance. Mais je sais déjà ce qu'il y a à savoir.
— Vraiment ? Est-ce que vous connaissez son nom ?
Le maire haussa les épaules. Un non.
— Arla, dit Barbara en marchant vers la porte. (Elle lui colla la feuille de papier sur la poitrine en passant devant lui.) Arla Silbert.
Elle croisa le regard de Headley une fraction de seconde puis s'en alla.

- 53 -

Barbara s'éloigna à pas précipités du bureau du maire, la tête baissée, non pas cette fois parce qu'elle regardait son téléphone. Elle ne voulait pas qu'on la voie pleurer. Sans ces larmes, elle aurait vu Chris Vallins et ne lui serait pas rentrée dedans.

— Désolée, bafouilla-t-elle avant de lever les yeux. Oh, merde.

— Bon sang, fit-il. Que s'est-il passé ?

— Rien, répondit-elle en essayant de le contourner, mais ce fut à son tour de la saisir par le bras et de la conduire vers la porte la plus proche.

Ce n'étaient pas les toilettes des femmes cette fois ni celles des hommes. Il la fit entrer dans une salle de conférences équipée d'une table rectangulaire et d'une douzaine de chaises de bureau à roulettes.

— Parlez-moi, dit-il en l'asseyant sur l'une d'elles et en s'installant en face.

— Je ne veux pas en parler, dit Barbara. Tout va bien.

Elle chercha un mouchoir en papier au fond de son sac et se tamponna les yeux.

— Vous venez juste de voir Headley dans son bureau ?

Elle hocha la tête.

— À quel sujet ?

Barbara déglutit, renifla.

— C'est lui, le lien. Chaque fois qu'un ascenseur est tombé, c'était dans l'immeuble d'un de ses principaux bailleurs de fonds. Pour sa campagne. Je crois que tout tourne autour de ça.

— Ouah, fit Vallins.

Un autre reniflement. Elle sortit un autre mouchoir de son sac et se moucha.

— Qu'est-ce que le maire a dit ?

— Il n'a rien voulu entendre.

Vallins se pencha tout près d'elle, presque tête contre tête. Il vit une larme rouler sur sa joue et l'effaça avec son doigt.

— C'est pour ça que vous pleurez ?

— Non. C'est... je pense que tout va bientôt se savoir.

— Qu'est-ce que vous voulez dire ?

Barbara releva le menton, regarda Vallins droit dans les yeux.

— Je ne sais pas quoi penser de vous. Vous travaillez pour ce salaud, mais il y a des moments où on pourrait croire que vous avez une conscience.

Il sourit.

— Je n'en sais rien. Je... Parfois je dois jouer sur plusieurs tableaux.

— Ça me semble être la définition la plus courte qui soit du mot « politique ».

— Possible.

— Ma fille a trouvé un travail à la mairie. Elle a fait ça toute seule. Headley l'a appris je ne sais comment. Il est persuadé que j'ai tout manigancé. Que je l'ai introduite ici comme espionne ! (Elle secoua la tête.) Ce n'est pas vrai.

Vallins se recula un peu.

— Je comprends qu'il ait pu penser ça.

— Il va la faire virer, Chris. Ce n'est pas juste.

— Je suis désolé.

— Vous n'y êtes pour rien, dit Barbara avec un haussement d'épaules.

Vallins ne répondit pas.

— Il faut que j'y aille, dit la journaliste. Je dois la trouver. Je dois lui parler.

Alors qu'elle commençait à se lever, Vallins la prit doucement par les épaules pour l'en empêcher.

— Attendez. Juste...

— Quoi ?

Vallins déglutit, prit une inspiration.

— Je vous aime bien. Enfin, j'ai toujours apprécié ce que vous défendiez. Je vous lis depuis longtemps.

Barbara renifla encore une fois.

— Je suppose que le maire ne sait pas que vous êtes un fan.

Il esquissa un sourire, cherchant quoi dire ensuite.

— Peut-être qu'un jour je serai en mesure d'expliquer. Mais pour l'instant, je suis juste désolé.

Il eut alors un geste auquel elle ne s'attendait pas. Il se pencha en avant, déposa un baiser léger sur son front, puis relâcha son emprise sur les épaules de Barbara et recula en faisant rouler sa chaise.

Elle se leva et le dévisagea un moment.

— Merci, dit-elle, et elle quitta la pièce.

- 54 -

— Je suis bête, dit Arla. J'aurais dû me douter que vous y aviez déjà pensé.

Glover et elle étaient attablés dans un box chez Maxwell's, sur Reade Street. Il sourit et but une gorgée de son Moscow Mule servi dans un mug en cuivre. Vodka Tito's, bière au gingembre et citron vert. Arla avait opté pour un verre de sancerre. Glover lui avait fait goûter son cocktail et il avait ri en la voyant grimacer quand elle y trempa les lèvres.

Arla avait suggéré que le maire devrait sortir de son bureau, être vu aux côtés de tous ces New-Yorkais confrontés à l'arrêt des ascenseurs. Monter quelques étages pour apporter à manger à une personne confinée chez elle. Apporter ses médicaments à un locataire trop mal en point pour descendre chez Duane Reade et remonter chez lui. Glover venait de la complimenter sur ces idées.

— Vous êtes déjà en train de mettre ça sur pied ? demanda-t-elle.

— J'organise quelque chose, en effet. Les grands esprits se rencontrent.

— J'ai fait cette suggestion à notre réunion de service, et tout le monde m'a regardée avec l'air de dire : « Pour qui elle se prend, celle-là ? » Désolée de vous avoir fait perdre votre temps.

— Pas du tout, dit Glover en se penchant en avant pour ne pas avoir à élever la voix. À dire vrai, j'étais content de m'échapper. C'est assez tendu là-dedans.

Entre deux gorgées, Arla tenait fermement le pied de son verre sur la table en le couvrant avec ses doigts. Les mains de Glover étaient posées quelques centimètres plus loin, à plat sur la table, doigts écartés, comme prêtes à s'avancer pour toucher celles d'Arla.

— J'imagine, dit-elle.

— Ouais. Mon père est en train de péter un câble. La conférence de presse ne s'est pas bien passée. Tous les commentateurs de la télé tirent sur lui à boulets rouges.

— Quand est-ce que les gens pourront reprendre l'ascenseur ?

— Une fois que les propriétaires et gérants d'immeubles auront terminé leurs inspections. Demain, peut-être ? Et vous pouvez être sûre que rien, absolument rien n'empêchera l'inauguration en grande pompe du Top of the Park demain soir.

— Le gratte-ciel à l'extrémité nord de Central Park ?

— C'est ça. L'énorme érection en acier et en verre de Rodney Coughlin.

Arla eut un petit sourire en coin.

— Après la Freedom Tower, c'est la plus haute tour de la ville. Coughlin est un important soutien de mon père. On ira à l'inauguration demain soir.

— Personnellement, je ne sais pas trop si j'aurais envie de me retrouver dans un de ces ascenseurs-là.

— Je vous comprends, mais je suis sûr qu'il n'y aura plus rien à craindre. Qui sait, d'ici là, ils auront peut-être attrapé celui qui fait ça.

— Je me demande bien qui c'est.

— Il faut admettre qu'il est plutôt brillant, en tout cas. Bien sûr que ces actes sont condamnables, mais il est difficile de ne pas être impressionné par l'ingéniosité de tout ça. Être capable de prendre le contrôle des ascenseurs d'un immeuble, c'est bluffant.

— Je ne sais pas. Je ne vois pas trop ce qu'il y a d'admirable là-dedans. (Elle retourna son téléphone sur la table pour vérifier l'heure.) Écoutez, si vous devez partir, je comprendrai.

— Je ne suis pas pressé.

Il avança imperceptiblement les doigts jusqu'à effleurer ceux d'Arla. Elle ne retira pas sa main.

— Je me demandais si vous seriez d'accord pour qu'on se voie en dehors du travail.

— Vous voulez dire, comme maintenant ?

Glover rit nerveusement.

— Au départ, l'idée était de boire un verre pour parler boulot. Mais peut-être que, un de ces jours, on pourrait...

— Bien sûr, dit Arla, ça me ferait plaisir.

Il sourit.

— Génial. Il y a un restaurant que vous...

— Salut, dit une voix.

Ils se retournèrent tous les deux et virent Barbara debout devant leur table. Alors qu'Arla faisait de son mieux pour cacher sa stupéfaction, Glover ne parut guère surpris.

Barbara lui offrit une esquisse de sourire, mais elle tourna vers Arla un visage pareil à du verre sur le point de se briser.

— Laissez-moi vous présenter, dit Glover. Arla, voici Barbara Matheson, dont vous lisez peut-être la rubrique dans *Manhattan Today*. (Il eut un petit sourire ironique.) Peut-être pas l'écrivain préféré de mon père, mais croyez-moi, il ne manque jamais de la lire. Barbara, je vous présente Arla Silbert. Elle est...

— On s'est déjà rencontrées, dit Arla.

— Ah bon, fit Glover, surpris. Et où avez-vous fait connaissance ?

— Il faut que je te parle, dit Barbara à sa fille.

— Comment as-tu su où j'étais ?

— Je t'ai vue sortir de City Hall. J'ai dû entrer dans une centaine d'endroits avant de te trouver.

— J'ai un téléphone.

— Il fallait que je te parle en personne.

Glover faisait une tête de chiot perplexe.

— Je me sens un peu exclu, là, dit-il.

— Je suis allée voir votre père, lui dit Barbara.

Puis, après une pause :

— Tout ça, c'est à cause de lui.

— C'est toujours à cause de lui, rétorqua Glover en haussant les épaules.

— Ce n'est pas ce que je veux dire. Les sabotages d'ascenseurs sont un message destiné spécifiquement à attirer son attention.

Glover s'alarma instantanément.

— De quoi parlez-vous ?

— Demandez-lui. J'ai fait ce que j'ai pu. Quoi qu'il en soit, ce n'est pas pour vous que je suis ici, mais pour parler à ma fille.

Ce fut au tour de Glover de rester bouche bée. Sans voix, il regarda Arla, qui avait brièvement fermé les yeux, comme pour faire disparaître sa mère.

— Va-t'en, s'il te plaît, dit-elle en les rouvrant.

Le visage de Barbara commença à se décomposer.

— Je suis désolée. Je ne sais pas comment, mais il a découvert qui tu étais... par rapport à moi. Peut-être même par rapport à lui, ajouta-t-elle après un long silence.

Glover retrouva l'usage de la parole.

— C'est votre mère ? Et comme par hasard, vous réussissez à décrocher un boulot dans l'entourage du maire ? Vous êtes quoi, un genre d'espionne ?

— Non, protesta Arla. Elle n'était même pas au courant que je candidatais pour ce poste. Je suis virée, c'est ça ? C'est Headley qui te l'a dit ?

— Plus ou moins.

— Génial, dit-elle avant de fondre en larmes. Non, vraiment, c'est fantastique.

Glover s'efforçait toujours de comprendre de quoi il retournait.

— Je... j'étais loin de me douter. Vous... vous n'avez pas le même nom. (Il avança à nouveau la main pour prendre celle d'Arla avant qu'elle puisse la retirer.) Je vais parler à mon père. Il ne peut pas vous renvoyer comme ça. C'est moi qui chapeaute votre service. Je vais m'en occuper.

Barbara n'arrivait pas à détacher les yeux de la main de Glover posée sur celle d'Arla.

— Ne faites pas ça, dit-elle tout bas.

Glover, surpris, retira lentement sa main tandis qu'Arla rougissait.

Le jeune homme mit un moment pour se reprendre.

— Je ferais mieux d'y aller, annonça-t-il.

Il jeta quelques billets sur la table pour payer leurs consommations et se glissa hors du box. Avant de s'en aller, il regarda Arla et lui répéta :

— Je vais arranger cette affaire.

Mais Arla était incapable de le regarder en face. Elle avait la tête basse, une main sur les yeux. Barbara s'assit à la place de Glover.

— Je te hais, déclara Arla.

— Je ne te le reprocherai pas. Et je pense que tu risques même de me haïr encore plus.

Arla baissa la main qui lui couvrait les yeux et regarda sa mère à travers ses larmes.

— Ça m'étonnerait. Tu m'as fait perdre mon travail... et peut-être plus que ça, dit-elle en inclinant la tête vers la porte, dans la direction où Glover était parti.

— Ça n'aurait pas marché avec Glover.

— Ah, et on peut savoir pourquoi ? Parce que tu détestes son père ? Si tu avais été davantage présente pour moi, tu saurais que je n'en fais qu'à ma tête et que je me fous que tu approuves ou non mes fréquentations, ou qui pourraient être leurs parents.

— Il ne s'agit pas de ça...

— De quoi, alors ? Dis-moi. J'aimerais vraiment le savoir.

— Ça n'aurait jamais pu marcher avec Glover, dit lentement Barbara, parce que c'est ton frère.

- 55 -

Quand elle franchit le seuil, elle est à bout de souffle, elle suffoque.

— Je crois que j'ai besoin d'un verre d'eau, dit-elle d'une voix haletante avant de commencer à chanceler.

Assis par terre en tailleur, le garçon regarde un épisode de Star Trek. *Il se lève d'un bond.*

— Maman ?

Elle porte la main à sa poitrine.

— Ça fait tellement mal…

Elle s'effondre. D'abord à genoux, puis le reste de son corps bascule en avant. Elle ne parvient même pas à tendre le bras pour amortir sa chute. Comme elle a légèrement tourné la tête, elle tombe sur la joue droite.

— Maman ! s'écrie le garçon en se précipitant vers elle.

Elle remue les lèvres, murmure quelque chose.

— Je dois… appeler… ton père.

Ses paupières se ferment.

— Maman ? Maman ?! Dis quelque chose, maman. S'il te plaît, ne meurs pas. Maman ? Maman. Ouvre les yeux. Regarde-moi. Maman. Maman ! Je t'aime, maman. Je t'aime. Oh, maman. Non, non, non.

JEUDI

- 56 -

Ce jeudi matin, aucun ascenseur ne tomba.
Aucune bombe n'explosa.
Mais la journée ne faisait que commencer.

- 57 -

Assis une table plus loin que celle qu'ils occupaient la veille dans la salle de restaurant de l'hôtel, Eugene Clement demanda :

— Toutes tes affaires sont prêtes ?

Estelle ne leva pas les yeux du menu.

— Oui. Je suis prête à partir.

— Je nous commanderai un taxi pour l'aéroport vers 10 heures. Je ferai descendre nos bagages.

— Ça me paraît très bien.

La température entre eux était moins glaciale que vingt-quatre heures auparavant. Ils se parlaient. Les événements en cours avaient suscité un dégel de leurs relations.

Mercredi, après avoir visité le musée Guggenheim, Estelle avait traversé la Cinquième Avenue pour se promener quelques heures dans Central Park. C'est en déambulant dans les allées du parc qu'elle entendit des gens parler d'ascenseurs. Elle consulta son téléphone et découvrit la crise qui était en train de submerger la ville. Elle fit alors taire l'animosité qu'elle ressentait à l'égard de son mari et lui téléphona pour savoir s'il était informé et lui recommander de ne pas utiliser les ascenseurs de l'hôtel. Ni d'ailleurs aucun autre ascenseur en ville.

« Heureusement que notre chambre est dans les premiers étages », avait-il fait remarquer.

Si bien que, ce soir-là, ils avaient marché jusqu'au Pera, où ils avaient commandé tous les deux les côtelettes d'agneau – leur dernier dîner new-yorkais avant leur retour –, après quoi Clement lui avait même fait l'amour.

Qu'est-ce qu'il ne fallait pas faire, parfois !

Clement avait encore une affaire à régler avant leur départ. Un dernier rendez-vous.

— Je crois que je vais prendre des œufs Bénédicte, dit Estelle.

— Bonne idée. Si le serveur vient à notre table pendant mon absence, prends-en deux. Tu veux bien lui demander d'apporter plus de crème pour le café ?

— Où vas-tu ? demanda-t-elle alors qu'il commençait à repousser sa chaise.

— À ton avis ?

— Tu n'as même pas encore bu ta deuxième tasse. Tu dois déjà y aller ?

— J'aimerais beaucoup discuter de la sensibilité de ma vessie avec toi, ma chérie, mais ça ne peut pas attendre mon retour ?

Clement s'éloigna à grands pas.

Il sortit de la salle de restaurant, traversa le lobby, puis pénétra dans un couloir à côté des ascenseurs. Il poussa la porte des toilettes des hommes. Bucky se tenait debout devant le dernier lavabo de la rangée. Penché vers le miroir, il essayait d'arracher un poil dans sa narine.

Il se tourna et offrit la main qu'il venait d'utiliser à son patron, qui préféra ne pas la serrer.

Il sourit en retirant sa main.

— Désolé.

— On part à 11 heures, dit Clement.

— D'accord, très bien. Vous ne serez donc pas là pour les prochains.

— Non, mais j'ai réfléchi, le timing n'est peut-être pas bon. On nous fait de l'ombre. On devrait attendre un moment, ou changer d'endroit. Il se passe trop de choses ici. Tout le monde est sur les dents.

Bucky fronça les sourcils.

— Je suis prêt, moi. Je voulais qu'on parle des cibles. Qu'est-ce que vous diriez d'une station de métro à l'heure de pointe ? ou bien un grand magasin ?

Clement fit signe à Bucky de reculer jusqu'au mur du fond. Ils s'y appuyèrent et poursuivirent leur discussion.

— Écoute, dit Clement, tu as fait du bon boulot. Et il reste beaucoup à faire. Mais il est temps de déplacer le chapiteau ailleurs, dans des villes que nous n'avons encore jamais frappées.

Bucky fut incapable de cacher sa déception et Clement lui offrit un sourire navré. S'il ne voulait pas lui serrer la main, une tape sur l'épaule semblait de mise.

— On trouvera le moyen d'en reparler quand je serai rentré, assura-t-il.

— D'accord, c'est un bon...

— Je le savais, dit quelqu'un.

Les deux hommes se retournèrent. Estelle Clement se tenait sur le seuil.

— Bon sang, dit Eugene en retirant sa main de l'épaule de Bucky. Tu n'as rien à faire ici.

Elle avança lentement de cinq pas à l'intérieur de la pièce. Jeta un bref coup d'œil à son reflet dans le grand miroir qui courait le long du mur.

— Tout s'explique à présent, dit-elle. Je crois que je l'ai toujours su. Du moins, depuis un certain temps. Le... manque d'intérêt. Cette froideur. Je... je ne voulais pas voir les signes.

— Merde, dit Bucky.
— Ça fait combien de temps ? demanda Estelle en dévisageant son mari. Ça fait combien de temps que ça dure ? C'est le premier, ou juste le dernier en date ?
Clement avait presque un sourire aux lèvres.
— Attends, qu'est-ce que tu t'imag...
— Je me suis cachée dans le couloir. Hier. Cet homme est sorti quelques secondes après toi. Le même homme que j'avais déjà vu. Ça fait beaucoup pour une coïncidence. (Elle secoua la tête tristement, puis considéra son mari avec pitié.) C'est pathétique. Tout un hôtel à votre disposition et vous vous retrouvez quand même ici. Ça vous procure un frisson supplémentaire ou quoi ? Dis-moi. Je suis vraiment curieuse de savoir. Mon Dieu, c'est tellement cliché !
— Ma chérie, tu as compris de travers, dit Clement. Bucky, ici présent...
En entendant son nom, Bucky se racla la gorge et jeta à Clement un regard désapprobateur. Clement, s'avisant de sa bévue, marqua un temps d'arrêt pour recommencer. Mais il n'en eut pas la possibilité.
— Je n'arrêtais pas de me demander : « Pourquoi New York ? » dit Estelle d'une voix tremblante. Au début, j'ai pensé que tu voulais essayer de faire valoir ton point de vue. Une prise de position bizarre des Flyovers consistant à aller en territoire ennemi, pour chercher, je ne sais pas, une sorte de dialogue ou de confrontation. (Elle éclata alors d'un rire presque hystérique.) Je me suis même demandé si tu n'étais pas derrière ces accidents d'ascenseur ! Ou si tu n'avais pas engagé un petit génie pour le faire.
— C'est absurde, Estelle.
— Eh bien, maintenant, je le sais ! J'aurais presque préféré avoir vu juste. (Elle rattrapa une larme au coin de son œil.) Ce serait certainement moins humiliant

que ça. Mon Dieu, je me sens tellement bête. Depuis combien de temps, Eugene ? Combien d'autres hommes ?

Derrière elle, un homme entra à grands pas dans la pièce, la main déjà sur sa braguette. Il s'arrêta tout net en apercevant Estelle, tourna les talons et repartit.

Clement éclata de rire.

— Oh, trop, c'est trop, dit-il, et son rire devint irrépressible. Non, vraiment, c'est absolument hilarant.

Il se tourna vers Bucky, lui redonna une petite tape sur l'épaule et continua à s'esclaffer. Bucky, pourtant, ne voyait pas ce que la situation avait d'humoristique. Il repoussa la main d'Eugene et prit la direction de la sortie.

Estelle fit un pas de côté pour lui barrer la route. Comme il tentait de l'esquiver, elle se déplaça à nouveau.

— Bucky, c'est ça ? demanda-t-elle. Vous êtes marié, vous aussi ? Votre femme sait qu'elle a épousé un homo ?

— Putain, dit-il en se retournant. Monsieur Clement, sauf votre respect, il faut recadrer votre dame.

Clement hocha la tête.

— Estelle, je peux t'assurer, en toute franchise, que je n'ai pas de liaison avec Bucky. Si j'envisageais de virer ma cuti, ce serait avec quelqu'un d'un peu plus séduisant. Sans vouloir te vexer, Bucky.

Ce dernier avait l'air de plus en plus désemparé.

— Alors, que se passe-t-il, à la fin ? demanda Estelle.

— Bucky est un partenaire... en affaires.

— Oh, je t'en prie, Eugene. Ne me prends pas pour une demeurée. Quel genre d'affaires peuvent se traiter *ici* ?

— Madame Clement, intervint Bucky, je pense que vous ne devriez pas vous mêler de...

— Bucky est mon principal... agent de terrain, si l'on peut dire. Il...

— C'est un de tes disciples ? Qui passe son temps à faire sauter des trucs ?

Clement cligna des yeux.

— Merde, dit Bucky.

— Tu crois que je ne suis pas au courant ? dit Estelle en dévisageant son mari. Le problème, c'est que je ne sais pas ce qui est pire, qu'il soit ton amant ou un de tes poseurs de bombes !

— Ma petite dame... Madame Clement... il va falloir la fermer maintenant ! s'emporta Bucky.

— Ne parle pas à ma femme sur ce ton, Bucky.

Bucky regarda Clement comme s'il le voyait pour la première fois. Il le découvrait sous un nouveau jour. Non plus comme un mentor, mais comme une menace.

— À moins qu'il soit les deux, continua Estelle, qui ne la fermait pas et se calmait encore moins. Peut-être qu'il fabrique tes bombes, et qu'après il se met à genoux pour...

Ce fut à ce moment-là que Bucky l'abattit.

Il avait rapidement sorti le Glock équipé d'un silencieux qu'il dissimulait à l'arrière de son jean, sous sa veste, l'avait pointé sur Estelle et avait pressé la détente.

La balle l'atteignit à la gorge, traversa son cou et frappa l'urinoir le plus proche, fracassant la porcelaine et répandant des restes de pastille désodorisante par terre.

Estelle s'effondra.

— NOOON ! cria Clement qui, un instant paralysé, regarda Bucky avec les yeux écarquillés, bouche bée. Mon Dieu, qu'est-ce qui...

Bucky lui tira une balle dans la poitrine. Clement tituba en reculant, incrédule devant la tache rouge qui s'agrandissait sur sa chemise. Mit un genou à terre.

Bucky tira une autre balle. Celle-ci en plein front. Clement s'écroula.

— Je suis vraiment désolé, monsieur Clement, dit Bucky. Surtout que c'est votre anniversaire et tout.

Il glissa l'arme dans son pantalon, arrangea sa veste et sortit des toilettes.

- 58 -

Barbara rejeta les couvertures et trottina pieds nus, sans faire de bruit, jusqu'à la cuisine.

Son violent mal de crâne exigeait du café, mais réclamait des antalgiques avec encore plus d'insistance. Elle ouvrit le placard, sortit deux cachets d'un flacon, les fourra dans sa bouche et les avala avec un peu d'eau du robinet recueillie dans sa paume.

Elle prépara un café deux fois plus fort que d'habitude et, en attendant qu'il ait fini de passer, elle jeta un œil aux quatre cadavres de bouteilles de vin sur le plan de travail. Elle avait une gueule de bois pour le moins carabinée.

Quand le café fut prêt, elle remplit un mug, ajouta de l'édulcorant et l'emporta dans sa chambre.

— Hé, chuchota-t-elle en s'asseyant doucement d'un côté du lit, j'ai fait du café.

Arla dormait sur le ventre, la tête dans l'oreiller. Elle fit entendre une sorte de grognement sourd, à peine audible, puis se retourna lentement, les cheveux dans les yeux.

Clignant des paupières le temps de s'habituer à la lumière qui entrait par la fenêtre, la jeune femme déclara :

— Je me sens comme une merde fourrée avec une autre merde.

— Bienvenue au club. Tu veux du Tylenol, de l'aspirine, quelque chose ?

Arla se redressa, le dos calé contre la tête de lit. Alors qu'elle tendait le bras pour prendre le mug, elle dit :

— Laisse-moi d'abord voir si le café fait l'affaire.

Elle jeta un coup d'œil à son téléphone portable sur la table de chevet, le prit.

— Il est mort. Quelle heure est-il ?

— Presque 10 heures.

— On dirait que je vais être en retard au travail.

Barbara ne dit rien. De sa main libre, Arla tapota le genou de sa mère.

— Je blaguais.

— Je suis désolée.

— Tu l'as suffisamment répété. (Arla but une gorgée de café, ferma brièvement les yeux.) Extra. Tu l'as fait juste comme il faut. On a fini par se coucher à quelle heure ?

— Vers 5 heures, je crois.

— Bon sang.

— Laisse-moi aller chercher une autre tasse.

Lorsqu'elle revint, Arla n'avait pas bougé. Barbara fit le tour du lit et s'installa à côté de sa fille.

— Je n'ai pas grand-chose pour le petit déjeuner, dit-elle sur un ton d'excuse. Est-ce qu'Uber Eats livre aussi tôt ?

— J'ai grave besoin d'un petit déj' post-cuite. (Arla s'inspecta, découvrit le tee-shirt bleu et le bas de pyjama blanc qu'elle portait.) Merci pour le pyj'.

— Pas de problème, dit Barbara, son épaule touchant celle de sa fille.

C'était la plus merveilleuse sensation au monde.

— C'est vraiment une situation merdique, non ?

— C’est peu de le dire.
— Le maire de New York est mon père.
— Oui.
— Il n’a jamais été au courant de mon existence.
— C’est ça.
— Glover est mon *demi*-frère.
— Ouaip.
— Lui non plus n’a jamais entendu parler de moi.
— Exact... et c’est entièrement ma faute.
Arla passa le doigt sur le bord de sa tasse de café.
— Je me demande si ce n’est pas à cause de ça que j’éprouvais cette... sorte d’attirance. Peut-être que j’ai vu quelque chose de moi en lui. On se reconnaissait génétiquement, en tant que frère et sœur, c’est pour ça qu’on se plaisait.
— Je suppose que c’est possible.
Arla posa son café sur la table de chevet et se tourna vers sa mère.
— Et aujourd’hui, est-ce que Headley se doute de quelque chose ?
— À quel sujet ?
— Que cette Barbara Matheson qui écrit sur son compte est la personne avec qui il a couché il y a des années ?
Barbara secoua lentement la tête.
— Je suis sûre que non. J’ai beaucoup changé depuis cet âge-là. Je n’ai plus la même couleur de cheveux et disons que j’ai un peu forci. J’écrivais sous un nom différent. C’était il y a longtemps. Et on s’est vus deux fois en tout et pour tout. La nuit où c’est arrivé, et quand je le lui ai dit.
— Et il a nié. Il a raconté qu’il ne se souvenait de rien, ni de toi ni de la soirée.
Barbara confirma d’un hochement de tête.

Ce n'était pas la première fois qu'Arla posait la question. Barbara lui avait raconté son histoire – la vérité non censurée – à plusieurs reprises depuis qu'elles étaient rentrées à son appartement la veille au soir. Après avoir fait éclater la vérité chez Maxwell's au sujet de Glover, elle avait réussi à persuader Arla de repartir avec elle, lui promettant de lui révéler tout ce qu'elle avait voulu savoir depuis sa naissance.

Elles étaient donc retournées chez Barbara – après avoir grimpé plusieurs volées de marches, elles étaient arrivées là-haut plutôt flapies – et avaient ouvert la première des quatre bouteilles de vin. Barbara avait raconté son histoire, s'interrompant pour répondre, de la manière la plus honnête possible, à toutes les questions de sa fille.

Arla avait toujours cru que si aucun homme ne l'avait reconnue à sa naissance, c'était parce que sa mère n'était pas vraiment sûre d'elle.

« C'est un peu comme si, en grandissant, tu m'avais laissée croire que tu étais... mon Dieu, ça va te sembler tellement moralisateur... que tu étais un peu facile, avait-elle dit à un moment donné. Tu m'avais raconté que mon père était parti faire sa vie à l'autre bout du pays.

— Oui. Je pensais que ça te dissuaderait d'essayer de le trouver, d'établir un lien. Te raconter, quand tu étais petite, qu'il était parti dans l'Ouest, ça revenait un peu à dire qu'il était sur une autre planète. J'ai servi le même mensonge à mes parents pour qu'ils ne cherchent pas à le retrouver et essayer de le convaincre de réparer ses torts. Ceci dit, il aurait très bien pu être à deux mille kilomètres de là, et pas tout près, dans cette ville. J'ai toujours pensé qu'on ne pouvait pas forcer quelqu'un à vous aimer. Je n'allais pas courir après Richard, l'obliger à faire une prise de sang pour prouver ce que je savais déjà. S'il ne voulait pas être père, je n'allais pas lui forcer la main.

— Tu aurais au moins pu te faire aider. L'obliger à te soutenir financièrement.

— J'aurais probablement dû, oui. J'imagine que j'étais trop fière pour ça. Trop butée. Indépendante à l'excès. Je me disais : “Va te faire foutre, je n'ai pas besoin de ton aide.”

— Mais tu as accepté celle de tes parents. À cause de toi, je suis devenue une charge pour eux, alors que tu aurais pu alléger ce fardeau en obligeant Richard à assumer une part de ses responsabilités.

— Tu n'as jamais été un fardeau pour eux. Ils t'ont aimée plus que tu ne le sauras jamais.

— Juste un fardeau pour *toi*, alors. »

Barbara avait détourné le regard.

« Excuse-moi, avait dit Arla.

— Ça ne fait rien. Je le mérite. Je ne peux rien y changer. Tout ce que je peux faire maintenant, c'est essayer de prendre de meilleures décisions. »

Arla resta silencieuse plusieurs secondes avant de demander :

— Tu penses qu'il voudrait savoir ?

— Je n'en sais rien. (Barbara réfléchit un moment.) Il a peut-être reconnu le nom.

— Comment ça ?

— Quand j'étais dans son bureau, tout ce qu'il savait, c'était que ma fille travaillait dans ses services. Il ne connaissait pas ton nom. En sortant, je le lui ai dit : « Silbert ».

— Le nom sous lequel il t'a connue. S'il se le rappelait.

— Ouais. Je ne sais pas.

Arla but un peu de café.

— J'aimerais... lui parler.

— Je comprends. Mais je ne suis pas sûre que ce soit une bonne idée.

— Ce n'est pas vraiment à toi d'en décider.

— Je sais, dit sa mère en regardant le fond de sa tasse. Il me faut encore du café. Tu en veux ?

Arla lui tendit son mug. Alors que Barbara repartait vers la cuisine, elle lui lança une question :

— C'est une vengeance ?

— Quoi donc ?

— Écrire sur le maire. Le critiquer. C'était pour régler tes comptes ?

Il y eut un silence pendant que Barbara remplissait les tasses. Quand elle revint dans la chambre, elle répondit :

— Non. Pendant des années, je n'ai jamais écrit une ligne sur lui. Je couvrais déjà la scène politique new-yorkaise. Et puis il y a fait son entrée, a su rallier des partisans, s'est présenté à la mairie et l'a emporté. Ç'aurait été quelqu'un d'autre, j'aurais écrit sur lui.

Elle tendit son café à Arla.

— Oui, mais tu n'as pas vu là l'occasion de t'en prendre enfin à lui ?

— Non, répondit Barbara sur la défensive. Je ne le crois pas.

— Tu l'as dit à tes rédacteurs, au moins ?

Barbara prit un moment avant de répondre.

— Non.

— À ton avis, comment réagiraient-ils s'ils l'apprenaient ?

Un autre silence.

— Ils me croiraient sans doute de parti pris. Incapable d'être objective.

— Ils auraient raison ?

— Ils pourraient légitimement se poser la question. Mais ils auraient tort.

— Si je vais m'expliquer avec le maire et que tout ça vient à se savoir, c'est *ton* boulot que tu pourrais perdre. Un partout.

Barbara se rassit sur le lit en faisant attention à ne pas renverser son café.

— Tu sais, dit Arla, si tu perdais ton travail, tu devrais écrire un livre.

— J'ai écrit des livres.

— Tu as écrit pour d'autres. Tu devrais écrire ta propre histoire. Tu deviens journaliste alors que tu n'es encore qu'une gamine. Tu tombes enceinte, mais ça ne t'arrête pas. Tes parents élèvent le bébé. D'accord, certaines personnes te jugeront peut-être sévèrement. Mais tu te fais une réputation de journaliste coriace dans la ville la plus dingue du monde, et puis tu dois avouer à ta fille que le maire est son père. Ça s'écrit tout seul.

— Arrête.

— Je le lirais, moi. Enfin, si j'étais quelqu'un d'autre. (Elle se rappela quelque chose et son regard s'éclaira.) Tu sais, il y a une femme dans mon immeuble qui est une éditrice super importante dans une grosse maison d'édition. Tu devrais lui parler. Je suis sûre que tu pourrais décrocher un contrat pour un bouquin. (L'estomac de la jeune femme gronda.) Il faut vraiment que je mange quelque chose.

Elle fit pivoter ses jambes, posa les pieds par terre et alla dans la cuisine. Barbara entendit la porte du frigo s'ouvrir.

— Tu ne plaisantais pas, dit Arla. Ça te dit, une pizza congelée pour le petit déj' ? Ou… non mais c'est quoi, ça ?

Barbara entra dans la cuisine et vit Arla avec deux tickets grands comme des cartes postales à la main, imprimés sur papier bristol dans une police de caractères sophistiquée.

— C'était à côté du grille-pain.

— Ce sont des invitations presse pour l'ouverture de Top of the Park, ce soir. La soirée d'inauguration de cette tour résidentielle de je ne sais pas combien de centaines d'étages qui donne sur Central Park. Elle n'aura probablement même pas lieu si les ascenseurs sont HS. Encore que, ajouta-t-elle après réflexion, connaissant Rodney Coughlin, il trouvera un moyen.

— Le maire sera là ?

— *Tout le monde* sera là.

— Je vois qu'il y a deux invitations. Tu sais déjà avec qui tu vas y aller ?

- 59 -

Étant donné que le FBI surveillait Eugene Clement, l'agence avait posté quelqu'un à l'intérieur de l'hôtel.

L'agent Renata Geller avait vu Clement quitter la salle de restaurant, où lui et sa femme étaient en train de prendre le petit déjeuner, puis disparaître dans le couloir qui menait aux toilettes hommes. Elle pouvait difficilement le suivre jusque-là, et pour le moment elle n'avait pas de binôme à envoyer faire un tour aux lavabos. Quelques instants seulement après que Clement s'était levé, sa femme l'imita. L'agent Geller comprit vite qu'elle se dirigeait aussi vers le couloir des toilettes et trouva la chose étrange. Les couples avaient tendance à se rendre aux toilettes à tour de rôle, sauf s'ils avaient terminé leur repas. Or, les Clement n'avaient même pas encore commandé.

Lorsque l'agent Geller et son mari sortaient dîner, c'était ainsi qu'ils procédaient. L'un après l'autre. Il ne fallait pas que le serveur pense qu'ils avaient libéré la table.

Enfin, ce genre de besoin ne se commande pas, se dit-elle.

Deux minutes s'écoulèrent. Puis trois. Ni Clement ni sa femme ne réapparaissaient.

Merde. Les Clement se savaient surveillés et s'étaient fait la malle. Ils n'allaient pas revenir à leur table. Ils avaient trouvé une issue à l'arrière de l'hôtel. Comment allait-elle expliquer ça à...

Puis elle entendit le cri.

Un cri d'homme.

NOOOON !

Elle s'élança dans le couloir, vers les toilettes.

Un homme en sortit précipitamment. Trente, trente-cinq ans, les cheveux en bataille. Il était en train de dissimuler quelque chose à l'arrière de son jean. L'agent Geller était quasi certaine de savoir ce que c'était.

Elle le regarda, souleva son arme et aboya :

— Stop ! FBI !

L'homme se tourna vers elle, les yeux écarquillés, puis s'empara de l'arme qu'il avait glissée sous sa ceinture. Geller fit feu avant qu'il ait pu la pointer sur elle.

Sous l'impact, l'homme tournoya si rapidement que son arme lui échappa. Il s'écroula dans le couloir. Repérant son arme tombée trois mètres plus loin, il se mit à ramper vers elle, laissant une traînée sanglante par terre.

En moins d'une seconde, l'agent Geller s'était interposée entre lui et l'arme.

— Pas. Un. Geste.

— Oh, merde, dit-il. Merde, merde.

Il continuait à pisser le sang. La balle s'était enfoncée dans son épaule droite.

— Les Clement, dit-elle.

C'était une question.

— Elle n'aurait pas dû... entrer chez les hommes, articula-t-il avec difficulté. Ça... ça se fait pas.

- 60 -

Le maire Headley était sur le point de sortir de la cage d'escalier au douzième étage d'un immeuble de la 19e Rue Est, avec à la main un sac à emporter de chez Brew Who, un café sur Lexington. Le sac contenait un parfait au granola, une brioche et un café allongé.

Une équipe de tournage de NY1 le guettait dans le couloir. Ils étaient postés devant l'appartement de Dorothy Stinson, quatre-vingt-deux ans. Cette dernière se tenait dans l'embrasure de la porte, prête pour l'arrivée du maire. Elle paraissait aussi excitée qu'une petite fille attendant que le Père Noël descende par la cheminée.

Valerie Langdon et Chris Vallins étaient tapis derrière les journalistes. Au bruit d'un SMS entrant, Valerie baissa les yeux sur son téléphone. C'était Glover, qui montait l'escalier avec le maire.

Un étage plus bas.

— Ils sont presque là, souffla Valerie au cameraman.

La journaliste qui tenait le micro avait déjà préparé sa mise en scène. Elle avait interrogé Dorothy, qui lui avait raconté que tous les matins, en temps normal, elle descendait au rez-de-chaussée par l'ascenseur, puis allait chez Brew Who à pied pour s'offrir une douceur. Elle faisait cela tous les jours depuis cinq ans, depuis que son mari était mort. Il avait pour habitude de lui préparer son petit déjeuner et, après son décès, elle avait décidé qu'elle n'allait pas commencer à le faire elle-même.

Elle se serait peut-être risquée à descendre les douze étages à pied, encore qu'elle y aurait réfléchi à deux fois, après ses deux chutes de l'année passée. Quand bien même elle aurait gagné le rez-de-chaussée sans encombre, il lui aurait été tout à fait impossible de remonter les douze étages jusque chez elle. Un des voisins de Dorothy avait signalé sa situation sur le site internet de la mairie, et c'était Glover qui avait repéré son témoignage.

Malgré les réticences de Headley à adopter les suggestions de son fils, il avait estimé que celle-ci valait le coup.

Valerie chuchota à Chris :

— Il ne vous paraît pas un peu... bizarre ces derniers temps ?

Chris se pencha tout près d'elle pour ne pas être entendu de l'équipe de télévision.

— Un peu, peut-être.

— J'ai remarqué ça après le départ de Matheson hier. Il avait l'air, je ne sais pas, préoccupé.

— C'est qu'il se passe beaucoup de choses, dit Vallins. Ça pourrait...

Il s'interrompit en voyant la porte de la cage d'escalier s'ouvrir au bout du couloir. Headley apparut, tout sourire. Il s'approcha de Dorothy d'un bon pas, la serra dans ses bras et lui tendit le sac avec le logo Brew Who sur le côté. Quelques secondes plus tard, Glover entrait dans le couloir.

— Ce n'est pas tous les jours qu'on a la visite du maire, gloussa Dorothy. Entrez donc.

— Avec plaisir, dit Headley, qui la suivit à l'intérieur du petit appartement.

L'équipe de télévision entra discrètement à sa suite.

En guise de cuisine, Dorothy disposait d'un minuscule coin repas. L'appartement était un studio avec une salle de bains séparée. Un lit poussé contre le mur du fond, deux fauteuils, une télévision, et, juste derrière la porte d'entrée, un petit plan de travail, une plaque chauffante et des placards. Dorothy dirigea le maire vers une petite table en formica très abîmée et deux chaises en aluminium garnies de coussins. Ils s'assirent tous les deux.

— C'est tellement gentil à vous, dit-elle.

Dans l'entrée, derrière les caméras, Valerie, Chris et Glover observaient la scène.

— J'aimerais pouvoir faire ça pour toutes les personnes dans votre situation, Dorothy, dit Headley. Et je tiens à ce que vous sachiez que nous allons revenir à la normale très, très rapidement.

Elle plongea la main dans le sac et en sortit le parfait au granola, puis deux gobelets. Une mince ficelle et une toute petite étiquette dépassaient du couvercle de l'un d'eux.

— Le thé est pour moi, dit le maire.

— Ça a l'air délicieux, dit-elle. Je vous dois combien ?

Headley eut un petit rire.

— C'est pour moi.

Elle regarda le dernier article au fond du sac. C'était la brioche, enveloppée dans du papier paraffiné.

— C'est ce que je préfère, dit-elle. Mais d'habitude, je commence par le parfait, pendant que le yaourt est encore froid.

— Ça me paraît logique, acquiesça Headley.

Il lui tendit la cuillère en plastique qu'on avait mise dans le sac.

— Alors, Dorothy, comment avez-vous fait pour traverser cette crise ? demanda-t-il.

Or, comme Dorothy avait été interviewée à l'avance par son staff, il avait déjà pris connaissance de ses réponses.

— Mon logeur, Janos, vérifie les ascenseurs en ce moment même. S'il les remet en route tantôt, je pense que j'irai déjeuner dehors.

— Il m'a l'air d'être un chic type, dit Headley pendant que Dorothy attaquait une cuillerée de yaourt, de fraise et de granola. Nous pensons que pratiquement tous les ascenseurs de la ville seront remis en service dans l'après-midi. Tout le monde est sur le pont pour...

— Oh, mon Dieu ! s'écria Dorothy.

Replongeant sa cuillère dans le yaourt, elle avait mis au jour une petite chose sombre qui semblait pourvue de toutes petites pattes et d'une queue.

Une souris morte.

Dorothy commença à avoir des haut-le-cœur, se détourna de la table et vomit par terre.

— Tu peux être sûr qu'on va avoir une petite explication avec Brew Who, dit Glover, qui suivait son père, alors qu'ils sortaient de l'immeuble et se dirigeaient vers sa limousine. C'est scandaleux, je vais appeler les services de santé, faire venir les inspecteurs, leur faire fermer boutique.

Valerie était déjà à l'arrière de la voiture, téléphone en main. Il n'avait fallu que quelques minutes aux deux chaînes de télévision qui couvraient l'événement pour poster la vidéo. Le temps que le maire descende en courant les douze volées de marches, elle faisait déjà le buzz.

— C'est grave ? demanda Headley en montant dans le véhicule.

— Ça va se tasser, assura Valerie. Vous pourrez en plaisanter plus tard. Vous n'avez guère d'autre choix.

— Ça va passer dans toutes les émissions de fin de soirée.

Glover fit le tour de la voiture et ouvrit la portière.

— Non, dit son père, une main levée.

— Quoi ?

— Débrouille-toi pour rentrer par tes propres moyens. Cette opération de com' était ton idée. J'aurais pourtant dû retenir la leçon.

— Mais, papa, comment je pouvais savoir qu'il y aurait une souris dans son yaourt ? Tu crois que c'est moi qui l'ai mise là ?

— Ferme la portière !

— Richard, dit doucement Valerie. Vous ne pouvez pas...

— Maintenant ! cria Headley.

Glover claqua la portière. Alors que la voiture démarrait, Valerie lui adressa un petit signe de tête compatissant à travers la vitre. Puis elle se tourna sur la banquette pour regarder son patron.

— Ne commencez pas à me faire la morale, dit-il.

— C'est votre fils.

— C'est lui qui m'a entraîné là-dedans. Bon sang, s'il excelle à quelque chose, c'est à me faire passer pour un imbécile.

— Écoutez, si vous...

Le portable de Valerie signala bruyamment la réception d'un nouveau message. Elle le sortit rapidement de son sac à main et regarda l'écran.

— Il est arrivé quelque chose, dit-elle.

— Quoi ?

— C'est Chris. La nouvelle vient de tomber.

— La nouvelle de quoi ? Pourvu que ce ne soit pas encore un ascenseur.

— Non, c'est une fusillade. Dans un hôtel. Deux morts. Le FBI a neutralisé le tireur. Il est... encore en vie.

— Qui est mort ?

— Une minute... il y a un lien. (Elle tapota sur l'écran.) Le responsable des Flyovers. Et une femme. Ce n'est pas clair. Attendez, Chris écrit autre chose. L'homme que le FBI a abattu est peut-être celui qui a tué le dirigeant des Flyovers.

— Ce n'est pas clair du tout, commenta Headley.

— Laissez-moi passer quelques coups de fil. D'après ce que Chris me dit, le type que le FBI a arrêté est un suspect possible pour l'attentat du taxi, et sans doute aussi pour les ascenseurs. Vous devriez peut-être faire une déclaration. La souris dans le yaourt vient de se faire éjecter du journal de 18 heures.

- 61 -

Jerry Bourque et Lois Delgado avaient passé la matinée au téléphone, pour trouver le lieu de stationnement de chacun des véhicules municipaux et dresser la liste de ceux qui appartenaient à la flotte « verte » et dont l'immatriculation se terminait par 13. Une fois la voiture identifiée, il ne leur resterait plus qu'à savoir qui l'avait prise pour aller discuter avec Otto Petrenko chez Simpson Elevator.

Mais le capitaine déboula et leur donna l'ordre, toutes affaires cessantes, de filer au Westerly Hotel, à Fort Lee, de l'autre côté du George Washington Bridge, dans le New Jersey. Il y avait une chance, leur dit-il, pour que ce qui se passait là-bas ait quelque chose à voir avec leur affaire.

Bourque suggéra que l'un d'eux s'y rende pendant que l'autre resterait là pour tâcher d'identifier la voiture.

— Tirez ça à pile ou face, proposa le capitaine.

Ce ne fut pas nécessaire. Delgado voulait bien s'occuper de la voiture pendant que Jerry allait dans le New Jersey.

En chemin, il apprit ce qui faisait du Westerly un endroit intéressant, outre son charme intrinsèque.

Une semaine auparavant, Garnet Wooler, quarante-quatre ans, originaire de Tulsa, Oklahoma, avait pris une chambre au premier étage. C'était ce même Garnet Wooler qui, deux heures plus tôt, avait été blessé à l'épaule par un agent du FBI dans le lobby de l'Intermajestic Hotel, dans le centre de Manhattan, alors qu'il s'apprêtait à faire usage de son arme. On pensait qu'il s'agissait de l'arme qui avait servi à tuer Eugene Clement et sa femme, Estelle, quelques instants plus tôt dans les toilettes des hommes, à côté du lobby.

Wooler avait été conduit d'urgence à l'hôpital dans un état sérieux mais stable. Même s'il était apte à parler, il avait préféré jusqu'à maintenant garder le silence. La police avait trouvé dans sa poche une carte magnétique du Westerly, à Fort Lee.

Une rapide vérification avait montré que M. Wooler n'était pas inconnu des services de police, du moins à Tulsa où on l'identifiait sous le nom de Bucky. Il avait été inculpé à deux reprises, pour violences, sur son ex-femme cinq ans auparavant, et une première fois, il y avait huit ans de cela, à la suite d'un différend dans un bar avec quelqu'un qui avait égratigné le flanc de son pick-up.

Quatre ans plus tôt, Wooler avait également été hospitalisé pour des brûlures qu'il s'était lui-même infligées sur le haut du corps en manipulant des explosifs dans la ferme d'un ami. Il avait travaillé par intermittence pour une entreprise qui faisait du dessouchage à la dynamite. Au vu de ses antécédents, on pouvait aisément supposer qu'il avait les connaissances nécessaires pour faire sauter un taxi new-yorkais.

Le capitaine avait envoyé Bourque sur place en raison de l'implication de Clement, le chef des Flyovers, un groupe de militants qui pouvait être mêlé à l'explosion du taxi de la veille, aux chutes d'ascenseur, voire au meurtre d'Otto Petrenko.

Même si la police était présente sur les lieux depuis près d'une heure et demie, ils n'avaient eu accès à la chambre de Wooler que quelques instants seulement avant l'arrivée de Bourque. Étant donné que cet homme était peut-être leur poseur de bombe, ils procédaient avec une extrême prudence. Pour commencer, ils ignoraient si Garnet Wooler avait agi seul ou s'il pouvait avoir des complices planqués dans l'hôtel. Ensuite, il fallait vérifier que la chambre n'avait pas été piégée. Personne ne voulait déclencher une explosion en y pénétrant.

On avait donc utilisé une nacelle pour hisser un agent jusqu'à la fenêtre du premier étage afin qu'il puisse inspecter les lieux. Une caméra high-tech fixée à l'extrémité d'un câble avait été insérée sous la porte pour offrir une vue d'ensemble de l'intérieur de la chambre.

Une fois assurée que la chambre ne présentait aucun danger, la police était entrée.

Des précautions similaires furent prises avec le monospace Dodge de 2004 enregistré au nom de Wooler et garé sur le parking de l'hôtel. Bourque arriva au moment où on le chargeait sur le plateau d'un camion pour l'envoyer dans un labo de la police scientifique.

À en juger par le nombre de véhicules officiels sur le parking de l'hôtel et dans les rues alentour, on aurait pu se croire sur le lieu du crash d'un avion à destination de Newark. Il y avait là d'innombrables véhicules de police de l'État de New York et du New Jersey, des voitures portant le logo du NYPD, des camions de pompiers et assez de SUV Tahoe et Suburban noirs – très probablement la Sécurité intérieure et le FBI – pour ouvrir une concession General Motors.

Bourque trouva une place pour sa voiture banalisée et coupa le moteur.

Il montra rapidement sa plaque, entra dans l'hôtel et monta à l'étage. Le couloir devant la chambre de Wooler avait été transformé en salon professionnel du maintien de l'ordre. Il se fraya un chemin jusqu'à la porte, produisant de nouveau sa plaque. Ben Baskin, un agent du FBI aux joues roses, l'invita à entrer après que Bourque lui eut expliqué la raison de sa présence.

— Qu'est-ce que vous avez trouvé ? demanda-t-il aussitôt.

— Des tonnes de matos. Le type ne voyageait pas léger. On a des fusils et deux armes de poing en plus de celle retrouvée sur lui. Des munitions. On pense qu'il y a d'autres armes dans la voiture. Et aussi du nitrate d'ammonium, de la Tannerite, des câbles et...

— De quoi fabriquer une bombe, coupa Bourque.

— C'est ça.

— Les mêmes explosifs que ceux utilisés dans le taxi ?

Baskin haussa les épaules.

— Ça reste à déterminer.

— De l'électronique ?

— Plein. Deux ordinateurs portables, des téléphones jetables et d'autres gadgets.

— Rien qui pourrait servir à pirater le système de contrôle d'un ascenseur ?

— On cherche toujours. Et, comme je l'ai dit, on a encore le monospace à examiner. On essaye aussi de déterminer si notre ami travaillait avec quelqu'un d'autre.

— Que s'est-il passé à l'Intermajestic ?

Baskin secoua la tête.

— Notre type a tué Clement et sa femme, mais nous ne savons pas pourquoi. À première vue, Wooler et Clement jouaient dans la même équipe. Peut-être que

Clement lui donnait ses instructions, ou qu'il était venu à New York pour être plus proche de l'action.

— Mais s'ils travaillaient ensemble, pourquoi abattre Clement et sa femme ?

— Bonne question. Wooler n'a pratiquement rien dit, mais il a fait un commentaire, comme quoi la femme de Clement a cru qu'ils étaient homos. Il tenait à ce qu'on sache que ce n'était pas le cas, du moins en ce qui le concernait.

— Il risque d'être inculpé pour terrorisme, mais c'est ça qui l'inquiète ? Avez-vous trouvé le moindre lien entre Wooler et un certain Otto Petrenko ?

— Non, mais si on découvre quoi que ce soit, vous serez le premier informé.

Avant de traverser le pont George Washington dans l'autre sens, Bourque s'arrêta sur le parking d'un McDonald's sur Lemoine Avenue. Il mourait de faim et n'avait ni le temps ni l'envie de chercher quelque chose de plus diététique.

Il était en train d'engloutir un Big Mac et d'aspirer bruyamment un Coca Light à la paille quand son portable sonna.

— Bourque, répondit-il, ou plutôt « Burkffe », parce qu'il avait la bouche pleine.

— Enlève le coton que tu as dans la bouche, dit Lois Delgado.

— Je mange un morceau.

— Où ça ?

— Au McDo.

— Ouais, je me disais bien que je sentais l'odeur jusqu'ici. Qu'est-ce que ça a donné ?

Il lui fit un résumé et, quand il eut terminé, elle lui demanda :

— Devine un peu où je suis !

Bourque but une gorgée de Coca.

— Dans une chambre du Plaza avec Ryan Gosling.

— Non, maintenant, pas hier soir.

— Dis-moi.

— Je me trouve dans le parking de City Hall, devant une berline absolument banale, avec une immat' qui se termine en 13 et un coup sur le pare-chocs identique à celui de notre photo.

— Waouh, fit Bourque, qui sentit son pouls s'accélérer. Il ne nous reste plus qu'à vérifier qui l'a empruntée ce jour-là.

— C'est déjà fait.

— Tu veux que je te supplie ?

— C'est exactement ce que Ryan a dit.

— Allez, dis-moi.

— Je te pose une colle : d'après toi, pourquoi le fils du maire voudrait rencontrer Otto Petrenko ?

Bourque posa son soda.

— Le fils du maire...

— Glover. Glover Headley. C'est un des assistants ou conseillers de son père.

— Eh bien, dit Bourque, je suppose qu'on devrait lui poser la question.

- 62 -

— Merci à vous d'être venus.

Richard embrassa du regard le parterre de journalistes. Il ne se rappelait pas avoir jamais vu la salle de presse aussi comble. Il y avait encore plus de représentants de la télévision, de la radio et de la presse écrite que la veille. Il n'avait alors pas eu de très bonnes nouvelles à leur transmettre. Cette journée s'annonçait sous de meilleurs auspices.

— Je voudrais juste dire quelques mots avant l'arrivée de la cheffe Washington. Elle pourra répondre à beaucoup de vos questions de façon plus circonstanciée. Mais il y a eu une arrestation. La plupart d'entre vous sont déjà au courant de la fusillade à l'Intermajestic.

Il leur expliqua rapidement que l'homme qui avait été arrêté était présumé responsable de l'explosion du taxi.

— À l'heure qu'il est, nous ne sommes pas en mesure d'établir un lien entre cet individu et les tragiques accidents d'ascenseur, je puis toutefois confirmer qu'il est considéré comme un suspect potentiel. L'individu est étroitement lié au groupe des Flyovers, lequel, ces derniers mois, a semé le chaos dans plusieurs villes côtières, villes dont nous faisons évidemment partie. C'est pourquoi, avec ces nouvelles peut-être encourageantes, et les rapports qui nous parviennent d'un peu partout en ville, je pense pouvoir dire que nous nous approchons de la remise en fonction des ascenseurs. La situation s'améliore.

Plusieurs questions fusèrent. Headley fit de son mieux pour y répondre, mais, dans la plupart des cas, il bottait en touche, préférant laisser la cheffe de la police s'en charger. À son grand soulagement, il n'y eut pas une seule allusion au rongeur dans le parfait au granola.

Headley prit prétexte de devoir se rendre à une autre réunion pour s'excuser et quitter la salle de presse. Quand il retourna à son bureau, Glover était là. Assis sur le canapé, télécommande en main, il regardait CNN sur le nouveau poste de télévision qui avait remplacé celui que son père avait fracassé, la veille.

Le jeune homme se leva.

— Je vois que tu es rentré sans problème, dit Headley.

— J'ai marché.

Headley ouvrit de grands yeux.

— Depuis la 19e ?

— Ça m'a pris environ deux heures et demie. Mais ça m'a donné largement le temps de réfléchir. (Il mit la main dans sa poche et en retira une enveloppe blanche, qu'il tendit à son père.) À ça.

— Qu'est-ce que c'est ?

Le mot « Papa » était écrit, à la main, sur le devant de l'enveloppe.

— Je ne savais pas trop à qui l'adresser, dit Glover. Je ne savais pas si je devais écrire « Papa », « Père » ou « Monsieur le maire Headley ».

L'enveloppe n'était pas cachetée. Headley retira l'unique feuille de papier qui y était glissée, la déplia, jeta l'enveloppe sur la table basse. Il parcourut rapidement la lettre. Il ne lui fallut pas plus de dix secondes pour la lire.

— Qu'est-ce que ça veut dire ? demanda Headley. Tu démissionnes ?

Le jeune homme acquiesça de la tête.

— Oui. Comme il est précisé, à compter de demain. Ou, je suppose, à partir de minuit.

— Pourquoi ? Tu ne donnes pas de raison dans ta lettre.

— Parce que j'en ai assez de te décevoir. Je ne le supporte plus, en fait.

— Qu'est-ce que tu ne supportes plus ?

— Le dénigrement systématique. Les critiques. Les marques d'exaspération. N'importe qui d'autre ayant un minimum d'amour-propre aurait démissionné depuis longtemps, n'aurait pas enduré ça aussi longtemps. C'est peut-être ça qui m'a retenu tout ce temps. Je n'ai plus d'amour-propre.

Headley secouait la tête.

— C'est ridicule.

— C'est vraisemblablement un soulagement, pour toi. Maintenant, tu n'as plus à me virer. (Il prit une inspiration.) Maman est morte depuis longtemps, papa. Si tu m'as gardé près de toi par culpabilité, en te disant que, peut-être, tu lui devais ça, tu n'as plus à te sentir obligé. Je *veux* partir. Peut-être que ce sera ma seule chance de te rendre heureux.

— Bon sang, Glover.

— La démission prend effet à minuit. J'aimerais toutefois assister à la réception du Top of the Park ce soir. Si elle est maintenue.

— Elle l'est. Coughlin m'a envoyé un SMS tout à l'heure. Il a remis les ascenseurs en route. Bien sûr que tu peux venir, assura-t-il.

Puis il marqua un temps d'arrêt avant d'ajouter :

— Cette jeune femme que tu as embauchée, Arla Silbert...

— Celle que tu as virée parce que c'est la fille de Barbara Matheson.

Headley hocha rapidement la tête, comme s'il voulait balayer cette information.

— Que sait-on d'autre sur elle ?

— Rien. Pourquoi ?

— Comme ça. Je me demandais juste...

Glover se retourna et commença à se diriger vers la porte. Il était pratiquement sorti du bureau quand son père le rappela.

— Oui ? demanda Glover en s'arrêtant pour regarder le maire.

— Je regrette de t'avoir chassé de la voiture, dit-il, la gorge serrée. J'ai eu tort. Ce n'est pas ta faute s'il y avait une foutue souris dans le petit déjeuner de cette vieille dame.

— En fait, si, dit Glover. C'est moi qui l'y ai mise.

Le maire était debout près de son bureau, abasourdi, quand Valerie entra dans la pièce trois minutes plus tard.

— Que voulait Glover ? demanda-t-elle. Je l'ai vu partir et il avait l'air secoué.

Il lui tendit la lettre de démission. Elle la parcourut rapidement, puis demanda :

— Vous l'avez acceptée ?

Headley fit oui de la tête.

— Il m'a avoué quelque chose qu'il a fait... Je devrais être en colère. Je devrais être vert de rage. Mais je ne le suis pas. J'ai l'impression que je le méritais.

— Qu'est-ce qu'il vous a dit ?

— Vous aviez peut-être raison en disant que j'étais trop dur avec lui. Je me rends compte maintenant que cette attitude peut se retourner contre moi.

— Richard, j'aimerais comprendre de quoi vous êtes en train de parler.

— Glover pense peut-être que je vais changer d'avis pour la réception de Coughlin ce soir, mais ce n'est pas le cas. (Il sourit d'un air sombre.) Je veux qu'il soit là.

Valerie allait insister pour savoir ce qui s'était passé entre lui et son fils, mais elle fut interrompue par un SMS.

— Qu'est-ce que ça signifie ? dit-elle en prenant connaissance du message.

Le maire leva la tête, dans l'expectative.

— C'est l'accueil, l'informa Valerie. La police est là.

— C'est probablement la cheffe Washington, dit Headley. Peut-être qu'elle en sait maintenant davantage sur ce Wooler qu'ils ont arrêté.

Valerie secoua lentement la tête.

— Non. Ce sont deux inspecteurs, dit-elle en levant les yeux. Ils cherchent Glover.

Le maire blêmit.

— Des inspecteurs de l'inspection sanitaire ?

— Quoi ? De quoi parlez-vous ?

— Laissez tomber.

Valerie tapa un numéro et colla le téléphone à son oreille.

— Bonjour, c'est Valerie. Ces policiers sont toujours là ?... D'accord, oui, passez-moi l'un d'eux. (Elle attendit plusieurs secondes.) Oui, allô ? Qui est à l'appareil ? Que puis-je faire pour vous, enquêteur Delgado ?... Eh bien, désolée, mais Glover n'est pas ici en ce moment. Je peux vous renseigner ?

Elle écouta encore.

— Je vois.

— Qu'est-ce qu'il y a ? demanda Headley.

Couvrant le téléphone avec sa main, Valerie répondit :

— Ils veulent parler à Glover et à lui seul.

— Vous feriez mieux de l'appeler, dit Headley d'une voix faible, en inclinant la tête vers la ligne fixe sur son bureau.

Valerie demanda à Delgado de patienter, souleva le combiné du téléphone du maire et saisit le numéro de portable de Glover.

Après plusieurs sonneries sans réponse, elle dut laisser un message :

— Glover, c'est Valerie. Pouvez-vous me rappeler dès que vous aurez ce message ?

Puis elle reprit à l'intention de Delgado :

— Son portable ne répond pas. Je suis désolée. Son adresse ? Je ne...

Headley tendit soudain le bras au-dessus du bureau et arracha le téléphone des mains de son assistante.

— Richard Headley à l'appareil, dit-il, avec plus de courtoisie qu'à l'accoutumée. À qui ai-je l'honneur ?... Pouvez-vous m'expliquer de quoi il s'agit ?

Il garda le téléphone contre son oreille pendant encore cinq secondes, dit : « D'accord », puis, sans ajouter un mot, rendit l'appareil à Valerie. Delgado avait déjà raccroché.

— Qu'est-ce qu'elle a dit ? voulut savoir Valerie.

— Ils viennent ici. Pour me parler.

- 63 -

Bourque et Delgado n'avaient jamais mis les pieds dans le bureau du maire de New York. S'ils étaient impressionnés, ils faisaient leur possible pour ne pas le montrer. Valerie les avait accueillis sur le seuil, Headley faisant les cent pas dans la pièce derrière elle, en bras de chemise et cravate dénouée.

— Enquêteurs Bourque et Delgado, annonça Valerie.

Les deux policiers se présentèrent tour à tour de manière que le maire sache qui était l'un et qui était l'autre.

— De quoi s'agit-il ?

— C'est en réalité à votre fils que nous souhaiterions parler, répondit Delgado.

— À quel propos ?

— C'est en lien avec une enquête en cours.

— Rien à voir avec la souris, donc ?

Bourque lança un regard à son équipière, comme pour demander : « J'ai bien entendu ? », mais il répondit :

— Nous enquêtons sur un homicide, monsieur.

Headley parut presque soulagé.

— D'après mes calculs, nous en sommes à quoi, dix morts ? Sept dans les ascenseurs, trois dans l'explosion.

— Nous nous intéressons à la mort d'Otto Petrenko, précisa Delgado. Son corps a été retrouvé sur la High Line lundi matin.

— Petrenko ?

— Un technicien ascensoriste.

Ils avaient à présent l'oreille de Headley.

— Un technicien ascensoriste ? Il y a un lien entre sa mort et les derniers événements ?

— C'est possible, répondit Delgado. Avant sa mort, Petrenko s'était montré très inquiet pour la sécurité de ses proches vivant dans d'autres parties du pays. Il est possible qu'on l'ait forcé à fournir des informations sur le fonctionnement des ascenseurs en menaçant de s'en prendre à sa famille s'il ne coopérait pas. Pour le moment, c'est juste une théorie. Peu de temps avant d'être assassiné, Petrenko a rencontré un homme venu lui rendre visite sur son lieu de travail. Personne d'autre n'a pu nous dire qui était cet homme, et Petrenko n'a parlé de lui à personne. Nous essayons de l'identifier.

— Pourquoi pensez-vous que Glover serait susceptible de vous aider ? demanda le maire.

— Nous avons réussi à retrouver la voiture que conduisait notre inconnu. C'était un véhicule de fonction de la mairie.

— Vraiment ? intervint Valerie, qui s'était tenue à l'écart de la conversation.

— Elle avait un autocollant à l'arrière, expliqua Delgado. Les autocollants de promotion de votre campagne pour l'écologie, monsieur. Nous avions une immatriculation partielle et une marque caractéristique sur le pare-chocs. Tous ces éléments nous ont permis de retrouver cette voiture.

— Une minute, dit le maire. Vous dites que c'était quand, déjà ? Parce qu'il n'y aurait rien d'étonnant, vu les événements de la semaine, à ce que quelqu'un de la municipalité s'entretienne avec un expert en ascenseurs.

— Comme je l'ai précisé il y a un instant, reprit Delgado, M. Petrenko est mort dans la soirée du dimanche au lundi, avant le premier événement à la Lansing Tower. Cette rencontre est antérieure.

— Eh bien, j'imagine que la chose la plus simple à faire est de trouver qui a sorti la voiture ce jour-là. Vous n'avez pas besoin de Glover pour cela. On devrait pouvoir vous fournir l'information. Peut-on faire ça pour nos enquêteurs, Valerie ?

— Absolument.

— Nous l'avons déjà fait, intervint Bourque.

Le silence se fit.

Comme le maire ne disait rien, ce fut Valerie qui se décida à poser la question.

— Qui a signé le registre de sortie ?

— Glover Headley, répondit Delgado.

Le maire et son assistante se regardèrent.

— C'est la raison pour laquelle nous aimerions parler à Glover, dit Bourque. Nous voulons simplement clarifier les choses. On procède généralement ainsi au cours d'une enquête. On règle un détail, et puis on passe à autre chose.

— Absolument, dit Delgado. Alors, si vous pouviez juste nous dire où le trouver, histoire d'éliminer cette piste de recherche de notre liste...

Headley se retourna, marcha vers son bureau. Il passa la main droite sur sa nuque, la pétrit comme de la pâte à pain.

— Il... il vient de démissionner.

— Pourquoi ? demanda Bourque.

— Parce que je suis un salaud. Écoutez, je suis sûr qu'il existe une explication toute simple. Je vais parler à Glover ce soir, à l'inauguration de Top of the Park.

Je lui demanderai des explications et je vous rappellerai demain.

— Nous préférerions l'interroger nous-mêmes, monsieur, insista Delgado, et au plus vite.

— Écoutez, nous venons d'essayer de le joindre et il ne répond pas, alors je ne sais pas quoi vous dire.

— Il nous faut son numéro de portable et son adresse, dit Bourque.

Valerie regarda son patron, comme si elle attendait sa permission. Il hocha la tête d'un air las et elle annonça qu'elle allait les leur noter avant de s'éclipser.

Les deux policiers sortirent leurs cartes de visite et les posèrent sur le bureau du maire.

— Appelez-nous s'il se manifeste plus tôt, demanda Delgado.

Headley baissa les yeux sur les cartes mais n'y toucha pas.

Valerie revint avec un bout de papier qu'elle tendit à Delgado.

— Je vous ai aussi noté son adresse mail, dit-elle.

— S'il n'est pas dans les locaux ni chez lui, savez-vous s'il y a un endroit où il aime traîner ? demanda Bourque. Un café ? un bar ? un parc ?

Le maire le regarda avec perplexité.

— Je ne vois pas, non. Valerie ?

— Non plus.

— Qu'est-ce que Glover faisait avant de donner sa démission ? demanda Delgado.

— De l'analyse de données, des sondages, des trucs de mordu de technologie, répondit Valerie.

— Vous le qualifieriez de mordu de technologie ? demanda Bourque.

— Oh oui ! dit Valerie. Aucun logiciel ni gadget au monde ne résiste à Glover.

- 64 -

On aurait pu croire que l'académie des Oscars s'était transportée de Hollywood à New York.

L'inauguration officielle de Top of the Park présentait toutes les caractéristiques d'une soirée des Oscars. D'immenses projecteurs installés de l'autre côté de la rue, dans Central Park, zébraient le ciel nocturne de leurs faisceaux dansants.

Central Park North était barré entre la Cinquième Avenue et Central Park West. Des dizaines de limousines, transportant des célébrités, des politiciens et les personnalités les plus influentes de la ville étaient autorisées à passer. À en juger par la présence d'équipes de télévision de CNN, ainsi que d'« Access Hollywood » et « Extra », il s'agissait autant d'un événement mondain que d'un fait d'actualité.

Chaque fois qu'un véhicule venait s'arrêter à l'extrémité du tapis rouge qui conduisait à l'atrium de Top of the Park, des employés en smoking se précipitaient pour ouvrir les portières. Photographes et équipes de télévision attendaient de voir qui en sortirait. S'il s'avérait que c'était un acteur ou une actrice en vue, des animateurs de télé sur leur trente-et-un les arrêtaient au passage pour leur arracher quelques mots sur leur vision de l'architecture.

— C'est haut, c'est sûr ! déclara une actrice.

— J'aurais carrément eu le vertige si j'avais bossé sur ce chantier, lança un acteur nommé aux Oscars.

Lorsqu'il s'agissait de New-Yorkais bien plus puissants ou influents, mais dont les visages n'apparaissaient pas sur les écrans géants des multiplexes – les directeurs de la Bourse de New York et du Whitney Museum, le président de l'université Columbia, pour ne citer que ces trois-là –, les gens de télévision baissaient leurs caméras et leurs micros jusqu'à ce que le prochain people se présente.

Des hordes de New-Yorkais ordinaires, pas suffisamment importants pour avoir obtenu une invitation, affluaient malgré tout pour apercevoir les happy few. Les flashs des smartphones clignotaient sans discontinuer. Les fans quémandaient des selfies. De temps en temps, une célébrité leur accordait cette faveur.

Barbara et Arla ne faisaient pas partie de ceux qui arrivaient en limousine. Leur taxi resta bloqué à l'intersection de la Cinquième Avenue et de Central Park North.

— Merde, dit Barbara en apercevant les barricades qui les empêchaient de descendre devant Top of the Park. Si j'avais su qu'on s'arrêterait aussi loin, je n'aurais pas mis de talons.

La station de métro de la 110e Rue, à deux pas du gratte-ciel flambant neuf, avait été fermée pour raison de sécurité, sinon elles auraient pu prendre le métro et s'épargner cette marche. Mais Barbara avait dû se ranger à l'avis d'Arla : est-ce qu'on avait réellement envie d'arpenter les couloirs du métro quand on s'était apprêtée de la sorte ?

Ce matin-là, elles avaient pris au café un véritable petit déjeuner anti-gueule de bois. Œufs brouillés, bacon croustillant, frites maison et un surplus de café. Après quoi elles étaient retournées chez Barbara pour passer en revue sa garde-robe et dégotter quelque chose de suffisamment pailleté pour le raout de Top of the Park.

En faisant l'inventaire de la penderie de sa mère, Arla avait demandé :

« Tu as combien de jeans, exactement ? »

Dans un coin tout au fond, elle avait déniché une robe noire à épaules dénudées.

« Il y a combien d'autres robes là-dedans ? avait voulu savoir sa mère.

— Aucune.

— Ces manches couvriront mon coude noir et bleu. Elle me plaît.

— Avec les bons accessoires, ça va le faire.

— Des accessoires ? »

Arla était rentrée chez elle en invitant Barbara à y passer deux heures avant l'événement, histoire de faire son choix parmi colliers, bracelets et paires de boucles d'oreilles.

— C'est peut-être une erreur, dit Arla alors qu'elles étaient descendues du taxi et marchaient vers Top of the Park. Je veux dire, ce genre d'événement n'est peut-être pas l'endroit idéal pour annoncer à quelqu'un qu'on est sa fille.

Barbara acquiesça d'un mouvement de tête.

— Ne prenons pas les devants, attendons de voir s'il fait le premier pas. S'il a reconnu ton nom quand je l'ai prononcé, il va peut-être réagir. S'il ne fait rien, on saura alors qu'il n'a gardé aucun souvenir de cette nuit, pas même mon nom de famille. Et qui sait ? Richard me fera peut-être jeter dehors dès qu'il me verra entrer.

— Ça ferait une sacrée chute, plaisanta Arla. De toute façon, ce n'est pas sa soirée.

Barbara sourit alors qu'elles arrivaient sur le tapis rouge.

— Non, tu as raison.

Les deux femmes s'arrêtèrent pour lever les yeux au ciel avant de s'avancer jusqu'aux portes d'entrée. Même en tendant le cou en arrière au maximum, elles n'étaient pas sûres d'apercevoir le sommet de l'immeuble.

À l'entrée, Barbara sortit son invitation de sa pochette de soirée, sésame qui fut scrupuleusement examiné par une blonde vêtue d'une éblouissante robe rouge, incongrûment accessoirisée par une oreillette et des câbles.

— Passez un merveilleux moment, dit-elle.

Et elles se retrouvèrent à l'intérieur.

— Punaise ! s'exclama Arla.

Le lobby était un incroyable mélange d'acier, de verre et de lumières étincelantes qui semblait flotter librement dans l'air au-dessus de leurs têtes. Il y avait là deux ou trois cents personnes, qui prenaient des coupes de champagne sur le plateau des serveurs circulant parmi elles.

— Oh, mon Dieu, murmura Arla en donnant un petit coup de coude à sa mère pour attirer son attention. Ce n'est pas machin, là-bas ? Celui qui jouait dans ce film…

— Si, acquiesça Barbara. Mais ne t'emballe pas. Il est gay.

— Non !

— C'est ce qui se dit.

— Oh, et là, à 11 heures. C'est…

— Oui. On dit qu'elle va se présenter aux présidentielles. Elle n'arrête pas de démentir, ce qui me donne à penser que c'est sans doute vrai. Oh, regarde.

Le maire, en tenue de soirée, fendait la foule. Le grand sourire plaqué sur son visage paraissait, du moins aux yeux de Barbara, plus artificiel qu'à l'ordinaire. Les hommes politiques s'efforçaient de vous faire croire qu'ils étaient toujours enchantés de vous voir et, à cet exercice, Headley était un des meilleurs. Barbara trouva cependant sa bonhomie particulièrement forcée. Quelque chose dans les commissures de ses lèvres évoquait comme des lignes de fracture prêtes à céder.

Suivaient Chris Vallins, lui aussi en smoking, mais chaussé de baskets et tenant discrètement un sac à dos à la main ; Valerie Langdon, dans une robe longue bleu pastel ; et Glover, en smoking, le nœud papillon de travers. Il semblait engagé dans une conversation apparemment animée avec Valerie.

— Ils vont passer devant nous, dit Arla.

— Ne t'en fais pas, dit Barbara.

Arla changea de place de manière que sa mère lui fasse écran.

— Je ne veux pas que Glover me voie. Je ne suis pas prête à lui parler de... à lui parler tout court.

Comme Valerie et Glover passaient devant elles, la procession ralentit et Barbara saisit des bribes de leur conversation.

— Je n'ai pas sorti cette voiture... disait Glover. Je me fous de ce que racontent les flics... de quoi il s'agit.

— Je ne sais... croire, dit Valerie. Je suis au courant... souris... t'est passé par la tête ?

Souris ?

— ... reviens pas qu'il vous ait laissé... ce soir.

— ... se sent coupable, j'imagine... ne durera pas.

La foule s'écarta et ils reprirent leur progression, empêchant Barbara d'entendre quoi que ce soit d'autre. Elle toucha le bras de Vallins au moment où il passait devant elle. Il se tourna, surpris.

— J'adore les chaussures, dit-elle.

Il secoua légèrement son sac à dos.

— J'ai mis mes mocassins là-dedans, dit-il avec un grand sourire. Hé, je vous ai envoyé un mail.

— OK, répondit Barbara alors que Vallins s'éloignait.

— Tu connais ce type ? interrogea Arla.

— Un peu.

— Il est plutôt craquant.

— Un peu.

Elle sortit son téléphone et consulta sa boîte mail. Il n'y avait aucun message de Vallins. Elle ouvrit les spams, mais il n'y avait rien, là non plus.

Tout le monde fut conduit vers les deux rangées d'ascenseurs qui se trouvaient à côté de l'atrium principal. Il y avait cinq ascenseurs d'un côté, cinq de l'autre. Les chiffres au-dessus des portes, gravés dans le granit, indiquaient que les cinq de gauche montaient jusqu'au cinquantième étage, et ceux de droite du cinquante et unième au quatre-vingt-dix-huitième, aussi appelé Observation Level.

C'était devant les portes de droite que tout le monde se massait. Toutes les cinq s'ouvrirent simultanément. Barbara et Arla étaient suffisamment bien placées pour faire partie de la première vague à embarquer.

Headley et son équipe montèrent dans la première cabine, accompagnés, remarqua Barbara, par Rodney Coughlin en personne. Les portes se refermèrent et l'ascenseur s'éleva.

Barbara et Arla montèrent dans leur cabine, suivies par huit autres invités en smoking et robe du soir.

À la fermeture des portes, une impression de malaise palpable se diffusa à l'intérieur de la cabine. Quelqu'un gloussa nerveusement.

— Ce terroriste a bien été arrêté ? demanda une femme.

— C'est ce que j'ai vu aux infos, répondit un homme. Ils en sont pratiquement certains.

L'ascenseur commença son ascension.

- 65 -

Bourque et Delgado avaient passé le reste de l'après-midi à tenter de localiser Glover Headley. Ils n'étaient pas parvenus à le joindre, malgré des appels répétés sur son téléphone portable, et ne l'avaient pas trouvé à son appartement. L'exploration des bars et restaurants dans le périmètre de City Hall s'était également avérée infructueuse.

Bourque avait donné sa carte au portier de l'immeuble de Glover en lui demandant de l'appeler si d'aventure le jeune homme reparaissait.

Juste avant 19 heures, son portable sonna.

— Il vient de rentrer, annonça le portier.

À ce moment-là, Delgado et lui étaient en train de faire le tour des restaurants. Ils retournèrent à leur voiture au pas de course et repartirent vers l'Upper West Side où se trouvait l'appartement de Glover. Mais comme c'était le cas la plupart du temps, la circulation vers le nord s'avéra cauchemardesque. Quand Delgado finit par stopper la voiture devant l'immeuble dans un crissement de freins et que Bourque se précipita à l'intérieur, Glover était déjà parti.

— Vous l'avez raté de peu, dit le portier. Il est rentré et ressorti en coup de vent il y a un quart d'heure environ. On dirait qu'il est juste rentré pour se changer. Il est reparti en smoking.

Quand Bourque revint à la voiture, il se tourna vers son équipière et demanda :

— On a l'air de quoi ?

— Qu'est-ce que tu racontes ?

— J'ai comme l'impression qu'on va devoir s'incruster à la fête.

— Il n'était pas là ?

— Il est en route pour l'inauguration de Top of the Park. Il est parti dans son costume de pingouin.

Delgado se livra à une rapide auto-inspection : jean noir, chemisier blanc, veste.

— Ouais, ça ira.

En chemin, elle lança deux ou trois coups d'œil à son équipier, qui arborait un large sourire.

— Tu me fais penser à un gosse le matin de Noël, lui dit-elle.

— J'avoue, je suis excité. J'ai suivi l'avancement du projet avant même qu'ils donnent le premier coup de pelle, mais je n'ai jamais eu d'excuse pour entrer. J'ai vraiment hâte de voir ça. Demande-moi n'importe quoi sur le sujet. Vas-y, interroge-moi. Tu veux savoir qui sont les architectes ?

— Pas particulièrement.

— Le cabinet Svengali... Oui, c'est son vrai nom.

— Ce n'était pas une sorte de personnage maléfique, ce Svengali ? un salaud manipulateur[1] ?

— Oui, mais c'est un nom qui claque. L'immeuble a été dessiné une première fois il y a quinze ans, et il devait

1. Personnage du roman de George du Maurier *Trilby*, Svengali est passé dans la langue courante pour désigner un individu malfaisant et manipulateur.

comporter quatre-vingt-dix étages, mais entre-temps le 432 Park Avenue a atteint les quatre-vingt-dix-sept étages, et puis il y a ce nouveau projet annoncé l'année dernière, en bas de Central Park, qui va dépasser le 432, alors Coughlin...

— Coughlin ?

— Rodney Coughlin, le promoteur. Alors Coughlin a fait ajouter huit niveaux, amenant l'immeuble à quatre-vingt-dix-huit étages sur une hauteur de quatre cent soixante-quinze mètres, ce qui dépasse tout ce qui existe, est déjà construit ou encore à construire, et en fait la plus haute tour résidentielle de l'hémisphère occidental, et le deuxième plus haut immeuble de New York après One World Trade.

— Ce sont juste des phallus de verre et de béton, commenta Delgado. C'est à qui aura la plus grosse.

Delgado prit Central Park West jusqu'à Central Park North. Là, ils tombèrent sur le barrage de police qui ne laissait passer que les limousines des VIP. Delgado produisit rapidement sa plaque et on lui fit signe d'avancer.

Elle gara la voiture côté sud, à une centaine de mètres de la tour. Bourque descendit le premier et il resta planté là plusieurs secondes à admirer l'édifice.

— Je vais le faire, dit-il.

Delgado, descendue de voiture, claqua la portière.

— Quoi ?

— En maquette, pour ma collection.

Delgado avait vu des photos de ses créations sur son téléphone.

— Tu vas avoir besoin d'un appartement plus grand.

— Un appartement plus *haut*, corrigea Bourque.

— Prêt à faire la fête ?

Bourque hocha la tête et ils se dirigèrent vers l'immeuble.

- 66 -

Parvenu à destination, au quatre-vingt-dix-huitième étage, l'ascenseur émit un discret tintement et les portes s'écartèrent.

Un hoquet de surprise collectif jaillit de la cabine. Les portes donnaient sur un vaste espace ouvert à l'extrémité duquel se dressait un mur de fenêtres qui montaient jusqu'au plafond et, au-delà, sur un pan de ciel plus vaste encore. À l'ouest, les dernières lueurs du couchant teintaient l'horizon d'une lumière orangée.

Barbara, Arla et les autres passagers sortirent de la cabine pour pénétrer dans ce qui n'était autre qu'une salle de bal en plein ciel. Ils s'avancèrent avec hésitation, presque craintivement, éprouvant la solidité du dallage en marbre sous leurs pieds pour s'assurer qu'ils ne marchaient pas sur un nuage. Les invités qui, quelques instants auparavant, bavardaient gentiment dans l'espace confiné de leur cabine d'ascenseur, observaient un silence respectueux. Comme si chacun avait été frappé de stupeur, bouleversé par la vue magnifique qui s'offrait au sommet de cette tour dans le ciel.

— Il n'y a pas de mots, murmura quelqu'un.

C'était exact. Il n'y avait pas assez de superlatifs pour rendre compte du caractère spectaculaire, merveilleux, absolument miraculeux de cette expérience.

Arla fit le tour de la salle, slalomant entre les tables du buffet, chargées de nourriture et de boissons élégamment présentées, et une autre table sur laquelle se dressait une stupéfiante maquette de trois mètres de haut de Top of the Park, jusqu'à se retrouver sur la façade sud qui donnait sur Central Park et, plus loin, sur les gratte-ciel du centre-ville dont son rival le plus proche, le 432 Park. On apercevait le Rockefeller Center, le Chrysler Building, l'Empire State Building et, plus loin encore, le One World Trade Center.

— On a l'impression d'être dans un avion qui fait du surplace, dit-elle en touchant la vitre du bout des doigts alors que sa mère s'approchait.

— Ne te mets pas si près, dit Barbara avec nervosité. (Elle n'avait jamais eu peur du vide, mais, à ce moment précis, elle éprouvait un léger vertige.) Recule, dit-elle en tirant doucement sa fille par le bras.

— C'est bon, fit Arla en résistant, puis elle regarda en bas. Aucune autre tour ne peut se comparer à ça. On est tout seuls là-haut. (Elle gloussa et tourna la tête pour que sa mère puisse mieux l'entendre.) On pourrait se balader à poil avec les rideaux ouverts.

— Sauf peut-être quand un avion plein de passagers atterrit à LaGuardia.

— On peut les voir, dit Arla en se tournant vers l'est, les avions qui atterrissent et décollent. (Elle secoua la tête, émerveillée.) À ton avis, il faut mettre combien pour avoir un appartement dans cet immeuble ?

— On ne fait sûrement pas partie de la clientèle visée.

— Mais si tu avais les moyens, si tu avais des millions de dollars, tu n'aurais pas envie de vivre ici ?

Barbara réfléchit un moment avant de répondre :

— Non. J'aurais l'impression que ce serait presque… immoral. On dirait que l'immeuble fait un pied de nez aux lois de la nature. C'est trop incroyable, trop vertigineux. Par contre, je ne dirais pas non à un immense loft à SoHo.

— Mouais, eh bien, je pense que je pourrais m'y faire…

— *Bonsoir !*

La voix avait jailli de haut-parleurs encastrés dans les murs et le plafond.

— *Bienvenue à Top of the Park !*

— Là-bas, dit Arla en pointant le doigt.

Debout sur une estrade, le ciel nocturne en toile de fond, dominait Rodney Coughlin. Un mètre quatre-vingts, large d'épaules, la mâchoire carrée, des sourcils pareils à des chenilles mutantes, il en imposait. Il adressait un large sourire à ses invités en levant une flûte de champagne, et ses dents étaient si grandes et brillantes qu'elles réfléchissaient la lumière. Le maire se tenait sur sa droite, l'air un peu distrait.

Barbara et Arla se frayèrent un chemin à travers la foule pour être aux premières loges. Une fois en position, Barbara jeta un coup d'œil à la ronde. Elle repéra Glover près d'un des ascenseurs, mais elle avait perdu Vallins de vue.

— Oh, quelle soirée magnifique ! s'exclama Coughlin, et un tonnerre d'applaudissements retentit dans la salle. Est-ce que la vue vous plaît, au moins ?

Quelques éclats de rire, une nouvelle salve d'applaudissements.

— Je sais que vous venez d'arriver et que vous ne pouvez pas vous empêcher de regarder par la fenêtre, gloussa-t-il, de regarder de haut le reste de New York. Je dois vous prévenir, il va y avoir quelques discours, et j'ai un certain nombre de personnes à remercier, notamment… Mario ! Où es-tu ?

Debout à côté de Barbara, un homme de petite taille à la chevelure broussailleuse, portant des lunettes fumées grandes comme des dessous-de-verre et affublé d'un veston orange vif, leva la main.

— Mario Svengali ! cria Coughlin, en levant sa flûte encore plus haut. L'architecte le plus brillant de l'univers. Je vais dire quelques mots à son sujet, et sur mon bon ami le maire, juste là !

Il fit signe à Headley à côté de lui.

— Merci beaucoup, Richard, de m'avoir laissé utiliser les ascenseurs ce soir.

Headley rougit tandis que des ricanements nerveux parcouraient la salle.

— Ne t'en fais pas ! poursuivit Coughlin. Ce soir, ceux qui méritent notre plus grande gratitude sont les valeureux représentants et représentantes des forces de l'ordre – le NYPD, le FBI, et j'en passe –, qui ont procédé aujourd'hui à cette arrestation en lien avec les horribles événements de la semaine.

Headley tenta d'intervenir :

— En fait, pour l'instant, il est juste...

Coughlin lui coupa aussitôt la parole.

— J'ai beaucoup à dire ce soir, et beaucoup d'autres personnes à remercier. Mais d'autres personnes souhaiteraient dire quelques mots. (Il leva les yeux au ciel.) Ces politiciens, hein ? Eh bien, du moment que c'est pour m'envoyer des fleurs, je pense leur laisser tout le temps qu'ils voudront !

Quelques rires encore.

— La plupart de ces discours viendront plus tard. Nous voulons nous amuser un peu d'abord. Mais avant de vous ordonner de manger, de boire et d'être joyeux, le maire souhaiterait dire quelques mots. Tu feras court, n'est-ce pas, Richard ?

Coughlin chuchota rapidement quelque chose à l'oreille du maire. Barbara, qui avait toujours été assez douée pour lire sur les lèvres, eut la quasi-certitude qu'il lui avait dit : « Ne fais pas tout foirer. »

Headley, un sourire crispé aux lèvres, s'avança.

— Je voulais simplement vous souhaiter la bienvenue à l'occasion de cette soirée qui fera certainement date dans l'histoire de la ville de New York, alors que cette construction stupéfiante devient partie intégrante de la silhouette de Manhattan. Mes félicitations à tous ceux et à toutes celles qui ont contribué à faire de Top of the Park une réalité.

Arla se pencha vers sa mère.

— Je trouve que je lui ressemble un peu. Quelque chose dans les yeux...

Pendant que le maire continuait à parler, Barbara lui répondit rapidement :

— Je ne sais pas. C'est possible.

En vérité, Barbara avait toujours reconnu plusieurs traits de Headley chez sa fille. Pas uniquement les yeux, mais son nez légèrement retroussé, sa façon de pencher la tête quand elle réfléchissait à quelque chose, l'angle prononcé de la mâchoire juste sous l'oreille.

— Vous n'êtes pas sans savoir que cette semaine aura été légèrement stressante pour les New-Yorkais, poursuivait Headley. Je vous invite donc à profiter pleinement du bar. (Un petit rire forcé.) Je serai le premier à faire la queue.

Quelques rires retentirent et au moins un « Bravo ! ».

— Très bien ! Les autres discours attendront ! Faisons la fête ! Rendons cette soirée inoubliable !

Headley descendit de la tribune et Valerie vint le rejoindre. Tout en discutant, ils jetaient des coups d'œil à Glover, qui se tenait à proximité des ascenseurs.

— Qu'est-ce que tu crois ? demanda Arla tout bas. Je devrais aller lui parler ? Genre, je me présente et j'attends de voir sa réaction ?

Barbara était hésitante.

— Je ne suis pas sûre que ce soit le bon moment. Cette soirée n'est peut-être pas le bon moment.

— Je croyais que c'était le plan. Que je lui parlerais ce soir. Après, je ne pourrai peut-être plus l'approcher. J'ai perdu mon boulot, tu te rappelles ?

— Je sais, je sais.

Barbara se reprochait maintenant d'avoir donné à Arla son invitation supplémentaire. Ces dernières vingt-quatre heures avaient été tellement éprouvantes... Son jugement était peut-être obscurci par l'espèce de percée émotionnelle qu'elle avait réalisée avec Arla. Ce moment de vérité. Quelques heures auparavant, elle était tellement reconnaissante de ce tournant décisif dans leur relation qu'elle aurait été prête à lui accorder n'importe quoi. Une accréditation presse pour LA soirée donnée en ville ? Bien sûr, pourquoi pas ?

Elle se demandait à présent si cela avait été une si bonne idée.

Arla avait-elle le droit de savoir qui était son père ? Bien sûr. Son désir d'établir le contact avec lui n'était-il pas parfaitement justifié ? Sans aucun doute.

Mais ici et maintenant ?

Le maire s'était détaché de Valerie et se dirigeait vers elles.

— Je vais le faire, annonça Arla.

Avant que Headley ait pu aller bien loin, une vieille dame vêtue d'une robe longue et parée de suffisamment de bijoux pour ouvrir une boutique Cartier lui barra la route.

— Richard ! s'écria-t-elle.

— Margaret ! fit-il en l'étreignant.

Barbara reconnut Margaret Cambridge, dont le nom était apparu dans ses recherches.

— Comment trouvez-vous la vue ? lui demanda-t-il.

— Elle vaut un million de dollars. Mettons un milliard, en fait.

Ils rirent tous les deux. Le maire la serra de nouveau dans ses bras, puis repartit. Barbara sentait qu'Arla était prête à passer à l'action. Elle posa la main sur son bras.

— Attends, attends juste une seconde. On devrait peut-être...

— Monsieur le maire ? lança Arla.

Trop tard.

Headley s'arrêta, se tourna vers la jeune femme.

— Oui ?

Arla se rapprocha jusqu'à ce qu'il n'y ait plus que quelques dizaines de centimètres entre eux et Barbara fut prise de vertige.

Non. Pas ici. Pas maintenant. Plus tard. En privé.

Arla tendit la main. Le maire la prit et sourit.

— Enchanté, dit-il.

Puis il remarqua Barbara qui se tenait juste derrière la jeune femme.

— Madame Matheson, la salua-t-il.

Barbara sourit nerveusement.

— Monsieur le maire.

— Je me demandais si nous pouvions nous parler en privé un instant, déclara Arla.

— Allez voir Valerie Langdon, juste là-bas. En robe bleue. Vous pourrez lui expliquer de quoi il s'agit et elle s'occupera d'arranger quelque chose.

Le visage d'Arla s'allongea.

— Il ne s'agit pas de politique, plutôt d'une affaire personnelle. Vous comprenez, je m'appelle Arla...

Elle n'eut pas l'occasion de terminer sa phrase. Et quand bien même, Headley n'aurait pas pu l'entendre.

L'explosion avait été bien trop assourdissante.
Et pas seulement la première.
Celle qui suivit.
Et celle d'après.
Et la suivante.

- 67 -

Bourque et Delgado montrèrent rapidement leurs plaques pour passer la sécurité et entrer au Top of the Park. Une fois à l'intérieur, Bourque s'arrêta, bouche bée, pour admirer la vue qui s'offrait à lui.

— Incroyable, dit-il.

— Ouais, pas mal. Allons trouver notre homme.

Bourque s'approcha d'un vigile, sortit de nouveau sa plaque et expliqua qu'ils étaient à la recherche de Glover Headley, le fils du maire. D'après le gorille, presque tout le monde était au dernier étage, pour la réception. Il avait vu le maire traverser le hall mais ne savait absolument pas à quoi ressemblait son fils.

— Montons, dit Bourque à son équipière.

Tous les deux se retrouvèrent seuls devant la rangée d'ascenseurs. Il y avait trois écrans tactiles placés sur de petites colonnes en granit entre les portes, avec un message qui disait : « Entrez votre étage. »

— Comment ça marche ? demanda Bourque.

Delgado examina l'écran.

— Pour le cinquante-troisième étage, tu tapes « 5 », « 3 »...

— Mais pour le dernier ?

— On dirait que c'est… « OB ». Pour « Observation Deck ».

Elle tapota sur l'icône « OB ». Un message apparut sur l'écran : « ASCENSEUR 2 ».

Il y avait des numéros au-dessus des ascenseurs et le 2 était le deuxième en partant de la gauche.

— Celui-là, dit Delgado, l'index pointé.

— Qu'est-ce que tu penses de tout ça ? demanda Bourque à son équipière pendant qu'ils attendaient l'arrivée de la cabine.

— Je ne sais pas trop. Glover s'est donné beaucoup de mal pour qu'on ne le retrouve pas aujourd'hui. C'est lui qui a signé la fiche de sortie de la voiture utilisée par l'homme qui a rencontré Petrenko. Petrenko est retrouvé mort. Tu en penses quoi, toi ?

— Si tu voulais tout savoir sur la façon de trafiquer les ascenseurs d'un immeuble, Petrenko serait l'interlocuteur idéal.

— Ouais.

— Et tu t'assurerais de sa coopération en lui faisant croire que tu peux t'en prendre à sa famille étendue.

Un carillon léger signala l'arrivée de leur cabine. Les portes s'ouvrirent et, après une demi-seconde d'hésitation, ils montèrent.

Bourque chercha le panneau de commande et s'alarma un instant de n'en voir aucun.

— J'ai déjà sélectionné, tu te rappelles ? dit Delgado. Il n'y a pas de boutons.

— C'est comme de monter dans une voiture sans volant.

— Au moins, on n'a pas à craindre qu'un sale gosse déboule, appuie sur tous les boutons en même temps et se sauve en courant.

— Ouais, ironisa Bourque. C'est exactement ce qui m'inquiète.

La cabine commença à s'élever, prenant lentement de la vitesse. L'accélération était à peine perceptible. Bourque se mit le doigt dans l'oreille.

— Je sens le changement de pression, dit-il en essayant d'accumuler un peu de salive dans sa bouche pour déglutir.

— Moi aussi, dit Delgado, touchant sa propre oreille. J'aurais dû prendre du chewing-gum. (Elle le regarda avec inquiétude.) Ça va ?

— Ouais, tout va bien.

— Par rapport à... tu sais. Ta respiration, ça va ?

— Je vais très bien, répéta-t-il, cette fois avec une tension dans la voix.

Quelques secondes s'écoulèrent avant que Bourque reprenne la parole :

— Tu penses vraiment que ça pourrait être lui ?

— Glover ?

— Ouais. L'assistante du maire a dit que c'était un mordu de technologie.

— Pour quelle raison le fils du maire déciderait de tuer des gens en sabotant des ascenseurs ? demanda Delgado.

— On aura peut-être l'occasion de lui poser la question.

Ils sentirent la cabine décélérer.

— Ouah, c'était rapide, dit Delgado. On est déjà arrivés ?

Bourque jeta un coup d'œil à l'affichage numérique qui leur indiquait quels étages ils dépassaient.

— Euh, non. On vient de passer le cinquantième. Cinquante-deux, cinquante-trois.

— Mais on ralentit. Je le sens. On a encore plus de quarante étages avant d'arriver.

Ils restèrent silencieux un moment, se concentrant sur les mouvements qu'ils percevaient.

— Soixante-cinq, dit Bourque. On reste bloqués à soixante-cinq.

Delgado considéra les étroites bandes d'aluminium brossé de part et d'autre des portes.

— Maintenant je veux des putains de boutons. Comment je fais pour rappeler l'Observation Deck ?

— Aucune idée, dit Bourque.

— C'est peut-être une commande vocale. (Elle leva les yeux au plafond comme si un dieu des Ascenseurs attendait de recevoir ses prières.) Observation Deck !

Rien ne se passa.

— Tu étais peut-être censée ajouter « s'il vous plaît », plaisanta Bourque.

— Allez ! cria-t-elle. Décolle !

L'ascenseur ne bougea pas.

— Je veux sortir, dit Delgado.

— Pareil.

Il appuya sur le bouton qui figurait deux triangles dont les bases se touchaient. Le bouton d'ouverture des portes.

Sans effet.

— Essaye encore, dit Delgado.

Bourque enfonça le bouton de façon répétée avant d'adresser à son équipière un regard impuissant.

Elle pointa du doigt le bouton d'appel d'urgence.

— Essaye celui-là.

Bourque tendit la main et s'apprêtait à le toucher quand, tout à coup, les portes s'ouvrirent sur un couloir désert.

— Bon, dit Bourque en regardant son équipière. L'ascenseur a l'air de nous inviter à partir.

Elle hésita.

— On va peut-être devoir faire le reste du chemin à pied.

— Si les ascenseurs sont HS, je préférerais carrément redescendre plutôt que de continuer à monter.

— Je vote pour qu'on sorte de là, dit Delgado, qui passa l'ouverture des portes et se retrouva dans le couloir.

Bourque suivit.

Dès qu'il eut franchi les portes, il entendit l'ascenseur bouger. Ils se retournèrent juste à temps pour voir la cabine, portes toujours ouvertes, descendre lentement.

— Bon sang, lâcha Delgado.

Quand la cabine eut disparu, ils se retrouvèrent face au vide de la gaine. Ils reculèrent tous les deux d'un demi-pas.

— Qu'est-ce qui se passe, bordel ?

En quelques secondes, les portes palières de l'ascenseur tout à gauche s'ouvrirent sur la gaine. Puis le troisième en partant de la gauche, puis le quatrième, et enfin le cinquième.

Les cinq portes étaient en position ouverte, mais il n'y avait aucune cabine.

Ils faisaient face à cinq trous béants.

Ils restèrent plusieurs secondes interdits.

Delgado s'approcha tout doucement d'une des ouvertures et regarda dans le vide.

— Ça fait une sacrée chute.

Chuter. Tomber.

— Et maintenant, on fait quoi ? demanda-t-elle, sans que Bourque réagisse. Jerry ?

Goutte à goutte.

— Ça va, dit-il. Réfléchissons une seconde.

Pendant quelques instants, ils restèrent silencieux.

— Attends, fit Delgado. C'est quoi, ce bruit ?

— Quoi ?

— Tais-toi, écoute.

Ils tendirent l'oreille. Delgado se tourna lentement vers son équipier.

— C'est toi, dit-elle.

Bourque avait commencé à respirer bruyamment. Il posa une main sur sa poitrine.

— Oh, merde, dit-il. Merde, merde.

— Parle-moi.

— J'ai... j'ai déclenché une crise.

— Tu arrives à respirer ?

— Pour l'instant.

— Tu as ton appareil ?

Bourque fit oui d'un hochement de menton. Il tapota la poche de sa veste de costume, puis sortit l'inhalateur et retira le bouchon.

— Une inhalation devrait faire l'affaire. Deux au pire.

Delgado hocha la tête d'un air compatissant.

— Bien sûr. Vas-y.

Il était sur le point d'insérer l'appareil dans sa bouche quand la première explosion retentit.

Cette première détonation, qui se fit entendre bien au-dessus d'eux, fut rapidement suivie par trois autres, toutes assez fortes pour qu'ils sentent l'immeuble trembler très légèrement.

Bourque fut tellement surpris par la première explosion qu'il lâcha l'inhalateur, qui rebondit sur le bout de sa chaussure, glissa sur le marbre du couloir et disparut entre les portes ouvertes de l'ascenseur du milieu.

Par réflexe, il se précipita pour tenter de le rattraper.

— Jerry ! cria Delgado.

Elle voulut le retenir mais il s'élançait déjà. Il ne fut toutefois pas assez rapide. Le temps qu'il atteigne l'ouverture, s'agrippe d'une main au mur et regarde en bas dans la gaine, son inhalateur avait déjà passé le treizième étage.

- 68 -

Barbara saisit instinctivement Arla pour la protéger en l'enveloppant de ses bras. Elle voulait fuir, mais ne savait absolument pas où aller. Des gens hurlaient autour d'elle.

Les quatre détonations – *BOUM ! BOUM ! BOUM ! BOUM !* – semblaient être venues de toutes les directions. De nombreux invités sur leur trente-et-un étaient en pleurs, d'autres jetaient des regards hagards autour d'eux, l'air paniqué.

Quand les cris se furent calmés, Headley s'approcha de la scène provisoire, bondit dessus et s'empara du micro.

— Gardez votre calme ! cria-t-il. Je vous en prie, restez calmes !

C'était beaucoup demander, étant donné qu'à présent une forte odeur de fumée et de soufre rendait l'air suffocant.

Plusieurs invités se massaient autour des cinq portes d'ascenseur, tapotant nerveusement le « L » de « Lobby » sur le pavé numérique.

— Il faut qu'on sorte d'ici ! hurla un homme totalement affolé.

— Les escaliers, glapit une femme, provoquant un mini-mouvement de foule.

Des invités se mirent à suivre les signes « EXIT » qui guidaient vers quatre escaliers censés les conduire au rez-de-chaussée.

— Qu'est-ce qui se passe ? demanda Arla.

— Je n'en sais rien, répondit Barbara, qui continuait à lui enlacer les épaules d'un bras protecteur.

Elle balaya la pièce du regard. Beaucoup de gens se rassuraient en s'accrochant les uns aux autres. Nombre d'entre eux avaient sorti leur téléphone et on les entendait raconter ce qui venait de se passer à de multiples opérateurs du 911.

— Je pense qu'on devrait foutre le camp d'ici, dit Barbara tout bas.

— D'accord. Ils font déjà la queue pour les ascenseurs.

— Ouais, dit-elle avec prudence. Je ne suis pas certaine de vouloir être la première dans la file.

— *Mon Dieu !*

Le cri strident provenait de la porte d'une des cages d'escalier.

— Reste ici, dit Barbara en lâchant Arla pour se diriger vers le groupe massé devant la porte grande ouverte, mais sa fille lui désobéit et la suivit.

Une section de la première volée de marches manquait. Les étages étaient séparés par une quarantaine de marches en acier et en béton. Ce que tout le monde regardait, à travers la fumée et la poussière qui continuait de flotter dans toute la cage d'escalier, c'était le trou béant qui commençait à sept marches de la porte. Il manquait quatre marches, leurs débris étant tombés à l'étage du dessous.

Quatre cages d'escalier séparées, raisonna Barbara. *Quatre explosions.*

— C'est grave ? chuchota Arla derrière elle.

— Plutôt, oui, dit Barbara en retournant dans la grande salle. Reste à espérer que les ascenseurs fonctionnent.

Elle n'y croyait pas un seul instant.

Des cris de panique perçants vinrent vite confirmer que les autres escaliers avaient été sabotés de la même manière. Headley continuait d'appeler au calme, mais on l'entendait à peine dans ce tumulte.

Le carillon annonçant l'arrivée des ascenseurs apporta une détente presque immédiate dans toute la pièce.

Les voyants clignotèrent au-dessus des cinq portes.

— Dieu merci ! s'écria une femme.

On en entendait une autre qui consolait son mari, tout tremblotant :

— Ça va aller, Edmund, dit-elle à portée de voix de Barbara. Ça va aller. Les ascenseurs sont là.

Les cinq portes s'ouvrirent simultanément, mais il n'y avait aucune cabine derrière elles.

Les invités se trouvèrent face à cinq cages d'ascenseur hautes de quatre-vingt-dix-huit étages. Tous les optimistes qui attendaient de pouvoir descendre s'écartèrent d'un coup. Une femme courageuse dans une robe argentée scintillante s'avança lentement jusqu'au bord et se pencha pour regarder dans le vide.

— Mon Dieu, murmura-t-elle. On ne voit même pas le fond.

— Qui fait ça ? cria un homme. Que veulent-ils ? Comment va-t-on sortir d'ici ?

— Votre attention, s'il vous plaît !

Coughlin avait repris le micro. Son visage était un masque d'angoisse.

— S'il vous plaît !

L'assemblée se tut peu à peu et se tourna vers le promoteur.

— Bon, je comprends que tout le monde soit très inquiet, mais j'ai déjà contacté les services de maintenance et je suis sûr qu'il s'agit d'un simple pépin technique qui peut être...

Il ne put achever sa phrase : plusieurs invités terrifiés couvrirent sa voix.

— C'étaient des explosions !

— Comment on fait pour descendre ?

— Qui fait ça ?

— Pourquoi n'avez-vous pas annulé ? Qu'est-ce qui vous a pris ?

Cette dernière question incita Coughlin à lever la main en l'air pour tenter d'obtenir à nouveau le silence et à se tourner vers Headley.

— Le maire aimerait peut-être répondre.

Un Headley à l'air anxieux s'approcha du micro.

— S'il vous plaît, s'il vous plaît, écoutez-moi.

On entendit quelques « Chuuut ! » au milieu des exclamations angoissées. Certains étaient impatients d'entendre le maire.

— Merci, dit Headley. Je veux que vous sachiez que j'ai personnellement chargé un de mes collaborateurs de superviser une inspection minutieuse, par des techniciens qualifiés, de tous les ascenseurs de cet immeuble. Tous les cinq ont été jugés en parfait état de marche. Sur la foi des résultats de cette inspection, j'ai autorisé la reprise du service. On m'a dit que nous étions prêts. Où est Chris ? Chris Vallins !

Barbara le chercha du regard partout dans la salle. Elle finit par le repérer, à quelques pas des portes ouvertes de l'ascenseur du milieu. Glover Headley se tenait à ses côtés.

Vallins leva la main.

— Je suis là !

Glover, comme toutes les personnes présentes dans la salle, se tourna vers lui et le regarda fielleusement. Tous semblaient penser : *C'est votre faute.*

— Qu'est-ce que vous avez trouvé ? demanda Headley.
— Ce que j'ai trouvé ? répondit Vallins. Rien.
— Vous étiez là, hier ?
— C'est exact, monsieur le maire. Aujourd'hui aussi.
Glover secouait la tête. Il détacha les yeux de Vallins pour regarder son père.
— Papa s'entoure toujours des meilleurs.
Le silence se fit.
— Euh, merci, Glover, dit Headley. Comme je le disais, l'immeuble a été inspecté pas plus tard que...
— Et pourtant, nous voilà coincés au sommet de cette putain de monstruosité, reprit Glover. Regarde un peu tout ce qui est arrivé pendant que tu étais aux manettes !
Valerie traversait la salle pour rejoindre le fils du maire.
— Ce n'est pas l'endroit, lui souffla-t-elle de manière à n'être pas entendue.
Glover ne se découragea pas pour autant, même quand Vallins commença lui aussi à se rapprocher. S'adressant à la foule, il lança :
— À propos, est-ce que quelqu'un recrute, ici ? Au cas où vous ne seriez pas au courant, je ne travaille plus pour le maire de New York.
Des murmures parcoururent la salle. Barbara sentit avec un malaise croissant que le numéro de Glover n'était pas étranger à ce qui était en train de leur arriver.
Headley prit la parole :
— Dis-moi la vérité, fiston. Pourquoi es-tu allé voir cet homme ?
— Quel homme ? répondit Glover.
— Ce spécialiste des ascenseurs. Il y a des semaines de cela.
Hoquet de stupéfaction collectif.

— Combien de fois je vais devoir te le répéter ? Je ne sais pas de quoi tu parles.

Headley scruta la salle, repéra Barbara et déclara :

— Vous avez essayé de me dire que c'était personnel. Je n'avais pas idée que ça l'était à ce point.

Barbara resta muette. Le moment était plutôt mal choisi pour un « Je te l'avais bien dit ».

Et même si elle avait su quoi répondre, quelqu'un d'autre voulait s'exprimer d'abord.

— C'est personnel.

C'était Chris Vallins.

Il se tenait à moins d'un mètre de Glover et le regardait.

— Quelqu'un dans cette pièce en veut à M. Headley pour la façon dont il a traité sa mère. La façon dont il l'a totalement négligée.

Vallins tourna la tête de manière à regarder Headley bien en face.

— Je suis cette personne. Monsieur le maire, vous avez tué ma mère.

D'autres exclamations de surprise. D'autres chuchotements. Tout le monde se demandait ce qui était en train de se passer.

Y compris Glover, qui regarda Vallins et dit :

— C'est vous qui avez emprunté cette voiture. Vous avez utilisé mon nom.

Vallins acquiesça de la tête.

— Les fils paieront pour les fautes des pères et tout ça. Désolé.

Soudain, il posa rapidement la paume sur la poitrine de Glover Headley et le poussa dans le vide à travers les portes ouvertes de l'ascenseur.

- 69 -

— Maman ? Maman ? Dis quelque chose. Maman ! S'il te plaît, ne meurs pas. Maman ? Maman. Ouvre les yeux. Regarde-moi. Maman. Maman ! Je t'aime, maman. Je t'aime. Oh, maman. Non non non non.

Au moment où Chris la croit morte, elle ouvre de nouveau les yeux, étendue par terre dans leur minuscule appartement.

— J'ai besoin... j'ai besoin de ton père.

Ce n'est pas vraiment le moment de lui rappeler que son mari est mort, et depuis longtemps.

— J'appelle les secours, dit-il, à genoux à côté d'elle, en se frottant le front avec la main.

Il se lève d'un bond, va jusqu'au téléphone, compose le 911. Il donne rapidement à l'opérateur leur adresse dans le Bronx, dit qu'il pense que sa mère a eu une crise cardiaque, qu'elle s'est plainte de douleurs dans la poitrine, ces dernières semaines, qu'elle vient de monter six étages en portant des sacs de courses. Qu'ils se dépêchent.

— Ils arrivent, dit-il à sa mère, les joues ruisselantes de larmes. Ça va aller. Tiens bon jusqu'à ce que l'ambulance arrive. D'accord ? Maman ? Maman, dis quelque chose. S'il te plaît, dis quelque chose.

Elle émet une sorte de gémissement sourd.

— Je vais sortir juste une minute. Je vais courir en bas pour attendre l'ambulance, leur montrer le chemin.

Chris se rue dans le couloir, passe en courant devant l'ascenseur et son panneau « HORS SERVICE » collé avec du vieux scotch jauni. Il descend les six volées de marches quatre à quatre et sort en trombe de l'immeuble au moment où l'ambulance apparaît au bout de la rue, sirène hurlante.

Chris se faufile entre deux voitures en stationnement et agite les bras en l'air. L'ambulance s'arrête dans un crissement de pneus devant l'immeuble et deux urgentistes – un homme et une femme – en surgissent.

— Par ici ! dit Chris.

Ils veulent prendre une demi-seconde pour confirmer.

— Maude Vallins ?

— Oui ! Appartement 703 ! Dépêchez-vous ! Elle respire encore !

Ils se munissent de leur équipement et se précipitent à l'intérieur à la suite du garçon. Comme celui-ci se dirige vers la porte de la cage d'escalier, la femme le rappelle :

— Où est-ce que tu vas ?

Il pointe du doigt les deux ascenseurs dans le hall. Elle n'a pas encore vu les panneaux scotchés dessus.

— Ils ne marchent pas ! crie-t-il.

— Oh, bon sang, soupire le secouriste.

Chris grimpe les marches deux à deux, atteignant le sixième étage plus d'une minute avant les deux autres. Les secouristes pénètrent dans le couloir, à bout de souffle, les tempes dégoulinantes de sueur. Chris est devant sa porte et leur fait signe d'entrer.

Pendant que les deux urgentistes s'agenouillent à côté de sa mère, il ne peut s'empêcher de parler sans discontinuer.

— Le docteur dit toujours qu'elle a le cœur fragile et que c'est vraiment dur pour elle de monter et descendre l'escalier, et moi je lui ai promis que je ferais les courses, ou au moins je monterais tous les sacs, vous comprenez,

parce que c'est bien trop difficile pour elle, mais elle dit tout le temps qu'elle peut y arriver, que mon boulot à moi, c'est d'aller à l'école, mais je pourrais le faire après l'école, sauf qu'elle veut pas, alors j'ai parlé à l'homme, celui qui vient pour le loyer, et je lui ai demandé, je l'ai supplié de réparer les ascenseurs, parce que ma mère ne supporte pas les marches et un jour elle va avoir une crise cardiaque très, très grave, mais lui, c'est un sale con, et j'ai dit à ma mère de ne plus payer le loyer tant qu'il les aura pas réparés mais elle dit qu'elle ne peut pas faire ça parce que...

La femme se lève et se tourne vers lui :

— Tu t'appelles comment, gamin ?

— Christopher.

Elle lui montre le couloir d'un mouvement de tête.

— Je ne peux pas laisser ma mère.

— Il faut qu'on parle, Christopher.

Une fois dans le couloir, elle fait quelques pas pour l'éloigner de la porte ouverte de l'appartement.

— Tu as de la famille, des frères et sœurs ? Où est ton père ?

— Il n'y a que ma mère et moi. Mon père est mort. Je n'ai ni frère ni sœur.

Le regard de la femme paraît triste.

— Des oncles ? une tante ?

Il hoche la tête.

— Fran. C'est la sœur de ma mère. Elle vit à Albany.

— Tu as un numéro où on peut la joindre ?

— Est-ce que ma mère doit aller à l'hôpital ?

— Quel âge as-tu ? demande la femme, la gorge serrée.

— Douze ans.

— On n'emmènera pas ta maman à l'hôpital, Christopher. Peut-être que si on était arrivés un peu plus tôt...

— Genre, si l'ascenseur avait marché ?

— J'imagine qu'on ne le saura jamais. Il faut qu'on contacte ta tante, pour lui dire que...

Elle jette un coup d'œil dans le couloir en entendant la porte de la cage d'escalier s'ouvrir et se refermer. Un jeune homme, entre vingt et vingt-cinq ans, en costume-cravate, s'approche d'un pas décidé.

— Que se passe-t-il ? demande-t-il d'une voix qui laisse entendre qu'il a le droit de savoir.

— C'est lui, dit Chris tout bas.

— Lui ?

— Le connard.

L'homme est maintenant face à face avec l'urgentiste.

— Qu'est-ce qui se passe ici ?

— Un appel d'urgence. Crise cardiaque. Qui êtes-vous ?

— Richard Headley, dit-il. Cet immeuble, entre autres, appartient à mon père. Je gère cet endroit.

— Vous habitez ici ? demande la femme.

On aurait dit qu'elle l'avait giflé.

— Quand même pas. Je viens ici deux fois par mois. Je vérifie que tout va bien, j'encaisse les loyers.

— Ma mère est morte, dit Chris.

Headley considère le jeune garçon, le remarquant pour la première fois.

— Désolé d'entendre ça, petit.

— S'ils étaient arrivés plus tôt, dit Chris en ravalant ses larmes, ils auraient pu la sauver. Si vous aviez réparé les ascenseurs. C'est de monter et descendre l'escalier qui l'a tuée. C'est votre faute.

Headley se penche de manière à pouvoir regarder le garçon dans les yeux.

— Une chose que tu apprendras en grandissant, c'est que tu ne peux pas reprocher aux autres tes petits soucis. Si ta maman ne se plaisait pas ici, elle aurait pu déménager.

Il tapote l'épaule du garçon en se redressant. Mais il n'a pas fini de prodiguer ses conseils au gamin accablé de douleur.

— On a tous des accidents de parcours, mais on avance. S'il y a quelque chose que tu veux dans la vie, vas-y, fonce, quels que soient la difficulté ou le temps que ça prendra.

Des paroles que Chris n'oubliera jamais.

- 70 -

Le maire cria. Un cri rauque de douleur, de chagrin et d'incrédulité.

— *Glover !*

Le nom résonna dans l'espace entièrement vitré. La foule, pétrifiée d'effroi, semblait touchée par une sorte d'infarctus collectif. Tout cela était trop invraisemblable. Glover se tenait là et, la seconde d'après, il avait disparu.

Le fils du maire avait à peine pu pousser un cri, et sa chute dans la cage d'ascenseur fut si longue que personne n'entendit rien quand il toucha le fond.

Headley commença à bousculer tout le monde pour s'approcher de Vallins, une lueur de folie meurtrière dans les yeux. Mais Vallins avait sorti une arme d'on ne sait où et la pointait sur lui.

— Stop, Richard, dit-il, parfaitement froid et maître de lui.

Headley s'arrêta à quelques pas de Barbara. Une seconde plus tôt, il semblait prêt à tuer Vallins, mais l'énormité, l'horreur de ce qui venait d'arriver était en train de le submerger. L'homme aurait pu éclater en sanglots, mais il était trop abasourdi, trop bouleversé, pour pleurer vraiment.

— Allez, laissez aller, dit Vallins en gardant son arme braquée sur Headley.

Il s'accroupit et, de sa main libre, prit un sac à dos ouvert qui était appuyé contre l'étroit pan de mur séparant deux portes d'ascenseur. Il se releva lentement et passa le sac en bandoulière.

Une larme s'échappa de l'œil droit de Headley et roula sur sa joue pendant qu'il dévisageait Vallins d'un air incrédule.

— Ça fait mal, hein ? dit Chris. Très mal.

— Pourquoi... pourquoi avez-vous...

— Vous ne vous rappelez vraiment pas, n'est-ce pas ? Vous n'avez aucune idée.

— Je... je ne sais pas... je ne sais pas de quoi...

— Je vais vous donner un indice. Un garçon de douze ans. La mère emportée par une crise cardiaque, parce qu'elle n'avait plus la force de monter toutes ces marches. Vous ne vouliez pas dépenser un sou pour cet immeuble. On n'avait pas de chauffage la moitié du temps, de l'eau chargée de rouille sortait des robinets, il y avait les souris, les rats, les cafards, l'eau qui gouttait par les trous au plafond à cause de la plomberie merdique des étages du dessus. Mais surtout, on n'avait pas d'ascenseur. La seule chose que vous ayez jamais remplacée, c'est la pancarte « HORS SERVICE ». Vous l'avez tuée, Richard.

On voyait dans son regard que Headley commençait à se rappeler.

— Vallins... murmura-t-il. Votre mère s'appelait... Maude.

— Je me suis demandé si vous reconnaîtriez le nom quand vous m'avez engagé, dit Chris avec un sourire.

Mais cela faisait longtemps, et vous n'avez jamais posé la question.

— Je... je suis désolé, dit le maire. Mais... Glover... Vous n'étiez pas obligé de...

— Je n'étais obligé de rien, dit Chris en ramenant le sac à dos devant lui de manière à pouvoir regarder à l'intérieur. Je n'étais pas obligé de trafiquer les ascenseurs dans l'immeuble de votre grand copain Morris Lansing. Je n'étais pas obligé de m'amuser avec les ascenseurs des Sycamores, où a été organisée une de vos plus grosses collectes de fonds. Je suis pratiquement sûr d'avoir vu Margaret tout à l'heure. Et je n'étais pas obligé de trafiquer l'ascenseur au Gormley Building, où habite votre pote M. Steel. Mais je le voulais. Je voulais envoyer un message à tous ceux qui vous ont donné un coup de main. Le genre de coup de main que vous n'avez jamais donné à personne. Je voulais envoyer un message aux gens qui vous ont permis d'être à cette place que vous ne méritez absolument pas.

Il n'était pas responsable de l'attentat du taxi, se dit Barbara. Ça ne collait pas. Ça n'avait jamais collé.

Vallins regarda de nouveau à l'intérieur du sac et sourit.

— Bon, c'est parti.

Il en sortit un objet qui ressemblait à une très grosse télécommande. Barbara repensa à cette conférence de presse au cours de laquelle le fonctionnaire de la Ville avait dit qu'il existait sur le marché des appareils de cette taille qui permettraient à quelqu'un de prendre le contrôle des ascenseurs d'un immeuble. Vallins laissa tomber le sac à dos par terre.

— Bien, dit Chris en tenant le boîtier à hauteur des yeux afin que tout le monde puisse le voir, voici votre ticket de sortie. Grâce à lui, je peux faire fonctionner les ascenseurs normalement et vous permettre de rentrer chez vous. Mais que personne n'ait dans l'idée de me bousculer ou de me sauter dessus, ou je le balance dans la gaine. C'est bien compris ?

Il y eut quelques hochements de tête parmi les invités.

— Génial, continua-t-il. Mais il y a un *mais*. Un gros *mais*.

— S'il vous plaît, intervint Headley. Ne leur faites pas de mal. Si vous voulez me jeter dans le vide, me laisser rejoindre mon fils, très bien. Je saute directement si vous laissez partir ces gens.

— Voilà ce qu'on va faire, dit Vallins. C'est vous que je vais laisser partir.

— Quoi ? dit Headley d'une voix qui se brisait.

— C'est ça. Je vais faire monter un ascenseur, que vous pourrez prendre. Et je vais le renvoyer, en toute sécurité, au rez-de-chaussée.

— Je ne comprends pas. Pourquoi vous me laisseriez…

Vallins leva un doigt.

— Laissez-moi finir.

Le maire se tut.

— Vous descendrez au rez-de-chaussée et je rappellerai l'ascenseur, sans vous. Et puis vous prendrez l'escalier pour nous rejoindre.

— Je… quoi ?

Vallins sourit et hocha la tête.

— Vous allez remonter ici à pied. Enfin, presque. On va voir si ça vous plaît. Vous êtes plutôt en forme pour un homme de votre âge, mais j'ignore si vous montez souvent en haut des gratte-ciel en courant. Parce qu'on va corser la chose. On va fixer une limite de temps. Je vais vous accorder vingt minutes.

— Vingt…

— Ça me semble plus que suffisant. Pendant la course jusqu'au sommet de la Freedom Tower, certains ont plié ça en moins de quinze minutes. Je pense donc être généreux. Le chrono démarre dès que vous montez dans l'ascenseur pour descendre.

— C'est… Et si je dépasse le temps ?

— Vous avez entendu les quatre explosions qui ont démoli les cages d'escalier. Il y a une cinquième bombe qui ne demande qu'à souffler presque tout le haut de l'immeuble. Tout le monde mourra, y compris moi. Si vous décidez de vous enfuir, de ne pas revenir, c'est ce qui arrivera.

Le maire se tenait là, sans voix.

Barbara se pencha en avant, suffisamment près de lui pour parler tout bas et être entendue.

— Vous devriez y aller.

Richard Headley croisa son regard.

— Je suis désolé, dit-il. Pour tout.

Barbara eut l'impression que la salle s'était mise à tourner.

Puis le maire se tourna vers Arla, prit ses mains dans les siennes et les serra.

— Quelle merveilleuse jeune femme tu es devenue ! Je n'ai eu qu'un seul instant pour être fier de toi.

Arla semblait au bord de l'évanouissement.

— Merci, murmura-t-elle.

— Le temps presse, dit Vallins.

Headley lâcha les mains d'Arla.

Puis Vallins s'adressa à Barbara :

— Faites-moi une faveur : réglez le minuteur de votre téléphone sur vingt minutes.

Barbara acquiesça avec une apparence de calme. Au moment où elle sortait son portable de sa pochette, il émit un *ding*. Un courrier entrant.

— Il doit venir de moi, lui dit Vallins. Envoyé en différé. Vous pourrez le lire plus tard, si vous avez cette chance. Le chrono est prêt ?

Elle fit quelques manipulations puis annonça :

— Prête.

— Tournez-le vers moi, demanda Vallins, et elle s'exécuta. Prêt à partir ? demanda-t-il au maire.

— Je suis prêt, répondit Headley, la gorge serrée.

— Nous sommes au quatre-vingt-dix-huitième, mais appelez-moi quand vous serez au quatre-vingt-dix-septième, dit Vallins en souriant. Je vous enverrai un ascenseur pour vous faire monter le dernier étage.

Headley hocha la tête pour indiquer qu'il avait compris. Il sortit son téléphone de sa poche, afficha le numéro de Vallins, puis le rangea.

Sans cesser de braquer son arme sur lui, Vallins saisit des instructions sur le boîtier de contrôle des ascenseurs avec son autre main. Quelques secondes plus tard, une cabine se présenta. Vallins la désigna d'un grand geste gracieux, invitant le maire à embarquer.

Headley s'avança, entra dans la cabine, se retourna et regarda la foule, le menton tremblant.

Vallins pressa un autre bouton et la porte se referma. Il regarda alors Barbara et dit :

— Top départ.

Elle tapa sur « Démarrer » sur son application chronomètre et tint le téléphone brandi vers lui.

Vallins sourit.

— Pas de pause ou je vais me mettre très en colère.

— D'accord.

— On a peu de temps à tuer en attendant le retour de Richard, dit-il à la cantonade. Alors, amusez-vous, passez un bon moment, profitez du buffet. Et je vais vous dire, ajouta-t-il avec une petite moue, si quelqu'un me l'offre, je ne dirais pas non à une crevette.

- 71 -

Jerry Bourque était plié en deux, les mains sur les genoux, regardant au fond de la gaine où il avait perdu son inhalateur.

— Oh, merde, dit-il, avant de tourner la tête pour jeter un coup d'œil vers le haut. C'était quoi, ça ?

— J'ai entendu quatre détonations, dit Delgado qui posa brièvement une main réconfortante sur son dos.

Elle se retourna pour inspecter le couloir, les portes des quatre appartements.

— Je n'arrive pas à croire que personne ne soit sorti pour voir ce qui se passe, dit-elle.

Bourque, se redressant lentement :

— J'ai lu que les gens n'emménageraient qu'après la soirée d'inauguration. Et ceux qui ont déjà emménagé sont probablement à la réception. Mis à part le dernier étage, l'immeuble est sans doute désert.

Delgado secoua lentement la tête.

— Il y en a qui vont demander à récupérer leurs arrhes...

Elle sortit un téléphone du sac qu'elle portait en bandoulière, tapota l'écran.

— Enquêtrice Lois Delgado. Je suis avec l'enquêteur Jerry Bourque et nous sommes au soixante-cinquième étage de Top of the Park. Les ascenseurs ont été mis hors d'usage et nous avons entendu des explosions qui semblaient provenir du dernier étage. *Envoyez tout ce que vous avez !*

Elle écouta son interlocuteur à l'autre bout du fil et dit « Compris » avant de terminer l'appel.

— Alors ? interrogea Bourque.

— Ils sont au courant. Le 911 croule sous les appels. Comment ça va, toi ? Tu siffles comme une bouilloire.

Bourque prit plusieurs inspirations, écouta l'air qui avait du mal à passer dans sa trachée.

— Ça va aller. Allez, il faut qu'on monte là-haut.

Delgado secoua la tête d'un air résolu.

— Non. C'est hors de question. Il reste quelque chose comme quarante étages. Tu descends par l'escalier, je monte.

— Tu n'y vas pas seule. Dieu sait ce qui s'est passé.

— Tu vas y rester si tu montes là-haut.

— Non, dit-il en faisant entendre un sifflement. Je peux le faire.

— Les renforts arrivent. Tu n'as pas...

— On est environ soixante étages au-dessus des collègues qui vont venir à la rescousse... C'est dans ma tête. Je n'ai... (Il s'interrompit pour prendre une autre inspiration.) Je n'ai aucun problème, en fait. Je dois juste... me concentrer, et peut-être qu'alors je pourrai retrouver mon souffle.

— Non, tu n'as pas à...

— Pose-moi des colles, dit-il.

— Quoi ?

— Donne-moi une catégorie.

— Je ne comprends pas de quoi tu parles.

— C'est une astuce que m'a donnée mon toubib. Je pense à autre chose qu'à ma respiration. Je me concentre sur un sujet. Comme les immeubles les plus hauts de la ville… encore que là, tout de suite, ce soit probablement une mauvaise idée. Je ne sais pas, moi, demande-moi de citer cinq films de Spielberg, les noms des différentes séries *Star Trek*, les années où les Yankees ont gagné les World Series, ou…

— J'en ai une.

— Très bien, envoie.

— Nomme cinq films avec Ryan Gosling.

Bourque eut un petit sourire en coin.

— Très bon choix.

Râle.

— D'accord. Euh, la suite de *Blade Runner*, quel que soit le nom qu'ils lui ont donné.

— Ça en fait un, dit Delgado en levant un doigt.

— *La La Land.*

Râle.

— Ça fait deux. Encore trois.

— Euh… celui où il conduisait la voiture.

— Il me faut le titre. Je veux bien faire preuve d'indulgence pour le titre de la suite de *Blade Runner* que tu as oublié, mais là, je veux le nom du film.

Bourque ferma les yeux une seconde.

— Oh, merde, bien sûr. *Drive.*

— Ça fait trois.

— OK.

Râle.

— Il avait un rôle de détective privé dans cette comédie avec Russell Crowe. *Good Guys.* Non, *The Nice Guys.*

— Bravo. Encore un.

— Mon Dieu, c'est dur. Peut-être que si je rêvais de lui toutes les nuits, j'aurais…

— Pas d'excuse.

— Oh, dit-il en claquant des doigts. Ce super-héros marrant. *Deadpool.*

Râle.

— Désolée, dit-elle. Lui, c'était Ryan Reynolds.

— Ça n'est pas le même acteur ?

Le regard de Delgado s'attendrit.

— Tu es toujours essoufflé. Je l'entends. J'ai l'impression que ça empire. Jerry, jusqu'à quel point ça peut s'aggraver sans ton inhalateur ?

— Un certain point, répondit-il en s'asseyant, le dos contre un étroit pan de mur entre deux portes d'ascenseur.

— Tu as besoin d'aide. Il faut faire monter des secouristes.

— Trop long, trop haut, dit-il d'une voix sifflante.

— Alors, merde, on fait quoi ? Bon sang, tu as besoin d'un bouche-à-bouche ?

Il avait juste assez d'air dans les poumons pour pouvoir glousser.

— C'est très tentant, mais je ne pense pas que ça change quoi que ce soit.

— Il doit bien y avoir quelque chose à faire. Écoute, je ne veux pas te laisser ici, mais il faut que je continue. Si tu ne bouges pas, si tu ne forces pas, est-ce que tu arriveras à inhaler suffisamment d'air pour ne pas me claquer entre...

Ils entendirent un cri.

Il provenait d'une des cages d'ascenseur.

Bourque parvint à changer de position juste à temps pour voir, une fraction de seconde plus tard, un homme en smoking passer devant la porte ouverte qui se trouvait immédiatement sur leur droite.

Qui tombait. À toute vitesse.

Les deux policiers eurent un hoquet de surprise et fixèrent longuement l'espace où l'homme leur était apparu pendant à peine un millième de seconde. S'ils avaient cligné des yeux, ils l'auraient manqué.

Ensemble, ils s'approchèrent prudemment de l'ouverture et se penchèrent au-dessus du vide, Delgado debout et Bourque à genoux. Puis Delgado leva la tête, comme pour s'assurer qu'il n'en venait pas d'autres dans leur direction.

Ils s'écartèrent tous les deux de l'ouverture et se regardèrent, chacun prenant plusieurs inspirations en attendant de retrouver un rythme cardiaque normal.

— Hé, fit Delgado.

— Quoi ?

— Écoute.

On n'a pas fait ça il y a une minute à peine ? songea Bourque.

Il inclina la tête, leva le menton, comme pour mettre son oreille au vent.

— Je n'entends rien.

— Moi non plus, dit Delgado.

Il la regarda, perplexe. Puis il comprit.

— Les sifflements, dit-il. (Il prit plusieurs inspirations profondes sans produire le moindre bruit.) Ça alors !

Qu'est-ce que le médecin lui avait dit ? Un choc soudain était susceptible d'annuler la crise psychosomatique.

Pour en avoir le cœur net, il inspira et expira encore une demi-douzaine de fois, et ne sentit aucune gêne dans ses bronches.

— Je sais où sont les escaliers, dit-il. J'ai le livre qui contient les plans.

- 72 -

Quand les portes de l'ascenseur s'ouvrirent dans le lobby du Top of the Park, Richard Headley fut accueilli par une foule compacte. Agents de police, pompiers et secouristes lui barraient la route.

— Dégagez ! dit-il. Dégagez !

Tandis que quelques secouristes reculaient pour le laisser sortir, d'autres montaient dans la cabine.

— Non ! Il le contrôle ! Si vous montez dedans, vous mourrez !

Quand ils furent tous descendus, la cabine commença à s'élever.

Headley cherchait déjà la porte de la cage d'escalier la plus proche.

— Monsieur le maire !

Une voix de femme. Headley l'ignora. Il venait de repérer un sigle indiquant l'escalier.

— Monsieur le maire !

La voix était plus incisive cette fois, mais il fallut encore un cri pour qu'il se retourne et tombe nez à nez avec la cheffe de la police, Annette Washington.

Elle tendit le bras, lui toucha l'épaule et demanda doucement :

— Vous savez ?

Il lui fallut un instant pour comprendre le sens de sa question et prendre conscience que toutes les personnes présentes dans le lobby avaient dû voir son fils passer en chute libre devant une des portes d'ascenseur ouvertes. Comme il n'y avait que quelques niveaux en sous-sol, la chute de Glover avait dû se terminer juste après. Il hocha la tête d'un air grave.

— Glover.

Elle acquiesça silencieusement.

— Est-ce que je... est-ce que vous pouvez le voir ?

— Il y a quatre niveaux en sous-sol, dit-elle. C'est là qu'il est. On va l'extraire de là, Richard... je ne pense pas que vous devriez voir ça.

— Si, mais pour l'instant, je dois remonter. Je n'ai pas beaucoup de temps.

— Que se passe-t-il ? C'était quoi, ces explosions ?

— Je vous expliquerai en courant, dit-il en s'engouffrant dans la cage d'escalier.

Elle le suivit et, grimpant les marches deux à deux, Headley lui résuma la situation point par point : son assistant, Chris Vallins, était derrière le sabotage des ascenseurs. Il ne lui avait donné que quelques minutes pour remonter au quatre-vingt-dix-huitième étage. Sinon, une autre bombe exploserait et tuerait tous les invités de la réception.

— Pourquoi ? interrogea Washington, juste derrière lui. Pourquoi fait-il tout ça ?

Headley s'arrêta brièvement sur le palier du troisième et la regarda.

— J'ai fait des choses terribles.

— Vous ne pouvez pas faire ça. Je vais envoyer une équipe. On trouvera un moyen de...

Il lui saisit les deux bras, au-dessus des poignets, et la força à le regarder droit dans les yeux.

— Annette, *on n'a pas le temps.* Adieu.

Il se retourna et reprit sa course.

— Cherchez les enquêteurs Bourque et Delgado ! lança-t-elle dans son dos. Ils sont là-haut quelque part !

Si Headley l'entendit, il ne manifesta aucune réaction. Il continuait à courir.

En passant devant une porte marquée du chiffre 5, il commença à calculer dans sa tête. Il lui fallut quinze secondes pour atteindre le sixième. Encore environ quatre-vingt-dix étages. Quatre-vingt-dix multiplié par quinze, ça donnait mille trois cent cinquante.

Il avait toujours été bon en calcul mental. Il était capable de regarder des budgets prévisionnels et de réaliser les opérations de tête aussi rapidement que les comptables du service financier.

Mille trois cent cinquante secondes, à raison de soixante secondes par minute...

Vingt-deux minutes et trente secondes.

— Mon Dieu, non, dit-il tout haut alors qu'il tournait le palier entre le huitième et le neuvième étage.

Vallins lui avait accordé vingt minutes, mais le décompte avait commencé dès l'instant où il était monté dans l'ascenseur. Il ne pouvait pas lui rester plus de quatorze, quinze minutes.

Il n'y arriverait jamais. Impossible.

Il accéléra le rythme. Dix étages et il avait déjà les mollets et les cuisses en feu. Il continuait à gravir les marches deux à deux, en empoignant chaque fois la rambarde pour se tracter. Comme pratiquement tout le reste de son corps, ses épaules le faisaient atrocement souffrir.

Il avait l'impression que sa poitrine allait exploser.

C'est ce qu'il veut. Que je fasse une crise cardiaque. Que je meure comme sa mère est morte.

Washington avait mentionné Bourque et Delgado. Ce n'étaient pas les deux policiers qui étaient venus chercher Glover à l'hôtel de ville ? Ils étaient déjà ici quelque part ?

Glover.

Headley se dit qu'il avait plus de chances de mourir de chagrin que d'une crise cardiaque. Il pensa aux dernières paroles qu'il avait lancées à son fils avant que Vallins le pousse dans le vide, quand il avait insinué que Glover pouvait être mêlé à cette affaire.

Il allait devoir vivre avec ça pendant le restant de ses jours.

Même si ses jours étaient plus que comptés.

Comme il passait devant la porte marquée « 14 », il pensa qu'il avait été une malédiction pour beaucoup de gens autour de lui.

Tous ces locataires dans les immeubles de son père.

Sa femme.

Son fils.

La poisse qu'il leur avait portée.

Il était peut-être naturel que ces pensées lui soient venues en gravissant l'étage qui portait le chiffre 13.

- 73 -

Vallins grignota une des crevettes que Barbara avait prises sur le buffet, mises dans une assiette et fait glisser sur le sol jusqu'à lui.

— Elles sont excellentes, dit-il en jetant la queue dans la gaine de l'ascenseur.

Puis, élevant la voix :

— Je vous en prie, tout le monde ! Mangez ! Profitez !

Tant qu'on peut, songea Barbara.

Bien que les invités n'aient guère d'appétit, elle en avait vu un certain nombre prendre la direction du bar. Mais la plupart restaient prostrés par paires, silencieux, le regard braqué sur Vallins, à se demander, et à craindre, ce qu'il pourrait faire ensuite.

Comme personne ne suivait son conseil, Vallins haussa les épaules puis son regard se porta sur Barbara et Arla, les plus proches de lui.

— Désolé, dit-il à Barbara, qui n'arrivait pas à détacher les yeux de l'appareil qu'il tenait dans la main gauche, et de son arme dans l'autre. Vous aviez raison, bien sûr. Je vous suivais quand vous avez traversé devant cette camionnette. Je vous avais vues toutes les deux au petit déjeuner. Ensuite, quand j'ai croisé Arla à City Hall, j'ai fait le rapprochement et je l'ai balancée au patron.

Il adressa à Arla un regard plein de regrets.

— Je ne comprends pas, dit Barbara. Vous vouliez faire tomber le maire, mais vous continuiez à faire son sale boulot.

Vallins acquiesça.

— Je fais son sale boulot depuis un certain temps. C'est comme ça que je me suis rapproché de lui. Enfin, tout est dans le mail.

— Pourquoi vous n'avez pas laissé cette camionnette m'écraser, tout simplement ?

Il haussa les épaules.

— Je vous l'ai dit. Je vous aime bien.

— Suffisamment pour me… pour laisser partir ma fille ?

— De quoi aurais-je l'air si j'avais mes chouchous ? Si une personne devait s'en tirer, j'espère que ce sera vous. Autrement, le mail n'aura servi à rien. J'ai toujours pensé que vous étiez un bon écrivain, que vous racontiez les histoires comme personne.

— Chris, je vous en prie. Laissez partir tout le monde.

Il fit non de la tête.

— Il arrive que des innocents soient sacrifiés dans la poursuite d'un but supérieur. Si tant est qu'il y ait un seul véritable innocent ici.

Barbara tressaillit.

— C'était vous. Les commentaires signés GoingDown sous mon article.

— C'était un peu puéril, je sais, dit Vallins en souriant.

— Expliquez-moi, Chris. Vous n'avez pas déjà sacrifié suffisamment d'innocents ? Comme mon amie Paula… Votre mère n'était-elle pas innocente ? Ce qui arrive à ces gens, n'est-ce pas tout aussi injuste que ce qu'il lui est arrivé ? Quelle est la logique de tout ce que vous avez fait ? À quoi servirait de vous en prendre à tous ces gens ici, ce soir ? Vous lui avez enlevé son fils, Chris. Que voulez-vous de plus ?

— Que dit notre chrono ? demanda-t-il, impassible.

Barbara jeta un coup d'œil à l'écran.

— Sept minutes, vingt secondes.

— Vous croyez qu'il va y arriver ?

— Je n'en sais rien.

— Vous croyez même qu'il essaye ? Si ça se trouve, il est rentré chez lui.

— J'en doute, dit Barbara, encore qu'elle n'en fût pas certaine à 100 %.

Il ne lui était pas venu à l'esprit, avant que Chris pose la question, que Headley puisse ne même pas tenter l'ascension.

Il va essayer. C'est un salaud, mais personne ne peut être salaud à ce point.

— C'est comme ça que ça se termine pour vous ? demanda Barbara. Je veux dire, vous ne pensez tout de même pas que vous allez vous en tirer ?

Vallins prit un air songeur.

— Vous savez, je me suis longtemps demandé quel était le problème de ces kamikazes, ces terroristes fanatiques qui hurlent « Allah Akbar » en mitraillant un cinéma plein à craquer, sans aucune chance de s'en sortir vivants. En même temps, je peux comprendre. Parce que quand vous avez été en colère aussi longtemps, quand tout ce qui compte à vos yeux, c'est la justice, votre propre vie n'a plus guère d'importance. On en est où ?

— Six minutes, vingt-cinq secondes.

— Ma mère était une femme merveilleuse. Forte, fière et bonne. Elle… n'aimait pas la confrontation. Elle n'aimait pas faire de vagues.

— Est-ce que votre mère serait fière de vous à cet instant ? demanda Barbara. Est-ce qu'elle voudrait que vous vous vengiez de cette manière ?

Il sourit.

— Gardez votre salive.

— J'imagine que vous étiez un genre de geek.

— Ouais. J'ai toujours bidouillé les ordinateurs. Je suis en grande partie autodidacte. Même chose avec les ascenseurs. J'ai potassé tous les manuels que j'ai pu trouver et je les ai mémorisés. Comme je n'étais pas tout à fait au niveau, j'ai trouvé quelqu'un pour peaufiner mes compétences. Il m'a aidé à piger tous les trucs de sécurité. Mais lui et moi, on a eu une petite brouille dimanche soir. Je sentais qu'il allait parler à la police. Il avait arrêté de croire que je faisais surveiller des membres de sa famille. Il avait raison. Il n'y a jamais eu que moi.

Il s'interrompit, scruta la salle remplie d'otages. Quelqu'un, près de la fenêtre, pleurait doucement.

— Le chrono ? demanda-t-il à Barbara.

Elle regarda le téléphone dans sa main, les centièmes de seconde défilant à toute allure sur le compteur.

— Quatre minutes, cinquante-cinq secondes.

— Ça m'a l'air mal parti, dit Vallins, avant de jeter un coup d'œil en direction du bar : On va bientôt fermer, les amis.

- 74 -

Ils étaient dans les temps.

Ils soufflaient, leurs cœurs cognaient et leurs cuisses brûlaient, mais Bourque et Delgado approchaient du sommet.

Delgado avait ralenti, brièvement, pour prendre l'appel de quelqu'un présent sur les lieux qui voulait l'avertir qu'ils risquaient de tomber sur le maire, car lui aussi se trouvait dans une des quatre cages d'escalier et remontait vers le sommet. On la mit rapidement au courant de la situation et, après avoir raccroché, elle lança à Bourque :

— Il y a du vilain qui nous attend là-haut.

Elle lui apprit que le corps qu'ils avaient vu tomber dans la gaine était celui de l'homme qu'ils étaient venus interroger. Il avait été poussé par un des assistants du maire, lequel, manifestement, était le responsable de tout ce chaos.

Et cet assistant, Chris Vallins, se trouvait au quatre-vingt-dix-huitième étage, prêt à le faire sauter si Headley ne remontait pas à temps.

— Pourquoi ? demanda Bourque entre deux halètements.

— Aucune idée. Ce que je sais, c'est que si on n'arrive pas là-haut dans les dix minutes, ça n'aura plus aucune importance.

Alors qu'ils atteignaient le palier entre le quatre-vingt-quinzième et le quatre-vingt-seizième, Bourque s'arrêta. Des outils et du matériel de peintre avaient été abandonnés dans un coin, comme à d'autres étages. On effectuait des retouches dans tout l'immeuble et le matériel des ouvriers avait été escamoté pour l'inauguration. Bourque s'appuya d'une main au barreau d'une échelle de peintre et prit quelques inspirations.

— Est-ce que ça va ? lui demanda Delgado en s'arrêtant.

— Laisse-moi une seconde.

— Tu as du mal à respirer ?

— Non, dit-il en secouant la tête. Je suis juste épuisé.

— Tu es un putain de miracle médical, je te le dis, moi. Ou psychologique. L'un ou l'autre.

— C'est bon, dit Bourque. Je suis prêt.

Ils reprirent leur ascension.

Bourque n'en revenait toujours pas. Son médecin avait vu juste. Ou alors, il y avait peut-être une autre explication, en rapport avec l'idée du devoir. Envers son métier de flic. Envers son équipière.

Envers Lois.

Il n'allait pas l'abandonner. Il n'allait pas la laisser continuer jusqu'au sommet de cette tour et affronter seule ce qui l'attendait là-haut. Et peut-être que cette détermination, cette conviction, était plus forte que le dérèglement psychologique qui convertissait son stress en constriction de sa trachée.

Qu'est-ce qu'il en avait à foutre, de toute façon ? Il arrivait à respirer, et il irait jusqu'au bout.

Il y avait une chose dont il était absolument certain. S'il sortait d'ici vivant, il n'allait *pas* réaliser de réplique en carton de cette foutue tour.

— C'est quoi, ça ? demanda Delgado qui était maintenant derrière lui.

Les marches étaient couvertes de minuscules fragments de béton.

— Ça doit être le résultat des explosions qu'on a entendues, dit Bourque. On y est presque.

Ils venaient de dépasser la porte marquée « 97 ». Plus qu'un étage. Mais il y avait un petit souci.

Une trouée de quatre marches devant eux.

— Bordel ! fit Delgado.

— Il y a trois autres escaliers, dit Bourque.

— Comment tu sais ça ?

— Je te l'ai dit. Les plans sont dans le livre que j'ai acheté.

Delgado hocha la tête, brièvement impressionnée. Mais elle était encore visiblement inquiète.

— Si les autres escaliers étaient praticables, les gens seraient déjà en train de se bousculer pour descendre, non ?

— Reste ici, dit-il. Je vais aller voir plus bas. Et si on les a fait sauter, eux aussi, j'ai vu quelque chose qui pourrait nous aider.

— Non, on ne devrait pas se séparer...

— Deux minutes, dit-il, et il se mit à dévaler les marches.

À peine plus d'une minute plus tard, il reparaissait avec, sur l'épaule, l'échelle de peintre en aluminium devant laquelle ils étaient passés quelques instants auparavant.

— Oh, mon Dieu, dit Delgado. Tu plaisantes.

— Les autres escaliers sont dans le même état. C'est notre meilleure chance.

Il négocia le palier, manquant cogner Delgado avec l'échelle dans la manœuvre.

— Elle est assez longue ? demanda-t-elle.

— Il faudra bien.

Il monta jusqu'à la dernière marche et posa l'échelle en travers du trou. Elle était suffisamment longue, mais il n'y avait rien pour la bloquer. Quand quelqu'un monterait dessus, elle glisserait et tomberait dans le vide.

— Je vais la tenir, proposa Delgado.

— Quoi ?

— Je maintiens les pieds en place pendant que tu traverses. Après, c'est toi qui la tiens et je te suis.

Bourque était sceptique.

— Tu es sûre de toi ? Je ne suis plus l'athlète affûté que j'étais autrefois.

— Ouais, comme si tu avais été un athlète un jour. Grouille-toi.

Delgado se campa solidement sur une marche plus basse, s'agenouilla et posa les deux mains sur le dernier barreau de l'échelle, inclinée à quarante-cinq degrés. Avec précaution, Bourque agrippa un barreau plus élevé, puis, en veillant à ne pas toucher son équipière, il posa le pied sur le barreau qui se trouvait juste au-dessus de sa tête.

Tout son poids reposait maintenant sur l'échelle.

— Ça va ? demanda-t-il.

Elle grogna.

— Magne-toi, gros plein de soupe.

Il traversa prudemment en regardant droit devant lui plutôt que vers l'abîme qui semblait s'enfoncer jusqu'au tréfonds de l'enfer. Finalement, il passa de l'autre côté de la trouée.

Delgado laissa échapper un long soupir quand Bourque eut posé le derrière sur la marche au-dessus du trou et se pencha en avant pour tenir l'échelle.

— C'est bon, dit-il.

Delgado imita son équipier avec la même attention, sans se presser. Quand elle parvint jusqu'à lui, Bourque se pencha légèrement de côté pour lui laisser la place de s'agripper à la marche en béton la plus proche.

Alors qu'elle ramenait ses jambes, son pied glissa, pesant subitement sur le dernier barreau. Bourque lâcha prise et l'échelle tomba, heurtant les marches en dessous dans un fracas métallique.

Delgado s'accrochait à la marche, les jambes pendant dans le vide.

Bourque la souleva par les aisselles et elle put finir de se hisser sur l'escalier.

— Il faut espérer qu'il y ait une autre échelle en haut pour qu'on puisse redescendre, dit-elle.

Ils se levèrent tous les deux, prirent une seconde pour se remettre de leurs émotions et firent le reste du chemin jusqu'à la porte marquée « 98 ».

Ils sortirent leurs armes, puis Bourque saisit la poignée de la porte coupe-feu.

— J'aurais aimé avoir un gilet, dit Delgado.

Bourque ouvrit lentement la porte.

- 75 -

Richard Headley savait qu'il n'y arriverait jamais.

Sa Rolex n'était peut-être pas aussi précise qu'une appli chronomètre sur un téléphone, mais pour l'avoir régulièrement consultée, il savait que ses vingt minutes étaient pratiquement échues. Et il lui restait une trentaine d'étages.

C'était mission impossible.

Ces gens vont tous mourir. À cause de moi.

Sans plus rien espérer, il continua malgré tout. Il avait retiré son nœud papillon et ouvert son col de chemise au niveau du vingtième étage. Il était en nage. Arrivé au trentième, il avait enlevé sa veste de smoking et l'avait laissée tomber sur les marches, après avoir vérifié qu'il avait bien son téléphone.

Sa chemise de soirée blanche était devenue transparente, trempée par la sueur qui coulait dans son cou et sur son front, venait lui piquer les yeux.

Continue. Continue.

Il regarda sa montre. Les vingt minutes devaient être écoulées.

Qu'est-ce que je vais bien pouvoir...

L'idée lui vint d'un coup.

Essaye de gagner du temps.

Son application de messagerie était ouverte, avec le nom « VALLINS » en haut de l'écran. Il s'arrêta le temps de taper un mot.

Arrivé.

Il continua, guettant une réponse toutes les deux ou trois secondes. Elle lui parvint en moins de dix secondes.

Ouah. Et avec trois secondes d'avance !

Headley continua à grimper.

Très impressionnant. Vous envoie votre carrosse au 97.

L'ascenseur était en route. Mais il arriverait bien avant lui.

En combien de temps la cabine atteindrait-elle le quatre-vingt-dix-septième depuis le lobby ? Une minute ?

Il persévéra, une marche après l'autre.

Son téléphone bipa.

Vous êtes dedans ?

Headley s'arrêta, tapa sa réponse avec un pouce moite.

Non.

Plusieurs secondes s'écoulèrent pendant lesquelles il parvint à monter un autre étage.

Montez.

Ascenseur pas là.

Ce mensonge ne lui ferait pas gagner beaucoup de temps. Vallins n'avait qu'à jeter un coup d'œil dans la gaine pour confirmer que l'ascenseur était bien à l'étage au-dessous de lui.

Et alors, comme il le craignait :

Si, il est là.

Réfléchis, réfléchis.
Qu'est-ce que Vallins ne pouvait *pas* voir ?
Portes fermées. Ouvrez-les.

Ça allait le faire cogiter un moment.
Il passa en courant devant la porte 72.
Encore si loin du but.
Trois points dansants apparurent sur son téléphone.
Elles devraient être ouvertes.

Le maire répondit :
Non.

Et puis le téléphone sonna dans sa main.
Headley s'arrêta, prit l'appel.
— Comment ça, les portes ne sont pas ouvertes ? éructa Vallins.
— Je suis juste devant.
— C'est impossible, putain !
— Écoutez, c'est vous qui tenez la télécommande, pas moi. Envoyez-moi un des autres ascenseurs. Et cette fois, puisque vous êtes si malin, faites en sorte que les portes s'ouvrent. (Il marqua un temps d'arrêt.) Rappelez-vous, on a un marché. Je reviens à temps et vous laissez partir tout le monde. Eh bien, je l'ai fait. La seule raison pour laquelle je ne suis pas encore là-haut, c'est que vous avez merdé. C'est votre faute, pas la mienne.
Vallins resta silencieux un moment.
— Je ne vous crois pas.
— Dans ce cas, appelez un autre ascenseur et descendez d'un étage pour constater la chose de vos propres yeux !
En attendant la réponse de Vallins, il passa le soixante-seizième.
— D'accord. Je vais envoyer un autre ascenseur. Parce que je tiens *vraiment* à ce que vous reveniez.

- 76 -

Bourque ouvrit la porte du quatre-vingt-dix-huitième étage aussi discrètement que possible et se glissa de l'autre côté.

Il s'était attendu à des cris et autres manifestations de panique, mais il n'entendit que des gémissements étouffés et des pleurs, et la voix d'un homme qui parlait très fort.

Il avait déjà un doigt sur les lèvres, au cas où un des otages le repérerait, ce qui arriva presque immédiatement. S'il y eut bien quelques hoquets de surprise à peine audibles, personne n'eut la mauvaise idée de hurler : « La police est là ! »

Tous comprirent instinctivement que l'arrivée de Bourque et Delgado était peut-être leur seul espoir de sortir de Top of the Park vivants.

L'homme continuait à vociférer.

— C'est impossible, putain ! disait-il.

Bourque avança la tête à l'angle du mur, assez loin pour, d'un œil, embrasser toute la pièce.

Vallins se tenait près d'un ascenseur, arme dans une main, téléphone dans l'autre.

Étonnamment, la première pensée qui traversa l'esprit de Bourque fut : *Ce type est chauve.* L'homme qui était venu parler à Otto Petrenko près de la voiture avait des cheveux. Mais d'après Delgado, il pouvait porter une perruque.

Un boîtier noir se trouvait par terre, tout près du pied de Vallins.

S'agissait-il d'une bombe ? Ça n'y ressemblait pas, mais combien de bombes avait-il vues au cours de sa carrière ? Cela ressemblait toutefois davantage à un appareil électronique. La bonne nouvelle, s'il y en avait une, c'était qu'il n'était pas dans les mains de Vallins à cet instant.

Bourque et Delgado pointaient leurs armes vers le sol, mais une fois qu'ils auraient tourné l'angle, il faudrait qu'ils soient en position de tir. Pouvait-il prendre ce risque ?

Il y avait quelques personnes à la droite de Vallins, à quelques mètres de la porte ouverte de l'ascenseur à côté de laquelle il se tenait. Mais il ne semblait y avoir personne derrière.

Tout en se querellant avec quelqu'un au téléphone, Vallins jeta un coup d'œil à l'intérieur de la gaine.

Personne d'autre ne va arriver, songea Bourque. *Lois et moi sommes seuls. Les renforts se trouvent quatre-vingt-dix-huit étages plus bas. On pourrait aussi bien être sur la Lune.*

Il raffermit sa prise sur son arme.

Maintenant ou jamais.

Tout se passa en moins de dix secondes.

Bourque passa l'angle du mur.

— Lâchez votre arme ! cria-t-il.

Il savait que Delgado était aussi à découvert, dans son dos.

Vallins tourna vivement la tête vers lui. Laissa tomber son téléphone. Souleva le bras qui tenait l'arme.

Et Bourque de se dire : *Lois est juste derrière moi. Ne plonge pas. Ne te jette pas sur le côté pour éviter la balle. Ne reproduis pas la même erreur.*

Tenant sa position, il fit feu exactement au même moment que Vallins.

Ce dernier tituba en arrière, la balle ayant perforé son épaule droite. En chancelant, il heurta le boîtier, qui glissa vers la gaine ouverte.

Bourque, touché au ventre, s'effondra.

Hurlements.

Son équipier à terre, Delgado avait une ligne de mire dégagée sur Vallins, touché, mais toujours debout.

Elle tira. Quatre fois.

Bang. Bang. Bang. Bang.

On aurait dit que Vallins était pris de convulsions tandis que les balles l'atteignaient à la cuisse, à la poitrine et au cou.

Une d'elles manqua sa cible et alla étoiler une fenêtre.

Il tomba à terre, heurtant de nouveau le boîtier noir qui fut projeté sur plusieurs centimètres vers les portes ouvertes de l'ascenseur.

Une femme qui tenait un téléphone portable à la main plongea en avant, fendant littéralement les airs, et retomba sur le corps ensanglanté de Vallins, son coude heurtant le sol en marbre tandis qu'elle se précipitait pour attraper le boîtier avant qu'il tombe dans le vide.

L'objet était sur la barre de seuil de la porte ouverte quand elle s'en saisit de la main droite. Puis elle le plaqua à deux mains contre sa poitrine, comme un ballon de football.

— *Touch-down*, dit-elle tout bas.

VENDREDI

- 77 -

Scène d'horreur à Top of the Park

Par Barbara Matheson

C'est un cliché, mais les clichés sont parfois tout à fait pertinents. Notre cauchemar est terminé.

Pour la ville, en tout cas. Il est en revanche peu probable qu'il prenne un jour fin pour ceux qui ont été directement touchés par les horreurs de la semaine. Les répercussions de ces événements se feront sentir pendant des années encore.

Je suis bien placée pour le savoir.

Quiconque se trouvait au quatre-vingt-dix-huitième étage du Top of the Park n'oubliera jamais ce qui s'est passé hier soir, et vous pouvez me compter parmi eux. Nous avions peu d'espoir d'en sortir vivants. Sans l'intervention héroïque des enquêteurs du NYPD, Jerry Bourque et Lois Delgado, qui sait ce qui aurait pu arriver. Nous souhaitons tous à l'enquêteur Bourque, hospitalisé dans un état grave mais en voie d'amélioration, un prompt rétablissement.

Et s'il devient de plus en plus évident que l'on peut faire remonter l'origine de cette semaine tragique aux décisions prises par un jeune Richard Headley, c'est probablement grâce à son attitude de la nuit dernière que nos deux policiers ont eu le temps d'éliminer le terroriste responsable de ces tragiques accidents d'ascenseur. Headley, qui n'avait même pas eu le temps de pleurer la mort de son fils, survenue quelques minutes auparavant, est entré dans le jeu du terroriste pour tenter de sauver les otages.

Comme tout le monde le sait à présent, le maire Headley a été trouvé mort dans la cage d'escalier, apparemment victime d'une crise cardiaque, juste en dessous du quatre-vingt-quinzième étage. Les lecteurs fidèles de cette chronique ne sont pas sans savoir que j'ai été une critique sévère du maire, mais je dois admettre que je suis en train de réviser certaines de mes opinions à son sujet. Il y a certaines choses que moi et au moins une autre personne dans mon entourage aurions aimé pouvoir lui dire.

On doit aussi tirer un coup de chapeau à l'un des inspecteurs de la Ville qui a réussi à atteindre le dernier étage et, en utilisant l'appareil grâce auquel le terroriste avait pris le contrôle des ascenseurs, à rétablir le fonctionnement normal des cabines et à faire évacuer l'immeuble en toute sécurité.

Il y avait sur le moment un sentiment d'urgence, car on craignait qu'il n'y ait une cinquième bombe à Top of the Park. Mais, à l'heure où j'écris ces lignes, aucun autre engin explosif n'a été retrouvé, même si les recherches se poursuivent et que les rues alentour restent fermées par mesure de précaution.

Venons-en à ce terroriste. J'hésite à l'appeler par son nom dans la mesure où les individus qui commettent ce genre d'actes se délectent de leur notoriété de manière perverse. Il faut pourtant que je vous parle de Chris Vallins.

J'ai eu l'occasion de faire un peu sa connaissance cette semaine, avant d'apprendre qu'il était celui que les tabloïds surnomment désormais le Bourreau des ascenseurs. Il me plaisait. Il m'avait l'air d'un type bien. Je l'ai vu donner ses gants à un sans-abri.

Mais nous savons à présent qu'il a fait chanter un technicien ascensoriste pour que celui-ci lui enseigne tout ce qu'il savait, lui faisant croire que des membres de sa famille seraient tués s'il refusait de collaborer. Nous savons qu'il a tué cet homme – réduisant son visage en bouillie et lui coupant le bout des doigts pour compliquer son identification – par peur d'être dénoncé. Nous savons qu'il a intrigué pendant des années pour gagner la confiance du maire afin d'exercer sa vengeance, et qu'il avait passé des mois à s'introduire dans un certain nombre d'immeubles pour y trafiquer les ascenseurs.

Nous savons qu'il a tué de nombreux innocents en prenant le contrôle de trois d'entre eux.

La question est : Pourquoi ?

Il m'a tout expliqué dans un mail que je n'ai pu lire qu'aujourd'hui. Il dit avoir agi par amour. Amour pour sa mère, à qui, des années auparavant, le jeune Richard Headley avait fait beaucoup de tort. Vous avez probablement déjà entendu parler ou lu des articles sur le sujet, il est donc inutile de tout répéter ici.

Y a-t-il des enseignements à tirer de tout cela ? Je ne prétends pas être assez sage pour le savoir, mais je peux affirmer ceci :

Les actions ont des conséquences.

Celles-ci ne se font peut-être pas sentir immédiatement. Ni une semaine, ni un mois, ni même une décennie plus tard.

Mais nos actes, nos décisions, notre façon de traiter autrui, tout entre dans l'équation. Et à la fin, tout s'équilibre.

À moins que ce ne soient des foutaises. Franchement, je ne sais plus. C'est la raison pour laquelle, cette chronique sera, pour quelque temps au moins, ma dernière pour *Manhattan Today*.

Barbara jeta un dernier coup d'œil à son article sur l'écran et appuya sur « Envoyer ». Elle avait tapé tout son texte avec le coude droit posé sur une poche de glace. En se cognant par terre lorsqu'elle avait plongé pour s'emparer de cet appareil, elle avait aggravé sa précédente blessure. Maintenant qu'elle avait fini son papier, la poche tiédissait. Elle plia le bras, puis se renversa sur sa chaise de cuisine, tendit la main pour prendre son café et but une gorgée.

Elle n'avait pas encore dormi. Il avait fallu parler à la police, faire des dépositions. Il était 4 heures du matin quand Arla et elle étaient rentrées à son appartement. Arla était trop remuée pour retourner chez elle. Elle avait heureusement réussi à s'endormir rapidement dans le lit de sa mère.

Barbara s'était débarrassée de sa robe couverte de sang et avait enfilé un survêtement. Elle n'avait pas tardé à ouvrir son ordinateur portable et à se mettre à écrire.

Vers 11 heures du matin, elle entendit du bruit dans la chambre. Elle regarda vers la porte et vit Arla émerger, le cheveu en bataille.

— Salut, dit Barbara.

— Tu ne t'es pas couchée ?

— J'aurai le temps de dormir plus tard, dit-elle. Comment te sens-tu ?

— Ça peut aller, j'imagine. Un peu engourdie. Je... je n'arrive pas à croire que toutes ces choses se soient passées. (Elle écarta les cheveux qui lui tombaient dans les yeux.) Je n'arrive pas à croire qu'on soit en vie.

— C'est déjà pas mal.

— Il reste du café ?

Arla trouva un mug, se servit et dit en s'asseyant à la table :

— Je viens de découvrir que j'avais un frère et d'apprendre qui était mon père, et je perds l'un et l'autre.

Barbara lui tendit une main et Arla la prit dans la sienne.

— Tu devrais peut-être parler à quelqu'un, lui dit sa mère. Je sais que tu voyais un psy avant.

La jeune femme la regarda droit dans les yeux.

— Je peux te parler à toi.

Barbara lui pressa de nouveau la main.

— Je devrais rentrer chez moi, ajouta Arla.

— Tu es sûre ? Tu peux rester ici autant que tu voudras.

— Non. Je ferais mieux de rentrer, dit-elle avec un sourire triste. Je dois mettre mon CV à jour.

— Bien sûr... je vais te raccompagner.

— Tu pourras rester éveillée tout ce temps ?

Barbara savait qu'elle finirait par s'effondrer, et par s'effondrer lourdement. Mais pas tout de suite. Pendant qu'Arla passait sous la douche, elle enfila quelque chose d'un peu plus présentable que son survêtement ; puis sortit des vêtements pour Arla.

Dans le taxi qui les conduisait chez la jeune femme, Arla posa la tête sur l'épaule de sa mère. Elles n'échangèrent pas un mot.

Barbara paya le chauffeur et elles entrèrent dans l'immeuble.

Quand elles arrivèrent devant l'ascenseur, une autre femme se tenait là. Élégante, chevelure argentée et perles aux oreilles. Elle portait un sac Whole Foods.

Arla la salua d'un hochement de tête et sourit poliment, puis elle se tourna vers sa mère.

— C'est la femme dont je te parlais.

Barbara cligna des yeux, sans comprendre.

— Vous êtes bien éditrice ? demanda Arla.

— C'est exact.

Les portes de l'ascenseur s'ouvrirent et les trois femmes montèrent dans la cabine. L'éditrice appuya sur le bouton du dixième, Arla sur celui du douzième.

— Ma mère a une idée de livre, dit la jeune femme en souriant. Peut-être deux.

— Tiens donc, dit la femme, qui réussissait très bien à dissimuler son enthousiasme.

Arla encouragea sa mère :

— Explique-lui.

— Faites vite, prévint l'éditrice, je descends au dixième.

Barbara sourit d'un air fatigué.

— Je ne pense pas que cela prendra aussi longtemps.

Remerciements

Il y a beaucoup de gens, dispersés de part et d'autre de l'Atlantique, sans le concours desquels ce livre ne serait jamais parvenu jusqu'à vous.

Chez HarperCollins UK, ma gratitude va à Charlie Redmayne, Lisa Milton, Kate Mills, Alvar Jover, Joe Thomas, Sophie Calder, Anna Derkacz, Georgina Green, Fliss Porter et Jo Rose.

Chez William Morrow/HarperCollins US, je suis redevable à Liate Stehlik, Jennifer Brehl, Gena Lanzi, Nate Lanman, Ryan Sheperd, Andrea Molitor, Mumtaz Mustafa, Andy LeCount et Brian Grogan.

Enfin, chez Doubleday Canada, je suis reconnaissant à Kristin Cochrane, Amy Black, Ashley Dunn, et le reste de l'équipe pour leur soutien.

Comme toujours, je veux remercier mon agent Helen Heller et tout le monde chez The Helen Heller Agency, ainsi que Enrique Galo, Phil Gillin, Marcie Sherwood et Steve Fisher.

Et aux libraires, partout, merci.

Composition et mise en pages
Facompo à Rouen

MIXTE
Papier issu de sources responsables
FSC® C003309

L'éditeur de cet ouvrage s'engage dans une démarche de certification FSC® qui contribue à la préservation des forêts pour les générations futures.
Pour en savoir plus :
www.editis.com/engagement-rse/

CET OUVRAGE
A ÉTÉ ACHEVÉ D'IMPRIMER
SUR ROTO-PAGE
PAR L'IMPRIMERIE FLOCH
À MAYENNE EN FÉVRIER 2022

N° d'impression : 99851
Imprimé en France